선생님이 권해주는

교과서 소설

중2

책은 한 권 한 권이 하나의 세계다 - W. 워즈워스 -

선생님이 권해주는
교과서 소설 중2

예스북

초판 1쇄 인쇄 2012년 2월 6일
1쇄 발행 2012년 2월 13일

엮은이 | 염남옥 · 양성룡 · 이혜영 · 장현선 · 주현선
펴낸이 | 양봉숙
편 집 | 김지연
디자인 | 김선희

일러스트 | 정미희

펴 낸 곳 | 예스북
출판등록 | 2005년 3월 21일 제320-2005-25호
주 소 | (151-868) 서울시 마포구 노고산동 57-46 아이스페이스 1107호
전 화 | (02) 337-3053
팩 스 | (02) 337-3054
E-mail | yesbooks@naver.com

ISBN 978-89-92197-58-8 43810

값 13,500원

책을 펴내며

"국어 공부를 잘 하려면 어떻게 해야 하나요?"

국어 교사인 제가 학생들에게 가장 많이 듣는 질문 중의 하나랍니다. 그럴 때마다 여러분에게 해주는 말은

"양서(良書)를 다독(多讀)할 것"

국어 공부를 잘 할 수 있는 비결로 좋은 책을 많이 읽어 기본을 충실히 쌓는 것만큼 좋은 방법도 없습니다.

그러면 양서란 어떤 책일까요? 사전에서는 양서를 '내용이 교훈적이고 건전한 책'이라고 정의 내리고 있답니다. 말 그대로 작가의 건전한 생각이 담긴 책으로 교훈과 감동을 통해 여러분에게 깨달음을 주고, 삶을 올바른 방향으로 이끌어 주는 책이라고 할 수 있습니다. 그런데, 양서의 정의를 알고 있다고 해서 누구나 양서를 쉽게 구별할 수 있는 것은 아닙니다. 책을 즐겨 읽음으로써 양서를 고르는 안목을 기르는 것 또한 필요하겠지요.

그러면, 책을 고르는 것에 어려움을 느끼는 여러분에게 좋은 책을 소개해볼까요? 여러 선생님들과 전문가 선생님들께서 검증하고, 인정하신 책인데요. 바로 교과서랍니다. 국어교과서에 실려 있는 다양한 문학작품은 여러분들이 믿고 읽으며, 인생의 길잡이로 선택해도 좋은 작품들입니다.

특히 7차 교육과정이 개정되면서 한 권이던 국어 교과서가 15종으로 바뀌어 여러분들이 읽을 수 있는 문학 작품의 폭이 넓어지고 다양해졌지요. 그런데, 15종이나 되는 국어 교과서를 일일이 찾아 문학 작품을 읽기란 쉬운 일이 아니지요.

그래서 이 책에서는 15종 국어 교과서에 실려 있는 문학 작품 중 단편소설과 동화를 한자리에 모았답니다. 또 국어 교육 과정에서 제시한 목표에 따라 작품을 분류해 놓음으로써 여러분들의 국어 공부에 조금이나마 보탬이 되고자 했습니다. 문학 작품 읽기를 통해 국어 공부도 하고, 재미와 감동도 느끼며, 두 마리의 토끼를 한꺼번에 잡는 즐거움을 경험해 보는 건 어떨까요?

자 그럼 이제 책장을 넘겨 새로운 세계로의 여행을 시작해 봅시다.

2012년 1월 엮은이 씀

C O N T E N T S

Part 1 문학의 아름다움

Part 2 문학의 감상과 표현

Part 3 작품 속 말하는 이

Part 4 인물과 사회

일러두기

1. 7차 교육과정 개정에 따라 선정된 국어교과서 15종에 실려 있는 단편 소설과 동화를 수록하였습니다.
2. 작품은 교과서와 여러 출판본을 참조하여 원문에 충실히 따르는 것을 원칙으로 하되 맞춤법과 띄어쓰기는 최대한 현행 표기법을 따랐습니다.
3. 한자는 원문 내용을 따랐으나 꼭 필요한 경우에만 괄호 안에 넣었습니다.

Part 1
문학의 아름다움

강소천 「꿈을 찍는 사진관」 • 윤흥길 「땔감」
이태준 「어린 수문장」 • 오영수 「고무신」

“

우리는 보통 눈과 귀가 즐겁고 만족스러울 때 아름답다고 말하지요. 배우들의 아름다운 외모, 여행을 갔을 때 보게 되는 아름다운 경치, 목소리가 좋은 가수가 불러주는 아름다운 노래 등 세상에는 참 아름다운 것들이 많아요.

그런데 문학 작품을 통해서도 아름다움을 느낄 수 있다는 걸 알고 있나요? 주인공이 고난을 이겨내며 성공을 이루는 눈물겨운 장면을 볼 때, 순박한 사람들의 순수하고 진실한 사랑의 모습을 볼 때, 여러분은 감동을 받지요. 그런 감동이 바로 문학 작품에서 느낄 수 있는 아름다움입니다. 또 작게는 일상 언어를 세련되게 다듬어 놓은 표현들에서도 아름다움을 느낀답니다.

그러면, 이제 ‘꿈을 찍는 사진관’, ‘땔감’, ‘어린 수문장’, ‘고무신’ 네 작품을 감상하며 문학의 아름다움에 흠뻑 빠져 봅시다. 여러분이 가지고 있는 상상력과 배경지식을 총 동원해서 작품의 정서를 체험하고 이해한다면 문학이 주는 감동을 더 깊고 진하게 느낄 수 있겠지요.

”

꿈을 찍는 사진관

수록교과서 : 비상, 지학사(방)

강소천 아동문학가. 본명은 용률. 1915년 함경남도에서 태어나 교직생활을 하다가 1950년 월남했다. 1931년 동요 「민들레와 울아기」가 《조선일보》 신춘문예에 당선된 이후 우수한 동요 · 동시를 다수 발표했다. 1937년 이후에는 동화 및 소년소설을 쓰기 시작하면서 활발한 작품 활동을 하였는데 주요 작품집으로 「조그만 사진첩」 등이 있다.

감상 길잡이

여러분의 삶에서 가장 행복했던 순간은 언제였나요? 그 순간을 사진으로 찍어 남길 수 있다면, 그래서 두고두고 볼 수 있다면, 얼마나 좋을까요? 이 작품은 '꿈을 찍는 사진관' 이라는 가상공간에서 주인공이 순이와의 행복했던 순간을 회상하는 모습이 아름답게 그려져 있습니다. 작품을 읽으며, 작품이 주는 감동과 아름다움에 흠뻑 빠져 보는 것은 어떨까요?

갈래	단편소설, 현대소설	성격	환상적, 동화적, 회상적, 서정적
시점	1인칭 주인공 시점	제재	꿈을 찍는 사진관
배경	1950년대, 6.25 전쟁 이후 이른 봄의 산속, '꿈을 찍는 사진관' 이라는 비현실적 공간	주제	분단으로 인해 헤어진 '순이' 에 대한 그리움

나
어린 시절 순이를 좋아하던 마음을 간직하고 있는 순박한 청년

따뜻한 봄날, 나는 그림을 그리기 위해 뒷산에 올랐다가 '꿈을 찍는 사진관' 으로 가는 방향을 알려주는 팻말을 발견합니다. 팻말이 알려주는 방향을 따라가자 그 곳에 또 다른 팻말이 나오고, 여러 번 반복 끝에 드디어 나는 '꿈을 찍는 사진관' 을 발견합니다. 그 곳은 지나간 추억을 사진으로 찍어주는 곳인데, 종이에 추억의 한 토막을 써 가슴속에 넣고 자면, 다음 날 꿈속에 본 것을 사진으로 가져갈 수 있는 것입니다.

나는 살구꽃 핀 고향 뒷산에서 순이와 노래 부르던 일을 종이에 적고 잠이 들었고, 꿈속에서 정말 순이를 만납니다. 이북에서 지주였던 우리 집은 해방이 되자 토지와 집을 빼앗기고 삼팔선을 넘어 서울로 이사를 가게 되었고, 나는 순이를 만나 이 사실을 알려주는 꿈이었습니다. 나는 꿈에서 깨어 사진관 주인에게 꿈 속 사진을 넘겨받았는데, 사진 속의 순이는 헤어질 때인 열두 살의 모습이고 자신은 현재인 스무 살의 모습이었습니다.

나는 뒷동산으로 돌아와 사진을 다시 꺼내 보는데, 사진은 노란 민들레꽃 카드로 변해 있었습니다.

꿈을 찍는 사진관

따사한 봄볕은 나를 자꾸 밖으로 꾀어내는 것이었습니다.

어젯밤만 해도 내일은 일요일이니 어디 나가지 말고 방에 꾹 틀어박혀 책이라도 읽으리라 생각했던 것이, 정작 조반*을 먹고 나니 오늘은 유달리 날씨가 따뜻했습니다.

나는 스케치북과 그림물감을 가지고 뒷산을 향해 올라갔습니다.

그렇다고 나는 굉장히 그림을 잘 그리거나 그림에 취미를 가진 것도 아닙니다. 그저 빈손으로 가기는 싫었기 때문입니다. 책을 들고 앉아 그 따사한 봄볕에 읽는 것은 한층 더 싱거울 것 같았습니다.

봄을 그리려고 산에 오른 이 서투른 화가는, 좀처럼 그림을 그리기 시작하지 않았습니다. 그리는 것보다 가만히 앉아 바라보는 것이 더 좋았습니다.

내 눈이 맞은편 산허리에 갔을 때, 거기에는 활짝 핀 꽃나무 한 그루가 서 있었기 때문입니다.

아직 살구꽃이 피려면 한 달은 더 있어야 할 텐데 저렇게 연분홍꽃이 전등이라도 켠 듯이 환히 피어 있는 것은 이상한 일이 아니겠습니까?

나는 그 꽃나무 있는 데로 쏜살같이 달려갔습니다. 골짜기를 내려 다시 산으로 기어올라 꽃나무 아래까지 갔습니다. 단숨에 달린 나는 숨이 차서 그만 땅에 주저 앉았습니다.

숨을 돌리며 내가 꽃나무를 자세히 바라보려니

어휘정리

조반 아침 끼니로 먹는 밥.

나무 밑줄기에 이런 간판이 붙어 있었습니다.

꿈을 찍는 사진관으로 가는 길. 동쪽으로 5리

나는 그 연분홍 꽃나무에 핀 꽃 같은 건 생각할 사이도 없이 곧 이 꿈을 찍는 사진관을 찾아 떠났습니다.

동쪽으로 사뭇 좁다란 산길을 걸어가노라니까 정말 조그만 집 한 채가 보였습니다. 그러나 내가 그 집 문 앞에 다다랐을 때는 약간 실망하지 않을 수가 없었습니다.

집 문 앞엔 또 이런 것이 쓰여 있었습니다.

꿈을 찍는 사진관은 여기서 남쪽으로 5리 되는 곳으로 옮겼습니다.

나는 남쪽을 향해 또 걸었습니다. 지금 온 만큼 가니까 정말 또 집 한 채가 보였습니다. 나는 참 잘 왔다고 좋아라 집 문 앞으로 갔습니다. 그러나 아까보다 좀 더 크게 실망하지 않을 수가 없었습니다.

아까와 꼭 같은 글이 문 앞에 붙어 있었습니다. 아니 꼭 한 자만 틀립니다. 그것은 남쪽 5리가 아니라 서쪽으로 5리라고 쓰여 있었습니다.

나는 조금 주저하였습니다. 그러나 나는 한 번만 더 속아 보자 하고 또 서쪽을 향해 걸어갔습니다.

마침내 나는 꿈을 찍는 사진관을 찾은 것입니다.

이런 산중엔 어울리지 않으리만큼 커다랗고 훌륭한 양옥집이었습니다.

벽과 창문만이 아니라 지붕까지 새하얀 집-다만 정문에 커다랗게 써 붙인, '꿈을 찍는 사진관' 이라는 일곱 글자만이 파아란 하늘빛이었습니다. 나는 문을 두드렸습니다.

"누구시오? 들어오시죠!"

낮고 부드러운 목소리가 안에서 들려왔습니다. 나는 문을 열고 안으로 들어갔습니다.

하늘빛 파란 가운을 입은 점잖은 신사 한 분이 하늘빛 파아란 안경을 벗어 테이블 위에 놓으며 회전의자에서 일어났습니다.

"어떻게 오셨지요?"

"저어……. 여기가 꿈을 찍어 주는 사진관입니까?"

"예, 그렇습니다."

"어떻게 찍지요?"

하고 나는 꿈을 찍는 방법을 물었습니다. 그랬더니 그는 내게 조그맣고 얄팍한 책 한 권을 주며, 저쪽 7호실에 가 앉아 소리 내지 말고 읽어 보라고 했습니다.

나는 7호실을 찾아갔습니다. 1호실 다음엔 3호실, 그다음이 5호실, 바로 그다음이 7호실입니다. 어쩌면 사진관이 꼭 여관집과도 같습니까. 나는 그제야 이 집의 방 번호는 모두 홀수만으로 되어 있다는 것을 알았습니다.

벽과 천장까지 모두 새하얀 방…….

들어가는 문밖엔 들창 하나도 없는 방입니다.

나는 그 방에 앉아 지금 받은 얄팍한 책을 펴 들었습니다. 불도 안켠 방이 왜 이리 화안한지 모르겠습니다. 어디서 빛이라곤 들어올 곳이 조금도 없습니다. 9포 활자만큼 작은 하늘 빛 글씨가 어쩌면 그리도 잘 보입니까.

꿈을 찍으시려는 분들에게!

이렇게 멀리서 찾아오신 손님에게 먼저 뜨거운 감사를 드립니다. 당신께서 이곳까지 찾아온 데는 두 가지 뜻이 있을 줄 압니다. 그 하나는 신기한 것을 즐기는 마음이요, 또 하나는 무척 그립고 보고 싶은 사람이 있기 때문일 것입니다.

사실 당신과 있으니 말이지만 오늘 저세상 사람들은 오늘의 문명을 자랑해서 '텔레비전 시대' 라고 합니다.

그러나 지금 내가 새로운 실험을 하고 있는 이 일에 비하면, 그까짓 게 다 무엇입니까? 문제도 안 되는 것입니다.

오늘—더욱이 6 · 25전쟁를 치르고 난 우리들에겐 많은 잃은 것 대신에 가진 것은, 안타깝게 보고 싶고 그리운 얼굴들입니다.

눈에 보이지 않는 것 중에 가장 귀한 것의 하나는 과거를 다시 생각할 수 있는 '추억' 이라는 것입니다.

우리는 옛날을 다시 생각하기 위해서 묵은 앨범을 꺼내서 사진 위에 머물러 있는 지난날의 모습들을 바라봅니다.

그러나 사진이란 다만 추억의 그 어느 한순간이요, 그 전부는 아닙니다. 정말 아름다운 추억이란 흔히 사진첩 속에서는 찾아 보기 어려운 것입니다.

우리는 그런 불완전한 것이나마 전쟁으로 인하여 거의 잃어 버리고 말았습니다.

그러나 요행히 우리에겐 꿈이란 게 있습니다.

이미 저세상에 가 버리고 없는 그리운 얼굴들도 꿈에서는 서로 만날 수 있습

니다.

남북으로 갈리어 서로 만나지 못하는 사이라도 쉽게 만날 수 있습니다. 꿈길엔 삼팔선이 없습니다.

정말 꿈을 꿀 수 있는 것은 얼마나 행복한 일입니까?

그러나 이 꿈이란 사람의 마음대로 꿀 수는 없는 것입니다.

아무리 그립고 보고 싶은 얼굴이 있어 꿈에 보려고 애를 써도 뜻대로 잘 안 되는 수가 많습니다. 그러다 어떻게 잠깐 꿈을 꾸게 된다 해도 그 꿈이 곧 깨면 한층 더 안타까운 것뿐입니다.

여기에 생각을 둔 나는 이번 꿈을 찍는 사진기를 하나 발명했습니다. 이는 결코 거리의 사진사들처럼 영업을 목적으로 한 건 아닙니다.

내게는 안타깝게 그리운 아기가 있습니다. 나는 그 아기의 사진까지 송두리째 잃어버렸습니다.

내가 이 사진기를 만들게 된 게 그 때문인지도 모릅니다.

자아, 쓸데없는 이야기가 길어졌습니다.

그럼, 인제 꿈을 찍는 방법을 설명해 드려야죠. 무엇보다 그게 더 궁금하실 테니까요.

지금 당신이 앉아 있는 방에서부터 나오는 한 줄기 빛이 있습니다. 그 빛은 바로 사진기가 놓여 있는 곳과 연결되어 있습니다. 그래서 당신이 꿈을 꾸기만 하면 그 꿈은 곧 사진기 렌즈에 비치게 됩니다. 꿈이 비치기만 하면 사진기는 저절로 '찔거덕' 하고 사진을 찍어 버리는 것입니다. 필름에 사진이 찍히면 곧 현상하여 손님의 요구대로 크게 또 작게 인화지(사진 종이)에 옮깁니다.

그런데 문제 되는 것은 꿈을 꾸는 일입니다. 어떻게 짧은 시간에 꿈을 꿀 수 있으며, 또 꿈을 꾼다 해도 그게 정말 자기가 사진에 옮기고 싶은 꿈을 꾸겠느냐 하는 것입니다.

실로 내가 제일 오랫동안 연구에 고심을 한 것이 이것입니다. 꿈을 찍는 것쯤은 이것에 비하면 식은 죽 먹기였습니다. 그 문제를 풀기 위해서 나는 잠 못 이루는 밤을 오래 가졌었고, 무수한 실패를 거듭하였습니다. 그러나 나는 실망하지 않았습니다.

마침내 나는 마음대로 꿈꿀 수 있는 방법을 발견했습니다.

실로 이것은 세계적인 아니 세기적인 발명이 아닐 수 없습니다.

자, 그럼 당신도 곧 그리운 이를 만나는 꿈을 꾸십시오. 그리운 이의 꿈을 사진 찍어 드릴 테니.

그 방법-당신이 있는 방 한구석에 종이 한 장과 만년필 한 개가 놓여 있습니다. 당신은 그 종이에 그 파란 잉크로 당신이 만나고 싶은 이와의 지난날의 추억의 한 토막을 써서 그걸 가슴 속에 넣고 오늘 밤 편히 주무십시오. 내일 날이 밝으면 당신은 지난밤에 본 꿈과 꼭 같은 사진을 가지고 집으로 돌아갈 수가 있을 겁니다.

한가지 미안한 것은 이곳은 산중이어서 손님들에게 대접할 음식이 준비되어 있지 못합니다. 미안하지만 하룻밤 그냥 주무셔 주십시오.

– 꿈을 찍는 사진관 아룀.

나는 종이쪽에 이렇게 썼습니다.

살구꽃 활짝 핀 내 고향 뒷산 – 따스한 봄볕을 쬐며, 잔디 위에서 같

이 놀던 순이, 노랑 저고리에 하늘 빛 치마 - 오늘 밤 정말 우리는 만날 수 있을까?

아직 해가 지기엔 시간이 좀 남았을는지 모릅니다. 그러나 내가 쓴 종이를 가슴에 품고 방바닥에 눕자 방은 그만 캄캄해졌습니다.

참말 신기한 일입니다. 그러나 나는 잠이 오질 않았습니다. 샘처럼 솟아오르는 지난날의 추억들. 정말 내가 민들레와 할미꽃을 좋아하는 까닭은 순이 때문이었는지도 모릅니다.

순이의 그 노랑 저고리가 어쩌면 그때 내 마음에 그렇게도 예뻐 보였을까요?

"순아! 오늘은 정말 네게 꼭 할 말이 있어. 감추려고 했지만, 역시 알려주는 게 좋을 거야. 그렇지만 순아, 울어서는 안 돼! 응?"

"무슨 얘기냐? 어서 말해 줘!"

"정말 안 울 테냐?"

"울긴 왜 우니? 못나게……."

"그래! '픽' 하면 우는 건 바보야. 울지 말아, 응?"

"그래! 어서 말해!"

"저어……."

"참 네가 바보구나. 왜 제꺽 말을 못하니? 아이 갑갑해! 어서 말해 봐!"
"저어, 말이지, 이건 비밀이야. 우리 아버지도 어머니도 그랬어. 아무에게도 미리 얘기해서는 안 된다고. 그렇지만, 난 네겐 숨길 수 없어. 우리는 며칠 있으면 삼팔선을 넘어 서울로 이사를 간단다. 여기서 살 수가 있어야지. 지난해 8월 해방이 되었다고 미칠 듯 즐거워했지만, 우리는 토지와 집까지 다 빼앗기지 않았어? 지주라고. 그리고 우리는 딴 데로 옮겨가 살라고 그러지 않아. 빈손이라도 좋아. 우리는 마음놓고 살 수 있는 자유로운 곳을 찾아 가야해…….”

“얘, 나보고 울지 말라더니, 제가 먼저 울지 않아?”

소학교를 졸업하면 중학교는 원산이나, 함흥에 같이 가자던 순이. 너와 내가 갈린 것은 소학교 5학년 때…….

이 얼마나 위대한 발명입니까? 생각한 대로 곧 꿈꿀 수 있고, 그 장면을 곧 사진에 옮길 수 있다는 것은.

잠을 깬 것은, 아니 꿈을 깬 것은 아침이었나 봅니다. 통 밖의 빛이 방 안에 비치지 않아 때를 알 수가 없었습니다. 내겐 시계도 없었습니다.

나는 자리에서 일어나 방문을 열고 사진사가 있는 방으로 가려고 하였습니다.

그러나 문을 밀었으나 문은 밖으로 잠겨져 있었습니다.

내가 손잡이를 돌리자 내 앞에 한 장의 종이쪽이 날아 떨어졌습니다.

아직 시간이 이릅니다. 그냥 거기서 2시간만 더 기다려 주십시오. 그러면 사진을 가져다 드리겠습니다.

– 꿈을 찍는 사진관 주인 아룀.

옳아. 아직 두 시간 더 있어야 된단다. 내가 너무 일찍 일어났는지도 몰라. 날이 아직 밝지 않았을까? 그동안 나는 어제 저녁 순이와 고향 뒷산에서 꽃을 따며 놀던 꿈을 다시 되풀이해 보자. 얼마나 아름답고 즐거운 꿈이었나! 사진은 어느 장면을 찍었을까? 나와 순이가 나란히 살구나무 그늘에 앉은 장면일까? 그렇지 않으면 순이가 노래를 부르는 장면일까? 그렇지도 않으면 순이가 내게 할미꽃을 꺾어 주는 장면일까?

내가 사진관 주인에게 아직 채 마르지도 않은 사진 한 장을 받아들었을 때, 나는 깜짝 놀라지 않을 수가 없었습니다.

그것은 순이와 나의 나이 차이였습니다. 실지 나이로는 순이와 나는 동갑입니다. 그런데 사진에는 여덟 해나 차이가 있는 게 아닙니까?

순이의 나이는 열두 살 그냥 그대로인데, 나는 지금의 나이 스무살이니까요. 그동안 나만 여덟 해 나이를 더 먹은 것입니다. 생각하면 그도 그럴 수밖에 없는 일입니다.

사실 순이도 북한 땅 어디에 그냥 살아 있다면 꼭 내 나이와 같을 게 아닙니까? 그러나 나는 그 뒤의 순이를 본 적이 없습니다. 내 마음속에 살아 있는 순이는 언제나 열두 살 그대로입니다. 스무 살–스무 살이면, 제법 처녀가 되었을 순이. 머리채를 치렁치렁 땋았을까? 제법 얼굴에 분*을 발랐을지도 몰라. 지금은 노랑 저고리와 하늘빛 치마가 어울리지 않을 거야. 모처럼 찍어 준 꿈 사진도 그런 걸 생각하니 우습기 짝이 없습니다.

그러나 내게 있어서는 이게 제일 귀한 보물이 아

어휘정리

분 얼굴빛을 곱게 하기 위하여 얼굴에 바르는 화장품의 하나.

닐 수 없습니다. 사진을 가슴에 품은 채, 사진관 주인에게 몇 번이나 감사를 드리고 나는 그곳을 나왔습니다.

벌써, 아침 해가 하늘 높이 올랐습니다. 하루를 꼬박 굶었으나 나는 배고픈 생각이라곤 전혀 없었습니다.

내가 처음 앉았던 뒷동산에 와 앉아 다리를 쉬며 가슴속에 간직했던 사진을 꺼냈을 때, 나는 또 한 번 놀라지 않을 수가 없었습니다.

분명히 내가 넣었던 곳에서 꺼냈는데 내가 사진관에서 받아 둔 순이와 같이 찍은 사진은 아니었습니다. 그것은 내가 좋아하는 동화집 갈피 속에 끼여 있던 노란 민들레꽃 카드였습니다.

중요한 내용 쏙!쏙!쏙!

작품의 구성과 주요내용

발단	전개	절정	결말
우연히 꿈을 찍는 사진관을 발견하고 자신의 꿈을 찍을 준비를 함	꿈을 찍는 사진기를 발명하게 된 이유와 꿈을 찍는 방법이 적힌 책을 읽게 됨	주인공의 꿈을 통해 그리움의 대상인 순이를 만나게 됨	순이와의 사진이 노란 민들레 꽃카드로 바뀐 것을 알고 놀람

소설 속 소재의 기능

꿈을 찍는 사진관
- 현실과 환상을 이어 주는 매개체(가상의 공간)
- 그리운 사람을 만나고 싶은 간절한 마음이 담긴 소재

순이와의 사진
- '순이' 에 대한 '나' 의 그리움이 담긴 소재
- '나' 와 '순이' 의 이별의 시간이 길었음을 알려 주는 소재

노란 민들레꽃 카드
- 환상에서 현실로 돌아오게 하는 매개체
- 결국 현실의 그리움과 안타까움은 사라지지 않았음을 나타내는 소재

소설의 전체적 분위기

동화적, 환상적 분위기

- 현실에서 다시 만나볼 수 없는 사람을 꿈을 통해 다시 만나게 함
- 꿈을 지닌 사람 = 변하지 않는 아름다움을 간직한 사람
- 현실적이지 않은 꿈이라는 공간을 통해 그리운 사람을 만나고 돌아옴

1 '꿈을 찍는 사진관' 이라는 배경을 설정한 작가의 의도를 파악해 봅시다.

2 작품을 통해 작가가 말하고자 한 바를 시대적 배경과 관련지어 이야기해 봅시다.

상상더하기 - 추억 회상하기

'꿈을 찍는 사진관' 이 정말 존재한다면 어떨까요? 여러분이 사진으로 찍고 싶은 지나간 추억이 있다면 이야기해 봅시다.

확인하기 정답

1. 꿈을 찍는 사진관은 가상의 공간으로 현실에서 이루지 못한 상처와 그리움을 치유하고 언젠가는 만날 수 있다는 희망을 담고자 했습니다.
2. 이 작품은 한국 전쟁으로 인해 남북이 분단된 1950년대를 배경으로 하고 있습니다. 작가는 분단으로 인해 만날 수 없는 어린 시절 친구에 대한 그리움을 말하고자 했으며, 더 나아가 이산의 아픔을 나타내고자 했습니다.

작가의 다른 작품 보기

마늘 먹기

정해진 시간 동안 마늘 많이 까기를 하면 항상 꼴찌인 것은 돌이입니다. 어리고 손도 작으니 어쩔 수 없는데도 녀석은 늘 그 결과가 불만입니다. 경남이네 사랑방에서 커다란 함지를 사이에 놓고 빙 둘러 앉아 마늘 까기 내기를 하던 중 손이 커서 항상 내기에서 이기던 서분이는 자꾸만 혼자 이기니 재미가 없다는 듯 마늘 먹기 내기를 제안합니다. 순간의 잘못된 선택으로 먼저 먹겠다고 나선 돌이 자, 이번에는 과연 이길 수 있을까요? 마늘을 하나씩 입속에 넣습니다. 하나, 두울, 세엣, 네엣, 다섯……. 결국 '으아앙' 터져버린 울음. 도대체 왜 아무도 말려주지 않고 숫자만 세는 걸까요?

마늘 먹기 내기를 하는 진지한 아이들의 모습이 웃음을 자아내게 한답니다. 짧은 글이지만, 잊혀 가는 동심과 순수함에 대한 그리움이 오랫동안 여운으로 남을지도 모릅니다.

돌멩이

어느 마을 강가에 돌멩이가 살고 있습니다. 돌멩이는 입도, 코도, 눈도 없어서 말을 할 수가 없답니다. 하지만, 돌멩이에게도 마음은 있지요. 그 마음을 눈치 채는 사람은 아무도 없습니다. 딱 한 사람 경구만 빼고 말입니다. 돌멩이와 친해지고 싶은 경구는 돌멩이의 마음을 이해해 보려고 진심을 다합니다. 이런 진심이 통했는지 돌멩이와 친구가 된 경구는 아들 차돌이와 헤어진 아빠 돌멩이에게 차돌이를 찾아주게 됩니다. 어떻게 경구는 돌멩이와 이야기 할 수 있게 되었을까요? 돌멩이의 소리를 듣는 방법은 과연 무엇이었을까요?

그냥 지나치기 쉬운 사소한 사물에게도 가슴을 열고 마음을 기울이면 그 소리를 들을 수 있을지도 모릅니다. 자, 지금 듣고 싶은 소리가 있다면 진심으로 다가가 보는 건 어떨까요?

땔감

수록교과서 : 창비

윤흥길 소설가. 1942년 전북에서 태어나 원광대 국문과를 졸업했다. 1968년 《한국일보》 신춘문예에 단편소설 「회색 면류관의 계절」이 당선되어 등단했으며 1973년 발표한 「장마」를 통해 주목받게 되었다. 대표작으로는 「묵시의 바다」 「환상의 날개」 「아홉 켤레의 구두로 남은 사내」 등이 있다.

감상 길잡이

버튼 하나로 보일러를 켜고 추위를 해결하는 요즘과는 달리 산에 나무를 해서 방을 데우고, 음식을 익히던 시절이 있었습니다. 그 시절 땔감은 생활에 없어서는 안 될 중요한 필수품이었고, 산에 나무가 중요한 만큼 나무를 지키는 산림 감시원인 산감 또한 중요한 인물이었지요. 가족이 추위에 떨자 어쩔 수 없이 산에 나무를 훔치러 가는 아버지와, 그런 아버지를 눈감아주는 산감의 행동을 여러분의 기준에 비추어 해석하고 판단하며 작품을 감상해 봅시다.

갈래	단편 소설, 전후 소설, 현대 소설, 연작 소설
시점	1인칭 관찰자 시점
배경	6 · 25 전쟁 직후, 어느 농촌

성격	사실적, 향토적
제재	땔감
주제	가난 때문에 도둑질을 하게 되는 아버지의 고달픈 삶

나

집안의 장남. 아버지와 함께 청솔가지를 훔치러 감. 아버지의 사랑을 느낌

아버지

집안의 가장. 가족을 사랑함. 가족을 위해 청솔가지를 훔침

산감

소라단의 산림을 감시. 책임감과 자부심을 가지고 있음. 인간적임

아버지는 남의 밭에 무 한 뿌리도 함부로 건드리지 않는 정직한 사람입니다. 그런데 방의 고래가 막혀 식구들이 추위에 떨자, 장남인 나와 함께 소라단에 청솔가지를 훔치러 갑니다. 나는 망을 보고 아버지는 낫으로 청솔가지를 베다가 산감에게 들키는데, 아버지는 산감과 실랑이를 하다가 나를 먼저 산에서 내려 보냅니다. 붙잡힌 아버지를 두고 혼자 돌아갈 수 없었던 나는 도망쳐 오던 길을 다시 돌아가다가 아버지를 만납니다. 아버지는 청솔가지를 얹은 지게를 메고 돌아오던 길이었는데 산감을 혼내주었다고 큰소리를 칩니다. 나는 산에 오를 때처럼 아버지 등 뒤에 붙어 칼바람을 피하며 집으로 돌아옵니다.

땔감

그런 일이 있을 줄 미리 예감이라도 했던 듯이 아버지는 당최 내키지 않는 표정이었다. 그도 그럴 것이, 내가 알기로는 난생처음 아버지가 저지르려는 나쁜 짓이었으니까.

그때 나는 알고 있었다. 이제부터 아버지와 내가 하려는 일이 일종의 도둑질에 해당된다는 사실을 알고 있었다. 좀 더 솔직히 얘기해서 그것은 일종의 도둑질에 해당되는 정도가 아니라 명명백백한 도둑질이 분명하다는 사실도 나는 알고 있었다.

"남에 물건은 터럭 하나라도 건디리는 법이 아니다."

언젠가 주인 모를 밭둑에서 손가락에 피가 맺히게 억세디억센 바랭이 덩굴을 잡아 뜯다가 오동포동 속살이 들어찬 무밭을 보고 불현듯 시장기를 못 이겨 내가 한 뿌리 뽑으려 하자 아버지가 불쑥 던진 말이었다. 그 말이 부끄러움을 모르는 내 식욕에 재를 뿌렸기 때문에 나는 단박에 무르춤해져 가지고 말려서 아궁이에 넣을 바랭이를 뜯는 일에 도로 기를 쓰고 매달릴 도리밖에 없었다.

그런데 무 한 뿌리에 견주면 이제 곧 우리가 훔치게 될 것은 그 북더기로 보나 무엇으로 보나 징역을 살린대도 싸개 났달 게 없을 지경이었다. 아버지도 참 많이 변했다. 어머니를 비롯하여 우리 식구 모두는 아버지의 변모를 하나같이 환영하고 있었다. 아버지의 변모를 안타까워하고 슬퍼하는 사람은 오로지 아버지 혼자뿐이었다. 구름 위로 우뚝 솟은 자기를 두엄자리

까지 끌어내리려 음모하는 것들이 바로 우리라고 아버지는 굳게 믿는 눈치였다.

"든든히 먹어 둬라. 사람이 뱃구레가 비면 담력도 자연 허해지는 법이니라."

밥 덩이를 듬뿍 떠 내 그릇에 덜어 주면서 아버지가 말했다. 밥이라야 들척지근한 고구마투성이 진 떡에 지나지 않는 것이었다. 이삭 바심으로 얻은 싸라기에다 고구마를 놓은 거라고 어머니는 곧잘 터무니없는 소리를 하곤 했는데, 사실은 어머니의 그 우겨 대는 소리를 홀랑 뒤집어 놓으면 그것이 바로 올바른 순서가 되었다. 다시 말해서 고구마 솥에다 약간의 싸라기를 섞어 지은 밥이었다. 하지만 뭐가 됐건 나는 사양하지 않았다. 아버지의 말이 옳았다. 만약 내 담력이 허해지는 날이면 일을 아주 그르쳐 젬병으로 만들어 놓을 염려가 다분했다.

저녁을 그럭저럭 마쳤다. 아버지는 많이 모자라는 담력을 숭늉 대접을 벌컥벌컥 들이켜 빈 뱃구레를 채우는 것으로 벌충한 다음 곧장 깜깜한 마당으로 내려섰다. 뒤따라 내가 밖으로 나갔을 때 아버지는 이미 출발할 채비를 갖춘 채 어둠 속에서 나를 기다리고 있었다. 아버지가 걸머진 것은 발채를 얹은 본격적인 지게인 데 반해 내 것은 가마니였다. 해거름 전에 아버지가 가마니에 띠를 묶어 멜빵을 달아 놓았으므로 나 같은 약질이 짊어지기엔 아주 안성맞춤이었다.

"괜찮으요?"

어머니가 근심스러운 목소리로 물었다.

"하도 오랜만에 져 보는 지게라서 어떨까 혔더니 슬슬 옛날 가락이 나올라고 허누만."

누가 들어도 그 과장기를 충분히 눈치챌 수 있게시리 아버지의 목소리는 예사롭지가 않았다. 얼굴 표정을 숨길 수 없는 훤한 달밤이 아니기가 참말 다행이었다.

"들키지 않게 조심허시우."

어머니의 목소리는 한 꺼풀 더 근심스러워졌다. 식구들을 말짱 다 얼어 죽일 작정이냐면서 무섭게 몰아세우던 때와는 딴판으로 정작 아버지와 나를 떠나보낼 임시에 어머니는 걱정도 팔자로 많았다.

"재숫머리 없이 초장부터 그렇게 참깨 방정 들깨 방정 떠는 법이 아녀!"

아버지가 평소의 그답지 않게 버럭 호통을 쳤다. 들킨다는 것, 들킬지도 모른다는 것은 참으로 곤란한 얘기가 아닐 수 없었다. 신경질을 부리는 정도가 지나친 점으로 미루어 아버지가 내내 속으로 가장 걱정한 것이 무엇인지를 짐작하기는 그다지 어렵지 않았다.

우리는 집을 나섰다. 아버지가 앞장서고 내가 그 뒤를 따랐다. 지척*을 분간할 수 없는 어둠이 우리 부자 사이를 자꾸만 갈라놓으려고 덤볐다. 하늘에는 귀 떨어진 조각 별 하나 안 보였다.

쌕쌕이*처럼 기분 나쁜 휘파람 소리를 지르며 들판을 온통 휩쓸고 오는 바람 끝엔 어김없이 칼날이 들려 있어 목도리를 친친 동여 감았는데도 쩍쩍 갈라지는 아픔이 콧마루와 뺨에서 떠나지를 않았다. 대단한 강추위였다.

"등 뒤에 바싹 붙거라."

바람이 아버지의 목소리를 흉내 내어 내게 말했다. 나는 그 말대로 머리를 잔뜩 숙여 붙이고 바람

어휘정리

지척 아주 가까운 거리.
쌕쌕이 제트기를 속되게 부르는 말.

의 등덜미로 바싹 따라붙었다. 그러자 그것은 바람이 아니었다. 아버지가 내 앞에서 바람의 칼날을 부러뜨려 양옆으로 흘려보내고 있었다. 아버지의 등이 전에 없이 커져서 갑자기 뒤에 매달린 바지게의 넓이하고 거의 비슷할 정도였다.

"춥지야?"

이번에는 아버지가 영락없이 바람의 목소리를 흉내 내었다. 아니라고, 별로 추운 줄 모르겠다고 대답할 참이었다. 그런데 나는 엉겁결에 그만 커다란 실수를 저지르고 말았다.

"예."

"너 못할 일만 시키는갑다."

아버지는 대번에 풀이 죽었다. 우물쭈물하는 사이에 아버지가 또 말했다.

"얼어 죽이지 않을라고 헌다는 풍신이 이 모냥이구나."

갑자기 고래*가 막혀 아무리 불을 처때도 까까중이 이마 씻은 물만큼도 방바닥이 미적지근하지 못했다. 엄동*의 한복판에서 졸지에 당한 일이라 방구들*을 뜯어고칠 수도 없는 노릇이었다. 아궁이를 손보고 화덕 위에 구멍을 뚫어 손잡이가 긴 고랫당그래*로 그을음 덩어리도 대충 긁어내 보고 굴뚝도 쑤셔 보는 등등으로 별의별 수단을 다 써 보았으나 헛수고일 뿐이었다. 한번 막혀 버린 고래는 어거지로 욱여넣으려는* 불길을 한사코 도로 아궁이 밖으로 내뿜기가 예사였다. 덕분에 식구들은 너나없이 고뿔*이 들고 밤마다 고드름똥을 싸느라고 눈을 붙이지 못했다. 솥에다 끓일 게 없는 것도 문

어휘정리

고래 방의 구들장 밑으로 나 있는, 불길과 연기가 통하여 나가는 길.
엄동 몹시 추운 겨울.
방구들 온돌.
고랫당그래 방고래의 재를 그러내는 길고 작은 고무래.
욱여넣다 주위에서 중심으로 함부로 밀어 넣다.
고뿔 감기를 말하는 우리의 고유어.

제러니와 구들장*을 데울 수 없는 것은 더욱 심각한 문제였다.

그럴 무렵에 동네 사람 누군가가 뾰족한 수를 일러 주었다. 화력이 유달리 센 청솔가지를 한바탕 기세 좋게 태우다 보면 더러는 저절로 뚫리는 수도 있다는 것이었다. 그 말이 일차로 어머니의 귀에 솔깃하게 들렸던 것이고, 그래서 어머니는 양민증* 문제로 직장도 잃은 채 은둔 칩거하며 잔뜩 몸을 사리고 있는 아버지를 형편없이 우유부단하고 무책임한 게으름뱅이로 몰아붙임으로써 마침내 분발시키기에 이르렀던 것이다. 바로 그 청솔가지를 몰래 쳐 오기 위해서 한 집안의 가장인 아버지와 그의 장남인 내가 분연히 나선 길이었다.

원래의 목적지인 소라단까지 우리는 아무 탈 없이, 그야말로 무사히 도착했다. 거리도 상당히 멀 뿐만 아니라 야간 통행은 물론 대낮에 길거리에 나서는 것마저도 아직은 자유롭지 못한 아버지 입장에서 그것은 제법 위험이 따르는 모험이었다. 더구나 거기 소라단은 행방불명된 삼촌을 찾아 아버지 자신이 직접 시체 구덩이를 뒤지고 다닌 적이 있는 유명한 학살터였으므로 밤중에 남의 솔가지를 훔칠 요량으로 살금살금 숨어 들어가는 그 심정이 어떨 것인지는 뻔했다. 다행히도 그 자리에서 삼촌이 시체로 발견되지 않았다 해서 가뜩이나 위축돼 있는 아버지가 크게 위안을 느낄 수는 없었을 것이다.

그럼에도 불구하고 우리는 끝까지 소라단에 가지 않으면 안 되었다. 무엇보다도 우리에게 당장 시급한 것이 청솔가지였고, 들판에 자리 잡은 우리 동네에서는 아무래도 거기 이상 만만한 솔숲이 없었고, 그걸 꼭 구하려면 상당한 위험과 고생을 무릅

어휘정리

구들장 방고래 위에 깔아 방바닥을 만드는 얇고 넓은 돌.
양민증 지금의 주민등록증.

쓰고 거기에 가는 도리밖에 없었던 것이다.

산감의 눈을 피해 감시소와는 정반대 쪽으로 으슥한 골짜기에 지게를 받쳐 놓은 다음 아버지는 곧 일을 시작했다. 낫이 한 자루뿐이라서 아버지가 솔가지를 치는 동안 나는 멀찌감치 떨어져 망을 보았다. 아무것도 안 보였으나 소리만은 잘 들렸다. 너무 잘 들려서 오히려 미칠 지경이었다. 낫질하는 소리가 바람 소리를 도막도막 자르고 있었다. 그 소리는 먼저 바람을 자르고 다음 산자락을 한쪽서부터 차근차근 썰고 마지막으로 내 가슴에 부딪혀 와서는 그나마 남아 있던 콩알만 한 담력을 가루로 으깨 놓았다.

낫을 맞은 나뭇가지가 비명을 지르면서 땅바닥에 떨어질 때마다 온몸에 소름이 돋았다. 아버지는 작업을 너무 서두르고 있었다. 때문에 들킬 작정으로 일부러 그러는 것처럼, 곤히 잠든 소라단을 흔들어 깨우고 있었다. 아버지의 서투른 도둑질 솜씨를 원망하면서 돌을 쪼는 정만큼이나 딱딱 울리는 낫질 소리에 온통 정신을 팔다가 나는 망보기를 자연 게을리해 버렸다.

"꿈쩍 마라!"

느닷없이 호통 소리와 함께 전짓불이 아버지를 환하게 사로잡았다. 너무도 놀란 나머지 아버지는 마치 헛불* 맞은 노루와도 같이 펄쩍 한차례 뛰는 것 같았다.

"으떤 놈이냐!"

그 소리가 골짜기에 메아리쳐서 금방 되돌아왔다. 으떤 놈이냐아아아!

"불을 꺼야 대답을 허겄네."

눈이 부셔서 고개를 바룰* 수가 없는지 아버지는 낫을 쥔 손으로 얼굴을 가렸다. 그 바람에 어찌

어휘정리

헛불 사냥할 때 짐승을 맞히지 못한 총질.
바루다 비뚤어지거나 구부러지지 않도록 바르게 하다.

보면 대항이라도 할 것 같은 용감한 자세가 되었다.

"잔소리 말고 어서 양민찡이나 끄내!"

여전히 전짓불을 무자비하게 들이댄 채로 사내는 기다란 몽둥이를 휘둘러 위협적으로 좌우의 소나무 둥치를 후려갈기면서 아버지한테 다가섰다.

"자네가 누구간디 내 양민찡을 보자고 그러능가?"

양민증 소리 한마디에 벌벌 떨 줄 알았으나 아버지는 의외로 침착하고 능갈맞게 나오는 것이었다.

"보고도 몰라? 소라단 산림 감시소 산감* 님이시다."

"없네. 집에다 두고 왔네."

"요놈 자식 좋게 말혀서 안 듣누만. 감시소로 가자!"

"너 이노옴."

이번에는 아버지가 호통을 쳤다. 그 소리가 또 메아리쳐서 되돌아왔다. 너 이노옴옴옴.

"어려려, 도적놈이 감히 누구더러 됩데 큰소리여!"

"자식 놈 듣는 자리서 어따 대고 함부로 놈 짜를 팡팡 놓느냐!"

"허허허허……."

하도 어이가 없었던지 산감이 한참이나 너털웃음을 쏟아 놓았다.

"그렇게 자식 어려운 줄 아는 놈이 자식까장 앞세우고 도적질 댕기느냐?"

"어허, 그 도적 소리 고만두지 못허까. 우리 이럴 게 아니라 애나 먼저 보내 놓고 단둘이서 죄용히 얘기허세."

"무신 소리! 애도 같이 끌고 가야지."

어휘정리

산감 산림을 지키고 관리하던 공무원.

"자네는 자식도 없능가? 애비가 못 당헐 꼴을 당허는 걸 아무 죄도 없는 자식이 꼭 봐야만 자네 직성이 풀리겄능가?"

"아까부터 이놈이 누구보고 건방구지게 자네 자네여!"

산감이 언성을 높였다. 그러나 나를 보내고 안 보내는 문제에 대해서는 더 이상 시비를 삼지 않으려는 기색이었다. 아버지가 나 있는 쪽을 어림으로 지목하면서 눈짓을 했다. 빨리 돌아가라는 신호였다. 걸음아 날 살려라고 숲 사이를 빠져 나는 골짜기 아래로 도망치기 시작했다. 산감의 눈이 미치지 않을 곳까지 멀찍이 도망친 다음 아버지를 기다렸다. 나처럼 아버지도 도망쳐 나오기를 이제나저제나 하고 기다리고 있었다.

그렇게 한참을 기다려 봐도 아버지는 돌아오지 않았다. 붙잡힌 아버지를 두고 나 혼자만 돌아갈 수 없는 일이었다. 집에 가서 어머니한테 설명할 말이 없는 채로 그 자리를 떠날 수는 없는 노릇이었다. 나는 발소리를 죽이고 아버지가 붙잡혔던 자리로 살금살금 다가가기 시작했다. 만일 거기에 없으면 산림 감시소가 있는 맞은편 짝 산기슭까지도 가 볼 작정이었다.

다행히도 중간에서 아버지를 만났다. 깜깜한 속에서도 나는 아버지가 등에 지게까지 메고 있음을 알았다. 나는 잠자코 아버지의 등 뒤로 돌았다.

"괜찮다. 내가 그냥 지고 가마."

내 몫의 가마니를 내리는 걸 아버지는 허락하지 않았다.

"먼저 돌아가라니께 여태까장 안 가고 어디 있었냐?"

아버지의 힐책*에 나는 아무 대꾸도 못 했다. 내가 우물쭈물하고 있는 사이에 아버지는 다시 물었다.

"너도 봤쟈?"

어휘정리

힐책 잘못된 점을 따져 나무람.

그 말이 뭘 뜻하는 건지 새겨들을 겨를이 없었다. 아버지가 거푸 물어 왔기 때문이다.

"아버지가 그 버르장머리 없는 산감 녀석 혼내 주는 것 너도 똑똑히 두 눈으로 봤지야?"

나는 머리를 끄덕였다. 아버지의 그 말만은 어김없는 사실이었다. 산감한테 큰소리치는 걸 분명 내 눈으로 보고 귀로 들었으니까.

"예."

어두워서 머리를 끄덕이는 걸 못 본 성싶어 나는 소리 내어 대답했다. 그러자 아버지의 목소리에 생기가 돌았다.

"사람이 그렇게 막뵈기로 뎀비는 법이 아니라고 알어듣게 혼을 내 줬더니 나중판엔 잘못혔다고 미안허다고 그러드라. 한때 시국*을 잘못 만나 운수 불길혀서 그렇지 야밤중에 나무나 허러 댕기는 그런 사람이 아니라고 혔더니 괜찮다고 그냥 가져가시람서 지게 우에다 얹어까지 주잖겄냐."

그 증거로 아버지가 어깨를 들썩이자 지게에 담긴 청솔가지가 제꺼덕대꾸를 했다. 어쩐지 혼자서 도망쳐서 숨어 있길 참 잘했다는 생각이 자꾸만 들었다. 아버지가 산감을 결정적으로 꾸짖는 장면을 못 본 것이 조금도 섭섭지가 않았다.

"집에 가거든 느 에미한티 본 대로 얘기혀도 괜찮다. 아버지가 산감 녀석 버르장머리 곤쳐 놓는 얘기 말이다."

"예."

아버지가 앞장서고 내가 뒤를 따랐다. 귀 떨어진 조각 별 하나 안 보이는 깜깜한 밤이었다. 어둠이

어휘정리

시국 현재 당면한 국내 및 국제 정세나 대세.

자꾸만 우리 부자 사이를 갈라놓으려 덤볐다.

“아버지 등 뒤에 바싹 붙거라.”

칼날을 든 바람이 아버지의 목소리를 거의 그대로 흉내 내어 말했다. 나는 아버지가 하라는 대로 했다. 그러자 그것은 어느새 바람이 아니었다.

“되게 춥지야?”

이번에는 아버지가 휘파람 같은 바람 소리를 쏙 빼닮게 흉내 내었다.

“예.”

엉겁결에 대답하고 나서 나는 내가 또다시 실수를 저질렀음을 얼른 깨달았다.

중요한 내용 쏙! 쏙! 쏙!

형식상의 특징

- 연작 소설의 세편 중 첫 번째 작품임
- 생존을 위해 어쩔 수 없이 도둑질해야만 했던 비극적인 현실을 있는 그대로 묘사함
- 어린 관찰자인 '나'를 통해 가난 때문에 비도덕적인 일을 행하는 어른들의 모습을 어린이의 시선에서 바라봄

작품의 구성과 주요내용

발단		전개		위기		절정		결말
도둑질을 하기 위해 준비하는 아버지와 '나'	→	도둑질을 하러 나서는 길의 긴장감과 추위 (청솔가지를 훔치러 가게 된 사정)	→	소라단에 올라 청솔가지를 도둑질하다가 산감에게 들키는 아버지와 '나'	→	산감을 혼내주고 청솔가지를 가져왔다고 말하는 아버지	→	아버지의 보호 아래 산을 내려오는 '나'

전후소설이란

- 전후소설이란 전쟁 이후의 삶의 문제와 상황들을 다룬 소설을 뜻하며, 우리나라의 경우에는 한국전쟁(6.25전쟁)이후 나타남
- 전쟁전의 기존 가치관의 상실, 전쟁의 경험으로 얻게 된 불안과 허무 의식, 불안한 상황을 극복하려는 몸부림등이 중심 내용

문학을 다양하게 해석하는 이유

작가가 작품을 완성하여 세상에 내놓고 난 후에 작품은 독자 나름의 방법(지식과 경험, 가치관, 인식수준, 관심 등의 차이)으로 해석한 의미가 더해져 다양하게 해석될 수 있음

확인하기

1 나는 집으로 돌아오며, 아버지가 춥지 않느냐고 물었을 때 그렇다고 대답한 것을 실수라고 말합니다. 그렇게 말한 까닭을 생각해 봅시다.

2 산감이 처음에는 '나' 도 함께 끌고 가야 한다고 했지만, 아버지가 나를 먼저 산에서 내려 보내는 것에 암묵적으로 동의합니다. 산감이 그렇게 행동한 이유를 생각해 봅시다.

상상더하기 - 일기쓰기

아버지와 땔감을 훔치러 갔던 그 날의 기억은 '나' 에게 오래도록 남을 것입니다. 만약 내가 일기를 썼다면 그 날의 경험과 느낌이 어떻게 담겨 있을까요? 여러분이 '나' 가 되어 일기를 써봅시다.

확인하기 정답

1. 아들을 춥지 않게 해 주고 싶은 아버지의 마음을 헤아리지 못했기 때문입니다.
2. 산감도 아들 앞에서 자존심을 지키고 싶어 하는 아버지의 마음을 이해했기 때문입니다.

농림 핵교 방죽

김지겸은 공부를 잘하는 모범생입니다. 그런데 어느 날 싸움에 휘말려 새로 부임한 선생님에게 야단을 맞았답니다. 모범생이 어째서 싸움질을 했냐구요? 전쟁 때문에 아이들의 심성까지 피폐해져서 걸핏하면 싸움질을 하던 때라, 지겸이도 그만 싸움에 휘말리고 말았던 것입니다. 그렇게 학교에서 아이들 사이의 크고 작은 싸움은 끊일 줄을 몰랐답니다. 전쟁의 피 냄새가 후방에까지 전염된 것일까요? 어느 날 방죽으로 떠밀려온 혼혈아의 시체에 아이들은 놀라서 도망치기는커녕 돌을 던졌답니다. 너무 놀란 선생님은 화를 내면서 아이들을 쫓아내고 시체를 방죽에서 안고 나옵니다. 한없이 눈물을 흘리면서 말입니다.

전쟁은 천진난만 한 아이들의 동심마저도 황폐하게 만드나봅니다. 전쟁이 얼마나 인간성을 파괴하는지 아이들의 관점에서 잘 보여줍니다. 전쟁은 어떤 이유에서도 정당화 될 수 없다는 점을 강조하면서 어른들에게도 각성의 계기를 줄 수 있는 작품이랍니다.

집

아버지는 무능합니다. 빚쟁이에게 쫓기는 것으로도 모자라 믿었던 친구에게 속아서 살던 집마저 날려버리고 마니까요. 그런데도 허름하기 짝이 없는 판잣집을 사놓고 전세가 아니라 집주인으로 살게 되었으니 제집 마련을 했다며 자부심을 가지십니다. 그런데 난데없이 철거 소식이 전해집니다. 아버지는 이번에도 아무 것도 하려고 하지 않고 무기력한 모습만 보여줍니다. 어머니의 실망이 이만저만이 아닙니다. 그러나 형은 다릅니다. 시장에게 항의서를 보내고, 철거반이 왔을 때 길길이 날뛰며 저항합니다. 이 모습을 본 아버지도 철거반에게 죽을 각오로 버텨보지만, 철거반이 휘두른 망치 한 방에 걸음아 날 살려라 도망쳐 나오고 맙니다. 결국 집은 그렇게 철거가 되고 말았지요. 분을 참지 못한 형은 교회당을 찾아 눈을 뒤집은 채 줄에 매달려 밤새 종을 울려 대었답니다.

외국에서는 부조리한 일을 당했을 때 교회의 종을 울려서 부당함을 알리곤 했다고 합니다. 형이 울린 종도 비슷한 의미인 것 같습니다. 무능한 아버지도 용서할 수 없고 가난한 사람의 터전을 빼앗는 부조리한 사회도 용서할 수 없어서 한밤중에 그렇게 종을 울려댄 것이 아닐까요?

어린 수문장

수록교과서 : 미래엔컬처(이)

이태준 소설가. 호는 상허. 1904년에 강원도에서 태어났다. 1926년 일본 동경에 있는 조오치대학 문과에서 수학하다 중퇴하고 귀국하였으며 1933년 이효석 등과 친목단체인 구인회를 결성했다. 작품 활동은 1925년 단편소설 「오몽녀」를 ≪시대일보≫에 발표하면서 시작하게 되었고 대표작으로는 「아무 일도 없소」 「사상의 월야」 등이 있다.

감상 길잡이

어린 강아지를 데려와 길러본 적이 있나요? 어미젖이 그립고, 어미가 보고 싶어 낑낑거리는 모습이 애처로워 괜히 데려왔다고 후회가 되기도 하지요. 이 소설은 어린 강아지에 대한 연민의 감정이 담겨 있답니다. 어린 강아지와의 만남과 이별을 통해 '나' 의 감정이 어떻게 변화하는지 살펴보며 작품을 감상해 봅시다.

핵심정리

갈래	동화	성격	서정적
시점	1인칭 주인공 시점	제재	강아지의 죽음
배경	배1920년대, 농촌의 어느 마을	주제	어미 잃은 강아지의 죽음에 대한 자책감

등장인물

나

집안의 장남으로 가족에 대한 책임감을 가지고 있음. 어머니와 누이동생을 사랑함

어머니

윗집이 이사를 간 후 적적함을 느낌

누이동생

상냥하고 세심함

줄거리

나는 집을 나가 있는 시간이 많아, 어머니와 어린 누이동생만 있는 집안이 늘 걱정입니다. 그래서 윗말 할머니 댁에서 태어난 지 삼칠일이 된 강아지 한 마리를 얻어와 문간에 두었습니다. 그런데 강아지는 밤이 깊도록 끙끙거리며 괴로운 소리를 냈고, 추워서 그렇다고 생각한 나는 강아지를 아궁이에 옮겨다 뉘었습니다. 그런데 이튿날, 강아지가 보이지 않았고, 저녁때 누이로부터 강아지가 물에 빠져 죽었다는 소식을 듣게 됩니다. 강아지는 어미 개가 있는 집으로 돌아가다가 징검다리를 건너지 못하고 변을 당한 것입니다.

그 후 며칠이 못 되어 나는 윗말에 갔다가 어미 개와 마주치게 되었는데, 어미 개는 자식을 죽음으로 몰아넣은 것이 나임을 아는 것처럼 으르렁 거립니다. 할머니는 내가 양복을 입고 와서 그렇다고 하시지만, 나는 어미 개의 분노를 보며, 강아지의 죽음에 대한 자책감을 느낍니다.

어린 수문장

여름이었으나 장마 끝에 바람 몹시 부는 어느 날 밤이었습니다. 어머니는 이런 말씀을 하셨습니다.

"웃집에 장군네가 살 때는 장군 아버지가 술이 골망태* 가 되어도 우리 마당을 지낼 때마다 기침 소리를 내어 행결 든든하더니…… 그이가 떠난 후에는 그 소리나마 들을 수가 없구나. 이제는 개라도 한 마리 길러야지 문간이 너무 휑해서 어디 적적해 견디겠니."

자는 줄 알았던 누이동생이 이 말을 기다리고 있었던 것처럼,

"참, 어머니. 저 웃말 할먼네 개가 오늘 새끼를 낳았대요. 다섯 마리나 낳았다는 걸요."

실상 이 집의 대주大主* 는 나였으나 늘 집을 나가 있으니까 겨울이나 되어 눈이 강산처럼 쌓이고 지친 대문짝이 바람에 찌걱거리는 밤에는 어머님 한 분이 어린 누이동생만 데리고 얼마나 헛헛하실* 것을 생각하니 어머님 말씀과 같이 튼튼한 개 한 마리라도 문간에 두는 것이 집에서도 얼마간 든든하실 것 같고 나가 있는 나도 속 모르는 사람 둬 두는 것보다 그것이 더 미더워질 것 같이 생각되었습니다.

"그럼, 어머니. 젖 떨어지거든 한 마리 얻어 오지요."

물론 어머니나 누이동생이나 내 말에 일치 찬성이었습니다.

어휘정리

골망태 칡덩굴, 왕골, 같은 것으로 골이 깊게 짠 망태를 말하며, 예적에 농가에서 많이 쓰였다.
대주 호주를 달리 이르는 말.
헛헛하실 채워지지 아니한 허전한 느낌이 있을.

그 후 삼칠일*이 지난 어느 날이었습니다. 나는 누이동생과 함께 윗말 할머님 댁으로 미리 약조*가 있던 강아지 한 마리를 가지러 갔습니다.

홀쭉해진 뱃가죽을 축 늘어뜨리고 뒷다리 둘은 짝 벌리고 앙그러지게* 앉아서 젖 빠는 새끼들을 번갈아 내려다보는 그의 어미 개의 알른거리는* 눈알은 비록 짐승일망정 개에게도 손만 있으면 이 새끼 저 새끼 쓰다듬어 줄 듯이 남의 어머니로서의 따뜻한 애정을 가지고 있는 것같이 보였습니다.

대낮에 남의 새끼를 빼앗으러 간 우리는 공기에 밥을 주어 어미를 부르게 하고 그 틈을 타서 철없는 새끼들만 서로 밀치고 밟고 희롱하는 틈에서 첫째 체격을 보고, 둘째 빛깔을 보고, 암수는 상관할 것 없이 그중에서 제일 똑똑한 놈으로 한 마리를 골라서 좋다구나 하고 안고 나왔습니다.

"오빠, 눈을 감겨야 한다우. 길을 보면 도루 온다는데."

"뭘, 이까짓 게 징검다리나 건너겠니?"

새로 취임하는 우리 집 어린 수문장*은 울지도 않고 안겨 왔습니다. 그리고 좌우를 두리번거리며 살펴보더니, 이만한 집은 넉넉히 수비할 수 있다는 듯이 꼬리를 흔들며 좋아하였습니다.

어머님은 그의 밥그릇을 따로 정하시고, 나는 대문간에 아늑한 곳으로 그의 잠자리를 차려 놓고 누이동생은 붉은 비단 조각으로 그의 목걸이를 만들어 걸어 주었습니다.

이렇게 우리 집에선 새 식구를 하나 맞이하기에 부족함이 없이 만반 준비가 된 것이었습니다.

어휘정리

삼칠일 아이가 태어난 후 스무하루 동안. 또는 스무하루 되는 날. 세이레라고도 함.
약조 조건을 붙여서 약속함.
앙그러지게 모양이 어울려서 보기에 좋게.
알른거리는 잔무늬나 비치는 그림자 따위가 물결 지어 자꾸 움직이는.
수문장 대문간을 지키는 존재. 궁궐이나 성의 문을 지키던 무관 벼슬 이름이기도 했음.

저녁때였습니다.

어머님보다도 늘 나중 먹던 누이동생이 나보다도 먼저 숟가락을 놓고 나갔습니다.

"어머니, 강아지가 밥을 안 먹었어요."

"가만둬라. 첫날은 잘 먹지 않는단다. 젖 생각이 나는 게지."

나도 얼른 나가 보았습니다. 고소한 냄새가 나면 먹을까 해서 깨 부스러기를 섞어 주어도 웬일인지 그는 먹지 않았습니다. 이웃 아이들도 쭉 돌아서서 이 광경을 보다가,

"하룻밤 자야 먹어요. 배가 고파야……."

우리는 경험자들의 말을 듣고 '그럼 따뜻하게나 재우리라.' 하고 정해 놓은 자리로 안고 가서 부드러운 담요 쪽으로 한끝은 깔아 주고 한끝은 덮어 주었습니다. 이제부터는 이 문간에서 자고 있으며 사람이나 짐승이나 주인을 해치러 오는 자면 밤낮을 가림 없이 그를 방어할 것이 그의 고마운 직무인 것을 생각할 때 나는 그의 등을 똑똑 두드려 주고 들어왔습니다.

그러나 밤이 그리 깊지도 않아서 그는 괴로운 소리로 끙끙거리기 시작하였습니다. 어머님은,

"저게 에미 품이 생각나는 게로군."

"사람도 난 해가 제일 춥다는데."

나는 '추워서 정말 그러나 봅니다.' 하고 불을 켜 들고 나가 보았습니다.

그는 내가 깔아 준 자리에서 기어 나와 바르르 떨고 앉아서 엄마 부르듯 끙끙 소리를 지르고 있습니다.

나는 얼른 좋은 궁리 하나를 생각해 냈습니다.

아궁이를 말짱히 쓸어 내고 따뜻한 편으로 그의 자리를 옮겨다 뉘었습니다. 떨리던 몸이라 따뜻한 기운에 취한 탓인지 아무 소리가 없이 잠잠히 누워있었습니다.

나는 한참이나 들여다보다가 그가 눈을 감는 것까지 보고 겨우 안심이 되어서 들어왔습니다.

'아궁이에서 자면 버릇이 될걸.' 하시는 어머님도 '울지나 말았으면.' 하셨습니다.

우리는 모처럼 온 손님에게 후의껏* 대접이나 한 듯이 마음 편히 잠이 들었습니다.

이튿날 아침이었습니다. 어머님이 먼저 나가 보시더니,

"얘, 강아지가 없어졌다. 담요 조각만 있는데그래……."

정말 강아지는 있지 않았습니다. 아무리 찾아도 눈에 띄지 않았습니다. 길은 안다 하더라도 징검다리를 건너갈 수는 없었을 터인데……. 그러나 의심 결에 누이동생을 윗말로 보내고도 혹시 아궁이가 점점 식어 가니까 방고래* 속으로 기어 들어가지 않았나 하고 불러 보고 장대로 쑤셔까지 보아도 강아지는 나오지 않았습니다. 누이동생의 보고도 제 어미에게는 가지 않았다는 것입니다.

불안스러운 일이나 어쩔 수 없이 아궁이에다 불을 때는 수밖에 없었습니다. 어린 수문장이 취임하자마자 행방불명이 된 우리 집에는 그리 큰 변은 아니었으나 내 마음은 종일 불안스러웠습니다. 밤중에 아궁이가 점점 식어 들어가니까 방고래 속으로 들어갔다가 굶은 창자에

어휘정리

후의껏 남에게 두터이 인정을 베푸는 마음이 닿는 데까지.
방고래 방의 구들장 밑으로 나 있는, 불길과 연기가 통하여 나가는 길.

기운은 없고 소리도 못 지르고 타 죽지 않았나, 혹은 어미에게로 가려고 개구멍으로 기어 나가서 징검다리를 건너뛰다가 물에 떨어져 죽지나 않았을까…….

이런 깜직스런 생각도 그의 신상*에 비춰 보았습니다.

과연 이 불길한 추상推想*은 들어맞고 말았습니다.

저녁때 누이동생이 이런 소식을 가져왔습니다.

"오빠, 강아지가 물에 빠져 죽었더래. 저 동리 아이들이 고기 잡으러 나갔다가 저 아래 철로 다리 밑에서 봤다는데……."

나는 그가 죽음의 나라로 떨어진 징검다리로 쫓아 나갔습니다.

그가 웬만큼만 다리에 힘이 있었던들 요만 돌다리야 뛰어 건널 수도 있었을 것이요, 혹시 발이 모자라 떨어진다 하더라도 요만 물은 헤어 건널 수도 있었으련만, 그가 우리 집에서 이 개울까지 나온 것이 아무 힘없는 아무 위험도 모르는 그의 난생 첫걸음이었을 것입니다. 어느 돌과 어느 돌 사이에서 떨어졌는지는 모르나 첫째 돌과 둘째 돌 사이를 건너뛴 것이 그의 난생 첫 모험이었을 것입니다.

그 어린 목숨의 가련한 죽음은 그날 밤새도록 나의 꿈자리*를 산란하게* 하였습니다.

그 후 며칠 못 되어 나는 윗말에 갔다가 그 어미개와 마주치게 되었습니다.

그는 자기 자식 하나를 그처럼 비참한 운명으로 끌어낸 나임을 아는 듯이 불덩어리 같은 눈알을 알른거리며* 앙상한 이빨을 벌리고 한 걸음 나섰다 한

어휘정리

신상 한 사람의 몸이나 처신, 또는 그 주변에 관한 일이나 형편.
추상 미루어서 생각함. 또는 그런 생각.
꿈자리 꿈에 나타난 일이나 내용.
산란하게 어수선하고 뒤숭숭하게.
알른거리다 무엇이 조금씩 보이다 말다 하다

걸음 물러섰다 하면서 원수를 갚으려는 듯한 기세를 돋우고 있었습니다.

그때 마침 그 댁 할머님이 나오시다가,

"네가 양복을 입고 와서 그렇게 짖는구나. 이게, 이게……."

하시고 개를 쫓아 주셨습니다.

딴은 내가 양복을 입고 가기는 하였습니다.

중요한 내용 쏙!쏙!쏙!

형식상 특징

• 대화체 서술과 간결한 문장으로 생동감을 주고 있음
• 주인공의 심리를 섬세하게 묘사하여 감정전달에 집중함

강아지를 '어린 수문장'으로 표현한 이유

• 수문장이란 집과 가정을 지키는 존재를 뜻함
• 자신보다도 어리고 연약한 강아지를 '어린'이라 표현
• 순진한 아이의 눈으로 강아지를 사랑하는 심정을 담아 표현함

작품의 구성과 주요내용

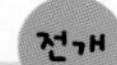

발단		전개		위기		절정		결말
아버지가 안 계신 집안의 사실상 대주의 역할을 하는 나	→	윗말 할머니네 개가 낳은 새끼 강아지를 들이기로 함	→	집으로 강아지를 데려온 지 하룻밤 만에 강아지가 사라짐	→	강아지는 자기 본집으로 돌아가는 길목의 개울에 빠져 죽은 것으로 밝혀짐	→	자신의 부주의로 애석하게 떠나보낸 것에 대해 후회하며 아파함

작품 창작의 동기

• 자신보다 어리고 약한 존재를 봤을 때 인간은 연민의 감정을 느낌
• 어린 강아지가 낯선 집으로 처음 들어왔던 모습, 강아지가 하루 만에 개울물에 쓸려 내려간 후 주인공의 가슴앓이, 어미 개를 만났을 때 주인공의 불편한 마음 등
  → **'연민'의 감정을 일으킴**

1 제목 '어린 수문장' 은 무엇을 의미하는지 생각해 봅시다.

2 내가 강아지를 집으로 데려와 기르려고 한 이유를 파악해 봅시다.

상상더하기 - 생각풍선 그리기

어미와 떨어져 낯선 집에서 살게 된 강아지가 가엾지요. 가족들의 정성스러운 보살핌과 관심이 있었지만, 결국 강아지는 어미 개를 찾아가다가 물에 빠져 죽게 됩니다. 낯선 '나' 의 집에 와서 따뜻한 아궁이에 누운 강아지는 마음속으로 무슨 생각을 했을까요? 그날 밤 강아지의 마음 속 이야기를 들어봅시다.

확인하기 정답

1. '나' 는 어미젖을 뗀지 얼마 안 된 강아지를 데려와 문간에 두고 키우기로 합니다. 이 어린 강아지를 빗대어 어린 수문장이라고 말한 것입니다.
2. 집안의 대주인 나는 늘 집을 나가 있고, 집에는 어머니가 어린 누이만 데리고 있습니다. 나는 어머니가 헛헛하실 것 같아 강아지라도 문간에 두고자 한 것입니다.

작가의 다른 작품 보기

달밤 '나'는 성북동으로 이사를 와서 이곳이 시골이라는 느낌을 받습니다. 시냇물 소리, 솔바람 소리도 들렸지만, 그것보다는 황수건이란 사람 때문이랍니다. 그는 못생긴 외모에 우둔한 성품으로 아내까지 거느리고 형님의 집에 얹혀삽니다. 예전에는 학교의 급사로 일했는데 일처리를 잘 못해서 쫓겨나고 말았지요. 그래서 지금은 정식 배달원이 떼어주는 20여부의 신문을 배달하고 3원을 받는 보조 배달원으로 일하고 있답니다. 그의 유일한 희망은 정식 배달원이 되는 것이랍니다. 하지만, 그 보조 배달원 자리마저 떨어지고 나에게 하소연을 합니다. 나는 그의 처지가 하도 딱해서 장사라도 해보라고 돈을 주지만 하는 일마다 실패하고 아내마저 도망가고 말았답니다. 어느 늦은 밤 황수건은 달만 쳐다보면서 서툰 노래를 부릅니다.

순박하지만 똑똑하지 못해서 각박한 현실에 부딪혀 상처받는 주인공의 모습이 애처롭게 느껴집니다.

복덕방 안초시는 하는 사업마다 실패를 하고 서참의의 복덕방에서 하는 일 없이 시간을 보내면서 재기를 꿈꾸고 있습니다. 무용가인 딸 안경희는 유명한 자신에 비해 가난하고 보잘 것 없는 신세의 아버지가 늘 부담스럽답니다. 안초시는 박영감이 알려준 부동산 투자 정보에 일확천금을 꿈꾸며 딸이 마련해 준 돈을 몽땅 투자합니다. 하지만, 그 정보는 땅을 처분하기 위해 꾸민 거짓이었고, 충격을 받은 안초시는 자살하고 말았답니다. 아버지의 자살로 자신의 명예가 훼손될 것만 걱정한 딸은 장례식을 성대하게 치릅니다. 장례식에 참석한 사람들은 문상에는 관심이 없습니다. 그저 딸을 보려고 몰려들었을 뿐이지요.

한 때 사회에서 중요한 일을 했지만, 노인이 되어 은퇴한 후 소외되어버린 주인공과 친구들의 모습에서 삶의 비애를 느낄 수 있답니다.

고무신

수록교과서 : 해냄

오영수 소설가. 호는 월주. 1914년 경상남도에서 태어났으며 1939년 동경 국민예술원을 졸업했다. 광복 후 경남에서 교사생활을 하다가 작품 활동을 시작했다. 총 150여 편의 많은 단편소설 작품을 남겼으며 대표작으로는 「화산댁이」 「갯마을」 「박학도」 등이 있다.

감상 길잡이

엿장수와 남이의 사랑은 요즈음 사람들처럼 직접적이지도, 뜨거워 뵈지도 않습니다. 그렇지만, 한 공간에 있는 것만으로도 행복하여 남이가 사는 동네에 오래도록 머무는 엿장수의 모습과, 엿장수가 건넨 옥색 고무신을 고이 모셔뒀다가 떠날 때 신고 나섰을 남이의 마음에서 우리는 더 진한 감동과 아름다움을 느낍니다. 남의 고무신을 들고 나가 엿을 바꿔 먹는 철없는 아이들의 모습 또한 귀엽고 사랑스럽지요. 작품을 읽으며, 작품이 주는 감동과 아름다움에 흠뻑 빠져봅시다.

갈래	단편소설, 순수소설	성격	향토적, 서정적
시점	전지적 작가시점	제재	고무신
배경	봄, 산기슭 마을	주제	엿장수와 식모의 애틋하고 순수한 사랑

남이
철수네 집 식모로 심성이 곱고 착함. 순종적임

엿장수
남이를 좋아함. 좋아하는 마음을 적극적으로 표현하지 못하고 소극적임

철수
가난뱅이 월급쟁이. 자식을 사랑함

영이와 윤이
철없고 순수함. 남이의 고무신을 가져다가 엿을 바꿔 먹음

가난한 산기슭 마을의 아이들은 엿장수가 찾아오는 것이 유일한 낙입니다. 어느 날, 이 마을에 사는 철수는 여섯 살 딸 영이와 네 살 아들 윤이가 식모 남이의 고무신으로 엿을 바꿔 먹은 것을 알게 됩니다. 그 고무신은 철수가 남이에게 추석치레로 사주었는데 남이가 무척이나 아끼는 것입니다. 얼마 후 남이는 빨래를 하러 집을 나서다가 우연히 엿장수를 만나게 되고, 엿장수에게 고무신을 내놓으라고 화를 냅니다. 총각 엿장수는 남이에게 신을 찾아 주든지, 새 신을 사 주든지 하겠다고 약속합니다. 그 때, 난데없이 날아든 벌이 남이 저고리 앞섶에 앉자, 엿장수는 손바닥으로 벌을 눌러 잡았습니다. 다음 날부터 엿장수는 오래도록 마을에 머물다 가곤 했는데, 마을 아이들에게 엿을 잘라 나누어 주는 인심을 쓰기도 했습니다.

그러던 어느 날, 남이 아버지가 남이의 짝을 찾아주기 위해 남이를 데리러 옵니다. 남이는 마침 찾아 온 엿장수에게 엿을 사 영이와 윤이에게 나누어 주고 내키지 않는 마음으로 아버지를 따라 나섭니다. 엿장수는 울음 고개에 올라 새 옥색 고무신을 신고 아버지를 따라 가는 남이를 멀거니 바라봅니다.

고무신

보리밭 이랑에 모이를 줍는 낮닭 울음만이 이따금씩 들려오는 고요한 이 마을에도 올봄 접어들어 안타까운 이별이 있었다.

바다와 시가지 일부가 한꺼번에 내다보이는, 지대*가 높고 귀환 동포가 누더기처럼 살고 있는 산기슭 마을이었다. 그렇기에 마을 사람들은 철수 내외와 같이 가난뱅이 월급쟁이가 아니면 대개가 그날그날의 날품팔이*이다.

밤이면 모여들고 날이 새면 일터로 나가기가 바빴다. 다만 어린아이들만이 마을 앞 양지바른 담 밑에 모여 윤선*이 오고 가는 바다를 바라보고, 윤선도 보이지 않는 날은 무료에 지쳐 버린다.

그러나 이 단조한 마을, 무료한* 아이들에게도 단 하나의 즐거움은 있었다. 그것은 날마다 단골로 찾아오는 젊은 엿장수였다.

내려다보이는 아랫마을을 거쳐, 보리밭 사잇길로 이 마을을 향해 올라오는 엿장수는 가위를 째깍거리면서,

"자아 엿이야, 엿. 맛 좋고 빛 좋은 울릉도 호박엿. 처녀가 먹으면 시집을 가고 총각이 먹으면 장가를 들고……"

언제나 귀 익은 타령이건만 이 마을 아이들에게는 언제나 새롭고 즐겁고 또 신이 나는 넋두리였다.

엿장수가 마을 앞까지 채 오기도 전에 아이들은 벌써 길목에 쭉 모여 서서 개선장군이나 맞이하듯

어휘정리

지대 건축물을 세우기 위하여 터를 잡고 돌로 쌓은 부분.
날품팔이 날삯을 받고 파는 품.
윤선 물레바퀴 모양의 추진기를 단 배의 한 종류.
무료하다 흥미 있는 일이 없어 심심하고 지루하다.

기다리고 섰다.

그러면 엿장수는 더 한층 가위 소리를 째깍거리고 길목 돌 위에다 엿판을 턱 내려놓고는 '자! 어떠냐?' 하는 듯이 맛보기를 주면 아이들은 서로 다퉈 담을 치고 들여다본다. 그러나 막상 엿을 사 먹는 아이는 좀체 보이지 않고, 혹 떨어진 고무신짝이나 가지고 와서 바꿔 먹는 아이가 없지는 않으나 그것도 매일같이 있을 리는 없다. 아이들은 사 먹지는 못할망정 보기만 해도 좋았다. 그 뽀얗게 밀가루를 쓴 엿가락이 가지런히 누워 있는 엿판을 들여다보고 있을 양이면 저절로 입에 군침이 괴고 마음까지 흐뭇해지는 것이었다.

이 마을 아이들에게 있어 엿장수의 존재는 커다란 매력이었다. 이 마을 아이들에게는 세상에서 가장 부러운 것이 엿장수였을는지도 모른다.

철수가 막 저녁 밥상을 받자, 그보다 먼저 저녁을 먹은 여섯 살짜리 영이와 네 살짜리 윤이 놈이 상머리에 와 앉는다. 영이 놈이 시무룩한 상을 하고 누가 묻기나 한 듯이,

"어머닌 외가 갔어!"한다. 즉, 저희들을 안 데리고 갔다는 불평인 눈치다. 이런 때 저희들을 동정하는 눈치를 보이기만 하면 투정을 부리는 줄 알기 때문에 철수는 시치미를 딱 떼고,

"흐음!"

했을 뿐 더는 대꾸를 않았다.

윤이는 밥술 오르내리는 것만 하염없이 바라보고 있는데, 영이는 제 말한 것이 아무 반응이 없어 계면쩍이* 앉았다가 갑자기 생각난 듯이 앉은걸음으로 한 걸음 앞으로 다

어휘정리

계면쩍이 겸연쩍이 변한 말, 쑥스럽거나 미안하여 어색하게.

가앉으면서,

"아부지!"하고는 채 대답도 듣기 전에,

"아지마가 오늘 윤이 때리고 날 꼬집고 했어!"한다. 철수는 밥을 씹다 말고,

"응, 정말?"

"그래!" 하고는 팔을 걷어 보이나 꼬집힌 흔적은 보이지 않는다.

그러자 작은놈도 밑이 타진* 바지를 젖히고 볼기짝을 가리키면서,

"에게, 에게, 때려……."하는 것을 보아 거짓말은 아닌 것 같다. 의외의 일이었다.

그것은 식모 아이 분수로서 함부로 애들을 때리고 꼬집었다든가 하는 무슨 명분*을 가려서가 아니라, 남이가 이 집에 온 이후 오늘까지 한 번이라도 애들에게 손찌검을 하거나 또 했다거나 하는 것을 보지도 듣지도 못했기 때문이었다.

만일 남이가 저희들 말과 같이 때리고 꼬집기까지 했을 때는 이만저만한 일로써가 아니리라.

"그래, 왜 아지마가 때리고 꼬집더냐?"

"……."

"응?"

"……."

한 놈도 대답이 없다.

철수는 부엌에서 저녁 설거지를 하고 있는 남이를 불렀다. 남이 역시 대답이 없다. 대답은 없으나

어휘정리

타지다 꿰맨 데가 터진.
명분 각각의 이름이나 신분에 따라 마땅히 지켜야 할 도리.

마루께로 걸어오는 발자국 소리는 들린다. 부엌에서 할 대답을 방문을 열고 서야,

"예!"

하는 남이의 태도도 역시 여느 때와는 다르다.

철수는 부드러운 목소리로,

"오늘 왜 윤이를 때리고 영이를 꼬집었냐?"

"……."

"아니, 때리고 꼬집은 것을 나무람이 아니라, 애들이 무슨 저지레*를 했느냐 말이다."

그제서야 남이는 옆눈으로 영이와 윤이를 한 번 흘겨보고는,

"오늘 뒤 개울에 빨래를 간 새, 영이와 윤이가 제 고무신을 들어다 엿을 바꿔 먹었어요."

어이없는 소리다. 철수는,

"뭣이 어쩌고 어째?"하고는 밥술을 걸쳐 놓고 남이에게로 돌아앉으면서,

"아니 그래, 넌 빨래 갈 때 신을 벗고 갔더냐?"

"아니요."

"그럼?"

"집에서 신는 헌 신 말고요, 옥색 신을요."

철수는 또 한 번 놀라지 않을 수 없었다.

"응? 옥색 신이다?"

"예."

어휘정리

저지레 일이나 물건에 문제가 생기게 만들어 그르치는 일.

이 옥색 고무신으로 말하면, 바로 작년 팔월 대목*이었다. 철수가 남이더러 추석치레*로 뭣을 해 주면 좋으냐고 물었을 때, 남이는 옥색 바탕에 흰 테두리한 고무신이 소원이라고 했다. 옷은 작년에 지어 둔 것이 있다는 말을 철수는 그의 아내에게서 들었기 때문에, 한껏* 해야 크림이나 한 통 사 줄 생각으로 말한 것이 의외에도 옥색 고무신이라는 데는 철수도 당황하지 않을 수 없었다. 그러나 한 번 해 준다고 한 이상 과하니* 어쩌니 할 수도 없고 해서 좀 무리를 해서 일금 삼백육십 원을 주고 사 줬던 것이다. 남이는 무척 기뻐했고 그만큼 또 그 신을 아꼈다. 제가 쓰는 궤짝 속에 감춰 두고 특별한 출입 – 이를테면 명절날이나, 또는 심부름 갈 때나, 학교 운동회 때 – 이 아니면 좀체 신질 않았고, 또 한 번 신기만 하면 기어코 비누로 씻고 닦고 했다. 그렇기에 신어서 닳기보다 닦아서 닳는 것이 더 했으리라. 그렇듯 골똘히도 아끼는 신이었으니 남이인들 여간 속이 상했기에 때리고 꼬집었을까.

"그래, 그 신을 어디다 뒀길래?

"마루 끝에 얹어 둔 걸요."

"왜 마루 끝에 뒀니?"

"씻어서 말린다고요."

철수는 한숨을 내쉬며 영이와 윤이를 돌아보니 영이 놈은 맹꽁이처럼 볼을 부르켜* 가지고 한결같이 고개를 숙이고 있고, 윤이 놈은 밥상을 노려만 보고 앉았다.

어휘정리

대목 설이나 추석 따위의 명절을 앞두고 경기(景氣)가 가장 활발한 시기.
추석치레 추석을 치러 내는 일. 여기서는 추석에 선물을 하는 것을 가리킴.
한껏 할 수 있는 데까지. 또는 한도에 이르는 데까지.
과하다 정도가 지나치니.
부르켜다 '부르터'의 방언. 성이 나.

남이는 또 말을 계속했다.

"지가 빨래를 해 가지고 오니 골목에서 영이와 윤이가 엿을 먹고 있기에 웬 엿이냐니까 싱글싱글 웃기만 하고 달아나는데, 이웃 아이들 말이 옆집 순이가 헌 고무신 한 짝을 갖고 와서 엿을 바꿔 먹는 것을 보고 윤이가 집으로 들어가서 신 한 짝을 들고 나와 엿장수에게 팽개치다시피 하고 엿을 바꿔 가지고 갔는데, 조금 뒤에 영이가 또 한 짝을 마저 갖다 주고 엿을 바꿨대요."

남이가 말을 마치자마자 영이는 눈을 해뜩거리면서*,

"지가 와 그래, 와 좀 안 주노, 와?"하는 것은 윤이가 엿을 바꿔 나눠 먹지 않기에 저도 그랬다는 뜻이다.

이러는 동안 윤이는 밥상에 얹힌 계란부침을 먹어 버렸다.

"그래, 그 엿장수는 어느 놈인데?"

"매일 단골로 오는……."

"머리 텁수룩하고 젊은 총각 놈 말이지? 음……."

철수는 밥상을 내밀었다. 남이는 남이대로,

"이놈의 엿장수 오기만 와 바라!"하고 벼르면서* 밥상을 내갔다. 영이 놈도 슬며시 일어나서 윤이 옆에 가서 잘 작정을 한다. 부엌에서는 남이가 엿장수에 대한 앙갚음을 하는 셈인지 솥전에 바가지 닥뜨리는* 소리가 요란하다. 철수는,

"애, 남아. 신을 도로 찾아 주든지 아니면 새로 사 주든지 할 테니 바가지 너무 닥뜨리지 말고 그릇

어휘정리

해뜩거리다 북한어. 눈알을 깜찍하게 뒤집으며 살짝살짝 자꾸 곁눈질을 하면서.
벼르다 어떤 일을 이루려고 마음속으로 준비를 단단히 하고 기회를 엿보다.
닥뜨리다 닥쳐오는 사물에 부딪는.

조심해라."

그러고는 담배를 붙여 물었다.

그러나 세상이 도둑 판이고, 따라서 요즘 엿장수란 엿 파는 빙자*로 빈 집을 노려 요강, 대야를 훔쳐 가기가 예사*고 심지어는 빨래까지 걷어 가는 판인데, 신으로 말하면 도둑질해 간 것도 아닌 이상 그놈을 잡고 힐난*을 한댔자 쉽사리 찾아질 것 같지도 않았다.

영이와 윤이는 어느새 잠이 들었다. 웃옷을 벗기고 베개를 베어 주고 철수도 옷을 갈아입고 자리에 누웠다.

밖은 물기 먹은 초열흘 달이 희붓한데*, 남이는 설거지를 마쳤는지 부엌은 조용하다. 어디서 아낙네들의 웃음소리가 먼 듯 가까운 듯 들려오고 밤은 간지럽게 깊어 갔다.

남이가 세숫대야에 걸레랑 헌 양말이랑 담아 옆에 끼고 막 대문 밖을 나서는데 엿장수의 가위 소리가 들려왔다. 엿장수는 마을 중턱 보리밭 사잇길을 올라오고 있었다. 남이는 대문 설주*에 몸을 붙이고 엿장수를 기다렸다. 엿장수는 마을 앞에 오자 한층 더 목청을 높여,

"자아, 떨어진 고무신이나 백철 부서진 거나 삼베 속곳 떨어진 거나……. 째깍째깍."

그러자 남이는,

"저놈의 엿장수 미쳤는가 베!"하고 입속말로 중얼거렸고, 마을 아이들은 어느새 엿장수를 둘러쌌다.

엿장수가 엿판을 길목에 내리자 남이는 가시처

어휘정리

빙자 말막음을 위하여 핑계로 내세움.
예사 보통 있는 일
힐난 트집을 잡아 거북할 만큼 따지고 듦.
희붓하다 '희부옇다'의 방언. 희끄무레하게 부연데.
설주 문짝을 끼워 달기 위하여 문의 양쪽에 세운 기둥.

럼 꼭 찌르는 소리로,

"보소!"

엿장수는 놀란 듯 힐끗 한 번 돌아보고는 담을 싼 아이들을 헤치고 남이에게로 오는데 남이는 입을 쌜쭉하면서 대뜸,

"내 신 내놓소!" 했다. 엿장수는 걸음을 멈추고 한참 동안 남이를 바라보다 말고 은근한 말투로,

"신은 웬 신요?" 하고는 상대편에 의심을 받을 만큼 히죽이 웃어 보이자, 남이는 눈을 까칠해 가지고,

"잡아떼면 누가 속을 줄 아는가 베!"

그러나 엿장수는 수양버들 봄바람 맞듯 연신 히죽거리며,

"뭘요, 그믐밤에 홍두깨*도 분수가 있지?"

남이는 발끈하고,

"신 말이오!"

"신을요?"

"어제 우리 집 아이들을 꾀어 간 옥색 고무신 말이오!"

엿장수는 머리를 벅벅 긁으며,

"꾀기는 누가……." 하고는 한 걸음 앞으로 다가서서 길 아래위를 살핀 다음 낮은 소리로,

"그 신이 당신 신이던교?"

"누구 신이든 내놔요, 빨리!"

엿장수는 또 머리를 긁으면서,

"당신 신인 줄 알았으면야, 이놈이 미친놈이 아

어휘정리

홍두깨 다듬잇감을 감아서 다듬이질할 때에 쓰는, 단단한 나무로 만든 도구.

닌 담에야…….” 하고 지나치게 고분거리는데 남이는 한결같이 앙살*을 부린다.

"내놔요, 빨리!"

엿장수는 손짓으로 어르듯 달래듯,

"가만있소. 도가*에 가 보고 신이 있으면야 갖다 주고말고. 만일 신이 없으면 새 신이라도 사다 줄게요. 염려 마소!"

하고는 남이의 발을 눈잼*하는데, 이때 난데없이 굵다란 벌 한 마리가 날아와 남이의 얼굴 주위를 잉잉 날아돈다. 남이는 상을 찌푸리고 한 손을 내저어 벌을 쫓고, 목을 돌리고 하는데, 벌은 갑자기 남이 저고리 앞섶에 붙어 가슴패기로 기어오르고 있다.

이것을 조마조마 보고 있던 엿장수는,

"가, 가만…….” 하고는 한걸음에 뛰어들어,

"요놈의 벌이.” 하고 손바닥으로 벌을 딱 덮어 눌렀다.

옆에서 보기에도 민망스런 순간이었다.

남이는 당황하면서도 귀 언저리를 붉히고 한 걸음 뒤로 물러서자, 함께 엿장수 손아귀에는 벌이 쥐어졌다. 쥐킨 벌은 고스란히 있을 리가 없다. 한 번 잉 소리를 내고는 그만 손바닥을 쏘아 버렸다. 동시에 엿장수는,

"앗!" 하고, 쥐었던 손을 펴 불며 털며 앙감질*을 하는 꼴이 남이는 어떻게나 우스웠던지 그만 손등으로 입을 가리고 킥킥하고 웃어 버렸다. 엿장수는 반은 울상 반은 웃는 상 남이를 바라보는데, 남이의 송곳니가 무척 예뻐 보였다. 남이는 엿장수와

어휘정리

앙살 엄살을 부리며 버티고 겨루는 짓.
도가 동업자들이 모여서 계나 장사에 대한 의논을 하는 집.
눈잼 눈짐작. 눈으로 보아 헤아려 보는 짐작.
앙감질 한 발은 들고 한 발로만 뛰는 짓.

눈이 마주치자 무색해서 눈을 땅바닥으로 떨어뜨렸다. 살을 쏘아 버린 벌이 꽁무니에 흰 실 같은 것을 달고, 거추장스럽게 기어가고 있다. 남이의 시선을 따라 온 엿장수 눈이 이것을 보자 그만 억센 발로,

"엥이, 엥이, 엥이." 하고 망깨* 다지듯 짓밟고 문질러 자취도 없이 해 버리자 남이는 또 웃음이 나올 것만 같아 문을 밀고 안으로 들어가 버렸다.

엿장수는 무슨 발작이나 막 하고 난 사람처럼 맥이 없었다. 어깨와 두 팔을 축 늘어뜨리고 남이가 들어간 문 쪽을 한참 동안 멍하니 바라보고 나서야 비로소 어슬렁어슬렁 엿판께로 돌아왔다.

엿판 가에는 아이들이 파리 떼처럼 붙어 있다. 보아하니 윤이는 아랫배에 두 손을 붙여 도사리고 앉아, 엿을 노리고 있고, 영이는 서서 아이들과 어느 것이 굵으니 작으니 하며 태태거리고* 있다.

엿은 애들이 그새 얼마나 손질을 했기에 가루가 벗어지고 노르스름한 알몸이 드러난 것이 따끈한 봄볕에 쪼여 노그라질 대로 노그라졌다. 이런 엿은 누가 시험 삼아 입에 넣어 볼 양이면 단맛보다는 먼저 짭짤한 맛이리라.

엿장수는 아이들과 엿판을 번갈아 보다 말고 무슨 생각에선지 엿을 몇 가락 움켜쥐고는 가위로 때려 부셔 둘러선 아이들에게 한 동강이* 씩 선심을 쓰는데 그중에도 영이와 윤이는 제일 큰 것을 받았다.

엿장수는 한쪽 어깨에 비스듬히 엿판을 메고 연신 힐끗힐끗 철수네 집을 보아 가며 다음 마을로 건너갔다. 그러나 해질 무렵 해서 또다시 가위 소리가 들렸으나 엿장수는 엿판을 내리지 않았고 또 아이들도 채 모이기도 전에 아랫마을로 내려가 버렸다.

어휘정리

망깨 토목 공사에서 여러 일꾼들이 들었다 놓았다 하면서 땅을 단단하게 다지는 작업 도구.
태태거리다 불평을 늘어놓고.
동강이 (일정한 부피를 가진 긴 물건의)짤막하게 잘라진 부분이나 쓰고 남아 짤막하게 된 부분.

다음 날도 좋은 날씨였다. 먼 산은 선잠 깬 여인의 눈시울처럼 자꾸만 선이 희미해 오고 수양버들은 아지랑이가 간지러운 듯 한들거렸다. 보리 싹은 제법 파릇하고 남향 담 밑에는 민들레가 놀란 듯 활짝 피었다.

오늘따라 엿장수는 일찍 왔다. 엿장수가 오는 시간은 누구보다 더 잘 알고 있는 이 마을 아이들에게 있어서는 적지 않은 사건이었다. 또 하나 의외의 일은 한 담배 참* 씩이면 다음 마을로 가 버리는 엿장수가 오늘은 제법 아이들과 시시덕거리고* 놀기를 시작한 것이다. 그뿐만 아니라, 길목 타작 마당에서 아이들과 뜀뛰기까지 하다가 점심 때 가까이 해서야 다음 마을로 건너가는 것이었다.

아이들은 어제 모양으로 엿을 한 동강이씩 주지 않고 가는 것이 퍽이나 섭섭한 눈초리로 뒤 꼴을 바라보았으나, 보리쌀 삶을 즈음해서 엿장수는 또 왔고, 해가 져서야 돌아갔다.

다음 날도 그랬고 그 다음 날도 그랬다. 다만 전날과 다른 것은 영이와 윤이에게 엿을 한 가락씩 쥐어 주고 간 것이다. 동네 아이들은 영이와 윤이가 무척 부러웠다.

날씨는 한결같이 좋았다. 산기슭 잔디 언덕에는 쑥 싹을 캐는 소녀들의 색 낡은 분홍 치마가 애틋하게 정다워 보이고 개울가에는 냉이랑 독새랑 여뀌랑 미나리랑 싹이 뾰족뾰족 돋아났다.

엿장수는 한결같이 왔고 와서는 갈 줄을 몰랐다. 어떤 날은 벙글벙글 웃었고, 웃는 날은 애들에게 엿을 나눠 주었으나 벙어리처럼 덤덤히 앉았다가 가는 날은 엿 맛을 못 보았다. 그렇기에 아이들

어휘정리

참 일을 시작하여서 일정하게 쉬는 때까지의 사이.
시시덕거리다 실없이 웃으면서 조금 큰 소리로 계속 이야기하다.

은 엿장수가 오면 엿 판보다 먼저 엿장수 눈치부터 보는 버릇이 생겼다.

요즘은 그 텁수룩한 머리에다 기름 칠갑*을 해 가지고는 억지로 빗어 넘기고 또 옥색 인조견* 조끼도 입었다. 낯익은 동네 아낙들이,

"엿장수 요새 장가갔는가 베?" 고 할라치면 엿장수는 수줍게도 씩 웃으며 그 펑퍼짐한 얼굴을 모로 돌리곤 했다.

하루는 철수가 저녁을 딴 데서 치르고 늦게 돌아오는데, 어떤 젊은 사내가 대문 틈으로 정신없이 집 안을 들여다보고 있었다. 철수는 이놈이 바로 좀도둑이거니 하고 손가방으로 궁둥짝을 후려치며,

"웬 놈이냐?" 하고 고함을 질렀다. 사나이는 그야말로 뱀이나 밟은 것처럼 기겁을 하고는 철수를 보자 이내 한 손을 머리로 올리고 꾸벅꾸벅 절만을 했다.

"뭣을 훔치려고 노리는 거야?"

"아, 아니올시더. 예, 예, 저 댁의 강아지가, 예, 헤헤……."

"강아지가 어쨌단 것야?"

"예, 저 아니올시더. 헤헤."

연신 허리를 꾸벅거리고는 비슬비슬* 달아나 버렸다.

"그놈 미친놈이군!" 했을 뿐, 그 사나이가 엿장수인 줄 철수는 몰랐다.

밤이면 개 짖는 소리가 요란했고, 그런 밤이면 마을 사람들은 안팎 문을 꼭꼭 걸어 닫았다.

어떤 사람은 철수네 집 담 밑에서 도둑놈을 보았다고 했고 또 어떤 사람은 길목에서도 보았다고들 했다. 개울 빨래터에서도 보았고 동네 우물가에

어휘정리

칠갑 물건의 겉면에 다른 물질을 흠뻑 칠하여 바름.
인조견 사람이 만든 명주실로 짠 비단.
비슬비슬 자꾸 힘없이 비틀거리는 모양.

서도 보았다고들 했다. 그러나 막상 도둑을 맞은 사람은 한 사람도 없건만 마을에서는 도둑 소문이 자자한 채 달도 바뀌고 제비 올 무렵 어느 날 저녁녘에 우연히도 남이 아버지가 찾아왔다.

철수 내외가 남이 아버지를 맨 나중 만나기는 지금으로부터 삼 년 전 윤이가 나던 해였다. 그리고 꼭 삼 년이 지났다. 삼 년 동안 남이 아버지는 많이도 변했다. 머리는 검은 털보다는 흰 털이 훨씬 더 많았고, 그 길쑴한* 얼굴은 유지*를 비벼 놓은 것처럼 주름살이 잡혔다. 저녁을 먹고 나서 남이 아버지는,

"내가 달리 온 것이 아님더!" 하고는 담배를 잰다*. 철수 내외는 암만해도 이 영감이 딸을 보러만 온 것이 아니라고 짐작은 하면서도

"무슨 일인데요? 새삼스리?"

그러나 남이 아버지는,

"안 그런기요? 내가 나이 칠십에 내일 죽을지 모레 죽을지……."

그러고는 담배를 쭉쭉 소리를 내어 빨고 나서,

"내가 오늘 온 것은 다름이 아니올시더. 저 남이 말임더, 저것을 내산 동안에 짝을 맞차 놔야 안 되겠는교?"

하고는 또 담배를 빨기 시작한다.

철수는,

"그야 짝을 맞출 때가 되면 그래야죠." 한즉,

"아니올시더. 지집애가 나이 열여덟이면 과년* 했거던요."

"……."

어휘정리

길쑴하다 시원스레 조금 기름한.
유지 주름살이 잘게 잡힌 종이.
재다 담뱃대에 연초를 넣다.
과년 결혼하기에 적당한 여자의 나이.

"우리 동네 말임더, 나이 올해 스무 살 먹은 얌전한 신랑이 있는데, 모자단 둘이고요, 뱃일이고 바닷일이고 입 댈 것 없지요."

철수는 듣다못해,

"그래서 영감은 거기다 남이를 시집보내겠단 말씀이죠?"

"암요."

그러자 철수 아내가,

"보이소. 나도 스물한 살 때 이 집에 시집을 왔는데, 뭣이 그리 급해서……. 더구나 남이는 나이만 열여덟이지 원래 좀된 편이라 숙성한 애들의 열대여섯 밖에는 안 뵈는데……."

"아니올시더, 부모 갖고 살림 있으면야 한 해 두 해 늦어도 까딱없지요. 암, 까딱없고 말고……."

"그렇잖아도 스무 살은 안 넘길 작정을 하고 또 그리 준비도 하고 있소."

스무 살이라는 말에 남이 아버지는 그만 질색을 하면서,

"언머어이, 무슨 말인교? 당찮심더!" 하고는 낯까지 붉히었다. 철수 아내가 또 무슨 말을 하려는 것을 철수는 손짓으로 막고,

"영감, 잘 알았소. 그만 건너가서 편히 쉬이소." 하자 그제서야 남이 아버지는 안심이 되는 듯 일어서며,

"내일 아침에 일찍 가겠심더, 안 그런교? 기왕 남의 권식* 될 바야 하루라도 일찍 보내는 기 좋지 않겠는교."

하고 또 뭐라고 중얼중얼하면서 건너갔다.

남이는 여느 때와 조금도 다름없이 부엌에서 아

어휘정리

권식 한집에 사는 식구.

침 채비*를 하고 있다. 다만 다른 것은 눈시울이 약간 부은 것뿐이다.

이날 철수 내외는 둘 다 결근을 했다. 철수 아내는 그동안 장만해 두었던 남이의 옷감을 꺼냈다. 그리 좋은 것은 아니나 그래도 저고릿감이 네 벌, 치맛감이 세 벌, 그 밖에 자기가 시집올 때 해 온 무색옷 중에서 시속*에 맞지 않고, 색이 너무 난한* 것을 추려 몇 벌, 또 속옷 이것저것해서 한 보퉁이는 좋이* 되었다. 아침을 치르고 나서 철수 내외는 남이를 불러 갈 채비를 하라고 이르고, 그의 아내는 밀쳐 둔 보퉁이를 헤치고 이것은 뭣이고, 이것은 언제 입는 옷이고 또 이것은 다시 고쳐 하고 하면서 일일이 일러 주는데, 남이는 듣는 둥 마는 둥 하고,

"아직 설거지도 안 했는데……." 하고 일어선다.

"내가 할 테니 그만두고, 어서 머리 빗어라. 그리고 옷은 이걸 입고, 버선은 요전번에 신던 것 신고……."

그러나 남이는

"물도 안 길었어요." 하고 또 밖으로 나가려고 한다.

"그만둬라."

"요새 물이 달려서 일찍 가야 해요."

그러자 건넌방에서는 남이 아버지가,

"남아, 준비 다 됐나? 차 시간 놓칠라, 속히 가자." 하고 소리를 질렀다. 남이는 건넌방 쪽을 흘겨보고,

"가고 싶거든 혼자 가지……." 하고 중얼거리면서 또 밖을 나가려는 것을, 이번에는 철수가 불러들

어휘정리

채비 필요한 물건, 자세 따위가 미리 갖추어져 차려지거나 그렇게 되게 함.
시속 그 시대의 풍속.
난하다 빛깔이나 글씨, 무늬 따위가 깔끔하지 아니하고 무질서하여 어지럽고 어수선한.
좋이 마음에 들게.

여,

"가 보고 마땅찮거든 다시 오더라도 가도록 해야지. 차 시간도 있고 하니 빨리 채비를 해라!"

하고 타이르는데, 남이 아버지는 벌써 뜰에 나와 기다리고 있다. 남이는 그제서야 낯을 씻고 제가 일상 쓰던 물건들을 챙겼다. 크림 통과 가루분 통이 하나씩, 그리고 한쪽 모가 떨어져 삼각이 된 거울이 한 개, 얼레빗과 참빗, 그 밖에 수본*, 골무, 베갯모, 색 헝겊, 당세기*, 허드레옷 해서 그것도 한 보퉁이가 실하다.

분홍 치마에 흰 반회장저고리*를 입고 맑은 때가 묻을락 말락한 버선을 신은 남이는 딴사람 같이 예뻐 보였다. 어디다 내세우더라도 얌전한 색싯감이었다. 남이 아버지가 대문짝에 담뱃대를 딱딱 두드리면서 헛기침을 하는 것은 빨리 나오라는 재촉일 게다. 철수 아내는 이모저모 남이 옷맵시를 보아주고,

"어서 가거라. 너 잔치할 때는 너 아저씨가 가든지 내가 가든지 꼭 할 테니……."

그러나 남이는 한 마디 인사말도 없이 영이와 윤이를 찾는다. 골목에 나가 놀고 있던 영이와 윤이는 남이의 달라진 모양을 보고 눈이 뚱그레져서,

"아지마 어데 가노?" 하고 묻는다.

남이는 대답도 않고 두 아이를 데리고 건넌방으로 들어가, 영이와 윤이를 세운 채 두 팔로 가둬 안고,

어휘정리

수본 수를 놓기 위하여 어떤 모양을 종이나 헝겊 따위에 그려 놓은 도안.
당세기 '고리'의 방언. 고리버들의 가지나 대오리 따위로 엮어서 상자같이 만든 물건.
반회장저고리 깃, 고름, 끝동에 다른 색의 천을 대어 지은 여자의 저고리.

"윤아, 아지마 가먼 니 빠빠 누가 줄고?" 하자, 영이가 또,

"아지마, 어데 가노?" 하고 묻는다. 남이는 목멘 낮은 소리로,

"우리 집에 간다."

그러나 영이는,

"거짓말이다. 이거 너거 집 앙이고 머고?" 하고, 발까지 구르며 짜증을 낸다. 갑자기 윤이가 그 넓적한 입을 삐죽거리면서 억실억실한* 눈에 눈물을 함빡 가둔다. 남이는 지그시 팔에 힘을 준다. 윤이 눈에서 눈물 한 방울이 떨어져 남이의 자줏빛 옷고름에 얼룩이 진다.

바로 이때다. 골목에서 엿장수 가위 소리가 들려왔다. 남이는 재빨리 윤이를 업고, 영이의 손목을 잡은 채 밖으로 나갔다. 남이 아버지는 벌써 저만치 철수와 하직을 하면서 내려가고, 엿장수는 막 철수네 집 앞에서 대문을 나서는 남이와 마주쳤다. 엿장수는 얼빠진 사람처럼 남이를 바라보는데 남이의 눈에는 순간 어두운 그림자가 지나갔다.

남이는 윤이를 업은 채 허리를 굽히고, 몸을 약간 둘러 치맛자락을 걷고 빨간 콩 주머니에서 십 원짜리 두 장을 꺼내 엿장수를 주었다. 엿장수는 그제서야 눈을 돌려 남이와 돈을 번갈아 보다 말고 신문지 조각에 엿을 네댓 가락 싸서 아무 말도 없이 돈과 함께 내민다.

남이는 약간 망설이다가 역시 암말도 없이 한 손으로 받아 가지고는 영이를 앞세우고 안으로 들어왔다. 엿장수는 멍하니 대문만 쳐다보고 있다가 침을 한 번 꿀꺽 삼키고 나서 엿판을 둘러메고는 혼잣말로,

"꽃놀이를 가면 자천 골짜기지. 그럼 한 걸음 앞

어휘정리

억실억실하다 얼굴 모양이나 생김새가 선이 굵고 시원시원한.

서 울음 고개로 질러감 되겠지."

이렇게 중얼대면서 엿장수는 빠른 걸음으로 담 모퉁이를 돌아 울음 고개로 향해 갔다.

남이는 그 엿장수에게 받은 엿을 영이에게 둘, 윤이에게 둘 각각 손에 쥐어 주고서도 한 동강이 잘라 입에 넣고는 수건으로 윤이 눈물 자국과 영이 코밑을 닦아 주고서야 보퉁이를 들고 일어섰다.

영이와 윤이는 엿 먹기에 여념이 없었다.

철수 아내는 보퉁이 한 개를 들고 따라 나오면서 남이에게 귀엣말로 뭣을 일러 주고……. 이래서 남이는 떠나간다. 다만 한 가지 철수 내외에게 수수께끼는 마을 중턱에서 남이를 보내고 서서 그의 뒷모양을 바라보는 데, 남이가 어이한 옥색 고무신을 신고 가는 것이다. 더구나 한 번도 신지 않은 새것을…….

철수 내외는 서로 얼굴만 쳐다볼 뿐 도로 물어본달 수도 없고 해서 그만 두었다.

보리밭 사이 조그만 언덕길로 옥색 고무신을 신은 남이는 갔다. 자천 골짜기로 꽃놀이를 가는 줄만 알았던 남이가 난데없는 영감 하나를 따라 가고 있는 광경을 엿장수는 울음 고개 위에서 멀거니 바라보고 있는 것을 남이 자신이야 알 리도 없었다.

중요한 내용 쏙! 쏙! 쏙!

고무신의 상징적 의미

- 철수 부부가 남이에게 추석 선물로 사 준 물건
- 남이와 엿장수 사이의 사랑이 담긴 소재

작품의 구성과 주요내용

발단		전개		위기		절정		결말
산기슭 마을에 찾아오는 엿장수	→	아이들이 남이의 옥색 고무신을 엿과 바꿔 먹음	→	남이와 엿장수의 대화와 접촉	→	남이를 시집보내기 위해 찾아온 남이 아버지	→	옥색 고무신을 신고 아버지를 따라가는 남이를 울음고개에서 바라보는 엿장수

남이에 대한 엿장수의 마음이 드러난 행동들

- 엿장수는 남이 대신 벌에 쏘여 가며 남이 저고리에 붙은 벌을 잡아 줌
- 남이에게 새 옥색 고무신을 사다 줌
- 머리에 기름칠을 하거나 옥색 인조견 조끼를 입는 등 겉모습에 신경을 씀

문학을 다양하게 해석하는 이유

엿장수	남이
남이가 예쁘게 단장을 하고 나서기에 꽃구경을 가는 줄 알았는데, 힘없이 어떤 낯선 영감을 따라가고 있는 걸 보니, 뭔가 일이 잘 못되고 있는 것 같구나.	나는 좋아하는 사람이 따로 있는데, 아버지께서 결정하신 일이니 거역을 할 수도 없고 너무나 슬프다. 꼭 이대로 그냥 따라나서야 하나? 엿장수 총각이 달려와서 길을 가로막아 주었으면 좋겠다.

1 남이를 좋아하는 엿장수의 마음이 드러난 행동을 찾아봅시다.

2 남이와 엿장수의 사랑이 만들어 내는 이 작품의 가치를 현대 사회의 모습과 비교하여 설명해 봅시다.

상상더하기 - 등장인물 되어보기

엿장수를 마음에 담고 있지만, 아버지의 뜻에 따라 다른 사람에게 시집을 가게 된 남이의 사정이 딱하지요. 지금처럼 연애와 결혼이 자유롭지 않았던 시절에 여러분이 남이라면 어떻게 이 상황을 해결할지 이야기해 봅시다.

확인하기 정답

1. 엿장수는 남이 대신 벌에 쏘여 가며 남이 저고리에 붙은 벌을 잡아 주고, 남이에게 새 옥색 고무신을 사다줍니다. 또, 머리에 기름칠을 하거나 옥색 인조견 조끼를 입는 등 겉모습에 신경을 쓰기도 합니다.
2. 남이와 엿장수의 사랑은 느리고 소극적으로 진행되지만, 순수하고 아름답습니다. 빠르고 계산적인 현대 사회의 사랑 속에서 남이와 엿장수의 순수한 사랑은 우리가 되찾아야 할 소중한 가치인 것입니다.

작가의 다른 작품 보기

화산댁이

두메산골에 사는 화산댁은 오랫동안 막내아들 돌이를 만나지 못했습니다. 도방에서 살림을 차리고 산다는 소식만 겨우 알고 있을 뿐입니다. 복술이의 도움으로 찾아 나선 아들의 집은 그녀가 본적 없는 아주 근사한 집입니다. 설마 여기가 아들의 집이겠냐고 생각하고 들어가길 망설일 정도입니다. 근대화의 물을 덜 받은 화산댁의 상상에서 며느리는 늘 낭자를 하고 저고리, 버선에 고무신을 신은 모습이었는데 며느리는 치마를 입고 파마를 한 차림입니다. 더구나 장터에서 길을 물었을 때 행색이 초라한 자신을 도둑 취급했던 바로 그 고약한 아낙이 며느리라니! 신고 온 짚신을 내던지고 고무신을 내미는 아들, 손수 준비해 온 꿀밤 떡을 뱉어버리는 손녀딸, 화산댁은 순간 설움이 왈칵 치밀어 오릅니다. 불편한 밤을 보내던 화산댁은 화장실을 찾지 못해 너무 급한 나머지 담벼락에 똥을 누고 맙니다. 날이 밝자 사람들이 누가 똥을 쌌냐며 난리를 치고 화산댁은 아들 내외가 깰까봐 급히 똥을 치웁니다. 그런데 똥을 버린 쓰레기통에서 그녀가 가져온 떡이 보자기째 버려져 있습니다. 눈물이 핑 돈 화산댁은 그길로 막내아들의 집을 나와 다시 두메산골로 향했답니다.

꿈에 그리던 막내아들 집에서 화산댁이 겪은 일을 보고 안타깝지는 않으셨나요? 근대화의 물결 속에서 점점 잊혀져가는 전통적 가족의 모습과 그 가치를 다시 생각해 볼 수 있답니다.

메아리

양동욱 부부는 전쟁 중 부산에서 힘들게 피난살이를 하다가 지리산에 들어가기로 결심합니다. 가진 재산을 모두 정리하여 지리산에 들어간 부부는 감자 씨를 뿌리고 산나물을 캐서 시장에 나가 팔기도 하면서 겨울을 준비합니다. 근처 산막에는 사람을 믿지 못해 혼자 살던 박 노인이 살고 있었는데요, 그에게 부탁해 집도 지었답니다. 그러던 어느 날 박 노인이 자신의 목수시절 조수였던 윤방구를 집에 데려왔습니다. 그런데 그는 몹시 불안해 보였고, 힘들어 보였지요. 온갖 고초를 겪다가 빨갱이까지 되어 숨어 다니는 신세였기 때문입니다. 하지만 부부는 그를 거절하지 않고 부산에서 알고 지내던 과부 명숙이 엄마를 데려와 소개시켜주고 함께 지낼 것을 계획합니다. 사람이 그리웠기 때문이었지요.

전쟁 속에서도 다시 풋풋하게 살아나는 인간의 정이 잘 드러난 작품이랍니다.

Part 2
문학의 감상과 표현

이태준「돌다리」• 안도현「연어」
김용익「꽃신」• 이익상「어머니와 달밤」

“

김유정의 ‘동백꽃’이라는 작품을 기억하나요? 마름집 점순이의 호의를 거절했던 ‘나’가 점순이에게 호되게 당하는 이야기지요. 여러분은 그 작품을 읽으며 무슨 생각을 했나요? 누군가는 죄 없는 닭을 괴롭히며 아무것도 모르는 ‘나’의 속을 뒤집는 점순이의 태도가 불만스러울 수도 있구요. 누군가는 점순이의 마음을 눈치 채지 못하는 내가 너무 바보 같다고 생각할 수도 있지요. 또 괴롭힘을 당하는 닭이 불쌍하다고 생각하는 사람도 있답니다.

이렇게 같은 작품을 읽고도 사람마다 느낌이나 생각이 다양한데요. 그 이유는 읽는 사람이 가진 배경 지식이나 경험, 가치관이 다르기 때문이랍니다. 읽는 이는 글을 읽으며 자신의 배경지식과 경험에 비추어 작품을 감상하게 마련이지요. 또 읽는 이의 관점이나 입장이 다르면 생각이나 느낌도 다르답니다.

이 책에 실린 ‘돌다리’, ‘연어’, ‘꽃신’, ‘어머니 와 달밤’ 등을 읽으며 문학 작품을 다양하게 감상하는 연습을 해볼까요? 작품을 읽으며 자신의 삶과 관련지어 상상해 보고, 작품에 대한 자신의 생각과 느낌을 말과 글로 표현해 보면, 더 효과적으로 작품을 감상할 수 있답니다. 또 다른 사람들의 감상에 귀 기울여 보고 자신의 감상과 비교해 보는 것도 좋은 방법이지요.

”

돌다리

수록교과서 : 교학사, 비상, 해냄

이태준 소설가. 호는 상허. 1904년에 강원도에서 태어났다. 1926년 일본 동경에 있는 조오치대학 문과에서 수학하다 중퇴하고 귀국하였으며 1933년 이효석 등과 친목단체인 구인회를 결성했다. 작품 활동은 1925년 단편소설 「오몽녀」를 ≪시대일보≫에 발표하면서 시작하게 되었고, 대표작으로는 「아무 일도 없소」「사상의 월야」 등이 있다.

감상 길잡이

병원을 확장할 꿈에 부풀어 고향을 방문한 창섭은 결국 자신의 꿈을 접고 아버지가 고쳐놓은 돌다리를 밟으며 서울로 돌아갑니다. 작품 속에 쓰인 돌다리의 의미를 파악하며 작품을 읽어 봅시다. 또 땅에 대한 아버지와 아들의 관점이 어떻게 다른지도 살펴보세요.

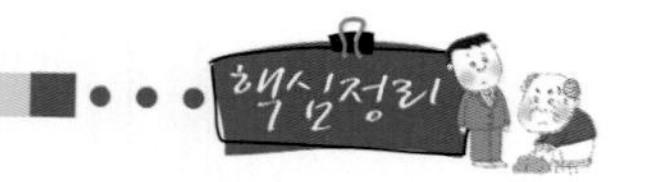

갈래	단편소설, 순수소설
시점	전지적 작가 시점
배경	일제 강점기, 시골 마을

성격	사실적, 세태 비판적, 교훈적
제재	땅을 둘러싼 부자간의 갈등
주제	땅에 대한 농민의 사랑을 통한 물질주의적 가치관 비판

창섭

계산에 밝음. 병원을 확장하여 더 많은 돈을 벌고자 하였으나, 땅에 대한 아버지의 신념을 듣고 포기함

아버지

땅에 대한 애착이 강함. 자신의 신념을 꿋꿋이 지킴

창섭은 어렸을 때, 의사의 오진으로 누이를 잃었습니다. 이 사건으로 의사가 되겠다는 뜻을 세워, 지금은 서울에서 권위 있는 의사가 되었습니다. 창섭은 병원을 확장하기 위해 시골의 땅을 팔고 부모님을 서울로 모시려는 계획을 세웁니다. 그리고 이 계획을 아버지와 상의하려고 고향을 찾습니다.

창섭은 고향에 들어서자 돌다리를 고치고 계신 아버지를 뵙게 되는데, 그 돌다리는 증조부님이 돌아가시고, 조부님께서 놓으신 다리입니다. 창섭을 먼저 집으로 보내시고, 곧 뒤따라오신 아버지는 창섭의 계획을 듣고 땅을 팔아줄 수 없다고 합니다. 땅을 파는 것은 하늘을 파는 것과 다름없다는 아버지의 신념에 창섭은 계획을 포기하고, 아버지가 고쳐놓은 돌다리를 건너 서울로 돌아갑니다.

다음날 창섭의 아버지는 날이 밝기를 기다려 돌다리를 보러 나갑니다. 노인은 돌다리 위에서 세수를 한 뒤, 돌다리를 늘 보살피겠다고 다짐합니다.

돌다리

정거장에서 샘말 십 리 길을 내려오노라면 반이 될락 말락 한 데서부터 샘말 동네보다는 그 건너편 산기슭에 놓인 공동묘지가 먼저 눈에 뜨인다.

창섭은 잠깐 걸음을 멈추면서까지 바라보았다. 봄에 올 때 보면, 진달래가 불붙듯 피어올라가는 야산이다. 지금은 단풍철도 지나고 누르테테한 가닥나무*들만 묘지를 둘러, 듣지 않아도 적막한 버스럭 소리만 울릴 것 같았다. 어느 것이라고 집어낼 수는 없어도, 창옥의 무덤이 어디쯤이라고는 짐작이 된다. 창섭은 마음으로 '창옥아' 하고 불러 보며 묵례*를 보냈다.

다만 오뉘*뿐으로 나이가 나와 훨씬 떨어진 누이였다. 지금도 눈에 선하다. 자기가 마침 방학이라 고향에 와 있던 여름이었다. 창옥은 저녁을 먹다 말고 갑자기 복통으로 뒹굴었다. 읍으로 뛰어가 의사를 청해 왔다. 의사는 주사를 놓고 돌아갔다. 그러나 밤새도록 열은 내리지 않았고, 새벽녘엔 아파하는 것도 더해 갔다. 다시 의사를 부르러 갔으나, 의사는 바쁘다며 환자를 데려오라고 하였다. 하라는 대로 환자를 데리고 들어갔으나 역시 오진을 했었다. 다시 하루가 지나 고름이 터지고 복막*이 절망적으로 상해 버린 뒤에야, 겨우 맹장염인 것을 알아낸 눈치였다.

그때 창섭은 자기도 어른이기만 했으면 필시 의사의 멱살을 들었을 것이었다. 이런 누이의 허무한 죽음 앞에서 창섭은 뜻을 세워, 아버지가 권하는 고농*을 마다하고 의전*에 들어갔고, 오늘에 이르러는 맹장 수술로는 서울서도 정평이 있는 한 권위자

어휘정리

가닥나무 '떡갈나무'의 방언(경기).
묵례 말없이 고개만 숙이는 인사.
오뉘 '오누이'의 준말.
복막 뱃속의 내장기관을 싸고 있는 얇은 막.
고농 옛 '고등 농림 학교'를 가리키는 말.
의전 옛 '의학 전문 학교'를 가리키는 말.

가 된 것이다.

'창옥아, 기뻐해다우. 이번에 내 병원이 좋은 건물을 만나 커지는거다. 개인 병원으로 제일 완벽한 수술실이 실현될 거다. 입원실 부족도 해결될 거다. 네 사진을 확대해 새 진찰실에 걸어 놓으마…….' 창섭은 바람도 쌀쌀할 뿐만 아니라, 오후 차로 돌아가야 할 길이라 걸음을 재우쳤다.*

길은 그전보다 넓어도 졌고 바닥도 평탄하였다. 비라도 오면 진흙에서 헤어날 수 없었는데 복판으로는 자갈이 깔리고, 어떤 목*은 좁아서 소바리*가 논으로 미끄러져 들어가기 십상이었는데, 바위를 갈라내어서까지 일매지게* 넓은 길로 닦아졌다. 창섭은 '이럴 줄 알았다면 정거장에서 자전거라도 빌려 타고 올걸.' 하였다.

눈에 익은 정자나무 선 논이며 돌각담*을 두른 밭들도 나타났다. 자기 집 논과 밭들이었다. 논둑에 선 정자나무는 그전부터 있던 것이지만, 밭의 돌각담은 아버지께서 손수 쌓으신 것이다.

창섭의 아버지는 근검*으로 근방에 소문난 영감이다. 그러나 자기 대에 와서는 하루갈이 밭도 늘리지 못한 것으로도 소문난 영감이다. 곡식 값보다는 다른 물가들이 높아졌을 뿐만 아니라, 전대에는 모르던 아들의 유학이란 것이 큰 부담인 데다가, "할아버지와 아버지께서 나를 부자 소린 못 들어도 굶는단 소린 안 듣고 살도록 물려주시구 가셨다. 드럭드럭* 탐내 모아선 뭘 허니? 할아버지께서 쇠똥을 맨손으로 움켜다 넣으시던 논, 아버지께서 멍덜*을 손수 이룩허신 밭을

어휘정리

재우치다 빨리 몰아치거나 재촉하다.
목 통로 가운데 다른 곳으로는 빠져나갈 수 없는 중요하고 좁은 곳.
소바리 등에 짐을 실은 소.
일매지다 모두 다 고르고 가지런하다.
돌각담 돌로 쌓은 담을 이르는 북한말.
근검 부지런하고 검소함.
드럭드럭 줄 같은 것이 드리우거나 늘어진 모양.
멍덜 너설. 험한 바위나 돌 따위가 삐죽삐죽 나온 곳.

더 건* 논으로, 더 기름진 밭이 되도록 닦달만 해 가기에도 내겐 벅찬 일일 게다." 하고, 아껴 쓰고 남는 돈이 있으면 그 돈으로는 품을 몇씩 들이면서까지 비뚠 논배미*를 바로잡기, 밭에 돌을 추려 바람맞이로 담을 두르기, 개울엔 둑막이하기, 그러다가 아들이 의사가 된 후로는 아들학비로 쓰던 몫까지 들여서 동네 길들은 물론, 읍 길과 정거장 길까지 닦아 놓았다. 남을 주면 땅을 버린다고 여간 근실한 자국*이 아니면 소작*을 주지 않았고, 소를 두 필이나 매고 일꾼을 세 명씩이나 두고 적지 않은 전답을 전부 자농*으로 버티어 왔다. 실속이 타작*만 못하다는 둥, 일꾼 셋이 저희 농사해 가지고 나간다는 둥, 이해만을 따져 비평하는 소리가 많았으나, 창섭의 아버지는 땅을 위해서는 자기의 이해만으로 타산* 하려 하지 않았다. 이와 같은 임자를 가진 땅들이라 곡식은 거둔 뒤, 그루만 남은 논과 밭이되, 그 바닥들의 고름, 그 언저리들의 바름, 흙의 부드러움이 마치 시루떡 모판이나 대하는 것처럼 누구의 눈에나 탐스럽게 흐뭇해 보였다.

이런 땅을 팔기에는, 아무리 수입은 몇 배 더 나은 병원을 늘리기 위해서나 아버지께 미안하지 않을 수 없었다. 그러나 땅을 잡히거나 해 가지고는 삼만 원 돈을 만들 수가 없었고, 서울서 큰 양관*을 손에 넣기란 돈만 있다고도 아무 때나 될 일이 아니었다.

'아버지께선 내년이 환갑이시다! 어머니께선 겨울이면 해마다 기침이 도지신다. 진작부터 내가 모셔야 했을 거다. 그런데 내가 시골로 올 순 없고, 천

어휘정리

걸다 흙에 영양분이 많다.
논배미 논두렁으로 둘러싸인 논의 하나하나의 구역.
근실한 자국 부지런하고 진실한 흔적이 보이는 사람을 비유적으로 표현한 말.
소작 다른 사람의 농지를 빌려 농사를 짓는 일.
자농(自農) 자기 땅에 자기가 직접 짓는 농사.
타작 거둔 곡식을 지주와 소작인이 어떤 비율에 따라 갈라 가지는 것.
타산 자신에게 도움이 되는지를 따져 헤아림.
양관(洋館) 서양식으로 지은 건물.

생 부모님이 서울로 가시어야 한다. 한 동네서도 땅을 당신만큼 못 거둘 사람에겐 소작을 주지 않으셨다. 땅 전부를 소작을 내맡기고는 서울 가 편안히 계실 날이 하루도 없으실 게다. 아버님의 말년을 편안히 해 드리기 위해서도 땅은 전부 없애 버릴 필요가 있는 거다!'

창섭은 샘말에 들어서자 동구에서 이내 아버지를 뵐 수가 있었다. 아버지는, 가에는 살얼음이 잡힌 찬물에 무릎까지 걷고 들어서서 동네 사람들을 축추겨* 돌다리를 고치고 계셨다.

"어떻게 갑자기 오느냐?"

"네, 좀 급히 여쭤 봐야 할 일이 생겼습니다."

"그래? 먼저 들어가 있거라."

동네 사람 십수 명이 쇠고삐 두 기장*은 흘러내려 간 다릿돌을 동아줄에 얽어 끌어올리고 있었다. 개울은 동네 복판을 흐르고 있어 아래위로 징검다리는 서너 군데나 놓였으나 하룻밤 비에도 일쑤* 넘치어 모두 이 큰 돌다리로 통행하던 것이었다. 창섭은 어려서 아버지께 이 큰 돌다리의 내력*을 들은 것이 아직도 기억에 남아 있다.

"너의 증조부님 돌아가시어서다. 산소에 상돌*을 해 오시는데 징검다리로야 건네 올 수가 있니? 그래 너의 조부님께서 다리부터 이렇게 넓구 튼튼한 돌루 놓으신 거란다."

그 후 오륙십 년 동안 한 번도 무너진 적이 없었는데, 몇 해 전 어느 장마엔 어찌 된 셈인지 가운데 제일 큰 돌이 내려앉아 떠내려갔던 것이다. 두께가 한 자는 실하고 폭이 여섯 자, 길이는 열 자가 넘는

어휘정리

축추겨 남을 부추겨 어떤 일을 하게 하여.
기장 길이.
일쑤 드물지 아니하게 흔히.
내력 지금까지 지내온 경로나 경력.
상돌 무덤 앞에 제물을 차려 놓기 위하여 넓적한 돌로 만들어 놓은 상.

자연석 그대로라 여간 몇 사람의 힘으로는 손을 댈 엄두부터 나지 못하였다. 더구나 불과 수십 보 이내에 면의 보조를 얻어 난간까지 달린 한다한* 나무다리가 놓인 뒤엣일이라, 이 돌다리는 동네 사람들에게 완전히 잊혀진 채 던져져 있던 것이었다.

집에 들어가니 어머니는 다리 고치는 사람들 점심을 짓노라고, 역시 여러 명의 동네 여편네들과 허둥거리고 계시었다.

"웬일인데 어째 혼자만 오느냐?"

어머니는 손자 아이들부터 보이지 않음을 물으신다.

"오늘루 가야겠어서 아무두 안 데리구 왔습니다."

"오늘루 갈 걸 뭘 허러 오누?"

"인전* 어머니서껀* 서울로 모셔 갈 채비를 허러 왔다우."

"서울루! 제발 아이들허구 한데서 살아 봤음 원이 없겠다." 하고 어머니는 땅보다, 조상님들 산소나 사당*보다 손자 아이들에게 더 마음이 끌리시는 눈치였다. 그러나 아버지만은 그처럼 단순히 들떠질 마음이 아니었다.

아버지는 아들의 뒤를 쫓아 이내 개울에서 들어왔다. 아들은, 의사인 아들은, 마치 환자에게 치료 방법을 이르듯이 냉정히 차근차근히 이야기를 시작하였다. 외아들인 자기가 부모님을 진작 모시지 못한 것이 잘못인 것, 한 집에 모이려면 자기가 병원을 버리기보다는 부모님이 농토를 버리고 서울로 오시는 것이 순리인 것, 병원은 나날이 환자가 늘어 가나 입원실이 부족하여 오는 환자의 삼분의 일밖에 수용 못하는 것, 지금 시국에 큰 건물을 새로 짓기란 거의 불가능 한

어휘정리

한다한 수준이나 실력 따위가 상당하다고 자처하거나 그렇게 인정받는.
인전 '인제'의 방언(경기). 이제.
서껀 ~이랑 함께.
사당 조상의 위패를 모셔 놓은 집.

일인 것, 마침 교통 편한 자리에 삼 층 양옥이 하나 난 것, 인쇄소였던 집인데 전체가 콘크리트여서 방화 방공으로 가치가 충분한 것, 삼 층은 살림집과 직공들의 합숙실로 꾸미었던 것이라 입원실로 개조하기에 용이한 것, 각 층에 수도와 가스가 다 들어온 것, 그러면서도 가격은 염한* 것, 염하기는 하나 삼만 이천 원이라 지금의 병원을 팔면 일만 오천 원쯤은 받겠지만, 그것은 새집을 고치는 데와, 수술실의 기계를 완비하는 데 다 들어갈 것이니 집값 삼만 이천 원은 따로 있어야 할 것, 시골에 땅을 둔대야 일 년에 고작 삼천 원의 실리*가 떨어질지 말지 하지만 땅을 팔아다 병원만 확장해 놓으면 적어도 일 년에 만 원 하나씩은 이익을 뽑을 자신이 있는 것, 돈만 있으면 땅은 이담에라도, 서울 가까이에라도 얼마든지 좋은 것으로 살 수 있는 것……. 아버지는 아들의 의견을 끝까지 잠잠히 들었다. 그리고,

"점심이나 먹어라. 나두 좀 생각해 봐야 대답허겠다." 하고는 다시 개울로 나갔고, 떨어졌던 다릿돌을 올려놓고야 들어와 그도 점심상을 받았다.

점심을 드시면서였다.

"원, 요즘 사람들은 힘두 줄었나 봐! 그 다리 첨 놓을 적에 내가 어려서 봤는데 불과 예닐곱 명이서 거들던 돌을 장정 십수 명이 한나절을 씨름허다니!"

"나무다리가 있는데 그건 왜 고치시나요?"

"너두 그런 소릴 허는구나. 나무가 돌만 허다든? 넌 그 다리서 고기 잡던 생각두 안 나니? 서울로 공부 갈 때 그 다리 건너서 떠나던 생각 안 나니? 시쳇사람*들은 모두 인정이란 게 사람한테만 쓰는 건 줄 알드라! 내 할아버

어휘정리

염하다 값이 싸다.
실리 실제로 얻는 이익.
시쳇사람 그시대의 사람.

지 산소에 상돌을 그 다리로 건네다 모셨구, 내가 천자문을 끼구 그 다리루 글 읽으러 댕겼다. 네 어미두 그 다리루 가말 타구 내 집에 왔어. 나 죽건 그 다리루 건네다 묻어라……. 난 서울 갈 생각 없다."

"네?"

"천금이 쏟아진대두 난 땅은 못 팔겠다. 내 아버님께서 손수 이룩하시는 걸 내 눈으로 본 밭이구, 내 할아버님께서 손수 피땀을 흘려 모으신 돈으루 장만허신 논들이야. 돈 있다구 어디가 느르지 논 같은 게 있구, 독시장밭 같은 걸 사? 느르지 논둑에 선 느티나무는 할아버님께서 심으신 거구, 저 사랑 마당에 은행나무는 아버님께서 심으신 거다. 그 나무 아래 설 때마다 난 그 어룬들 동상이나 다름없이 경건한 마음이 솟아 우러러보군 헌다. 땅이란 걸 어떻게 일시 이해를 따져 사구팔구 허느냐? 땅 없어 봐라, 집이 어딨으며 나라가 어딨는 줄 아니? 땅이란 천지 만물의 근거야. 돈 있다구 땅이 뭔지두 모르구 욕심만 내 문서 쪽으로만 사 모으기만 하는 사람들, 돈놀이처럼 변리*만 생각허구 제 조상들과 그 땅과 어떤 인연이란 건 도시* 생각지 않구 헌신짝 버리 듯하는 사람들, 다 내 눈엔 괴이한* 사람들루밖엔 뵈지 않드라."

"……."

"네가 뉘 덕으루 오늘 의사가 됐니? 내 덕인 줄만 아느냐? 내가 땅 없이 뭘루? 밭에 가 절하구 논에 가 절해야 쓴다. 자고로 하늘 하늘 허나, 하늘의 덕이 땅을 통허지 않군 사람헌테 미치는 줄 아니? 땅을 파는 건 그게 하늘을 파나 다름없는 거다."

"……."

어휘정리

변리 이익금.
도시 도무지.
괴이하다 이상야릇하다.

"땅을 밟구 다니니까 땅을 우습게들 여기지? 땅처럼 응과*가 분명헌 게 무어냐? 하늘은 차라리 못 믿을 때두 많다. 그러나 힘들이는 사람에겐 힘들이는 만큼 땅은 반드시 후헌 보답을 주시는 거다. 세상에 흔해 빠진 지주들, 땅은 작인*들헌테나 맡겨 버리구, 떡도회지에 가 앉어 소출은 팔어다 모두 도회지*에 낭비해 버리구,

땅 가꾸는 덴 단돈 일 원을 벌벌 떨구. 땅으루 살며 땅에 야박한 놈은, 자식으로 치면 후레자식*인 셈이야. 땅이 말을 할 줄 알어 봐라, 배가 고프단 땅이 얼마나 많을 테냐? 해마다 걷어만 가구 땅은 자갈밭이 되니 아나? 둑이 떠나가니 아나? 거름 한 번을 제대로 넣나? 정 급허게 돼 작인이 우는 소리나 해야 요즘 너이 신의*를 주사침 놓듯, 애꾸진 금비*만 갖다 털어 넣지. 그렇게 땅을 홀대*를 허군 인제 죽어서 땅이 무서워서 어디루들 갈 텐구!"

창섭은 입이 얼어 버리었다. 손만 부비었다. 자기의 생각은 너무나 자기 본위였던 것을 대뜸 깨달았다. 땅에는 이해를 초월한 일종의 종교적 신념을 가진 아버지에게 아들의 이단*적인 계획이 용납될 리 만무*였다. 아버지는 상을 물리고도 말을 계속하였다.

"너루선 어떤 수단을 쓰든지 병원부터 확장허려는 게 과히 엉뚱헌 욕심은 아닐 줄두 안다. 그러나 욕심을 부련 못쓰는 거다. 의술은 예로부터 인술이라지 않니? 매살 순탄허고 진실허게 해라."

"……."

어휘정리

응과(應果) 결과.
작인 소작인.
도회지 사람이 많이 살고 상공업이 발달한 번잡한 지역
후레자식 배운 데 없이 제풀로 막되게 자라 교양이나 버릇이 없는 사람을 낮잡아 이르는 말.
신의(新醫) 서양 의술을 배운 의사를 이르는 말.
금비 돈을 주고 사서 쓰는 거름. 화학 비료.
홀대 소홀히 대접함. 푸대접.
이단 전통이나 권위에 반항하는 주장이나 이론.
만무 절대로 없음.

"네가 가업을 이어 나가지 않는다군 탄허지* 않겠다. 넌 너루서 발전헐 길을 열었구, 그게 또 모리지배*의 악업이 아니라 활인*허는 인술이구나! 내가 어떻게 불평을 말허니? 다만 삼사대 집안에서 공들여 이룩해 논 전장을 남의 손에 내맡기게 되는 게 저윽* 애석헌 심사가 없달 순 없구……."

"팔지 않으면 그만 아닙니까?"

"나 죽은 뒤에 누가 거두니? 이제두 말했지만 너두 남의 문서쪽만 쥐구 서울 앉어 지주 노릇만 허게? 그 따위 지주허구 작인 틈에서 땅들만 얼말 곯는지 아니? 안 된다. 팔 테다. 나 죽을 임시*엔 다 팔 테다. 돈에 팔 줄 아니? 사람헌테 팔 테다. 건너 용문이는 우리 느르지 논 같은 건 한 해만 부쳐 보구 죽어두 농군으로 태어났던 걸 한허지 않겠다고 했다. 독시장밭을 내논다구 해 봐라, 문보나 덕길이 같은 사람은 길바닥에 나앉드라두 집을 팔아 살려구 덤빌 게다. 그런 사람들이 땅 임자 안 되구 누가 돼야 옳으냐? 그러니 아주 말이 난 김에 내 유언이다. 그런 사람들, 무슨 돈으로 땅값을 한목* 에 내겠니? 몇몇 해구 그 땅 소출*을 팔아 연년이* 갚어 나가게 헐테니, 너두 땅값을랑 그렇게 받어 갈 줄 미리 알구 있거라. 그리구 네 어머니가 먼저 가면 내가 묻을 거구, 내가 먼저 가게 되면 네 어머니만은 네가 서울루 그때 데려가렴. 난 샘말서 이렇게 야인으로나 죄 없는 밥을 먹다 야인*인 채 묻힐 걸 흡족히 여긴다."

"……."

"자식의 젊은 욕망을 들어 못 주는 게 애비 된 맘으루두 섭섭허다. 그러나 이 늙은이헌테두 그만

어휘정리

탄하다 남의 말을 탓하여 나무라다.
모리지배 모리배. 온갖 수단과 방법으로 자신의 이익만을 꾀하는 사람. 또는 그런 무리.
활인 사람의 목숨을 구하여 살림.
저윽 적이. 다소. 조금.
임시 그 무렵.
한목 한꺼번에 몰아서 함.
소출 논밭에서 나는 곡식. 또는 그 곡식의 양.
연년이 해마다 거르지 않고.
야인(野人) 시골에 사는 사람.

신념쯤 지켜 오는 게 있다는 걸 무시하지 말어 다구."

아버지는 다시 일어나 담배를 피우며 다리 고치는 데로 나갔다. 옆에 앉았던 어머니는 두 눈에 눈물을 쭈르르 흘리셨다.

"너이 아버지가 여간 고집이시냐?"

"아뇨. 아버지가 어떤 어른이신지 오늘 제가 더 잘 알았습니다. 우리 아버지는 훌륭한 분이십니다."

그러나 창섭도 코허리가 찌르르하였다. 자기의 계획하고 온 일이 실패한 것쯤은 차라리 당연하게 생각되었고, 아버지와 자기와의 세계가 격리되는 일종의 결별의 심사를 체험하는 때문이었다.

아들은 아버지가 고쳐 놓은 돌다리를 건너 저녁차를 타러 가 버리었다. 동구* 밖으로 사라지는 아들의 뒷모습을 지키고 섰을 때, 아버지의 마음도 정말 임종*에서 유언이나 하고 난 것처럼 외롭고 한편 불안스러운 심사조차 설레였다.

아버지는 종일 개울에서 허덕였으나 저녁에 잠도 달게 오지 않았다. 젊어서 서당에서 읽던 백낙천*의 시가 다 생각이 났다. 늙은 제비 한 쌍을 두고 지은 노래였다. 제 뱃속이 고픈 것은 참아 가며 입에 얻어 문 것은 새끼들부터 먹여 길렀으나, 새끼들은 자라서 나래*에 힘을 얻자 어디로인지 저희 좋을 대로 다 날아가 버리어, 야위고 늙은 어버이 제비 한 쌍만 가을바람 소슬한* 추녀* 끝에 쭈그리고 앉아 있는 광경을 묘사하였다. 나중에는 그 늙은 어버이 제비들을 가리켜, 새끼들만 원망하지 말고 너

어휘정리

동구 동네 어귀.
임종 죽음을 맞이함. 부모가 돌아가실 때 자식이 그 곁에 지키고 있는 것을 말함.
백낙천(白樂天) 중국 당나라 때의 시인.
나래 날개.
소슬하다 으스스하고 쓸쓸하다.
추녀 네모지고 끝이 번쩍 들린, 처마의 네 귀에 있는 큰 서까래. 또는 그 부분의 처마.

희들이 새끼 적에 역시 그러했음도 깨달으라는 풍자의 시였다.

'흥……!'

노인은 어두운 천장을 향해 쓴웃음을 짓고 날이 밝기를 기다려 누구보다도 먼저 어제 고쳐 놓은 돌다리를 보러 나왔다.

흙탕이라고는 어느 돌 틈에도 남아 있지 않았다. 첫곬으로도, 가운뎃곬*으로도, 끝엣곬으로도 맑기만 한 소담한 물살이 우쭐우쭐 춤추며 빠져 내려갔다. 가운뎃장으로 가 쾅 굴러 보았다. 발바닥만 아플 뿐 끄덕할 리 없다. 노인은 쭈르르 집으로 들어와 소금 접시와 낯 수건을 가지고 나왔다. 제일 낮은 받침돌에 내려앉아 양치를 하고 세수를 하였다. 나중에는 다시 이가 저린 물을 한 입 물어 마시며 일어섰다. 속의 모든 게 씻기는 듯 시원하였다. 그리고 수염의 물을 닦으며 이렇게 생각하였다.

'비가 아무리 쏟아져도 어떤 한정*을 넘는 법은 없다. 물이 분수없이 늘어 떠내려갔던 게 아니라 자갈이 밀려 내려와 물구멍이 좁아졌든지, 그러지 않으면 어느 받침돌의 밑이 물살에 궁굴려 쓰러졌던 그런 까닭일 게다. 미리 바닥을 치고, 미리 받침돌만 제대로 보살펴 준다면 만 년을 간들 무너질 리 없을 게다. 그저 늘 보살펴야 하는 거다. 사람이란 하늘 밑에 사는 날까진 하루라도 천리*에 방심을 해선 안 되는 거다…….'

어휘정리

곬 한쪽으로 트여 나가는 방향이나 길.
한정 수량이나 범위 따위를 제한하여 정함. 또는 그런 한도.
천리(天理) 자연의 이치.

중요한 내용 쏙!쏙!쏙!

돌다리의 상징적 의미

- 전통적인 세대의 자연 중심적 가치관을 드러내는 소재
- 불편하고 실용성이 없지만 아버지 자신을 포함하여 조상의 추억과 삶이 서려 있는 장소

작품의 구성과 주요내용

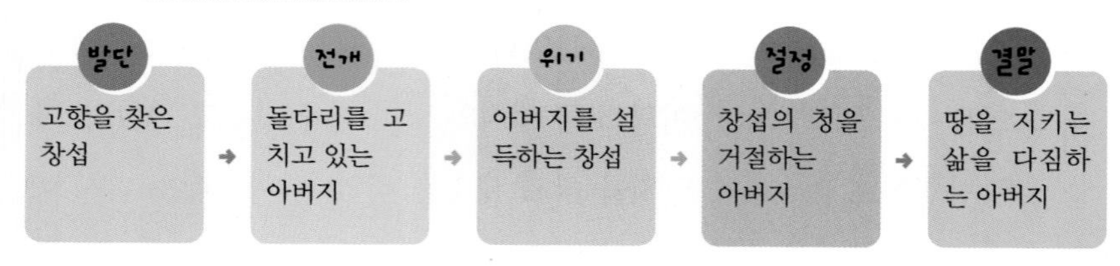

작품의 갈등 양상

아버지 전통적 세대 → 삶과 추억의 공간 → 땅(돌다리) ← 금전적 가치의 대상 ← 젊은 세대 아들

등장인물 비교

구분	아버지	아들(창섭)
직업	시골의 농부	도시의 의사
세대	전통 세대	젊은 세대
세계관	전통적 가치 중시	근대적 삶 지향
가치관	자연 중심적	물질 중심적
땅에 대한 생각	생명의 근원(삶의 터전)	매매(금전적)가치
돌다리에 대한 생각	역사, 전통 중시	실용성 중시

1 작품 속에서 아버지와 아들의 갈등의 근본적인 원인을 찾아봅시다.

2 돌다리의 상징적인 의미를 파악해 봅시다.

상상더하기 - 문제에 대한 관점 정하기

이야기 속에서 아버지와 아들은 땅에 대한 입장이 서로 다르지요. 땅을 팔아야 한다는 아들과 그럴 수 없다는 아버지를 보며, 여러분은 누구의 의견이 타당하고 생각했나요? 땅에 대한 여러분의 관점을 타당한 근거와 함께 적어 봅시다.

1. 전통적인 세대를 대표하는 아버지와 젊은 세대를 대표하는 아들의 가치관의 차이가 갈등의 근본 원인입니다.
2. 돌다리는 조상의 추억과 삶이 담겨 있는 장소로 아버지를 포함한 전통적인 세대의 가치관을 상징하는 소재입니다.

연어

수록교과서 : 신사고

안도현 시인. 1961년 경상북도에서 태어났다. 1984년 《동아일보》 신춘문예에 시 「서울로 가는 전봉준」이 당선되었다. 1985년부터 교사생활을 하였으나 교사직을 그만두고 전업 작가 생활을 시작했다. 소월문학상, 원광문학상 등을 수상하였으며 대표작으로 「그대에게 가고 싶다」 「관계」 등이 있다.

감상 길잡이

강에서 자라 바다로 나간 연어는 알을 낳기 위해 자기가 태어난 강으로 돌아옵니다. 때로는 거친 폭풍을 만나기도 하고, 때로는 물수리를 만나 목숨을 잃기도 하지만 고향으로 돌아가는 긴 여행을 멈추지는 않습니다. 이 작품에는 자유를 갈망하는 은빛 연어 한 마리가 등장합니다. 은빛연어의 삶의 여정을 따라가며 여러분의 삶의 자세를 돌아보는 시간을 갖는 건 어떨까요?

갈래	우화소설, 동화	성격	동화적, 서정적
시점	전지적 작가 시점	제재	연어
배경	어느 날 아침, 바다	주제	자유를 향한 의지

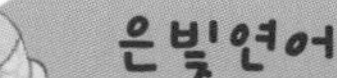

은빛연어
밝은 광채를 내며 등 쪽이 온통 은빛임. 자유를 갈망하며, 동등하게 인정해주는 것을 사랑이라고 생각함

누나연어
자상하고 다정함. 안전과 인내를 중시함

턱큰연어
남들 앞에서 우쭐 대기를 좋아함

물수리
날카롭고 예리함. 은빛연어를 사냥하려다가 누나연어를 잡아감

어느 날 아침, 물수리는 사냥을 나갔다가 연어 떼를 만납니다. 그런데, 연어 떼의 한 복판에 다른 연어들과 달리 등 쪽이 온통 은빛으로 번쩍거리는 연어를 발견하고 공격하지만, 물수리가 잡은 것은 은빛연어가 아닌 은빛연어의 누나였습니다. 은빛연어는 누나연어가 물수리의 밥이 되자 슬픔에 빠졌습니다. 은빛연어의 몸이 은빛 비늘로 덮여 있다는 사실을 알려준 것도 누나연어였고, 그의 말 상대가 되어 주는 연어도 누나뿐이었습니다.

연어 떼의 지도자인 턱큰연어가 은빛연어에게 살아남으려면 무리의 한 가운데에서 헤엄치라고 했을 때, 은빛연어는 보호대신 자유를 갈망했습니다. 그리고 그런 은빛연어를 누나연어는 항상 걱정스러워 했습니다. 그는 떠나고 싶은 그의 마음을 붙잡던 누나연어가 자신에게 남기고 간 선물은 끝까지 살아남아야 한다는 것이라고 생각합니다.

연어

아침 햇살을 받은 바다가 오렌지 빛으로 끝없이 펼쳐져 있다.

바다 위 100미터 상공에는 물수리 한 마리가 커다란 원을 그리고 있다. 그는 아침이 되자 배가 출출해서 물고기 사냥을 나온 것이다. 삼십 분 가까이 바다 표면을 샅샅이 뒤졌으나 오늘따라 그 흔한 정어리 한 마리 보이지 않는다. 물수리는 쇠갈퀴처럼 생긴 발톱으로 허공을 몇 차례 할퀴는 듯한 시늉을 해 본다. 그럴수록 뱃속은 자꾸 허전해지고 날개 끝에 차가운 바람만 휑하니 감기고 만다. 물수리는 은근히 부아가 치밀어 오른다.

이맘때쯤이면 베링해*의 서늘한 한류를 타고 연어 떼가 이동한다는 것을 물수리는 잘 알고 있다. 연어는 다른 어느 고기보다도 살이 많고 담백해서 그가 좋아하는 물고기 중의 하나다. 연어의 연한 살을 생각하니 더욱 배가 고파진다.

그때 그의 눈에 이상한 물체 하나가 들어온다. 상어보다도 더 큰 그 물체는 빠르게 남쪽으로 이동을 하고 있다. 그런데 그 물체의 중앙에는 밝은 광채가 나는 점이 한 개 붙어 있다. 마치 잠수함이 눈에 불을 켜고 바닷속을 달리는 것처럼 보인다.

물수리는 10미터 상공으로 낮게 내려간다. 이상한 물체를 좀 더 자세히 탐색할 필요가 있는 것이다. 언젠가 바다 위로 막 떠오르기 시작하는 집채만 한 잠수함이 있었다. 그 잠수함이 연어 떼인 줄 알고 부리를 내리꽂았다가

어휘정리

베링해 태평양 북부의 캄차카 반도, 알래스카 반도 및 알류샨 열도에 둘러싸인 해역.

낭패를 당한 일도 있었기에 그는 자못 신중하게 바다를 내려다보고 있다. 날개를 많이 움직여야 하는 저공비행이 귀찮았지만, 아직 아침 식사도 하지 못한 그가 아닌가.

짐작한 대로, 그가 발견한 이상한 물체는 연어 떼였다. 적어도 300마리는 넘어 보였다.

물수리는 연어 떼가 눈치채지 않게 약간 뒤쪽에서 거리를 두고 쫓아가야겠다고 생각한다. 그는 물속을 노려본다. 연어 떼는 시속 40킬로미터쯤 되는 속도로 질서 정연하게 이동을 계속하고 있다. 연어 떼의 한복판에는 밝은 광채를 내는 점 하나가 아직 그대로 붙어 있다.

물수리는 눈을 크게 뜨고 그 밝은 점을 내려다본다. 그것은 점이 아니었다. 그가 처음 보는 이상한 연어였다. 무리들에게 둘러싸인 그 연어는 다른 연어들과는 달리 등쪽이 온통 은빛으로 번쩍거린다.

대부분의 바닷고기들은 배쪽은 흰색이지만 등쪽은 검푸르다. 그 이유는 바다 위로 노출되는 등짝 부분을 바닷물 색깔로 위장해야 하기 때문이다. 그러면 물고기를 멀리서 내려다보는 한심한 새들은 곧잘 속아 넘어가는 것이다.

하지만 그 위장술도 저공비행하는 물수리의 매서운 눈을 속일 수는 없다. 물수리의 눈빛은 계속 그 유별난 빛깔의 연어에게 쏠려 있다. 입안에 조금씩 군침이 감도는 것을 숨길 수 없다.

물수리는 수면 2미터까지 바짝 내려간다. 맛있는 아침 식사는 이제 시간 문제다. 물수리는 양쪽 발끝에 잔뜩 힘을 준다. 그러고는 날쌔게 수면을 낚아챈다. 그의 발톱은 유별난 빛깔을 가진 연어의 살 속에 박힐 것이었다.

"물수리다! 흩어져라!"

갑작스런 물수리의 공격을 받은 연어 떼는 사방으로 물을 튀기며 흩어진다.

물수리는 공중으로 날아오르며 양쪽 발톱 사이에서 퍼덕거리는 묵직한 생명의 무게를 느낀다. 그는 흡족한 마음으로 자신의 사냥감을 내려다본다. 그의 양발 사이에는 연어 한 마리가 꺼져가는 생명의 기운을 되살리기 위해 처절하게 몸부림치고 있다. 그러나 그것은 그가 목표로 삼았던 찬란한 은빛의 연어가 아니라, 완전한 실패의 무게였다.

그리하여 은빛연어는 사나운 물수리의 밥이 되는 최초의 위험에서 벗어날 수 있었다.

그런데 어찌된 일일까. 용케 살아남았다는 기쁨보다는, 살아남았다는 슬픔이 오히려 그를 괴롭혔다. 왜냐하면 물수리에게 잡아먹히고 만 그 연어는—강을 떠날 때부터 늘 함께 헤엄을 치던, 두세 마리의 새우를 입에 물고와 은빛연어에게 말없이 건네주던, 잠자리처럼 생긴 맛있는 날벌레를 잡아주기도 하던, 부드러운 꼬리지느러미로 슬슬 배를 쓰다듬어 주던, 그의 둘도 없는 누나였던 것이다.

"누나……."

은빛연어는 혼잣말로 누나를 불러 본다. 뾰족하고 날카로운 바위에 긁힌 듯이 가슴이 쓰려 온다. 그때 촉촉하게 물기를 머금은 누나연어의 목소리가 어렴풋이 들려온다.

"은빛연어야……."

강에서 바다로 나온 지 일 년쯤 되었을 때다.

작가의 다른 작품 보기

짜장면 주인공 18세 소년은 가출을 해서 중국집 '만리장성'에서 배달원으로 일합니다. 고등학교 때까지 항상 1등만 하던 모범생이었던 소년은 아버지에게 피가 나도록 매를 맞고도 아무 말도 하지 못하는 어머니를 보다 못해 가출을 해서 자유로운 삶을 살려고 합니다. 공부대신 단무지 얇게 써는 법, 손님 앞에 그릇을 보기 좋게 배열하는 방법 등을 배웠답니다. 여자 친구도 사귀고, 폭주족들이 타는 오토바이를 타고 경적소리를 내며 달리기도 하면서 자신의 새 삶이 잘 맞는다고 생각합니다. 하지만, 여자 친구와 이별하고 폭주 중 사고를 당해 간신히 목숨을 건집니다. 소년은 이제 앞으로 어떤 사람으로 변할까요?

가끔 현실로부터 도피하고 싶다는 생각이 드나요? 도망간다고 해서 모든 것이 해결되는 것은 아니지요. 사람은 그 나이 때에만 느낄 수 있는 감정이 있습니다. 그 감정을 항상 존중해 주어야 하는 가장 중요한 사람은 바로 자기 자신이랍니다.

나비 나와 알리는 초등학교 4학년 단짝 동무입니다. 키도 작고 소아마비로 다리도 저는데다가 아버지의 학대를 받아 항상 따돌림을 당하는 알리가 나에게는 정신적 스승이랍니다. 그래서 알리가 하는 모든 일이 다른 사람에게는 바보같이 보이지만, 나에게는 스승일 수밖에 없는 이유가 됩니다. 알리가 벌레를 밟지 않기 위해 늘 고개를 숙이고 다니는 일, 백로 알을 목숨 걸고 어미에게 돌려주는 일, 친구들이 장난삼아 말똥구리를 해치는 것을 온몸으로 막아내는 일, 저승으로 떠나는 상이용사를 배웅해 주는 모습 등이 바로 그것이랍니다. 34년이 지난 어느 날 알리가 노동자의 인권을 위해 싸우다가 35미터 크레인 위에서 투신을 했다는 소식을 우연히 듣습니다. 하지만 나는 알리가 죽은 것이 아니라 나비가 되었다고 확신합니다. 땅바닥을 서너 뼘쯤 남겨놓고 자기 몸속에 46년 동안 들어있던 날개를 가까스로 꺼내는데 성공했을 거라고 말입니다.

사람 사이의 관계와 인간의 근원적인 외로움에 대해서 깊이 생각해 볼 수 있는 작품이랍니다.

꽃신

수록교과서 : 천재

김용익 소설가. 1920년 경상남도에서 태어났다. 1948년에 영문학과 창작에 뜻을 품고 미국으로 떠나 집필활동을 하던 중 1956년 미국의 문예지 《하퍼스 바자》에 「꽃신(The Wedding Shoes)」을 발표함으로써 작가로 입문했다. 이 작품은 1990년에 한국문협이 주관하는 제1회 해외한국문학상을 수상했다. 대표작으로는 「행복한 계절」 「푸른 씨앗」 등이 있다.

감상 길잡이

꽃신장이는 시대가 변해 사람들이 더 이상 꽃신을 찾지 않아도 묵묵히 꽃신을 만듭니다. 또 꽃신이 팔리지 않아도 가격을 내리는 일이 없습니다. 꽃신장이의 그런 고집을 여러분은 어떻게 생각하나요? 변함없는 그 모습에서 장인 정신을 느끼며 감동을 받는 사람도 있겠고, 시대의 변화에 뒤떨어진 그의 모습을 미련하다고 생각하는 사람도 있겠지요? 다양한 시각과 방법으로 작품을 해석하고 평가하며 감상해 봅시다.

그녀는 기와집에서 일했다. 하굣길에 그 기와집 옆을 지나가긴 했지만, 안에 들어가지는 못했다. 나는 울타리 틈바구니에서 까치발*을 하고 그녀가 마당에 나오기만을 기다렸다. 비라도 심하게 내린 날에는 겨우 꽃신만 처마 밑으로 볼 수 있었다. 허공에서 사뿐사뿐 춤을 추듯 오가던 그 꽃신은 얼마나 아름다웠던가! 나는 그 기와집이 내 꽃신을 빼앗아 갔다고 생각했다.

그해 봄철 내내, 나는 허공에 뜬 그 꽃신을 보러 갔다. 그러나 얼마 지나지 않아 기와집 뚱보 영감이 내가 뜰 안을 기웃거리는 것을 알아 차리고 앵두나무를 심어 울타리 틈새를 가려 버렸다. 해가 저물면 집집마다 등잔불이 하나둘 켜지듯 소문이 퍼졌고, 길가에서 마주치는 마을 사람들마다 나를 보면 빙긋이 미소를 지었다.

꽃신장이는 열을 띠면서 나에게 이렇게 말했다.

"상도야, 나는 절대로 꽃신값을 내리지 않을 거다. 나는 내 딸이 부엌데기 일을 한다고 해도 꽃신을 신길 거고, 그 아이가 시집갈 때에는 꽃신을 다 주어 보낼 거다."

그가 말하는 시집가는 날은 수많은 고개를 넘어야 하는 머나먼 길로 생각되었다. 나는 그 머나먼 길을 헤아리며 내가 그녀에게 장가들 때까지 얼마나 많은 짚신이 해어져야 할지를 생각했다. 꽃신장이는 굵은 손가락으로 내 턱을 치켜들고 희망에 차서 말했다.

"이번 가을에는 어느 혼가에서든 꽃신을 사는 데가 있겠지. 그럼 내 딸도 집으로 돌아올 수 있을 거다."

그해부터 앵두꽃은 다섯 번이나 피고 지면서 둥

어휘정리

까치발 발뒤꿈치를 든 발.

근 열매를 맺었다. 그러나 그녀는 돌아오기는커녕 도리어 더 멀리 떨어진 다른 집에서 일하게 되었다.

이제 내가 구혼했으니, 내일 그에게 큰 쇠가죽을 가지고 가서 딸을 위해 가장 아름다운 꽃신을 만들어 달라고 부탁하리라. 혼삿날이면 꽃가마 대신 두 집 사이에 하얀 베를 깔아 꽃신이 그 위를 지나게 하리라.

고요히 깊어 가던 가을밤, 홀로 차가운 뜰을 몇 바퀴나 돌았던가? 멀리서 거칠고 취기 섞인 꽃신장이의 목소리가 들렸다. 그는 민요가락에 넋두리를 실어 자신의 처지를 한탄하고 있었다.

"농부가 인사를 하더라. 가을 날씨 참으로 좋구나. 보소, 꽃신장이, 댁 호박은 잘 자랍디까?"

잠시 후 네모진 미닫이*에 그림자가 지나갔다. 부인이 남편을 마중하러 일어난 것 같았다. 몸이 떨렸다. 부인이 하는 얘기를 듣고자 울타리에 귀를 기울였다. 싸우는 소리가 들려왔다. 바람이 열어젖힌 것처럼 미닫이가 확 열리며 노기 띤 목소리가 튀어나왔다.

"내 딸은 백정 집 자식에겐 안 준다!"

나는 다음 말을 들을 때까지 내 귀를 의심했다.

"우리가 백정 녀석에게 빚을 졌다고 내 딸을 쉽게 내줄 거라 생각한 게지. 중매쟁이를 통해 말할 줄도 모르는 게 백정이야. 내 딸은 일곱 마을에서 가장 훌륭한 꽃신장이 딸이다!"

마음속에서 그릇이 와장창 깨지는 것 같았다. 부인이 남편의 입을 막으려고 마구 소리쳤으나, 남편의 큰소리에 눌려 소용없었다.

어휘정리

미닫이 문이나 창을 옆으로 밀어서 여닫는 방식. 또는 그렇게 여닫는 문이나 창.

에 누런 담요를 걸친 부인이 눈을 맞고 앉아 있었다. 부인은 자신은 아랑곳하지 않고 꽃신 위에 우산을 받치고 있었다. 꽃신장이 부인일까? 너무 변해버린 모습에 처음엔 확신이 서지 않았다. 그러나 틀림없는 꽃신장이 부인이었다. 눈은 비스듬히 내리고 있었다. 어서 신발을 싸서 돌아가지, 부인은 왜 저렇게 앉아 있는 것일까?

양복저고리에 한복 바지를 입은 사내가 가던 길을 멈추고 안경 너머로 꽃신을 보고 있었다. 흥정하는 것 같았다. 그가 호주머니에서 돈을 찾고 있을 때, 나는 좌판 앞으로 다가갔다. 손에 쥘 수 있는 만큼 돈을 꺼내 부인 앞에 내놓았다.

"여기 있소. 이 꽃신은 내 겁니다!"

사내는 불쾌한 눈초리를 보냈다. 눈송이가 그의 안경을 가리지 않았다면 사내의 노여움을 똑똑히 보았을 것이다. 사내는 혼잣말을 하며 떠났다.

부인은 담요를 땅에 떨어뜨렸다. 위조지폐로 그녀를 속이기라도 한 것처럼 뒤로 몸을 사렸다. 잿빛 눈동자는 피곤에 젖어 있었다. 마치 그림자 하나도 붙들지 못하는 겨울의 골목길처럼 슬프고 무표정해 보였다. 나는 급히 말을 이었다.

"상돕니다. 아저씨는 어디 계십니까?"

부인은 넋 나간 사람처럼 나를 쳐다보았다. 입술이 떨리기 시작하면서 이가 하나도 남지 않은 잇몸이 드러났다. 겨울바람처럼 메마르고 소리 없는 흐느낌이 흘렀다. 나는 절망적인 일이 일어났음을 직감했다.

나는 부인이 떨어뜨린 우산을 집어 들고 꽃신 위에 받쳤다. 눈보라가 날렸다. 부인은 꽃신에 묻은 눈을 조심스레 닦고, 꽃신을 신문지에 쌌다.

"바깥어른은 이 꽃신을 고무신값으론 팔지 않으려고 했다. 그런데 나는 아침마다 그분을 쫓아냈었지. 한 달에 겨우 한 켤레만 헐값으로 팔고 오고, 그러면 난 다시 신을 팔라고 성화*를 했고……. 꽃신이 두 켤레만 남으니, 꽃신을 더 이상 팔지 않겠다고 어린애처럼 고집을 부리더구나. 할 수 없이 장에 나가기는 하면서도, 꽃신은 늘 그대로 갖고 돌아오더라. 하루는 온종일 빈속으로 떨다가 돌아와서……."

말이 끊겼다. 눈물이 부인의 뺨을 타고 조용히 흘러내렸다. 갑자기 홀가분한 표정으로 부인이 말을 이었다.

"그분은 꽃신 곁에서 돌아가셨다. 나도 안다. 꽃신 곁에서 죽는 게 그분의 마지막 소원이었어……."

부인은 내가 내놓은 지폐를 물끄러미 바라보다 꽃신 꾸러미를 내밀었다.

"이 돈이면 이제 버젓이 장사葬事*도 치르겠구나"

나는 그 꾸러미를 받아 들지 못했다. 어린아이가 꼭 쥐고 자는 버들피리를 빼앗을 때처럼, 아직도 꽃신장이가 꽃신을 꽉 쥐고 있는 느낌이었다. 나는 머리를 흔들었다.

"따님에게 이 꽃신을 전해 주십시오."

잠시 그녀가 결혼했는지 궁금했으나, 이제는 다 소용없는 일이었다. 그녀는 이 꽃신을 받게 될까? 그녀가 어디에 있건 꽃신을 받아 주었으면 싶었다.

담요를 개켜* 그 속에 돈을 넣었다. 꽃신 꾸러미와 담요를 부인 팔에 안겨 주자, 부인은 그것을

어휘정리

성화 몹시 귀찮게 구는 일.
장사 죽은 사람을 땅에 묻거나 화장하는 일.
개키다 개다. 옷이나 이부자리 등을 겹치거나 접어서 단정하게 포개다.

꼭 껴안았다. 부인은 어린애를 안은 것처럼 머리를 약간 수그리고 걸으며 말했다.

"그 애는 죽었어. 지난여름 폭격에 죽었단다……."

아아, 그러나 나는 이미 알고 있었다. 이미 오래전 가슴속에서 그녀의 죽음을 느낄 수 있었다.

우산을 펴서 부인이 젖지 않게 팔을 뻗치고, 부인의 뒤를 쫓았다.

뒤에선 누군가 신명이 나서 외쳤다.

"야아, 자리가 생겼다! 판자도 놔두고 간다!"

시장을 벗어나자 거센 바람에 눈보라가 흩날렸다.

중요한 내용 쏙! 쏙! 쏙!

꽃신의 의미와 역할

- 전통을 의미하는 소재 ↔ 구두, 고무신, 징 박힌 군화
- 꽃신장이의 자부심, 전통에 대한 미련을 의미
- 이루지 못한 사랑(사랑의 상처)을 의미

인물의 심리와 태도

- 가난에도 불구하고 '나'의 집안이 백정이라는 이유로 구혼을 거절함
- 팔리지 않는 꽃신에 대해 사람들이 가치를 모른다며 못마땅해 함

→ 꽃신장이로서의 자부심은 강하지만 변화하는 시대의 흐름에 적응하지 못함

- 꽃신장이 딸에게 오래도록 관심을 두었으며 그리워 함
- 꽃신장이가 준 상처를 오래도록 잊지 못하다가 초라해진 모습에 슬픔을 느낌

작품의 구성과 주요내용

'나'는 시장에서 꽃신장이를 보고, 과거 이웃에 살던 그가 '나'의 구혼을 거절하고 모욕했던 일을 떠올림

→

꽃신장이네의 형편은 기울었고 꽃신장이 딸은 부엌데기가 되어 떠남

→

꽃신장이는 '나'의 집이 백정 집안이라는 이유로 모욕하며 '나'의 구혼을 거절했고, 실의에 빠진 '나'는 부산으로 떠남

→

시장에서 꽃신장이 노인의 초라한 모습을 지켜보면서 그에 대한 '나'의 날카로운 감정이 사라져 감

→

'나'는 꽃신을 파는 꽃신장이 부인을 만나 꽃신장이와 꽃신장이 딸의 죽음을 전해 들음

1 꽃신장이 딸에게 구혼하기 전과 후의 '나' 의 심리 변화를 정리해 봅시다.

구혼 전 :

구혼 후 :

2 꽃신장이가 꽃신을 사가는 사람이 없는데도 꽃신 값을 내리지 않은 이유를 생각해 봅시다.

상상더하기 - 인물의 삶을 해석하고 평가하기

꽃신에 대한 사랑과 열정으로 한평생을 산 꽃신장이가 있습니다. 백정의 자식에게는 딸을 시집보내지 않을 정도로 꽃신장이는 자부심과 자존심이 강한 사람이었지요. 그의 삶을 여러분들은 어떻게 생각하나요? 객관적인 근거를 들어 그의 삶을 해석하고 평가해 봅시다.

1. 구혼 전 : 기쁨, 설렘, 기대감
   구혼 후 : 슬픔, 실망, 분노, 좌절감
2. 꽃신장이는 '나' 가 백정의 아들이라는 이유로 혼인을 반대할 정도로 자존심이 강한 인물입니다. 그런 자존심과 꽃신에 대한 자부심은 가난하여 생계를 이어나가기 어려운 상황에서도 꽃신 값을 내리는 것을 용납할 수 없었던 것입니다.

작가의 다른 작품 보기

푸른 씨앗

천복의 눈은 푸른색입니다. 어머니의 눈이 푸른색이기 때문입니다. 천복이와 어머니는 황소 한 마리와 함께 제주도를 떠나 육지로 나옵니다. 고향을 등지고 나온 유일한 재산이 황소 한 마리라니! 어려운 살림에서도 어머니는 천복이를 공부시키려고 노력하지만, 천복이는 공부에 영 관심이 없습니다. 남들과 다른 눈 색깔을 갖고 있다는 것이 그에게는 항상 열등감의 원인이 되었답니다. 스스로 마음의 문을 열지 못하고 항상 방황을 합니다. 친구들이 마련해 준 운동화 값으로 푸른 눈을 감춰줄 색안경을 살 정도였으니 그 열등감이 얼마나 깊었는지 짐작할 수 있지요. 또, 어려운 상황에서도 천복이에게 따듯한 정을 주는 반장 정란이의 모습이 웃음을 자아내게 합니다.

극복하고 싶은 단점이 있나요? 그것이 너무 커져서 열등감이 되지는 않았나요? 그 단점은 어쩌면 쉽게 극복가능 한 사소한 것일지도 모른답니다. 열등감은 스스로 만들어 내는 것이니까요.

겨울의 사랑

몽치는 마당을 쓸다말고 아버지에게 핀잔을 듣습니다. 동네 창피하게 언청이가 입을 벌리고 헤헤 웃는다는 이유였습니다. 급기야 멸치장수 딸이 자신과 같은 언청이에게 시집오는 것은 다 아버지의 재산 덕분이라고까지 하십니다. 자존심이 상한 몽치는 스스로 색시를 골라오겠다고 큰 소리를 치고 부산으로 향했답니다. 며칠 전 푸른 돛이란 다방에서 겨울 사랑이라는 노래를 듣고 있을 때 보았던 다방색시 지안을 찾아 나선 것입니다. 마스크를 끼고 다방을 매일같이 드나들면서 지안의 환심을 산 몽치는 자신이 언청이라는 것을 알면 그녀가 떠날까봐 결국 그 마스크를 벗지 못했답니다. 그러다 수술을 하면 언청이를 고칠 수 있다며 타이를 훔쳐 오라는 나쁜 사람의 꼬임에 속아 절도를 하다가 크게 다치고 맙니다. 사람들은 몽치가 죽어가자 지안을 불러 오려 하지만 그녀 다음으로 다방에서 일을 하는 색시가 나타나 지안이 극심한 폐병으로 쫓겨났으며 아마 곧 죽을 것이라고 알려줍니다. 정신을 잃어가는 몽치의 귀에 음악이 멀리 날아가는 빗소리처럼 가버립니다.

어느 겨울 부산을 배경으로 펼쳐지는 두 사람의 슬픈 사랑이 가슴 아프게 다가온답니다.

어머니와 달밤

수록교과서 : 지학사(방)

이익상 소설가 겸 언론인. 호는 성해. 1895년 전라북도에서 태어났다. 1923년 《백조》의 동인이었던 김기진 등과 파스큘라라는 문학단체를 만들었으며 이들과 함께 계급문학운동에 참여했다. 대표작으로는 「어촌」 「젊은 교사」 「흙의 세례」 등이 있다.

감상 길잡이

주인공은 집안을 환히 밝힐 수 있는 등불도 없고, 아버지도 없습니다. 그렇지만, 옛날이야기를 들려주시는 어머니와, 주인공을 마냥 귀여워하는 누이가 있어 불행하지 않습니다. 주인공의 따뜻한 유년 시절을 살짝 엿보러 갈까요? 이 소설 속에는 어머니가 주인공에게 들려주는 민담이 담겨 있답니다. 여러분도 함께 옛날이야기를 들으며 상상의 세계에 빠져 보세요.

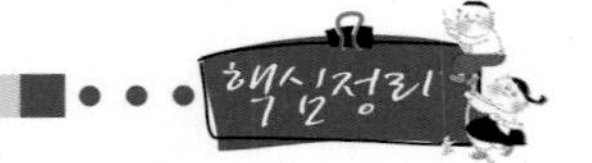

갈래	단편소설, 액자소설
시점	1인칭 주인공 시점
배경	가을 밤, 어느 시골

성격	서정적, 회상적
제재	어머니의 이야기
주제	어린 시절 어머니에게 들은 이야기와 그 시절에 대한 그리움

어머니
가난한 과부. 자식들에게 이야기를 들려주는 자상함이 있으며, 자식들을 사랑으로 키움

나
순수한 어린 아이. 동심으로 가득 차 어머니의 이야기를 들음

누나
동생을 귀여워하며, 동생이 모르는 것을 친절하게 알려줌

나는 아버지가 안 계시고, 어머니와 누이와 함께 살고 있는데 가난하여 밤이면 작은 등잔불을 켜는 게 고작이었습니다. 내가 칠팔 세쯤 된 어느 가을밤, 여느 때와 마찬가지로 어머니는 등잔불 아래서 바느질을 하신 후, 이야기책을 읽으셨습니다. 그러다가 문에서 뚝딱뚝딱 소리가 들리자, 문살각시 다듬이 하는 소리라고 알려주십니다. 그 말씀에 어린 나는 무서움을 느꼈는데, 보통학교에 들어간 후에야 그 소리가 귀신이 아닌 벌레 소리임을 알게 됩니다. 또 어머니는 밤하늘의 달을 보며, 얼마나 큰지 아느냐고 물으셨고, '방석만하다.' 는 나의 대답에 옆에서 듣던 누이는 웃어 버립니다. 그런 나에게 어머니는 달이 조선팔도보다 더 크다고 말씀해주신 후, 해와 달이 된 오누이 이야기를 들려주셨습니다. 어머니께서 그 이야기를 하시면서, 맨 처음에 우리 집과 비교해서 말씀하셨기 때문에 나는 그 이야기가 남의 일처럼 생각되지 않았습니다. 이 하룻밤의 이야기는 영원히 나의 머리에 남아 지금도 생각할 때마다 가슴을 오롯이 점령합니다.

어머니와 달밤

지평선 위에 걸린 해와 창공에 오른 달을 바라볼 때마다 나는 옛날에 들은 해와 달 이야기를 아니 생각할 수 없습니다. 새빨갛게 이글이글하게 달은 해와 얼음덩이처럼 싸늘하고도 맑은 달이 나의 어린 마음에 깊이깊이 뿌리박았던 것이 오늘까지도 그대로 남아 있는 것인가 합니다.

내가 칠팔 세 되었을 때 어느 가을밤의 일이었습니다. 그러니 나의 어렸을 때의 모든 기억 가운데 이 일처럼 분명히 남아 있는 것은 다시없다고 생각합니다.

어머니는 여느 때와 마찬가지로 등잔불 아래에서 바느질을 하고 있었습니다. 그때는 가을이라 겨울옷 준비에 매우 바쁜 것이 어린 나도 알 만하였습니다. 등잔불이라 하여도 요즘처럼 전기등 같은 것은 물론 아니었습니다. 더구나 내 집은 시골이었으므로, 그리고 가난하였으므로 램프 같은 것조차 얻어볼* 수 없었습니다. 새 양철 등잔*에 대추씨만 한 불송이가 어두컴컴한 빛을 방 안에 가득히 던지었을 뿐이었습니다. 이것이 다만 하나의 광명이었습니다.

그러나 그때에는 이것만으로 아무 부자유스러운 것 없이 바느질도 하고, 책도 읽고 한 것입니다. 밤마다 밤마다 이러한 등잔불 밑에 제일 가까이 앉은 것은 어머니였습니다. 그다음에는 누이였습니다. 제일 많이 등잔불과 거리를 두고 떨어져 앉아 있는 이는 언제든지 어린 나였습니다. 이것은 어떠

어휘정리

얻어볼 '찾을'의 함경도 방언.
양철 등잔 안팎에 주석을 입힌 얇은 철판으로 만든 등잔.

한 이유인지 알 수 없으나, 사내자식이 등잔불 밑에 쪼그리고 앉은 것은 보기 싫다 하여 어머니에게 가끔가끔 꾸지람을 들었으므로, 밤이 되면 등잔불과 멀리 떨어져 앉는 것이 어린 내가 매우 주의하는 일의 하나가 되었던 것입니다.

그날은 달이 특별히 밝아 보였습니다. 지금 생각하면 그때는 아마 구월 보름께*나 되었던 것입니다. 방 안에 등잔불이 있는데도 오히려 창 바깥의 달빛이 창살*에 푸르스름하게 비칠 만큼 밝았습니다.

어머니는 바느질이 거의 끝났을 때에 이야기책을 그 등잔불 밑에서 보기 시작하였습니다. 어머니는 아버지가 돌아가신 뒤로 그러한 이야기책을 보시는 것이 유일한 위안이었음을 지금에도 넉넉히 상상할 수 있습니다. 지금 그러한 책 이름을 일일이 기억할 수는 없습니다마는, 또는 그러한 책을 지금에는 본 일도 별로 없습니다마는, '하씨선행록' 이니, '전우치전' 이니, '삼국지' 니 하는 것들이었습니다. 물론 우리나라 언문으로 베낀 책이었습니다. 책장이 해질까* 염려하여 종이에 기름까지 바른 것이었습니다. 지금 생각해 보면, 내가 늦도록 잠을 자지 않고 앉았던 것은 어머니의 책을 읽는 소리 가운데에서 한 마디 한 마디씩 귀에 들어오는 말을 주워 모아 가지고 내껏 어떠한 해석을 해 보는 것이 큰 재미였던 것입니다.

어떠한 때에는 어머니가

"너는 잠도 오지 않느냐? 너만 할 때에는 밥만 먹으면 거꾸러져 자게 될 터인데……. 별 아이도 다 보았지!"

꾸지람도 같고, 귀여워하는 듯도 한 말을 흔히 들은 일이 있었습니다. 그리고 또 어머니가 옛날이

어휘정리

보름께 보름 무렵에.
창살 창짝, 미닫이 따위에 가로 세로로 지른 가는 나뭇조각.
해질까 닳아서 떨어질까.

야기나 수수께끼 같은 것도 하며 나에게 자주 들려주었습니다. 그래서 밤이 늦도록 잠을 자지 않고 어머니의 틈나기를 나는 기다렸던 것입니다.

어머니가 바느질을 끝내고 책을 볼 때였으므로 밤은 꽤 깊었습니다. 어머니는 책 보던 눈을 나에게로 돌리며,

"저 소리 들어 보아라! 너는 저게 무슨 소린 줄 아느냐?"

라고 별안간에 물었습니다.

나도, 누님도 따라서 귀를 기울이게 되었습니다. 그러나 귀에 분명히 들릴 만큼 나오는 소리는 없었습니다. 다만 조용하던 방 안이 더욱 고요하여졌을 뿐이었습니다. 누이는 한참이나 귀를 기울이고 있더니, 무슨 소리를 알아들은 것처럼 손가락으로 방문을 가리켜 주었습니다. 나는 가리키는 방문에 더욱 주의를 하였습니다.

그리하였더니 과연 그 방문에서 무슨 "뚝딱뚝딱" 쪼는 소리 같은 것이 들리었습니다. 어머니는 나더러,

"그게 무슨 소린 줄 아느냐?"

라고 물었습니다. 나는 모른다고 대답하였습니다. 어머니는 그것이

"문살각시 다듬이하는* 소리다."

라고 설명하였습니다.

우리 시골에는 이러한 말이 있습니다. 이 문살각시 다듬이 소리란 것은 그때에 처음 알았습니다. 더욱 주의를 하고 들었더니, 그것은 과연 먼 곳에서 울려오는 다듬이 소리와 조금도 틀림없이 들리었습니다.

누이는 곁에 누웠던 자[尺]를 집어 방문을 한 번

어휘정리

다듬이하는 다듬이질하는. 옷이나 옷감 따위를 방망이로 두드려 반드럽게 하는.

탁 쳤습니다. 그런 뒤에는 "뚝딱뚝딱"하는 소리가 뚝 그쳐 버리고 말았습니다.

어머니는 다시 가을이 되면 문살각시도 일이 바빠서 다듬이질을 한다고 설명하여 주었습니다. 나는 무서운 생각이 났습니다. 그래서 어머니 곁으로 바짝 가까이 앉았습니다.(이 문살각시 이야기는 내가 그 뒤에 보통학교* 에서 이과理科를 배울 때에 선생님에게 물어보았더니, 그것은 귀신이 아니요 가을이 되면 그러한 벌레가 있어서 문 앞에서 쪼는 소리라 하였습니다. 그리하여 비로소 벌레인 줄 알았던 것입니다.)

한참이나 있었더니 또다시 "뚝딱뚝딱" 소리가 났습니다. 그때에는 누이가 일부러 방문을 열었습니다. 문살각시는 또다시 다듬이를 그쳤습니다. 우리 어머니나 누이는 이것을 다른 귀신처럼 무섭게 여기지 않고, 무슨 친근한 귀여운 벗처럼 여기는 줄 알았습니다. 누이는 문을 열고 바깥 마루로 나아갔습니다.

나도 무시무시한 생각을 하면서 뒤를 따라 나아갔습니다. 물론 그 때에는 달빛이 희푸른지, 하늘빛이 검푸른지 알 수 없었으나, 달밤의 엄숙한 기운이 비록 어린 나에게라도 황홀을 느끼게 한 것은 사실인 듯합니다. 이때에 나는 누이에게 이러한 질문을 받았습니다.

"너는 저 달이 얼마나 큰지 알겠니?"

나는 그렇게 애써 생각도 않고 바로 대답하였습니다.

"우리 집 방석*만 하지!"

이것은 우리 집에서 고추 같은 것을 말릴 때 쓰

어휘정리

보통학교 일제 강점기에, 우리나라 사람들에게 초등 교육을 하던 학교. 처음에는 4년제였으나 6년제로 바뀌었다.
방석 무엇을 덮거나 널어 말리기 위하여 만든 물건.

는 둥근 방석만을 본 나였으므로, 이것도 보이는 달의 크기 그것만으로 하면 이 대답보다도 더 쉬울 게, 우리 집에 있는 둥근 소반*이나 또는 쟁반 같은 것을 가리켜 비교하였을 것이었습니다. 그러나 만일 나의 눈에 보이는 그것만 한 것만 생각하고 그대로 대답하여도 관계찮은 것이면 누이가 달의 크기가 얼마나 한 것을 물을 리가 없다는 것을 어린 마음에도 생각하였으므로, 나의 눈에 보이는 그것보다는 좀 더 클 것이라 생각하고 에누리하여 방석만 하다고 대답한 것이었습니다.

누이는 "하하."라 웃어 버리었습니다. 나는 이러한 웃음을 누이에게서 두 번째 듣게 되었습니다. 한 번은 내가 하늘을 만져 보러 앞산에 올라가자고 누이에게 청하다가 이러한 웃음을 받은 적이 있었습니다. 이것은 내가 하도 우연히 하늘을 만져 볼 생각이 났었던 것입니다. 앞산 봉우리와 하늘이 꼭 닿은 것같이 생각한 까닭에, 앞산 위에만 올라가면 하늘은 아무 어려울 것 없이 만져 보리라고 생각한 것이었습니다. 달의 크기가 방석만 하다고 한 나의 대답을 들은 누이는 다시 내가 말한 것보다는 더 크다는 것을 말하였습니다.

그런데 나에게는 둥글고도 큰 것으로 아는 것이 또 하나가 있었습니다. 그것은 우리 시골의 D라는 큰 연못이었습니다. 그 연못은 주위가 십 리가 된다고 합니다. 그래서 "D방죽*만 하지!"라고 하였습니다. 누이는 웃으며 훨씬 더 크다고 말하였습니다. 나는 D방죽보다도 더 큰 것으로 둥근 것을 보지 못하였으므로, 더 말할 수 없었습니다.

그러다가 이 달의 크기 문제로 필경*은 어머니

어휘정리

소반 자그마한 밥상.
방죽 파거나 둑으로 둘러막은 못.
필경 끝장에 가서는.

에게 가서 어떠한 것을 물어보게 되었습니다.

어머니는 그때까지 이야기책을 보고 있었습니다. 내가 누이의 말에 불복한 듯이 달이 얼마나 크냐고 어머니께 물었더니, 어머니는 웃으면서

"조선 팔도* 보다도 더 크다."

고 대답하였습니다.

지금 생각하여 보면, 아마 어머니가 아시는 것으로 제일 큰 것은 조선 팔도였던 것인지도 알 수 없습니다.

물론 그때에 나는 조선 팔도라는 것이 어떠한 것인지 알 수 없었습니다. 다만 둥글고 큰 것은 조선 팔도인 줄 짐작하게 되었습니다.

이때에 어머니는 달이 얼마나 크냐고 묻는 말에 해와 달 이야기 생각이 났었던지, 나에게 해와 달 이야기를 하여 주었습니다. 어머니는 손에 들었던 이야기책을 방바닥에 내려놓고 이야기를 시작하시었습니다. 그런데 그 이야기의 내용은 대강 이러하였습니다.

어떠한 산중에 과부 한 사람이 어린 자식 셋을 데리고 가난한 살림을 하였습니다. 물론 고운 의복을 입을 수도 없고, 맛있는 음식을 먹을 수도 없었습니다. 그러나 이 과부는 다만 어린 자식들이 커 가는 것만 큰 기쁨으로 삼고 살아오던 터이었습니다. 어떠한 가을날에 어머니는 어린 자식을 먹이려고 잔등* 넘어 장잣집* 으로 밥

어휘정리

조선 팔도 조선 시대에, 전국을 여덟 개로 나눈 행정 구역으로 우리나라 전체를 이르는 말.
잔등 '산봉우리' 또는 '고개'의 방언.
장잣집 큰 부잣집. '장자'는 큰 부자를 점잖게 이르는 말.

을 얻으러 갔었습니다. 과부는 집에 어린아이들만 남겨 두고 가는 것이 마음이 놓이지 않았으나, 주린 배를 어떻게 채울 수 없어 방문 단속을 단단히 하고 잔등 넘어 장자의 집으로 갔습니다.

가을 해가 거의 저물었을 때에 과부는 장잣집의 방아를 찧어 주고 그 방아 밑으로 범벅떡을 만들어 자기 집으로 급히 돌아오던 길이었습니다. 과부는 어서 집에 돌아가 어린아이들에게 이 범벅떡을 주어서 그 기뻐하는 얼굴을 보고 싶다 생각하며 한 잔등을 넘어왔습니다. 이때에 급히 가는 길을 막아서는 큰 호랑이가 있었습니다. 과부는 깜짝 놀랐습니다. 이때에 호랑이는

"그 떡 하나 주면 안 잡아먹지!"

하며 앞길을 막아섰습니다.

과부는 할 수 없이 떡을 하나 던져 주었습니다. 호랑이는

"또 한 덩이 주면 안 잡아먹지!"

여러 번 되풀이하여 과부의 가진 떡을 다 빼앗아서 먹어 버렸습니다. 그러고 난 뒤에 호랑이는 다시

"저고리 벗어 주면 안 잡아먹지!"

"치마를 벗어 주면 안 잡아먹지!"

고개를 넘을 때마다 앞을 가로막으며 위협하여 다 빼앗아 갔습니다.

과부는 집에서 기다리는 자기 자식들 일을 생각하고 어떻게든지 목숨이나 보전하랴 하여 호랑이가 달라는 대로 의복까지 다 벗어 주었습니다. 그러나 흉측한 호랑이는 의복까지 다 빼앗아서 입고 - 나중에는 이 과부를 잡아먹었습니다.

과부를 잡아먹은 호랑이는 그 과부의 옷을 입고 과부로 둔갑*을 하여 가지고 집에 남아 있는 어린아이들을 잡아먹으러 갔습니다. 집에 있는 어린아이들은 고픈 배를 참아 가며 자기 어머니가 돌아오기만 기다리고 있었습니다. 그러나 어머니는 그렇게 쉽게 돌아오지 않았습니다. 어린 아기는 자기 어머니를 기다리다 못하여 어느덧 잠이 들었습니다. 누이와 동생, 두 어린아이는 잠도 자지 않고 자기 어머니 오기만 기다리었습니다. 이와 같이 기다리는 때에 어머니로 둔갑한 호랑이가 집으로 들어와서 방문을 열라고 하였습니다.

그러나 문 열라고 부르는 소리는 그들의 어머니 말소리와는 달랐으므로, 영리한 누이는

"당신은 우리 어머니가 아니오."

라고 말하고 문을 열어 주지 않았습니다.

호랑이는 자기가 틀림없는 너의 어머니이니 문을 열어 달라고 몇 번이나 말하였습니다. 나중에는 먹을 것을 많이 가지고 와서 짐이 무거우니 문을 속히 열라고 재촉하였습니다. 이때에 누이는 문 앞으로 가까이 가서 만일 우리 어머니일 것 같으면 손을 문틈으로 보이라고 하였습니다. 호랑이는 문틈으로 손을 내밀었습니다. 손은 맨 털빛이었습니다. 아이들은 이상하여 우리 어머니 손에는 이렇게 털이 나지 않았다고 물어보았습니다. 호랑이는 오늘 밤은 너무나 추워서 털로 만든 토시*를 끼었

어휘정리

둔갑 술법을 써서 자기 몸을 감추거나 다른 것으로 바꿈.
토시 추위를 막기 위하여 팔뚝에 끼는 것. 저고리 소매처럼 생겨 한쪽은 좁고 다른 쪽은 넓다.

다고 대답하였습니다.

동생 되는 어린아이는

"어머니! 너무나 추우셨겠소. 어서 들어오시오."

하며, 문을 열어 주었습니다.

어머니로 둔갑한 호랑이는 들어오더니, 여러 말 하지 않고 한편 구석에서 곤히 자는 어린 아기를 붙들고 부엌으로 들어가면서

"너희들은 어서 자거라. 밥을 지어 줄 터이니……."

라고 말하였습니다.

남매 두 아이들은 먹을 것을 줄 줄 알고 한참이나 기다리었으나, 어머니로 둔갑한 호랑이는 아무것도 주지 않고 부엌에서 무엇인지 부스럭거리는 소리만 들리었습니다.

남매 두 아이는 하도 갑갑하여 문구멍으로 부엌을 내다보았습니다. 그랬더니 지금까지 어머니로 여겼던 것이 어머니가 아니라 큰 호랑이였습니다.

두 남매는 겨우 뒷문을 열고 밖으로 도망하여 우물 곁에 있는 큰 나무 위로 올라갔습니다.

호랑이는 어린 아기를 다 먹고는 다시 방에 있는 두 아이를 잡아먹으려고 하였으나, 벌써 두 사람은 거기에 있지 않았습니다. 호랑이는 사면팔방*으로 찾아다니었습니다. 열린 뒷문으로 우물가에까지 왔습니다. 그리고 우물 속을 들여다보았습니다.

마침 이때 나무 그림자가 그 우물 가운데에 비치었습니다. 우물 가운데에 비친 두 아이의 그림자를

어휘정리

사면팔방 사방팔방. 여기저기 모든 방향이나 방면.

본 호랑이는 이것을 건지려고 여러 가지 건질 물건을 가지고 와서

"조리* 로 건지나, 두레박* 으로 건지나?"

라며 콧노래를 부르며 우물가로 돌아다니었습니다.

이 호랑이가 하는 짓이 하도 우스웠던지 남매 두 아이는 나무 위에서 웃어 버렸습니다. 지금까지 두 아이가 우물 안에 빠졌다고만 생각하던 호랑이는 깜짝 놀라 나무 위를 쳐다보았습니다. 나무 위에는 두 아이가 앉아 있었습니다.

호랑이는 위협하듯이 물었습니다.

"너희들은 어떻게 올라갔느냐?"

"장자네 집에 가 참기름 얻어다 바르고 올라왔지!"

라고 누이가 대답하였습니다.

호랑이는 참기름을 바르고 올라가려고 하였으나, 더욱 미끄러웠을 뿐이었습니다.

아무 철도 모르는 동생 아이는,

"장자네 집에 가 도끼를 얻어다가 콕콕 하고 올라왔지!"

라고 일러 주었습니다.

호랑이는 참으로 도끼를 가지고 왔습니다. 그래서 도끼로 발붙일 자국을 만들어 가며 올라왔습니다. 얼마 아니면 이 남매 두 아이도 호랑이의 밥이 되려 할 때에, 두 아이는 하느님께,

"우리를 살리려거든 새 동아줄* 을 내려 주시고, 죽이려거든 썩은 동아줄을 내려 주십시오."

어휘정리

조리 쌀을 이는 데에 쓰는 기구. 가는 대오리나 싸리 따위로 결어서 조그만 삼태기 모양으로 만든다.
두레박 줄을 길게 달아 우물물을 퍼 올리는 데 쓰는 도구. 바가지나 판자 또는 양철 따위로 만든다.
동아줄 굵고 튼튼하게 꼰 줄.

하고 빌었습니다.

이때에 새 동아줄이 주르륵 내려왔습니다. 그리하여 남매 두 아이는 줄을 잡고 하늘로 올라갔습니다. 이 뒤에 올라온 호랑이도 어린아이 본을 받아 하느님께 빌자 이번에는 썩은 동아줄이 내려왔습니다. 호랑이는 이것을 붙잡고 올라갔는데 얼마 아니 되어 줄이 끊어져 버렸습니다. 그리하여 이 줄을 붙잡았던 호랑이는 수백 길이나 되는 공중에서 수수밭으로 떨어졌습니다. 그때에 막 베어 낸 수수깡에 꽁무니가 찔리어 죽어버렸습니다. 수수에 피가 묻은 것은 이러한 까닭이라 합니다.

그리고 하늘로 올라간 남매 두 사람은 하느님 앞에 불리어 가서 누이는 해가 되고, 동생은 달이 되었다고 합니다. 이것도 처음에는 하느님이 누이더러 달이 되라 하였으나, 달은 밤에 있는 것이라 여자로 밤에 다니는 것은 무섭다 하여 낮의 해가 되었다 합니다. 한낮에 다니면 여러 사람이 너무나 물긋물긋 바라보니까, 이것을 피하려고 눈이 현란하여 찬찬히 보지 못할 만큼 해는 반짝거리게 되었다 합니다. 그리하여 여자인 해는 사람 눈으로 하여금 똑바로 보지 못하게 한다 합니다.

어린 나는 이 이야기를 어머니에게서 들을 때에 얼마나 슬프고도 우스웠는지 알 수 없습니다. 그리고 어머니는 이 이야기를 내놓을 때에 맨 처음부터 우리 집과 비교하여 말하였었습니다. 우리 집과 같이 가난하게 지내었다는 둥, 또는 너희들 남매간과 같이 의좋게 지내었다는 둥, 여러 가지 우리 집과 같은 것을 말하였습니다.

그래서 듣고 있는 나도 이야기가 다른 사람의 일처럼 생각되지는 않았습니다. 자기 자신에게 당한 일이나 조금도 다름없이 알았습니다. 더구나

이 이야기하는 어머니는 그때의 광경을 그대로 듣는 사람에게 연상시킬 만큼 얼굴의 표정을 변하여 가며 말하였습니다. 이 이야기를 듣는 동안에 나는 몇 번이나 어머니 앞으로 가까이 가까이 갔는지 알 수 없습니다.

그리고 특별히 "옷 벗어 주면 안 잡아먹지!", "떡을 주면 안 잡아먹지!" 하는 호랑이의 흉녕凶獰한* 소리를 어머니가 우리 지방의 고유한 악센트를 붙이어 호랑이가 바로 그 곁에서 부르짖는 것처럼 말씀할 때에, 나는 전신에 소름이 끼쳤습니다. 또는 나무 위에 올라앉아 숨어 있으면서, 무엇이 우스워 그렇게 웃어 버렸는지 나는 알 수 없었습니다.

이 하룻밤 이야기는 영원히 영원히 나의 머리에 슬어 있게 되었습니다. 그래서 지금도 이 이야기를 다시 생각할 때마다 나에게는 무엇이라 형언할 수 없는 적막이 찾아와서 나의 가슴을 오롯이 점령하게 됩니다.

어휘정리

흉녕(凶獰)한 성질이 흉악하고 사나운.

중요한 내용 쏙!쏙!쏙!

작품의 형식적 특징

- 자신의 체험을 바탕으로 독자에게 경어체로 들려 줌
- 주인공이 어린 시절의 과거를 회상하는 형식
- 익숙한 설화를 작품에 삽입하여 액자식 구성을 취함

작품의 구성 – 액자식 구성

소설, 희곡 따위에서, 이야기 속에 하나 또는 그 이상의 이야기가 들어 있는 구성.

어린 시절의 회상 달 밝은 가을밤 등잔불 아래서 어머니에게 '해와 달 이야기'를 들음
해와 달 이야기(액자식 구성으로 삽입)
어머니는 이야기를 우리집과 비교하여 말함 나는 이야기가 다른 사람의 일처럼 생각되지 않음 나는 이야기를 오래도록 기억함

작품의 구성과 주요내용

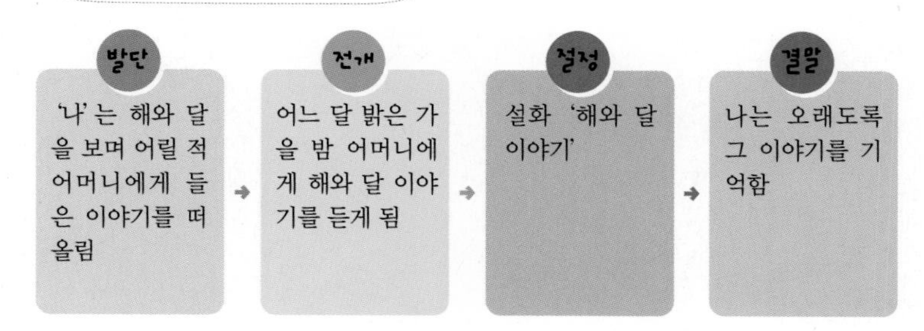

1 이 작품에 삽입된 '해와 달 이야기'의 주제를 말해 봅시다.

2 이 작품은 액자식 구성으로 되어 있습니다. 액자식 구성에 대해 설명해 봅시다.

상상더하기 - 옛날이야기 들려주기

여러분은 어릴 적 부모님으로부터 듣거나, 혹은 동화책 속에서 읽었던 옛날이야기 중 지금도 기억나는 것이 있나요? 만약 여러분이 어머니라면 주인공에게 어떤 옛날이야기를 들려줄까요? 여러분이 어머니가 되어 주인공에게 들려줄 옛날이야기를 적어봅시다.

1. '해와 달 이야기'는 착한 사람은 복을 받고, 악한 사람은 벌을 받는다는 '권선징악'을 주제로 하고 있습니다.
2. 액자식 구성이란 하나의 이야기 속에 또 다른 이야기가 들어 있는 형식입니다. 이 작품은 주인공 '나'의 이야기 속에 '해와 달 이야기'가 삽입되어 있는 액자식 구성으로 되어 있습니다.

작가의 다른 작품 보기

쫓기어 가는 이들

득춘은 똑똑합니다. 하지만 그것 때문에 늘 D어촌에서 지주들로부터 억압을 받습니다. 착한 아내와 함께 열심히 살았지만 억압을 견디지 못한 득춘은 C촌으로 이사를 가기로 결심합니다. 팔촌형이 C촌 부근 토지를 관리하는 마름으로 있기 때문입니다. 하지만, 거기서도 잘 적응하지 못하고 3년 동안이나 마을 사람들과 그저 냉랭하기만 합니다. 생활고도 극심해 팔촌형에게 빚을 내어 근근히 살아가지요. 그러다, 팔촌형이 마름의 자리를 잃자 꾸어간 빚을 갚으라고 자꾸만 독촉을 하는 통에 그만 은혜도 잊고 농사지은 것과 오두막을 팔아 밤도망을 치고 말았답니다. 순진하고 착한 아내가 양심의 가책에 얼마나 괴로워했는지 모른답니다.

득춘은 어디에도 발붙이지 못하고 쫓겨다니는 가난한 사람들의 모습을 대표합니다. 친척의 위세 덕분에 남에게 빚도 얻어 쓰고 갚을 날짜도 연기하는 등 혜택을 누리면서 살아가다가, 친척이 권력을 잃자 전 재산을 팔아 야반도주 할 수밖에 없는 득춘의 모습은 가난하기 때문에 자신을 지킬 수 없는 사람들의 애환을 담고 있답니다.

위협의 채쭉

김성삼은 일본인이 경영하는 K농장에서 땅을 빌려서 농사를 지으며, 병든 외아들과 어렵게 살아갑니다. K농장은 부당한 요구를 하기 일쑤여서 성삼의 가난한 삶을 더욱더 힘들게만 합니다. 소작료를 내는 날, 이번에도 어김없이 K농장은 돌을 한 짐씩 지고 와야 도조를 받겠다는 부당한 부역을 강요합니다. 외아들이 당장에라도 숨이 끊어질지도 모르는 위급한 상황인데도 어떠한 사정도 들어주지 않는 K농장의 악덕 지주는 두 시간이나 강제 노역을 시킵니다. 그 때 성삼의 심정은 어떠했을까요? 뒤늦게야 집에 돌아온 성삼은 싸늘히 식어 홑이불에 덮여 있는 아들의 주검을 봅니다. 분하고 억울하지만 성삼은 도무지 어쩔 도리가 없었답니다.

죽어가는 아들마저 돌봐줄 수 없었던 성삼은 일제치하 소작농들의 모습이었습니다. 그 소작농들은 얼마나 억울하고 슬펐을까요? 나라를 잃고 부당한 대우를 받으면서도 어쩔 수 없었던 당시 소작농들의 비참한 생활을 잘 보여준 농민소설입니다.

Part 3
작품 속 말하는 이

주요섭「사랑손님과 어머니」• 채만식「미스터 방」
채만식「치숙」• 오정희「색동저고리」

“

문학 작품 속에는 글쓴이를 대신해서 이야기를 전달해 주는 사람이 있답니다. 작가는 독자들에게 말하려는 내용을 효과적으로 전달하기 위해 의도적으로 작품 속에 말하는 이를 설정하는데 시에서는 화자, 소설에서는 서술자라고 부르지요. 소설에서 말하는 이는 작품 속의 인물(1이칭 시점)일 수도 있고, 작품 밖의 인물(3인칭 시점)일 수도 있답니다. 서술자의 위치에 따라 시점이 달라지지요.

최나미의 ‘턱수염’이라는 작품에서 말하는 이는 ‘나’(학생인 승권이)입니다. 승권이는 아버지와 갈등을 겪는 사춘기 소년인데, 아버지의 사랑을 깨닫고 아버지와 화해하게 되는 이야기지요. 그런데 문학 작품에서 말하는 이가 작가는 아닙니다. 즉 턱수염은 학생인 승권이가 지은글이 아니라 승권이는 단지 작가가 상상해낸 인물로 의도적으로 이야기를 풀어나가게끔 작가가 설정한 것이지요.

이제 ‘사랑손님과 어머니’, ‘미스터 방’, ‘치숙’, ‘색동저고리’를 읽으며 작품 속에 말하는 이를 찾아보고 그 역할도 확인해 봅시다.

”

사랑손님과 어머니

수록교과서 : 교학사, 금성, 대교(왕), 미래엔컬처(윤)(이), 비상, 새롬, 신사고, 지학사(이), 창비

주요섭 소설가. 호는 여심 또는 여심생. 1902년 평양에서 태어났으며 미국 스탠퍼드대학원에서 교육학 석사 과정을 수료했다. 1921년 「깨어진 항아리」를 《매일신보》에 발표하면서 등단했다. 40편 가량의 단편소설을 비롯하여 4편의 장편소설과 2편의 중편소설을 남겼는데 대표작으로는 「추운 밤」 「여대생과 밍크코우트」 등이 있다.

감상 길잡이

이 작품의 배경인 1930년대에는 여성에게 수절을 강요하고, 과부가 재혼하는 일은 사람들의 입에 오르내리며 비판받을 수도 있는 일이었습니다. 그런데 이 작품은 과부인 주인공의 어머니와 하숙집 아저씨의 사랑이 순수하고 아름답게 그려지고 있습니다. 그건 바로 여섯 살 난 옥희의 눈을 통해 사건이 전달되기 때문인데요. 특정한 서술자의 시각이 문학 작품에 끼치는 영향을 고려하며 작품을 읽어 봅시다.

핵심정리

갈래	단편소설, 순수소설	성격	심리적, 서정적, 낭만적
시점	1인칭 관찰자 시점	제재	사랑손님과 어머니의 사랑
배경	1930년대, 어느 시골 작은 읍	주제	사랑손님과 어머니의 사랑과 갈등

사랑손님
아버지의 옛 친구. 어머니를 사랑함. 다정다감하고 소극적임

나
어리고 순수한 아이. 아저씨와 어머니의 감정을 제대로 이해하지 못함

어머니
봉건적이고 전통적인 윤리관을 가짐. 아저씨를 사랑하지만 떠나보냄

올해 여섯 살인 나(옥희)는 과부 딸로 어머니와 외삼촌과 함께 살고 있습니다. 어느 날, 큰 외삼촌이 아버지의 친구라는 낯선 손님을 데려와 우리 집에서 하숙을 하게 되는데, 나는 아저씨와 곧 친해집니다. 어머니는 아저씨가 삶은 달걀을 좋아한다는 말을 듣고, 달걀을 자주 상에 올립니다. 어느 날, 나는 아저씨에게 우리 아빠였으면 좋겠다는 말을 불쑥 꺼냈고, 아저씨는 떨리는 목소리로 그런 말 하면 못쓴다며 얼굴까지 붉힙니다.

나는 어머니를 기쁘게 해주려고 유치원에서 꽃을 가져와 어머니에게 주며 아저씨가 갖다 주라고 했다며 거짓말을 합니다. 어머니는 얼굴이 빨개졌고, 그날 밤 남편이 죽은 후 타지 않던 풍금을 탑니다. 어느 날 밤 나는 어머니가 장롱 속에서 아버지의 옷을 꺼내보고 있는 모습을 발견합니다. 그 후 어머니는 나를 통해 종이가 든 손수건을 아저씨에게 전했고, 아저씨는 예쁜 인형을 나에게 준 뒤 집을 떠납니다.

어머니는 내 손을 잡고 뒷동산으로 올라가 아저씨가 탔을 기차를 멀리서 바라보았습니다. 그리고 집으로 돌아와 풍금 뚜껑을 닫고, 찬송가책 갈피에 끼워 있던 마른 꽃송이도 버립니다.

사랑손님과 어머니

나는 금년 여섯 살 난 처녀애입니다. 내 이름은 박옥희이고요. 우리 집 식구라고는 세상에서 제일 이쁜 우리 어머니와 단 두 식구뿐이랍니다. 아차, 큰일났군, 외삼촌을 빼놓을 뻔했으니…….

지금 중학교에 다니는 외삼촌은 어디를 그렇게 싸돌아다니는지, 집에는 끼니 때 외에는 별로 붙어 있지 않아, 어떤 때는 한 주일씩 가도 외삼촌 코빼기도 못 보는 때가 많으니까요. 깜박 잊어버리기도 예사지요, 무얼.

우리 어머니는, 그야말로 세상에서 둘도 없이 곱게 생긴 우리 어머니는, 금년 나이 스물네 살인데 과부랍니다. 과부가 무엇인지 나는 잘 몰라도, 하여튼 동리 사람들이 날더러 '과부 딸' 이라고들 부르니까, 우리 어머니가 과부인 줄을 알지요. 남들은 다 아버지가 있는데, 나만은 아버지가 없지요. 아버지가 없다고 아마 '과부 딸' 이라나 봐요.

외할머니 말씀을 들으면, 우리 아버지는 내가 이 세상에 나오기 한 달 전에 돌아가셨대요. 우리 어머니하고 결혼한 지는 일 년 만이고요. 우리 아버지의 본집은 어디 멀리 있는데, 마침 이 동리 학교에 교사로 오게 되었기 때문에, 결혼 후에도 우리 어머니는 시집으로 가지 않고 여기 이 집을 사고 – 바로 이 집은 우리 외할머니 댁 옆집이지요.–여기서 살다가 일 년이 못 되어 갑자기 돌아가셨대요. 내가 세상에 나오기도 전에 아버지는 돌아가셨다니까, 나는 아버지 얼굴도 못 뵈었지요. 그러니 아무리 생각해 보아도 아버지 생각은 안 나요. 아버지 사진이라는 사진은 나두 한두 번 보았지요. 참으로 훌륭한 얼굴이야요. 아버지가 살아 계신다면 참말로 이 세상에서 제일 가는 잘난 아버지일 거야요. 그런 아버지를 보지도 못한 것은 참으로 분한 일이야요. 그 사진도 본 지가 퍽 오래 되었는데, 이전에는 그 사진을 늘 어머니 책상 위에 놓아 두시더니, 외할머니가 오시면 오실 때마다 그 사진을 치우라고 늘 말씀하셨는데, 지금은 그 사진이 어디 있는지 없어졌어요. 언젠가 한번 어머니가 나 없는 동안에 몰래 장롱 속에서 무엇을 꺼내 보시다가 내가 들어오니까 얼른 장롱 속에 감추는 것을 내가 보았는데, 그게 아마 아버지 사진인 것 같았어요.

아버지가 돌아가시기 전에 우리가 먹고 살 것을 남겨 놓고 가셨대요. 작년 여름에, 아니로군, 가을이 다 되어서군요. 하루는 어머니를 따라서 여기서 한 십 리나 가서 조그만 산이 있는 데를 가서 거기서 밤도 따 먹고, 또 그 산 밑에 초가집에 가서 닭고깃국을 먹고 왔는데, 거기 있는 땅이 우리 땅이래요. 거기서 나는 추수로 밥이나 굶지 않게 된다고요. 그래도 반찬 사고 과자 사고 할 돈은 없대요. 그래서 어머니가 다른 사람의 바느질을 맡아서 해 주지요. 바느질을 해서 돈을 벌어서, 그걸로 청어도 사고 달걀도 사고 내가 먹을 사탕도 사고 한다고요.

그리고 우리 집 정말 식구는 어머니와 나와 단 둘뿐인데, 아버님이 계시던 사랑방이 비어 있으니까 그 방도 쓸 겸, 또 어머니의 잔심부름도 좀 해줄 겸 해서 우리 외삼촌이 사랑방에 와 있게 되었대요.

금년 봄에는 나를 유치원에 보내 준다고 해서, 나는 너무나 좋아서 동무 아이들한테 실컷 자랑을 하고 나서 집으로 돌아오노라니까, 사랑에서 큰외삼촌이—우리 집 사랑에 와 있는 외삼촌의 형님 말이야요. – 웬 한 낯선 사

람 하나와 앉아서 이야기를 하고 있었습니다. 큰외삼촌이 나를 보더니,

"옥희야."

하고 부르겠지요.

"옥희야, 이리 온. 와서 아저씨께 인사드려라."

나는 어쩨 부끄러워서 비실비실하니까* 그 낯선 손님이,

"아, 그 애기 참 곱다. 자네 조카딸인가?"

하고 큰외삼촌더러 묻겠지요. 그러니까 큰외삼촌은,

"응, 내 누이의 딸……. 경선 군의 유복녀* 외딸일세."

하고 대답합니다.

"옥희야, 이리 온, 응! 그 눈은 꼭 아버지를 닮았네그려."

하고 낯선 사람이 말합니다.

"자, 옥희야, 커단 처녀가 왜 저 모양이야. 어서 와서 이 아저씨께 인사 드려라. 너의 아버지의 옛날 친구신데, 오늘부터 이 사랑에 계실 텐데 인사 여쭙고 친해 두어야지."

나는 이 낯선 손님이 사랑방에 계시게 된다는 말을 듣고 갑자기 즐거워졌습니다. 그래서 그 아저씨 앞에 가서 사붓이 절을 하고는 그만 안마당으로 뛰어들어왔지요. 그 낯선 아저씨와 큰외삼촌은 소리 내서 크게 웃더군요.

나는 안방으로 들어오는 나름으로 어머니를 붙들고,

"엄마, 사랑에 큰외삼촌이 아저씨를 하나 데리고 왔는데에, 그 아저씨가 아 이제 사랑에 있는대."

하고 법석을 하니까,

"응, 그래."

어휘정리

비실비실하다 흐느적흐느적 힘없이 자꾸 비틀거리다.
유복녀 태어나기 전에 아버지를 여읜 딸.

하고, 어머니는 벌써 안다는 듯이 대수롭지 않게 대답을 하더군요. 그래서 나는,

"언제부터 와 있나?"

하고 물으니까,

"오늘부텀."

"애구 좋아."

하고 내가 손뼉을 치니까, 어머니는 내 손을 꼭 붙잡으면서,

"왜 이리 수선이야."

"그럼 작은외삼촌은 어데루 가나?"

"외삼촌도 사랑에 계시지."

"그럼 둘이 있나?"

"응."

"한 방에 둘이 있어?"

"왜 장지문* 닫구 외삼촌은 아랫방에 계시구, 그 아저씨는 윗방에 계시구, 그러지."

나는 그 아저씨가 어떠한 사람인지는 몰랐으나, 첫날부터 내게는 퍽 고맙게 굴고, 나도 그 아저씨가 꼭 마음에 들었어요. 어른들이 저희끼리 말하는 것을 들으니까, 그 아저씨는 돌아가신 우리 아버지와 어렸을 적 친구라고요. 어디 먼 데 가서 공부를 하다가 요새 돌아왔는데, 우리 동리 학교 교사로 오게 되었대요. 또, 우리 큰외삼촌과도 동무인데, 이 동리에는 하숙도 별로 깨끗한 곳이 없고 해서 윗사랑으로 와 계시게 되었다고요. 또 우리도 그 아저씨한테 밥값을 받으

어휘정리

장지문 지게문에 장지 짝을 덧들인 문.

면 살림에 보탬도 좀 되고 한다고요.

그 아저씨는 그림책들을 얼마든지 가지고 있어요. 내가 사랑방으로 나가면 그 아저씨는 나를 무릎에 앉히고 그림책을 보여 줍니다. 또, 가끔 과자도 주고요.

어느 날은 점심을 먹고 이내 살그머니 사랑에 나가 보니까, 아저씨는 그때야 점심을 잡수셔요. 그래 가만히 앉아서 점심 잡숫는 걸 구경하고 있노라니까 아저씨가,

"옥희는 어떤 반찬을 제일 좋아하누?"

하고 묻겠지요. 그래 삶은 달걀을 좋아한다고 했더니, 마침, 상에 놓인 삶은 달걀을 한 알 집어 주면서 나더러 먹으라고 합니다. 나는 그 달걀을 벗겨 먹으면서,

"아저씨는 무슨 반찬이 제일 맛나우?"

하고 물으니까, 그는 한참이나 빙그레 웃고 있더니,

"나두 삶은 달걀."

하겠지요. 나는 좋아서 손뼉을 짤깍짤깍 치고,

"아, 나와 같네. 그럼, 가서 어머니한테 알려야지."

하면서 일어서니까, 아저씨가 꼭 붙들면서,

"그러지 말어."

그러시겠지요. 그래도, 나는 한번 맘을 먹은 다음엔 꼭 그대로 하고야 마는 성미지요. 그래서 안마당으로 뛰어들어가면서,

"엄마, 엄마, 사랑 아저씨두 나처럼 삶은 달걀을 제일 좋아한대."

하고, 소리를 질렀지요.

"떠들지 말어."

하고, 어머니는 눈을 흘기십니다.

그러나 사랑 아저씨가 달걀을 좋아하는 것이 내게는 썩 좋게 되었어요. 그것은 그 다음부터는 어머니가 달걀을 많이씩 사게 되었으니까요. 달걀 장수 노파가 오면, 한꺼번에 열 알도 사고 스무 알도 사고, 그래선 두고두고 삶아서 아저씨 상에도 놓고, 또 으레 나도 한 알씩 주고 그래요. 그뿐만 아니라 아저씨한테 놀러 나가면, 가끔 아저씨가 책상 서랍 속에서 달걀을 한두 알 꺼내서 먹으라고 주지요. 그래, 그 담부터는 나는 아주 실컷 달걀을 많이 먹었어요.

나는 아저씨가 매우 좋았어요마는, 외삼촌은 가끔 툴툴하는 때가 있었어요. 아마 아저씨가 마음에 안 드나 봐요. 아니, 그것보다도 아저씨 잔심부름을 꼭 외삼촌이 하게 되니까, 그것이 싫어서 그러나 봐요. 한번은 어머니와 외삼촌이 말다툼하는 것까지 내가 들었어요. 어머니가,

"야, 또 어데 나가지 말구 사랑에 있다가 선생님 들어오시거든 상 내가야지."

하고 말씀하시니까, 외삼촌은 얼굴을 찡그리면서,

"제길, 남 어디 좀 볼일이 있는 날은 으레 끼니 때에 안 들어오고 늦어지니……."

하고 툴툴하겠지요. 그러니까 어머니는,

"그러니 어짜갔니? 너밖에 사랑 출입할 사람이 어디 있니?"

"누님이 좀 상 들구 나가구려. 요새 세상에 내외*합니까!"

어휘정리

내외 남의 남녀 사이에 서로 얼굴을 마주 대하지 않고 피함.

어머니가 갑자기 얼굴이 발개지시고, 아무 대답도 없이 그냥 외삼촌에게 향하여 눈을 흘기셨습니다. 그러니까, 외삼촌은 흥흥 웃으면서 사랑으로 나갔지요.

나는 유치원에 가서 창가도 배우고 댄스도 배우고 하였습니다. 유치원 여자 선생님이 풍금을 아주 썩 잘 타요. 그런데, 우리 유치원에 있는 풍금은 예배당에 있는 풍금과는 아주 다른데, 퍽 조그마한 것이지마는 소리는 썩 좋아요. 그런데 우리 집 윗간에도 유치원 풍금과 똑같이 생긴 것이 놓여 있는 것이 갑자기 생각이 났어요. 그래, 그 날 나는 집으로 오는 길로 어머니를 끌고 윗간으로 가서,

"엄마, 이거 풍금 아니우?"

하고 물으니까, 어머니는 빙그레 웃으시면서,

"그렇단다, 그건 어찌 알았니?"

"우리 유치원에 있는 풍금이 이것과 똑같은데 무얼. 그럼, 엄마두 풍금 탈 줄 아우?"

하고, 나는 다시 물었습니다. 그것은 내가 이때껏 한 번도 어머니가 풍금 앞에 앉은 것을 본 일이 없기 때문입니다.

어머니는 아무 대답도 아니하십니다.

"엄마, 이 풍금 좀 타 봐!"

하고 재촉하니까, 어머니 얼굴은 약간 흐려지면서,

"그 풍금은 너의 아버지가 날 사다 주신 거란다. 너의 아버지 돌아가신 후로 그 풍금은 이 때까지 뚜껑두 한번 안 열어 보았다……."

이렇게 말씀하시는 어머니 얼굴을 보니까 금방 또 울음보가 터질 것만

같아 보여서 나는 그만,

"엄마, 나 사탕 주어."

하면서 아랫방으로 끌고 내려왔습니다.

아저씨가 사랑에 와 계신 지 벌써 여러 밤을 잔 뒤입니다. 아마 한 달이나 되었지요. 나는 거의 매일 아저씨 방에 놀러 갔습니다. 어머니는 나더러 그렇게 가서 귀찮게 굴면 못쓴다고 가끔 꾸지람을 하시지만, 정말이지 나는 조금도 아저씨를 귀찮게 굴지는 않았습니다. 도리어 아저씨가 나를 귀찮게 굴었지요.

"옥희 눈이 아버지를 닮았다. 고 고운 코는 아마 어머니를 닮았지, 고 입하고! 응, 그러냐, 안 그러냐? 어머니도 옥희처럼 곱지, 응?"

이렇게 여러 가지로 물을 적도 있습니다. 그래서 나는,

"아저씨, 입때 우리 엄마 못 봤수?"

하고 물었더니, 아저씨는 잠잠합니다. 그래 나는,

"우리 엄마 보러 들어갈까?"

하면서 아저씨 소매를 잡아당겼더니, 아저씨는 펄쩍 뛰면서,

"아니, 아니, 안 돼. 난 지금 분주해."

하면서 나를 잡아끌었습니다. 그러나 정말로는 무어 그리 분주하지도 않은 모양이었어요. 그러기에 나더러 가란 말도 않고 그냥 나를 붙들고 앉아서, 머리도 쓰다듬어 주고 뺨에 입도 맞추고 하면서,

"요 저고리 누가 해주지? ……밤에 엄마하구 한 자리에서 자니?"

하는 등 쓸데없는 말을 자꾸만 물었지요.

그러나 웬일인지 나를 그렇게도 귀여워해 주던 아저씨도 아랫방에 외삼

촌이 들어오면 갑자기 태도가 달라지지요. 이것저것 묻지도 않고, 나를 껴안지도 않고 점잖게 앉아서 그림책이나 보여 주고 그러지요. 아마 아저씨가 우리 외삼촌을 무서워하나 봐요.

하여튼 어머니는 나더러 너무 아저씨를 귀찮게 한다고, 어떤 때는 저녁 먹고 나서 나를 방 안에 가두어 두고 못 나가게 하는 때도 더러 있었습니다. 그러나 조금 있다가 어머니가 바느질에 정신이 팔려서 골몰하고 있을 때 몰래 가만히 일어나서 나오지요. 그런 때에는 어머니가 내가 문 여는 소리를 듣고서야 퍼뜩 정신을 차려서 쫓아와 나를 붙들지요. 그러나 그런 때는 어머니는 골을 아니 내시고,

"이리 온, 이리 와서 머리 빗고……."

하고, 끌어다가 머리를 다시 곱게 땋아 주시지요.

"머리를 곱게 땋고 가야지. 그렇게 되는 대루 하구 가문 아저씨가 숭 보시지 않니?"

하시면서 또 어떤 때에는 머리를 다 땋아 주시고는,

"응, 저고리가 이게 무어야?"

하시면서, 새 저고리를 내어 주시는 때도 있습니다.

어떤 토요일 오후였습니다. 아저씨는 나더러 뒷동산에 올라가자고 하셨습니다. 나는 너무나 좋아서 가자고 그러니까 아저씨가,

"들어가서 어머니께 허락받고 온."

하십니다. 참 그렇습니다. 나는 뛰어들어가서 어머니께 허락을 받았습니다. 어머니는 내 얼굴을 다시 세수시켜 주고 머리도 다시 땋고, 그리고 나서는 나를 아스러지도록*

어휘정리

아스러지다 덩어리가 깨어져 조각조각 바스러지다.

한 번 몹시 껴안았다가 놓아 주었습니다.

"너무 오래 있지 말고, 응."

하고 어머니는 크게 소리치셨습니다. 아마 사랑 아저씨도 그 소리를 들었을 거야요.

뒷동산에 올라가서는 정거장을 한참 내려다보았으나, 기차는 안 지나갔습니다. 나는 풀잎을 쭉쭉 뽑아 보기도 하고 땅에 누운 아저씨의 다리를 꼬집어 보기도 하면서 놀았습니다. 한참 후에 아저씨와 손목을 잡고 내려오는데 유치원 동무들을 만났습니다.

"옥희가 아빠하구 어디 갔다 온다, 응."

하고, 한 동무가 말하였습니다. 그 아이는 우리 아버지가 돌아가신 줄을 모르는 아이였습니다. 나는 얼굴이 빨개졌습니다. 그 때 나는 얼마나, 이 아저씨가 정말 우리 아버지였더라면 하고 생각했는지 모릅니다. 나는 정말로 한 번만이라도,

"아빠!"

하고 불러 보고 싶었습니다. 그리고 그 날 그렇게 아저씨하고 손목을 잡고 골목을 지나오는 것이 어찌도 재미가 좋았는지요.

나는 대문까지 와서,

"난 아저씨가 우리 아빠래문 좋겠다."

하고 불쑥 말해 버렸습니다. 그랬더니, 아저씨는 얼굴이 홍당무처럼 빨개져서 나를 몹시 흔들면서,

"그런 소리하문 못 써."

하고 말하는데, 그 목소리가 몹시도 떨렸습니다. 나는 아저씨가 몹시

성이 난 것처럼 보여서 아무 말도 못 하고 안으로 뛰어들어갔습니다. 어머니가,

"어디까지 갔던?"

하고 나와 안으며 묻는데, 나는 대답도 못 하고 그만 훌쩍훌쩍 울었습니다. 어머니는 놀라서,

"옥희야, 왜 그러니?"

하고 자꾸만 물었으나, 나는 아무 대답도 못 하고 울기만 했습니다.

이튿날은 일요일이어서, 나는 어머니와 함께 예배당에를 가려고 차리고 나서, 어머니가 옷을 갈아입는 동안 잠깐 사랑에를 나가 보았습니다. '아저씨가 아직두 성이 났나?' 하고 가만히 방 안을 들여다보았더니, 책상에 앉아서 무엇을 쓰고 있던 아저씨가 내다보면서 빙그레 웃었습니다. 그 웃음을 보고 나는 마음을 놓았습니다. 아저씨가 지금은 성이 풀린 것이 확실하니까요. 아저씨는 나를 이리 보고 저리 보고 훑어보더니,

"옥희 오늘 어디 가노? 저렇게 곱게 채리구."

하고 물었습니다.

"엄마하고 예배당에 가."

"예배당에?"

하고 나서, 아저씨는 잠시 나를 멍하니 바라다보더니,

"어느 예배당에?"

하고 물었습니다.

"요 앞에 예배당에 가지, 뭐."

"응? 요 앞이라니?"

이 때 안에서,

"옥희야."

하고 부드럽게 부르는 어머니 목소리가 들렸습니다. 나는 얼른 안으로 뛰어들어오면서 돌아다보니까, 아저씨는 또 얼굴이 빨갛게 성이 났겠지요. 내 원, 참으로 무슨 일로 요새는 아저씨가 그렇게 성을 잘 내는지 알 수 없었습니다.

예배당에 가서 찬미하고 기도하다가 기도하는 중간에 갑자기 나는 '혹시 아저씨두 예배당에 오지 않았나?' 하는 생각이 나서 눈을 뜨고 고개를 들어 남자석을 바라다보았습니다. 그랬더니 하, 바로 거기에 아저씨가 와 앉아 있겠지요. 그런데 아저씨는 어른이면서도 눈 감고 기도하지 않고, 우리 아이들처럼 눈을 번히 뜨고 여기저기 두리번두리번 바라봅니다. 나는 얼른 아저씨를 알아보았는데 아저씨는 나를 못 알아보았는지, 내가 빙그레 웃어 보여도 웃지도 않고 멀거니 보고만 있겠지요. 그래, 나는 손을 흔들었지요. 그러니까 아저씨는 얼른 고개를 숙이고 말더군요. 그 때, 어머니가 내가 팔 흔드는 것을 깨닫고 두 손으로 나를 붙들고 끌어당기더군요. 나는 어머니 귀에다 입을 대고,

"저기 아저씨두 왔어."

하고 속삭이니까, 어머니는 흠칫하면서 내 입을 손으로 막고 막 잡아 끌어다가 옆에 앉히고 고개를 누르더군요. 보니까 어머니도 얼굴이 홍당무처럼 빨개졌더군요.

그 날 예배는 아주 젬병*이었지요. 웬일인지, 예배가 다 끝날 때까지 어머니는 성이 나서 강대만 향

어휘정리

젬병 형편없는 것을 속되게 이르는 말.

하여 앞으로 바라보고 앉았고, 이전 모양으로 가끔 나를 내려다보고 웃는 일이 없었어요. 그리고 아저씨를 보려고 남자석을 바라다보아도 아저씨도 한 번도 바라다보아 주지도 않고 성이 나서 앉아 있고, 어머니도 나를 보지도 않고 공연히 꽉꽉 잡아당기지요. 왜 모두들 그리 성이 났는지……. 나는 그만 으악 하고 한번 울고 싶었어요. 그러나 바로 멀지 않은 곳에 우리 유치원 선생님이 앉아 있어서 울고 싶은 것을 아주 억지로 참았습니다.

내가 유치원에 입학한 후, 처음 얼마 동안은 유치원에 갈 때나 올 때나 외삼촌이 바래다 주었습니다. 그러나 여러 밤을 자고 난 뒤에는 나 혼자서도 넉넉히 다니게 되었어요. 그러나 언제나 내가 유치원에서 돌아오는 때이면 어머니가 옆 대문－우리 집에는 대문이 사랑 대문과 옆 대문 둘이 있어서 어머니는 늘 이 옆 대문으로만 출입하시는 것이었습니다.－밖에 기다리고 섰다가 내가 달음질쳐 가면, 안고 집안으로 들어가곤 하는 것이었습니다.

그런데 하루는 어쩐 일인지 어머니가 대문 가에 보이지를 않겠지요.

어떻게도 화가 나던지요. 물론 머릿속으로는 '아마 외할머니 댁에 가셨나 부다.' 하고 생각했지마는, 하여튼 내가 돌아왔는데 문간에서 기다리지 않고 집을 떠났다는 것이 몹시 나쁘게 생각되더군요. 그래서 속으로 '오늘 엄마를 좀 골려야겠다.' 하고 생각하고 있는데 옆 대문 밖에서,

"아이고, 얘가 원 벌써 왔나?"

하고 어머니 목소리가 들리더군요. 그 순간 나는 얼른 신을 벗어 들고 안방으로 뛰어들어가서 벽장문을 열고, 그 속에 들어가서 숨어 버렸습니다.

"옥희야, 옥희 너, 여태 안 왔니?"

하는 어머니 목소리가 바로 뜰에서 나더니,

"여태 안 왔군."

하면서 밖으로 나가는 모양이었습니다. 나는 재미가 나서 혼자 흐흥흐흥 웃었습니다.

한참을 있더니 집에는 온통 야단이 났습니다. 어머니 목소리도 들리고, 외할머니 목소리도 들리고, 외삼촌 목소리도 들리고…….

"글쎄 하루 종일 집이라군 안 떠났다가 옥희 유치원 파하구 오문, 멕일 과자가 없기에 어머님 댁에 잠깐 갔다왔는데, 고 동안에 이런 변이 생긴 걸……."

하는 것은 어머니 목소리.

"글쎄, 유치원에서 벌써 이십 분 전에 떠났다는데 원 중간에서……."

하는 것은 외할머니 목소리.

"하여튼 내 나가서 돌아댕겨 볼웨다. 원 고것이 어델 갔담?"

하는 것은 외삼촌의 목소리.

이윽고 어머니의 울음소리가 가늘게 들렸습니다. 외할머니는 무어라고 중얼중얼 이야기하는 모양이었습니다. '이젠 그만하고 나갈까?' 하고도 생각했으나, '지난 주일날 예배당에서 성냈던 앙갚음을 해야지.' 하는 생각이 나서 나는 그냥 벽장 안에 누워 있었습니다. 벽장 안은 답답하고 더웠습니다. 그래서, 이윽고 부지중*에 나는 슬며서 잠이 들고 말았습니다.

얼마 동안이나 잤는지요? 이윽고 잠을 깨어 보니까 아까 내가 벽장 안으로 들어왔던 것을 잊어버리고, 참 이상스러운 데에 내가 누워 있거든요. 어두컴컴하고 좁고 덥

어휘정리

부지중 알지 못하는 동안.

고……. 나는 갑자기 무서운 생각이 나서 엉엉 울기 시작했지요. 그러자 갑자기 어디 가까운 데서 어머니의 외마디 소리가 나더니 벽장문이 벌컥 열리고 어머니가 달려들어서 나를 안아 내렸습니다.

"요 망할 것아."

하면서, 어머니가 내 엉덩이를 댓 번 때렸습니다. 나는 더욱더 소리를 내서 울었습니다. 그 때 어머니는 나를 끌어안고 어머니도 따라 울었습니다.

"옥희야, 옥희야, 응, 인제 괜찮다. 엄마 여기 있지 않니, 응. 울지 마라, 옥희야. 엄마는 옥희 하나문 그뿐이다. 옥희 하나만 바라구 산다. 난 너 하나문 그뿐이야. 세상 다 일이 없다. 옥희만 있으면 엄마는 산다. 옥희야 응, 울지 마라 응, 울지 마라."

이렇게 어머니는 나더러 자꾸 울지 말라고 하면서도 어머니는 그치지 않고 자꾸자꾸 울었습니다. 외할머니는,

"원 고것이 도깨비가 들렸단 말인가, 벽장 속에 왜 숨는담."

하고 앉아 있고, 외삼촌은,

"에, 재수 메유다."

하면서 밖으로 나갔습니다.

이튿날 유치원을 파하고 집으로 오면서, 나는 갑자기 어제 벽장 속에 숨었다가 어머니를 몹시 울게 했던 생각이 나서 집으로 돌아가기가 어째 부끄러워졌습니다. '오늘은 어머니를 좀 기쁘게 해 드려야 할 텐데……. 무엇을 갖다 드리면 기뻐할까?' 하고 생각하였습니다. 그러자 문득 유치원 안의 선생님 책상 위에 놓여 있던 꽃병 생각이 났습니다. 그 꽃은 개나리도 아니고, 진달래도 아니었습니다. 그런 꽃은 나도 잘 알고, 또 그런 꽃은 벌써 피었다

가 져 버린 후였습니다. 무슨 서양꽃이려니 하고 나는 생각하였습니다. 나는 우리 어머니가 꽃을 사랑하는 줄을 잘 압니다. 그래서 그 꽃을 갖다가 드리면 어머니가 몹시 기뻐하려니 하고 생각하였습니다.

그래서 나는 도로 유치원 방 안으로 들어갔습니다. 마침 방 안에는 아무도 없었습니다. 선생님도 잠깐 어디를 가셨는지 보이지 않았습니다. 그래, 나는 그 꽃을 두어 개 얼른 빼들고 달음질쳐 나왔지요.

집에 오니 어머니는 문간에 기다리고 있다가 나를 안고 들어갔습니다.

"그 꽃은 어디서 났니? 퍽 곱구나."

하고 어머니가 말씀하셨습니다. 그러나 나는 갑자기 말문이 막혔습니다.

'이걸 엄마 드릴라구 유치원서 가져왔어.' 하고 말하기가 어째 몹시 부끄러운 생각이 들었습니다. 그래, 잠깐 망설이다가,

"응, 이 꽃! 저, 사랑 아저씨가 엄마 갖다 주라고 줘."

하고 불쑥 말했습니다. 그런 거짓말이 어디서 그렇게 툭 튀어나왔는지 나도 모르지요.

꽃을 들고 냄새를 맡고 있던 어머니는 내 말이 끝나기가 무섭게 무엇에 몹시 놀란 사람처럼 화닥닥하였습니다. 그리고는, 금시에 어머니 얼굴이 그 꽃보다 더 빨갛게 되었습니다. 그 꽃을 든 어머니 손가락이 파르르 떠는 것을 나는 보았습니다. 어머니는 무슨 무서운 것을 생각하는 듯이 방 안을 휘 한 번 둘러보시더니,

"옥희야, 그런 걸 받아 오문 안 돼."

하고 말하는 목소리는 몹시 떨렸습니다. 나는 꽃을 그렇게도 좋아하는 어머니가, 이 꽃을 받고 그처럼 성을 낼 줄은 참으로 뜻밖이었습니다. 어머

니가 그렇게도 성을 내는 것을 보니까, 그 꽃을 내가 가져왔다고 그러지 않고, 아저씨가 주더라고 거짓말을 한 것이 참 잘 되었다고 나는 속으로 생각했습니다. 어머니가 성을 내는 까닭을 나는 모르지만, 하여튼 성을 낼 바에는 내게 내는 것보다 아저씨에게 내는 것이 내게는 나았기 때문입니다. 한참 있더니 어머니는 나를 방 안으로 데리고 들어와서,

"옥희야, 너 이 꽃 얘기 아무보구두 하지 말아라, 응."

하고 타일러 주었습니다. 나는,

"응."

하고 대답하면서 고개를 여러 번 까닥까닥했습니다.

어머니가 그 꽃을 곧 내버릴 줄로 나는 생각했습니다마는, 내버리지 않고 꽃병에 꽂아서 풍금 위에 놓아 두었습니다. 아마 퍽 여러 밤 자도록 그 꽃은 거기 놓여 있어서 마지막에는 시들었습니다. 꽃이 다 시들자 어머니는 가위로 그 대를 잘라내 버리고, 꽃만은 찬송가 갈피에 곱게 끼워 두었습니다.

내가 어머니께 꽃을 갖다 주던 날 밤에, 나는 또 사랑에 놀러 나가서 아저씨 무릎에 앉아서 그림책을 보고 있었습니다. 갑자기 아저씨 몸이 흠칫하였습니다. 그리고는 귀를 기울입니다. 나도 귀를 기울였습니다.

풍금 소리! 그 풍금 소리는 분명 안방에서 흘러나오는 것이었습니다.

"엄마가 풍금을 타나 부다."

하고, 나는 벌떡 일어나서 안으로 뛰어왔습니다. 안방에는 불을 켜지 않았습니다. 그러나 그 때는 음력으로 보름께나 되어서 달이 낮같이 밝은데 은빛 같은 흰 달빛이 방 한 절반 가득히 차 있었습니다. 나는 그 흰옷을 입

은 어머니가 풍금 앞에 앉아서 고요히 풍금을 타는 것을 보았습니다.

나는 나이 지금 여섯 살밖에 안 되었지마는, 하여튼 어머니가 풍금을 타시는 것을 보는 것은 오늘이 처음이었습니다. 어머니는 우리 유치원 선생님보다도 풍금을 더 잘 타시는 것이었습니다. 나는 어머니 곁으로 갔습니다마는, 어머니는 내가 곁에 온 것도 깨닫지 못하는지 그냥 까딱 아니하고 앉아서 풍금을 탔습니다. 조금 있더니 어머니는 풍금 곡조에 맞추어 노래를 부르기 시작하였습니다. 어머니의 목소리가 그렇게 아름다운 것도 나는 이 때까지 모르고 있었습니다. 어머니는 참으로 우리 유치원 선생님보다도 목소리가 훨씬 더 곱고, 또 노래도 훨씬 더 잘 부르시는 것이었습니다. 나는 가만히 서서 어머니 노래를 들었습니다. 그 노래는 마치도 은실을 타고 별나라에서 내려오는 노래처럼 아름다웠습니다. 그러나 얼마 오래지 않아 목소리는 약간 떨리기 시작했습니다. 가늘게 떨리는 노랫소리, 그에 따라 풍금의 가는 소리도 바르르 떠는 듯했습니다. 노랫소리는 차차 가늘어지더니 마지막에는 사르르 없어져 버렸습니다. 풍금 소리도 사르르 없어졌습니다. 어머니는 고요히 일어나시더니 옆에 섰는 내 머리를 쓰다듬었습니다. 그 다음 순간, 어머니는 나를 안고 마루로 나오셨습니다. 어머니는 아무 말씀도 없이 그냥 꼭꼭 껴안는 것이었습니다. 달빛을 함빡 받은 내 어머니 얼굴은 몹시도 새하얗다고 생각되었습니다. 우리 어머니는 참으로 천사 같다고 생각하였습니다.

우리 어머니의 새하얀 두 뺨 위로는 쉴 새 없이 두 줄기 눈물이 줄줄 흘러내리고 있는 것을 나는 보았습니다. 그것을 보니 나도 갑자기 울고 싶어졌습니다.

"어머니, 왜 울어?"

하고 나도 훌쩍거리면서 물었습니다.

"옥희야."

"응?"

한참 동안 어머니는 아무 말씀도 없었습니다. 그러다가 한참 후에,

"옥희야, 난 너 하나문 그뿐이다."

"엄마."

어머니는 다시 대답이 없으셨습니다.

하루는 밤에 아저씨 방에서 놀다가 졸려서 안방으로 들어오려고 일어서니까 아저씨가 하아얀 봉투를 서랍에서 꺼내어 내게 주었습니다.

"옥희, 이거 갖다가 엄마 드리고 지나간 달 밥값이라구, 응?"

나는 그 봉투를 갖다가 어머니에게 드렸습니다. 어머니는 그 봉투를 받아 들자 갑자기 얼굴이 파랗게 질렸습니다. 그 전날 달밤에 마루에 앉았을 때보다도 더 새하얗다고 생각되었습니다. 어머니는 그 봉투를 들고 어쩔 줄을 모르는 듯이 초조한 빛이 나타났습니다. 나는,

"그거 지나간 달 밥값이래."

하고 말을 하니까, 어머니는 갑자기 잠자다 깨나는 사람처럼 "응." 하고 놀라더니, 또 금시에 백지장같이 새하얗던 얼굴이 발갛게 물들었습니다. 봉투 속으로 들어갔던 어머니의 파들파들 떨리는 손가락이 지전을 몇 장 끌고 나왔습니다. 어머니는 입술에 약간 웃음을 띠면서 후 하고 한숨을 내쉬었습니다. 그러나, 그것도 잠시 다시 어머니는 무엇에 놀랐는지 흠칫하더니, 금시에 얼굴이 새하얘지고 입술이 바르르 떨렸습니다. 어머니의 손을

바라다보니 거기에는 지전 몇 장 외에 네모로 접은 하얀 종이가 한 장 잡혀 있는 것이었습니다.

어머니는 한참을 망설이는 모양이었습니다. 그러나 무슨 결심을 한 듯이 입술을 악물고, 그 종이를 차근차근 펴 들고 그 안에 쓰인 글을 읽었습니다. 나는 그 안에 무슨 글이 씌어 있는지 알 도리가 없었으나, 어머니는 그 글을 읽으면서 금시에 얼굴이 파랬다 발갰다 하고, 그 종이를 든 손은 이제는 바들바들이 아니라 와들와들 떨리어서 그 종이가 부석부석 소리를 내게 되었습니다.

한참 후에 어머니는 그 종이를 아까 모양으로 네모지게 접어서 돈과 함께 봉투에 도로 넣어 반짇고리에 던졌습니다. 그리고는, 정신 나간 사람처럼 멀거니 앉아서 전등만 쳐다보는데 어머니 가슴이 불룩불룩합니다. 나는 혹시 어머니가 병이나 나지 않았나 하고 염려가 되어서 얼른 가서 무릎에 안기면서,

"엄마 잘까?"

하고 말했습니다.

엄마는 내 뺨에 입을 맞추어 주었습니다. 그런데 어머니의 입술이 어쩌면 그리도 뜨거운지요. 마치 불에 달군 돌이 볼에 와 닿는 것 같았습니다.

한참을 자고 나서 잠이 채 깨지는 않았으나, 어렴풋한 정신으로 옆을 쓸어 보니 어머니가 없었습니다. 가끔 가다가 나는 그런 버릇이 있어요. 어렴풋한 정신으로 옆을 쓸면 어머니의 보드라운 살이 만져지지요. 그러면 다시 나는 잠이 들어 버리곤 하는 것이었습니다.

어머니가 자리에 없다는 것을 알게 되자 나는 갑자기 무서워졌습니다.

그래서 잠은 다 달아나고 눈을 번쩍 뜨고 고개를 돌려 살펴보았습니다. 방 안에는 불은 안 켰지만 어슴푸레하게 밝습니다. 뜰로 하나 가득한 달빛이 방 안에까지 희미한 밝음을 던져 주는 것이었습니다. 윗목을 보니 우리 아버지의 옷을 넣어 두고, 가끔 어머니가 꺼내서 쓸어 보시는 그 장롱문이 열려 있고, 그 아래 방바닥에는 흰옷이 한 무더기 널려 있습니다. 그리고 그 옆에는 장롱을 반쯤 기대고 자리옷만 입은 어머니가 주춤하고 앉아서 고개를 위로 쳐들고 눈을 감고 무엇이라고 입술로 소곤소곤 외고 있는 것이 보였습니다. 아마 기도를 하나 보다 하고 나는 생각했습니다. 나는 자리에서 일어나서 기어가서 어머니 무릎을 빼개고 기어 들어갔습니다.

"엄마, 무얼 해?"

어머니는 소곤거리기를 그치고 눈을 떠서 나를 한참이나 물끄러미 들여다보십니다.

"옥희야."

"응?"

"가서 자자."

"엄마두 같이 자."

"응, 그래 엄마도 같이 자."

그 목소리가 어째 싸늘하다고 내게 생각되었습니다.

어머니는 돌아가신 아버지의 옷들을 한 가지씩 들고는 가만히 손바닥으로 쓸어 보고는 장롱 안에 넣었습니다. 하나씩 하나씩 장롱에 넣곤 하여, 그 옷을 넣은 다음, 장롱문을 닫고 쇠를 채우고, 그리고 나서 나를 안고 자리로 돌아왔습니다.

"엄마, 우리 기도하고 자?"

하고, 나는 물었습니다. 어머니는 나를 밤마다 재워 줄 때마다 반드시 기도를 하는 것이었습니다. 내가 할 줄 아는 기도는 주기도문뿐이었습니다. 그 뜻은 하나도 모르지만 어머니를 따라서 자꾸자꾸 해 보아서 지금에는 나도 주기도문을 잘 외웁니다. 그런데 웬일인지 어젯밤 잘 때에는 어머니가 기도할 것을 잊어버리고, 그냥 잤던 것이 지금 생각이 났기 때문에 나는 그렇게 물었던 것입니다. 어젯밤 자리에 들 때 내가,

"기도할까?"

하고 말하고 싶었으나, 어머니가 너무도 슬픈 빛을 띠고 있어서 그만 나도 가만히 아무 소리 없이 잠이 들고 말았던 것입니다.

"응, 기도하자."

하고 어머니가 고요히 기도했습니다.

"엄마가 기도해."

하고 나는 갑자기 어머니의 기도하는 보드라운 음성이 듣고 싶어져서 말했습니다.

"하늘에 계신 우리 아버지시여."

어머니는 고요히 기도를 시작하였습니다.

"이름을 거룩하게 하옵시며, 나라에 임하옵시며, 뜻이 하늘에서 이루어진 것처럼 땅에서도 이루어지이다. 오늘날 우리에게 일용할 양식을 주옵시고, 우리가 우리에게 죄 지은 자를 용서하여 준 것처럼 우리 죄를 사하여 주옵시고, 우리를 시험에 들지 말게 하옵시고…… 우리를 시험에 들지 말게 하옵시고…… 시험에 들지 말게…… 시험에 들지 말게……."

이렇게 어머니는 자꾸 되풀이하였습니다. 나도 지금은 막히지 않고 줄줄 외는 주기도문을 글쎄 어머니가 막히다니 참으로 우스운 일이었습니다.

"시험에 들지 말게, 시험에 들지 말게……."

하고 자꾸만 되풀이하는 것을 나는 참다 못해서,

"엄마, 내 마저 할게."

하고,

"다만 악에서 구하옵소서. 대개 나라와 권세와 영광이 아버지께 영원히 있사옵나이다."

하고 내가 끝을 마쳤습니다. 어머니는 한참이나 가만 있다가 오랜 후에야 겨우,

"아멘."

하고 속살거렸습니다.

요새 와서 어머니의 하는 일이란 참으로 알 수가 없는 노릇입니다. 어떤 때는 어머니도 퍽 유쾌하셨습니다. 밤에 때로는 풍금을 타고, 또 때로는 찬송가도 부르고, 그러실 때에는 나도 너무도 좋아서 가만히 어머니 옆에 앉아서 듣습니다. 그러나 가끔가끔 그 독창은 소리 없는 울음으로 끝을 맺는 때가 많은데, 그런 때면 나도 따라서 울었습니다. 그러면 어머니는 나를 안고 내 얼굴에 돌아가면서 무수히 입을 맞추어 주면서,

"엄마는 옥희 하나문 그뿐이야, 응, 그렇지……."

하시면서 언제까지나 언제까지나 우시는 것이었습니다.

어떤 일요일날, 그렇지요. 그것은 유치원 방학하고 난 그 이튿날이었습니다. 그 날 어머니는 갑자기 머리가 아프시다고 예배당에를 그만두었습니

다. 사랑에서는 아저씨도 어디 나가고, 외삼촌도 어디 나가고, 집에는 어머니와 나와 단 둘이 있었는데, 머리가 아프다고 누워 계시던 어머니가 갑자기 나를 부르시더니,

"옥희야, 너 아빠가 보고 싶니?"

하고 물으십니다.

"응, 우리두 아빠 하나 있으문."

하고, 나는 혀를 까불고 어리광을 좀 부려 가면서 대답을 했습니다. 한참 동안을 어머니는 아무 말씀도 아니하시고 천장만 바라다보시더니,

"옥희야, 옥희 아버지는 옥희가 세상에 나오기도 전에 돌아가셨단다. 옥희두 아빠가 없는 건 아니지. 그저 일찍 돌아가셨지. 옥희가 이제 아버지를 새로 또 가지면 세상이 욕을 한단다. 옥희는 아직 철이 없어서 모르지만 세상이 욕을 한단다. 사람들이 욕을 해. 옥희 어머니는 화냥년이다, 이러구 세상이 욕을 해. 옥희 아버지는 죽었는데, 옥희는 아버지가 또 하나 생겼대. 참 망측두 하지, 이러구 세상이 욕을 한단다. 그리 되문 옥희는 언제나 손가락질 받구, 옥희는 커두 시집두 훌륭한 데 못 가구. 옥희가 공부를 해서 훌륭하게 돼두, 에 그까짓 화냥년의 딸, 이러구 남들이 욕을 한단다."

이렇게 어머니는 혼잣말 하시듯 드문드문 말씀하셨습니다. 그리고는 한참 후에,

"옥희야."

하고 또 부르십니다.

"응?"

"옥희는 언제나, 언제나 내 곁을 안 떠나지. 옥희는 언제나, 언제나 엄마

하구 같이 살지. 옥희는 엄마가 늙어서 꼬부랑 할미가 되어두, 그래두 옥희는 엄마하구 같이 살지. 옥희가 유치원 졸업하구, 또 소학교 졸업하구, 또 중학교 졸업하구, 또 대학교 졸업하구, 옥희가 조선서 제일 훌륭한 사람이 돼두, 그래두 옥희는 엄마하구 같이 살지, 응! 옥희는 엄마를 얼만큼 사랑하나?"

"이만큼."

하고 나는 두 팔을 짝 벌리어 보였습니다.

"응? 얼만큼? 응! 그만큼! 언제나, 언제나 옥희는 엄마만 사랑하지, 그리구 공부두 잘하구, 그리고 훌륭한 사람이 되구."

나는 어머니의 목소리가 떨리는 것으로 보아 어머니가 또 울까 봐 겁이 나서,

"엄마, 이만큼, 이만큼."

하면서 두 팔을 짝짝 벌리었습니다.

어머니는 울지 않으셨습니다.

"응, 그래, 옥희 엄마는 옥희 하나문 그뿐이야. 세상 다른 건 다 소용없어. 우리 옥희 하나문 그만이야. 그렇지, 옥희야."

"응!"

어머니는 나를 당기어서 꼭 껴안고 내 가슴이 막혀 들어올 때까지 자꾸만 껴안아 주었습니다.

그 날 밤, 저녁밥 먹고 나니까 어머니는 나를 불러 앉히고 머리를 새로 빗겨 주었습니다. 댕기를 새 댕기로 드려 주고, 바지, 저고리, 치마, 모두 새 것을 꺼내 입혀 주었습니다.

"엄마, 어디 가?"

하고 물으니까,

"아니."

하고 웃음을 띠면서 대답합니다. 그러더니, 풍금 옆에서 새로 다린 하얀 손수건을 내리어 내 손에 쥐어 주면서,

"이 손수건, 저 사랑 아저씨 손수건인데, 이것 아저씨 갖다 드리구 와, 응. 오래 있지 말구 손수건만 갖다 드리구 이내 와, 응."

하고 말씀하셨습니다.

손수건을 들고 사랑으로 나가면서 나는 접어진 손수건 속에 무슨 발각발각하는* 종이가 들어 있는 것처럼 생각되었습니다마는, 그것을 펴 보지 않고 그냥 갖다가 아저씨에게 주었습니다.

아저씨는 방에 누워 있다가 벌떡 일어나서 손수건을 받는데, 웬일인지 아저씨는 이전처럼 나보고 빙그레 웃지도 않고 얼굴이 몹시 파래졌습니다. 그리고는, 입술을 질근질근 깨물면서 말 한 마디 아니하고 그 손수건을 받더군요.

나는 어째 이상한 기분이 들어서 아저씨 방에 들어가 앉지도 못하고, 그냥 되돌아서 안방으로 도로 왔지요. 어머니는 풍금 앞에 앉아서 무엇을 그리 생각하는지 가만히 있더군요. 나는 풍금 옆으로 가서 가만히 옆에 앉아 있었습니다. 이윽고, 어머니는 조용조용히 풍금을 타십니다. 무슨 곡조인지는 몰라도 어째 구슬프고 고즈넉한 곡조야요.

밤이 늦도록 어머니는 풍금을 타셨습니다. 그 구슬프고 고즈넉한 곡조를 계속하고 또 계속하면

어휘정리

발각발각하다 책장이나 종잇장 따위를 잇따라 넘기는 소리가 나다.

서…….

여러 밤을 자고 난 어떤 날 오후에 나는 오래간만에 아저씨 방엘 나가 보았더니, 아저씨가 짐을 싸느라고 분주하겠지요. 내가 아저씨에게 손수건을 갖다 드린 다음부터는 웬일인지 아저씨가 나를 보아도 언제나 퍽 슬픈 사람, 무슨 근심이 있는 사람처럼 아무 말도 없이 나를 물끄러미 바라다만 보고 있어서, 나도 그리 자주 놀러 오지는 않았던 것입니다. 그랬었는데 이렇게 갑자기 짐을 꾸리는 것을 보고 나는 놀랐습니다.

"아저씨, 어데 가우?"

"응, 멀리루 간다."

"언제?"

"오늘 기차 타구!"

"응, 기차 타구……. 갔다가 언제 또 오우?"

아저씨는 아무 대답도 없이 서랍에서 예쁜 인형을 하나 꺼내서 내게 주었습니다.

"옥희, 이것 가져, 응. 옥희는 아저씨 가구 나문 아저씨 이내 잊어버리구 말겠지!"

나는 갑자기 슬퍼졌습니다.

"아니."

하고 얼른 대답하고, 인형을 안고 안으로 들어왔습니다.

"엄마, 이것 봐, 아저씨가 이것 나 줬다우. 아저씨가 오늘 기차 타구 먼 데루 간대."

하고 내가 말했으나, 어머니는 대답이 없으십니다.

"엄마, 아저씨 왜 가우?"

"학교 방학했으니깐 가지."

"어디루 가우?"

"아저씨 집으루 가지 어디루 가."

"갔다가 또 오우?"

어머니는 대답이 없으십니다.

"난 아저씨 가는 거 나쁘다."

하고 입을 쫑긋했으나, 어머니는 그 말에 대답 않고,

"옥희야, 벽장에 가서 달걀 몇 알 남았나 보아라."

하고 말씀하셨습니다.

나는 깡충깡충 방 안으로 들어갔습니다. 달걀은 여섯 알이 있었습니다.

"여스 알."

하고 나는 소리쳤습니다.

"응, 다 가지고 이리 나오너라."

어머니는 그 달걀 여섯 알을 다 삶았습니다. 그 삶은 달걀 여섯 알을 손수건에 싸 놓고, 또 반지*에 소금을 조금 싸서 한 귀퉁이에 넣었습니다.

"옥희야, 너 이것 갖다 아저씨 드리고, 가시다가 찻간에서 잡수시랜다구, 응."

그 날 오후에 아저씨가 떠나간 다음, 방에서 아저씨가 준 인형을 업고 자장자장 잠을 재우고 있었습니다. 어머니가 부엌에서 들어오시더니,

"옥희야, 우리 뒷동산에 바람이나 쐬러 올라갈까?"

어휘정리

반지 얇고 흰 일본 종이.

하십니다.

"응, 가, 가."

하면서 나는 좋아 덤비었습니다. 잠깐 다녀올 터이니 집을 보고 있으라고 외삼촌에게 이르고, 어머니는 내 손목을 잡고 나섰습니다.

"엄마, 나 저, 아저씨가 준 인형 가지고 가?"

"그러렴."

나는 인형을 안고 어머니 손목을 잡고 뒷동산으로 올라갔습니다. 뒷동산에 올라가면 정거장이 빤히 내려다보입니다.

"엄마, 저 정거장 봐, 기차는 없군."

어머니가 아무 말씀도 없이 가만히 서 계십니다. 사르르 바람이 와서 어머니 모시 치맛자락을 산들산들 흔들어 주었습니다. 그렇게 산 위에 가만히 서 있는 어머니는 다른 때보다도 더 한층 이쁘게 보였습니다.

저편 산모퉁이에서 기차가 나타났습니다.

"아, 저기 기차가 온다."

하고 나는 좋아서 소리쳤습니다. 기차는 정거장에 잠시 머물더니, 금시에 빽 하고 소리를 지르면서 움직였습니다.

"기차 떠난다."

하면서 나는 손뼉을 쳤습니다. 기차가 저편 산모퉁이 뒤로 사라질 때까지, 그리고 그 굴뚝에서 나는 연기가 하늘 위로 모두 흩어져 없어질 때까지, 어머니는 가만히 서서 그것을 바라다보았습니다.

뒷동산에서 내려오자 어머니는 방으로 들어가시더니, 이 때까지 뚜껑을 늘 열어 두었던 풍금 뚜껑을 닫으십니다. 그리고는, 거기 쇠를 채우고 그 위에다가 이전 모양으로 반진고리를 얹어 놓으십니다. 그리고는, 그 옆에 있는 찬송가를 맥없이 들고 뒤적뒤적하시더니, 빼빼 마른 꽃송이를 그 갈피에서 집어 내시고,

"옥희야, 이것 내다 버려라."

하고 그 마른 꽃을 내게 주었습니다. 그 꽃은 내가 유치원에서 갖다가 어머니께 드렸던 그 꽃입니다. 그러자, 옆 대문이 삐걱하더니,

"달걀 사소."

하고, 매일 오는 달걀 장수 노파가 달걀 광주리를 이고 들어왔습니다.

"인젠 우리 달걀 안 사요. 달걀 먹는 이가 없어요."

하시는 어머니 소리는 맥이 한푼어치 없었습니다.

나는 어머니의 이 말씀에 놀라서 떼를 좀 써 보려 했으나, 석양에 빤히 비치는 어머니의 얼굴을 볼 때 그 용기가 없어지고 말았습니다. 그래서 아저씨가 주신 인형 귀에다가 내 입을 갖다 대고 가만히 속삭이었습니다.

"얘, 우리 엄마가 거짓부리 썩 잘하누나. 내가 달걀 좋아하는 줄을 알문서 생 먹을 사람이 없대누나. 떼를 좀 쓰고 싶다만, 저 우리 엄마 얼굴을 좀 봐라. 어쩌문 저리두 새파래졌을까? 아마 어데가 아픈가 부다."

라고요.

중요한 내용 쏙!쏙!쏙!

말하는 이를 어린아이로 설정함으로써 얻은 효과

- 어른들의 심리를 모르는 옥희의 엉뚱한 생각으로 웃음 유발
- 옥희가 다 설명하지 못하는 부분에 대해 상상하며 읽을 수 있음
- 순진한 아이의 시선으로 어머니와 사랑손님의 사랑을 순수하고 아름답게 묘사

작품의 구성과 주요내용

발단	→	전개	→	위기	→	절정	→	결말
옥희의 가족 소개 및 사랑에서 하숙하게 된 아저씨	→	서로에게 관심을 보이는 사랑손님과 어머니	→	어머니에 대한 사랑손님의 연모의 정과 이로 인해 갈등하는 어머니	→	사랑손님에 대한 감정 때문에 갈등하다가 사랑을 포기하는 어머니	→	사랑손님을 떠나 보내고 슬픈 마음을 정리하는 어머니

소설의 주요 갈등

어머니의 내적 갈등

사랑손님에 대한 연정 ⇔ 봉건적 사회 윤리

사랑손님의 내적 갈등

어머니에 대한 연정 ⇔ 봉건적 사회 윤리

개인과 사회와의 외적 갈등

사랑손님과 어머니의 서로에 대한 관심과 애정 ⇔ 여성의 개가를 부정적으로 바라보는 보수적인 사회 통념

1 작품의 처음에 등장하는 '삶은 달걀'의 역할을 해석해 봅시다.

2 이 작품에서 서술자를 어린 옥희로 내세움으로써 얻을 수 있는 효과를 생각해 봅시다.

상상더하기 - 상황 설명하기

여섯 살인 옥희가 어머니와 아저씨의 감정을 이해하기는 쉽지 않지요. 어쩌면 옥희는 어머니와 아저씨의 행동이 잘 이해되지 않아 답답할지도 모릅니다. 여러분이 여섯 살 옥희가 이해할 수 있는 말로 이 상황을 설명해주면 어떨까요?

1. '삶은 달걀'은 아저씨와 옥희가 친해지는 계기가 되며, 아저씨에 대한 어머니의 호의를 드러내는 소재입니다.
2. 아저씨와 어머니의 사랑이 순진한 옥희의 시선을 통해 그려짐으로써 순수하고 아름답게 느끼도록 할 수 있었고, 옥희의 엉뚱한 생각은 웃음을 유발하기도 합니다. 또 옥희가 이해하지 못한 부분에 대해서 독자의 상상의 영역을 넓혀 줍니다.

작가의 다른 작품 보기

웅철이의 모험

애옥이와 복실이, 그리고 차돌이는 웅철이의 친구들입니다. 어느 날 갑자기 복실이와 차돌이가 싸우는 바람에 소꿉장난을 망치고 말았답니다. 아쉬운 웅철이는 애옥이의 큰언니에게 옛날이야기를 들으러 뒷산으로 올라갑니다. 애옥이 큰언니는 〈이상한 나라 앨리스〉를 읽어 주는데 웅철이는 말하는 토끼 부분에 이르자 "토끼가 조낄 입다니! 시계는 또 웬 시계 하하하"라며 속으로 비웃고만 있습니다. 그런데 이게 웬일일까요? 갑자기 "왜요? 토끼는 조끼도 못 입나요?"하는 소리가 들리는 겁니다. 뒤를 돌아보았는데 글쎄 집에서 기르던 토끼가 웅철이에게 말을 하고 있지 뭐겠어요? 웅철이는 토끼와 함께 토끼장 속으로 들어가서 땅속 나라 구경을 시작하게 되었답니다. 자, 토끼와 함께하는 웅철이의 모험의 세계로 함께 떠나보실까요?

판타지 소설하면 뭐가 떠오르나요? '해리포터와 마법사의 돌' 을 떠올리고 있나요? 우리나라에도 이렇게 흥미진진한 판타지 동화가 있답니다.

인력거꾼

아찡과 뚱뚱보는 인력거꾼입니다. 매일 무거운 인력거를 끌고 죽을 만큼 숨이 차도 달리고 또 달립니다. 이렇게 일해도 언제나 먹고 살기 조차 힘이 듭니다. 어느 날 악몽을 꾼 아찡은 날이 채 밝아오기도 전에 무거운 마음으로 일을 시작합니다. 꿈은 반대라고 하던가요? 웬일인지 전에 없이 운이 좋은 날입니다. 평소보다 4배나 많이 벌었으니까요. 기분이 좋아진 아찡은 떡을 사먹고 또 새로운 손님을 찾아 나서다가 쓰러지고 맙니다. 병원 진료도 받지 못하고 겨우 집에 들어간 인력거꾼 아찡은 팔년 동안의 인력거꾼 생활을 회상하며 그렇게 쓸쓸하게 죽음을 맞이합니다. 검시를 나온 의사에게 순사는 통계적으로 볼 때 인력거를 끌면 9년 이내에 다 죽음을 맞이한다며 아찡은 남보다 일 년 일찍 죽은 셈이라고 말합니다. 아찡의 시신은 거적에 덮여 들려 나가고 동료였던 뚱뚱보마저 아무 일도 없었다는 듯이 인력거를 끌고 거리로 나갔답니다.

얼마나 일이 힘들면 시작한지 10여년도 되지 않아 죽는 것인지 상상이 되지 않을 정도입니다. 죽을 줄 알면서도 목숨을 걸고 달려야하는 도시 하층민의 비참한 생활상이 인력거꾼 '아찡' 의 삶과 죽음을 통해 표현되었답니다.

미스터 방

수록교과서 : 창비

채만식 소설가. 극작가. 1902년 전라북도에서 태어나 일본 와세다 대학에서 공부했다. 신문사에서 기자와 편집가로 활동하다 1924년 문단에 등단한 뒤 활발히 작품 활동을 하였으나 1950년 폐결핵으로 세상을 떠났다. 대표작으로는 「태평천하」 「레디메이드 인생」 「탁류」 등이 있다.

감상 길잡이

우리는 상황에 따라 자신이 유리한 방향으로 입장을 바꾸는 사람을 기회주의자라고 하지요. 이 글의 주요 등장인물은 기회주의자인 미스터 방과 친일파인 백 주사랍니다. 누가 더하고 덜 할 것도 없이 비판받아 마땅한 인물들이지이요. 이들의 말과 행동을 비판적인 시각으로 바라보며 작품을 감상해 보세요. 또, 글의 서술자가 등장인물을 어떻게 바라보는지도 살펴봅시다.

갈래	단편소설, 풍자소설
시점	작가 관찰자 시점
배경	일제 강점 말기와 해방기, 서울
성격	비판적, 풍자적
제재	일제 강점기와 해방기의 짚신 장수의 삶
주제	세태에 재빨리 적응하고 변신하는 인간 풍자

미스터 방
기회주의자. 짧은 영어 실력으로 미군의 통역을 해 주며 세도를 부림

백 주사
친일파. 미스터 방의 세도를 이용해 자신의 재물을 되찾으려 함

남의 집 머슴살이를 하던 미스터 방은 일본과 중국을 돌아다니다가 초라한 행색으로 고향에 돌아와 연합군 포로수용소 일, 구두 직공, 신기료장수 등을 하며 겨우 입에 풀칠을 합니다. 그러던 중 광복이 되어, 미국 병정들이 서울 거리에 가득해지자, 해외를 다니며 배운 짧은 영어로 미국 장교인 에스 소위의 통역관이 됩니다. 그 후, 미스터 방은 미군과의 친분을 이용해 사람들에게 뇌물을 받으며 재물을 쌓아 지금은 큰 저택에 식모까지 두고 있습니다.

백 주사는 친일 행위로 호위호식 하다가 광복이 되면서 군중의 습격을 받아 재물을 다 빼앗기고 겨우 목숨을 보전하였습니다. 백 주사는 분풀이도 하고, 빼앗긴 재물도 찾을 궁리를 하다가 우연히 미스터 방을 거리에서 만나 그의 집에서 술을 마시게 되었습니다. 백 주사는 미스터 방에게 재물을 도로 찾아 주면 자신의 재산 절반을 주겠노라고 제안하고, 미스터 방은 흔쾌히 허락합니다. 그리고는 냉수로 양치를 한 후, 양칫물을 노대 아래에 뱉었는데 마침 그를 찾아오던 에스 소위의 얼굴에 떨어져 에스 소위에게 턱을 얻어맞습니다.

미스터 방

주인과 나그네가 한가지로 술이 거나하니 취하였다. 주인은 미스터 방方, 나그네는 주인의 고향 사람 백白주사*.

주인 미스터 방은 술이 거나하여 감을 따라, 그러지 않아도 이즈음 의기* 자못 양양한* 참인데 거기다 술까지 들어간 판이고 보니, 가뜩이나 기운이 불끈불끈 솟고 하늘이 바로 돈짝만한 것 같은 모양이었다.

"내 참, 뭐, 흰말이 아니라 참, 거칠 것 없어, 거칠 것. 흥, 어느 눔이 아, 어느 눔이 날 뭐라구 허며, 날 괄시헐 눔이 어딨어, 지끔 이 천지에. 흥 참, 어림없지, 어림없어."

누가 옆에서 저를 무어라고 하며 괄시를 한단 말인지, 공연히 연방 그 툭 나온 눈방울을 부리부리, 왼편으로 삼십도는 넉넉 삐뚤어진 코를 벌씸벌씸 해가면서 그래 쌓는 것이었었다.

"내 참, 이래봬두, 응, 동양 삼국 물 다 먹어 본 방삼복이우, 청얼淸語 뭇 허나, 일얼 뭇 허나, 영어야 뭐 말할 것두 없구……."

하다가, 생각난 듯이 맥주 컵을 들어 벌컥벌컥 단숨에 다 마신다. 그리고는 시꺼먼 손등으로 입술을 쓱, 손가락으로 김치쪽을 늘름 한 점, 그러던 버릇이, 미스터 방이요, 신사요, 방 선생으로도 불리어지는 시방* 도, 무심중 절로 나와, 손등으로 입술의 맥주 거품을 쓱 씻고, 손가락으로 라조기* 한 점

어휘정리

주사 (남자의 성 아래 쓰여) 그를 높여 이르는 말.
의기 기세가 좋은 적극적인 마음.
양양하다 자신만만한 데가 있다.
시방 지금.
라조기 닭고기에 녹말을 묻혀 튀긴 중국 요리.

을 집어다 우둑우둑 씹는다.

"술은 참, 맥주가 술입넨다……."

어느 놈이 만일 무어라고 시비를 하거나 괄시를 한다면 당장 그 라조기를 씹듯이 우둑우둑 잡아 씹기라도 할 듯이 괄괄하던 결기*가, 그러다 별안간 어디로 가고서 이번엔 맥주 추앙*이 나오던 것이다.

"술두 미국 사람네가 문명했죠. 죄선 사람은 안직두 멀었어."

"멀구말구. 아직두 멀었지."

쥐 상호의 대추씨만 한 얼굴에 앙상한 노랑 수염 백주사가, 병을 들어 주인의 빈 컵에다 따르면서 그렇게 맞장구를 쳐 보비위*를 한다.

"아, 백상*두 좀 드슈."

"난 과해."

"괜히 그러셔. 백상 주량을 다아 아는데. 만난 진 오랐어두."

"다아 젊었을 적 말이지, 지금은……."

"올에 참 몇이시지?"

"갑술생 마흔여덟 아닌가!"

"그럼 나버담 열한 살 위시군. 그래두 백 상은 안 늙으신 심야. 허허허허."

"안 늙는 게 다 무언가. 머리 신 걸 보게!"

"건 조백*이시지."

백주사는 흔연히* 수작을 하면서 내색은 아니하나, 어심*엔 미스터 방이 괘씸하기 짝이 없었다.

향리의 예법으로, 십 년 장이면 절하고 뵈어야

어휘정리

결기 못마땅한 것을 참지 못하고 성을 내거나 왈칵 행동하는 성미.
추앙 높이 받들어 우러러봄.
보비위 남의 비위를 잘 맞추어 줌.
상(さん) 일본어, 인명 직명에 붙여 경의나 친애의 뜻을 나타내는 말.
조백 늙기도 전에 머리가 희어짐, 흔히 마흔 살 안팎의 나이에 머리가 희어지는 것을 이름.
흔연하다 기쁘거나 반가워 기분이 좋다.
어심 마음의 속.

한다. 무릎 꿇고 앉아야 하고, 말은 깍듯이 공대*를 해야 한다. 그 앞에서 주초酒草*가 당치 않고, 막부득이한 경우면 모로 앉아 잔을 마셔야 한다. 그런 것을, 마치 제 연갑* 친구나 타관 나그네게나 하는 것처럼, 백 상이니, 술 드슈, 조백이시지 하고 말버릇이 고약해, 발 개키고* 앉아서 정면하고 술을 먹어, 담배 뻐끔뻐끔 피워, 이런 괘씸할 도리가 없었다.

또 나이도 나이려니와, 문벌이나 지체를 가지고 논한다면, 이건 도저히 용서할 수 없는 일이었다.

이래보여도 나는 삼대조가 진사를 하였고(그 첩지*가 시방도 버젓이 있다) 오대조가 호조판서를 지냈고(족보에 그렇게 분명히 올라 있다) 칠대조가 영의정을 지냈고(역시 족보에 그렇게 분명히 올라 있다) 이런 명문거족의 집안이었다. 또 내 십이촌이 ××군수요, 그 십이촌의 아들이 만주국 ××현 ××촌 촌장이요 하였다. 또 그리고, 시방은 원수의 독립인지 막덕인지 때문에 다 그렇게 되었다지만, 아무튼 두 달 전까지도 어느 놈 그 앞에서 기침 한번 크게 못 하던 백부장—훈팔八등에 ××경찰서 경제계 주임이던 백 부장의 어르신네 이 백 주사가 아닌가. 두 달 전 그때만 같았어도,

'이놈!'

하고 호통을 하여 당장 물고를 내련*만, 그 좋은 세상이 어디로 가고 이 지경이란 말인지 몰랐다.

하여튼 그만치나 혼란스런 백 주사에다 대면 미스터 방의 근지*야 아주 보잘것이 없었다.

미스터 방의 증조가 타관에서 떠들어온 명색 없는 사람이었다. 그 조부가 고을의 아전을 다녔다.

어휘정리

공대 공손하게 잘 대접함.
주초 술과 담배를 아울러 이르는 말.
연갑 비슷한 또래의 나이.
개키다 손이나 발 따위를 접어 겹치게 하다.
첩지 대한 제국 때에 판임관의 임명서.
물고 내다 '죽이다'를 속되게 이르는 말.
근지 자라 온 환경과 경력을 아울러 이르는 말.

그 아비가 짚신장수였다. 칠십에, 고로롱 고로롱, 아직도 살아 있지만, 시방 도 짚신 곱게 삼기로 고을에서 첫째가는 방 첨지가 바로 그였다. 그리고 이 방삼복이는…….

먹고 자고 꿍꿍 일하고, 자식새끼 만들고 할 줄밖에는 모르는 상일꾼(농부)였었다. 그러나마 삼십을 바라보도록 남의 집 머슴살이로, 이집 저집 살고 다니는 코삐뚤이 삼복이었다. 물론 낫 놓고 기역자도 못 그리는 판무식이었다.

상일꾼일 바엔 남의 세토貰土:소작 마지기라도 얻어 제 농사를 짓는 것이 아니라, 삼십을 바라보도록 남의 집 머슴살이만 하고 다니던 코삐뚤이 삼복이가 하루아침 무슨 생각이 났던지, 돈벌이를 간답시고, 조석이 간데없는 부모에게다 처자식 떠맡기고는 훌쩍 일본으로 떠나 버렸다. 그것이 열두 해 전.

떠난 지 칠팔 년을 별반 신통한 벌이도 못 하는지, 돈 한 푼 보내는 싹도 없더니, 하루는 느닷없이 중국 상해에 와 있노라 기별이 전해져 왔다. 그리고는 감감 소식이 없다가, 삼 년 만에 푸뜩* 고향엘 돌아왔다. 십여 년을, 저의 말따나 동양 삼국 물 골고루 먹고 다녔으면서, 별로이 때가 벗은 것도 없어 보이고, 행색은 해어진 양복 누더기에 볼 꿰어진 구두짝을 꿰고 들어서는 모양이, 군데군데, 김질은 하였으나 빨아 다린 무명 고의* 적삼*을 입고 고향을 떠날 적보다 차라리 초라한 것 같았다.

늙은 어미 아비와, 젊은 가속*이 뼈품*으로 버는 것을 얻어먹으며 굶으며 하면서 한 일 년 빈둥거

어휘정리

푸뜩 '퍼뜩'의 잘못. 어떤 물체나 빛 따위가 갑자기 아주 순간적으로 나타나는 모양.
고의 남자의 여름 홑바지.
적삼 윗도리에 입은 홑옷. 모양은 저고리와 같다.
가속 '아내'의 낮춤말.
뼈품 뼈가 휠 만큼 들이는 품.

리고 놀더니, 적이* 회심*이 들었는지, 이번엔 처자식 데리고 서울로 올라왔다.

서울로 올라와서는 현저동 비탈의 다 찌부러진 행랑방*을 얻어 살면서, 처음 일 년은 용산 있는 연합군 포로수용소엘 다니며 입에 풀칠을 하였고—이 동안 그는 상해에서 귀로 익힌 토막영어가 조금 더 진보되었고.

다시 일 년이나는, 그것 역시 상해에서 익힌 것을 밑천삼아 구두 직공으로 구둣방엘 다니며 그럭저럭 살았고. 그러다 일본이 싸움에 지느라고, 구두를 너무 해트려* 가죽이 동이 나서, 구둣방이 너나없이 문을 닫는 바람에, 할 수 없이 이번엔 궤짝 한 개 짊어지고 신기료장수*로 나서고 말았다.

골목골목 돌아다니며, 혹은 종로 복판의 행길에 가 앉아 신기료장수를 하자니, 자연 서울 온 고향 사람의 눈에 종종 뜨일밖에. 소식이 고향에 퍼지자, 누구 한 사람 칭찬은 없고 저마다 빈정거리는 소리뿐이었다.

"일본으로, 청국으로, 십여 년 타국 바람 쏘이고 온 놈이 겨우 고거야?"

"부전자전이로구먼. 아범은 짚신장수, 자식은 구두 깁는 장수."

"아마 신발 명당에다 무덤을 썼든감."

이렇듯, 근지는 미천하고, 속에 든 것 없고, 가랑이가 찢어지게 가난하고, 생화生貨*라는 것이 고작 거리에 앉아 오는 사람 가는 사람 해어지고 고린내* 나는 구두짝 꿰매어 주고 징* 박아 주고 닦아 주고 하는 천업*이고 하던, 그 코삐뚤이 삼복이었었다.

어휘정리

적이 꽤 어지간한 정도로.
회심 잘못을 뉘우치는 마음.
행랑방 대문간에 붙어 있는 방.
해트리다 해어뜨리다. 닳아서 떨어지게 하다.
신기료장수 헌 신을 꽤매어 고치는 일을 직업으로 하는 사람
생화 먹고 살아가는 데 도움이 되는 벌이나 직업
고린내 썩은 풀이나 썩은 달걀 따위에서 나는 냄새와 같이 고약한 냄새
징 신의 가죽 창이나 말굽,쇠굽 다위에 박는 대가리가 크고 넓으며 길이가 짧은 쇠못.
천업 낮고 천하게 여겨지는 직업이나 영업.

'흥, 개구리가 올챙이 적을 못 생각한다더니, 발칙한* 놈, 고얀* 놈.'

백주사는 생각하자니 속으로 이렇게 분개스럽지 않을 수가 없었다.

그러나 일변으로는, 그러던 코삐뚤이 삼복이가 그야말로 선영*이 명당엘 들었단 말인지, 무슨 조화를 지녔단 말인지, 불과 몇 달지간에 이렇게 훌륭히 되고, 부자가 되고, 미스터 방인지 구리다 방인지가 되고 하여 가지고는, 갖은 호강 다 하며 천하에 무설 것이 없고 기광*이 나서 막 이러니, 한편 생각하면 신기하기도 하고 부럽기도 하고 또한 안타깝기도 하였다.

'사람의 운수란 참 모를 일이야.'

백주사는 속으로 절절히 이렇게 탄복도 아니치 못하였다.

코삐뚤이 삼복의 이 눈부신 발신은, 그러나 백주사가 희한히 여기는 것처럼 무슨 명당 바람이 났다거나 조화를 지녔다거나 그런 신기한 곡절이 있는 바가 아니요, 지극히 간단하고도 수월한 것이었었다. 다못 몸에 지닌 재주 가운데 총기가 좀 좋아서 일찍이 영어 마디나 익힌 것을 잊어버리지 아니하였다는, 일종의 특수조건이 없던 바는 아니지만.

1945년 8월 15일, 역사적인 날.

이날도 신기료장수 방삼복은 종로의 공원 건너편 응달에 앉아서 구두 징*을 박으면서 해방의 날을 맞이하였다. 그러나 삼복은 감격한 줄도 기쁜 줄도 모르겠었다. 지나가는 행인이 서로 모르던 사람끼리면서 덥석 서로 껴안고 기뻐하고 눈물을 흘리고 하는 것이 삼복은 속을 모르겠고 차라리 쑥스러 보일 따름이었다. 몰려닫는 군중이 오히려 성가시고, 만세 소리가 귀가 아

어휘정리

발칙하다 하는 짓이나 말이 매우 버릇없고 막되어 괘씸하다.
고얀 성미나 언행이 도리에 벗어나는.
선영 조상의 모덤.
기광 극성스레 마구 날뛰는 행동이나 기세.
구두 징 구두 밑창에 박는 뾰족한 징이나 못.

파 이맛살이 찌푸려질 지경이었다.

몰켜다니고 만세를 부르고 하기에 미쳐 날뛰느라고 정신이 없어, 손님이 없어, 손님이 부쩍 줄었다.

"우랄질! 독립이 배부른가?"

이렇게 그는 두런거리면서 반감*이 솟았다.

이삼일 지나면서부터야 삼복에게도 삼복에게다운 해방의 혜택이 나누어졌다. 10전이나 15전에 박아 주던 징을, 50전을 받아도 눈을 부라리는 순사를 볼 수가 없었다. 순사가 없어졌다면야 활개를 쳐 가면서 무슨 짓을 하여도 상관이 없고 무서울 것이 없던 것이었다.

"옳아. 그렇다면 독립도 할 만한 건가 보다."

삼복은 징 열 개를 박아 주고 5원을 받아 넣으면서 이렇게 속으로 중얼거리기까지 하였다.

그러나 며칠이 못 가서 삼복은 다시금 해방을 저주하여야 하였다. 삼복이 저 혼자만 돈을 더 받으며, 더 받아 상관이 없는 것이 아니라, 첫째 도가都家들이 제 맘대로 재료 값을 올리던 것이었다. 징, 가죽, 고무, 실 모두가 오 곱 십 곱 비싸졌다. 그러니 신기료장수는 손님한테 아무리 비싸게 받는댔자 재료를 비싼 값으로 사야 하니, 결국 도가만 살찌울 뿐이지 소득은 전과 크게 다를 것이 없었다.

"이런 옘병헐! 그눔에 경제곈 다 어디루 가 뒈졌어. 독립은 우라진다구 독립을 헌담."

석양 때 신기료 궤짝 어깨에 멘 채 홧김에 막걸리 청으로 들어가, 서너 사발 들이켜고는 그는 이렇

어휘정리

반감 반대하거나 반항하는 감정.

게 게걸거렸다.

그럭저럭 구월도 열흘이 되고, 서울 거리에는 미국 병정이 꼬마 차와 함께 그득히 퍼졌다.

그 미국 병정들이, 거리를 구경하면서 혹은 물건을 사려면서 말이 서로 통하지를 못하여 답답해하는 양을 보고 삼복은 무릎을 탁 쳤다.

그러나 슬플진저, 땟국과 땀에 찌든 이 누더기를 걸치고는 가망이 없을 말이었다.

'무슨 도리가 없을까?'

반일*을 궁리를 하다가, 정오 때에야 한 줄기 서광을 얻었다.

총총히 집으로 돌아가, 마누라를 시켜 구두 고치는 연장 일습과 재료 남은 것에다 이불이며 헌 옷가지 해서 한 짐을 동네 아는 가게에다 맡기고는 한 달 기한으로 돈 백 원을 서푼 변*으로 취해 오게 하였다.

그 돈 백 원을 가지고 삼복은 흔한 넝마전*으로 가서, 백 원 돈이 꼭 차는 한도까지에 양복이란 명색 한 벌과 모자를 샀다. 신발은 부득이 안방 사람의 병정 구두 사 신은 것을 이다음 창갈이를 거저 해 주겠다는 조건으로 닷새만 제 것과 바꾸어 신기로 하였다.

이튿날 아침 느지감치, 새로 장만한 헌 양복 헌 모자에 헌 구두로써 궤짝 멘 신기료장수*보다는 제법 말쑥하여진 차림을 차리고 막 나서려는데, 간밤부터 통통 부어 가지고는 시중도 말대꾸도 잘 아니하던 애꾸쟁이 마누라가 와락 양복 뒷자락을 움켜쥐고 늘어진다.

"바른 대루 대요."

어휘정리

반일 하루 일의 반.
변 남에게 돈을 빌려 쓴 대가로 치르는 일정한 비율의 돈.
넝마전 낡고 해어져서 입지 못하게 된 옷을 파는 곳.
신기료장수 헌 신을 꿰매어 고치는 일을 직업으로 하는 사람.

"이게 별안간 미쳤나?"

"요 막난아, 반해 가지군 이럭허구 찾아가는 고년이 어떤 년야? 응?"

"속을 모르거든 밥값을 내지 말랬어, 요 맹추야."

"날 죽이구 가지, 거전 못 가."

"이년아, 너 이랬단, 내 인제 돈 벌문, 증말 첩 얻는다."

"오냐 잘한다. 날 죽여라, 날……."

"아, 이 우라 주리땔 앵길 년이……."

한주먹 보기 좋게 갈겨 넘어뜨리고는, 찌부러진 오두막집을 나서 종로로 향을 잡았다.

노예도 노예 이전이면 상전을 선택할 자유를 가지는 수도 있다고.

삼복은 종로서 전차를 내려 동쪽으로 천천히 걸으면서 물색을 하였다. 생김새가 맘씨 좋아 보이고, 여느 병정이 아니라 장교쯤 가는 이라야 할 것이었다.

청년 회관 앞에서 담뱃대를 사고 있는 하나가, 몸집이 부대하고 여느 병정은 아닌 듯하고, 얼굴이 자못 선량하여 보이는 게 선뜻 마음에 들었다. 구경하는 체하고 넌지시 그 옆으로 가 섰다.

미국 장교는 담뱃대를 집어 들고 기물스러워하면서 연방 들여다보다가 값이 얼마냐고

"하우 머취? 하우 머취?"

하고 묻는다.

담뱃대 장수 영감은, 삼십 원이라고 소래기*만

어휘정리

소래기 소리를 속되게 이르는 말.

지른다.

알아들을 턱이 없어, 고개를 깨웃거리면서 다시금 하우 머취만 찾는 것을, 기회 좋을시고라고, 삼복이가 나직이

"더티원."

하여 주었다.

홱 돌려다 보더니,

"오, 캔 유 시피크?"

하면서, 사뭇 그러안을 듯이 반가워하는 양이라니. 아스러지도록 손을 잡고 흔드는 데는 질색할 뻔하였다.

직업이 있느냐고 물었다. 방금 실직하였노라고 대답하였다.

그럼, 내 통역이 되어 주겠느냐고 물었다. 그러겠노라고 대답하였다.

이 자리에서 신기료장수 코 삐뚤이 삼복은 미스터 방으로 승차를 하여, 에스(S)라는 미국 주둔군 소위의 통역이 되었다. 주급 십오 불(이백십 원) 가량의.

거진 매일같이 미스터 방은 에스 소위를, 낮에는 거리의 구경으로, 밤이면 계집 있는 술집으로 인도하였다.

한번은 탑골 공원의 사리탑을 구경하면서, 얼마나 오랜 것이냐고 에스 소위가 물었다. 미스터 방은 언젠가, 수천 년 된 것이란 말을 들었기 때문에, 투사우전드 이얼스라고 대답하였다.

또 한번은, 경회루를 구경하면서 무엇하던 건물이냐고 물었다. 미스터 방은 서슴지 않고

"킹 듀링크 와인 앤드 딴쓰 앤드 씽, 위드 땐써."

라고 대답하였다. 임금이 기생 데리고 술 마시고, 춤추고 노래 부르고 하던 집이란 뜻이었다.

내가 보기엔, 조선 여자의 옷이 퍽 아름답고 점잖스럽던데, 어째서 양장들을 하는지 모르겠다고 에스 소위가 물었다. 미스터 방은 여자들이 서양 사람한테로 시집을 가고파서 그런다고 대답하였다.

서울 역을 비롯하여 거리에 분뇨가 범람한 것을 보고, 혹시 조선 가옥에는 변소가 없느냐고 에스 소위가 물었다. 미스터 방은, 있기야 집집마다 다 있느니라고 대답하였다.

썩 좋은 조선 그림을 한 장 사고 싶다고 하여서, 문지방 위에다 흔히들 붙이는 사슴이 불로초를 물고, 신선이 앉았고 한 것을 오 원에 한 장 사 주었다.

제일 재미있고 유명한 소설이 무엇이냐고 물어서, "추월색"이라고 대답하였고, 그럼 그것을 한 권 사고 싶다고 하여서, 여러 날 사러 다니다 못해, 동네 노마네 집의 것을 2원에 사 주었다. 이 밖에도 미스터 방은 에스 소위에게 조선을 소개한 공로가 여러 가지로 많으나 대강은 그러하였다.

그 공로에 정비례해서, 미스터 방은 나날이 훌륭하여져 갔다. 8 · 15 이전에 어떤 은행의 중역의 사택이라던 지금의 이 집으로, 현저동 그 집에서 옮아오기는 에스 소위의 통역이 되는 사흘 후였었다. 위아래 층을 다 양식 절반 일본식 절반으로 꾸민 호화스런 저택이었다. 정원엔 때마침 단풍과 가을 화초가 아름다웠고, 연못에선 잉어가 뛰놀고 하였다.

시방 주객이 앉아 술을 마시는 방은, 앞은 노대*

어휘정리

노대 이 층 이상의 양옥에서, 건물 벽면 바깥으로 돌출되어 난간이나 낮은 벽으로 둘러싸인 뜬 바닥이나 마루.

가 딸리고 햇볕 잘 들고 밝아서, 여러 방 가운데 제일 좋은 방이었다. 그러나 방 안에는 벽에 그림 한 장 붙어 있는 바 아니요, 방에 알맞은 가구 한 벌 놓여 있는 바 아니요, 단지 방일 따름이어서, 싱겁게 넓기만 하였다. 그렇지만 미스터 방은 실내의 장식 같은 것쯤 그다지 관심할 줄을 아직은 몰랐다.

처음엔 식모*를 두었다. 그다음엔 침모*를 두었다. 그다음엔 손심부름할 계집아이를 두었다.

하루에도 방 선생을 찾는 이가 여러 패씩 있었다. 그들의 대개는 자동차를 타고 오고, 인력거짜리도 흔치 않았다. 그렇게 찾아오는 그들은 결단코 빈손으로 오는 법이 드물었다. 좋은 양과자 상자 밑바닥에는 으레 따로이 뿌듯한 봉투가 들었곤 하였다.

미스터 방의, 신기료장수 코 삐뚤이 삼복이로부터의 발신 경로란 이렇듯 심히 간단하고 순조로운 것이었다.

주인 미스터 방이 백 주사의 컵에다 술을 따르려고 병을 집어 들다가

"오이, 기미꼬."

하고 아래층으로 대고 부른다.

"심부럼 갔어요."

애꾸쟁이 마누라의 꼬챙이 같은 대답.

"안주 어떻게 됐어?"

"글쎄, 안주 시키러 갔어요."

"증종 있지?"

"……."

어휘정리

식모 남의 집에 고용되어 주로 부엌일을 맡아 하는 여자.
침모 남의 집에 매여 바느질을 맡아 하고 일정한 품삯을 받는 여자.

층계 밟는 소리가 나더니, 퍼머넌트한 머리가 나오고, 좁디좁은 이마에 이어서 애꾸눈이 나오고, 분 바른 얼굴이 나오고, 원피스 입은 커다란 가슴이 나오고, 마지막 비단 양말 신은 두리기둥 같은 두 다리가 나오고 한다.

"서 주사가 이거 두구 갑디다."

들고 올라온 각봉투 한 장을 남편에게 건네어 준다.

"어디?"

그러면서 받아 봉을 뜯는다. 소절수 한 장이 나온다. 액면 만 원짜리다.

미스터 방은 성을 벌컥 내면서

"겨우 돈 만 원야?"

하고 소절수를 다다미 바닥에다 홱 내던진다.

"내가 알우?"

"우랄질 자식, 어디 보자. 그래 전, 걸 십만 원에 불하 맡아다 백만 원 하난 냉겨 먹을 테문서, 그래 겨우 둔 만 원야? 옘병헐 자식, 내가 엠피(MP)헌테 말 한마디문, 전 어느 지경 갈지 모를 줄 모르구서."

"정종으루 가져와요?"

"내 말 한마디에 죽을 눔이 살아나구, 살 눔이 죽구 허는 줄을 모르구서. 흥, 이 자식 경 좀 쳐 봐라……. 증종 따근허게 데 와. 날두 산산허구 허니."

새로이 안주가 오고, 따끈한 정종으로 술이 몇 잔 더 오락가락하고 나서였다.

백 주사는 마침내 진작부터 벼르던 이야기를 꺼내었다.

백 주사의 아들 백선봉은, 순사 임명장을 받아 쥐면서부터 시작하여

8 · 15 그 전날까지 칠 년 동안, 세 곳 주재소와 두 곳 경찰서를 전근하여 다니면서, 이백 석 추수의 토지와, 만 원짜리 저금통장과, 만 원어치가 넘는 옷이며 비단과, 역시 만 원어치가 넘는 여편네의 패물과를 장만하였다.

남들은 주린 창자를 졸라맬 때 그의 광에는 옥 같은 정백미가 몇 가마니씩 쌓였고, 반년 일 년을 남들은 구경도 못 하는 고기와 생선이 끼니마다 상에 오르지 않는 날이 없었다.

×× 경찰서의 경제계 주임으로 있던 마지막 이 년 동안은 더욱더 호화판이었다. 8 · 15 그날 밤, 군중이 그의 집을 습격하였을 때에 쏟아져 나온 물건이 쌀 말고도

광목 여섯 통

고무신 스물세 켤레

지까다비 여덟 켤레

빨랫비누 세 궤짝

양말 오십 타

정종 열세 병

설탕 한 부대

이렇게 있었더란다. 만 원어치 여편네의 패물과, 만 원어치의 옷감이며 비단과 만 원짜리 저금통장은 고만두고 말이었다.

물건 하나 없이 죄다 빼앗기고, 집과 세간은 조각도 못쓰게 산산 다 부서지고, 백선봉은 팔이 부러지고, 첩은 머리가 절반이나 뽑히고, 겨우겨우 목숨만 살아 본집으로 도망해 왔다.

일변 고을에서는 백 주사가 자식이 그런 짓을 해서 산 토지를 가지고 동

네 사람한테 거만히 굴고, 작인*들한테 팔 할 가까운 도지를 받고, 고리대금을 하고 하였대서, 백선봉이 도망해 와 눕는 그날 밤, 그의 본집인 백 주사의 집을 습격하였다.

집과 세간 죄다 부수고, 백선봉이 보낸 통제 배급 물자 숱한 것 죄다 빼앗기고, 가족들은 죽을 매를 맞고, 백선봉은 처가로, 백 주사는 서울로 각기 피신하여 목숨만 우선 보전하였다.

백 주사는 비싼 여관 밥을 사 먹으면서, 울적히 거리를 오락가락, 어떻게 하면 이 분풀이를 할까, 어떻게 하면 빼앗긴 돈과 물건을 도로 다 찾을까 하고 궁리를 하던 것이나, 아무런 묘책도 없었다.

그러자 오늘은 우연히 이 미스터 방을 만났다. 종로를 지향 없이 거니는데, 지나가던 자동차가 스르르 멈추면서, 서양 사람과 같이 탔던 신사 양반 하나가 내려서더니, 어쩌다 눈이 마주치자

"아, 백 주사 아니신가요?"

하고 반기는 것이었다.

자세히 보니, 무어 길바닥에서 신기료장수를 한다던 코 삐뚤이 삼복이가 분명하였다.

"자네가, 저, 저, 방, 방……."

"네, 삼복입니다."

"아, 건데, 자네가……."

"허, 살 때가 됐답니다."

그러고는 내 집으루 갑시다 하고 잡아끄는 대로 끌려온 것이었다.

어휘정리

작인 소작인을 줄여 부르는 말. 다른 사람의 농지를 빌려 농사를 짓고 그 대가로 사용료를 지급하는 사람.

의표하며, 집하며, 식모에 침모에 계집 하인까지 부리면서 사는 것하며, 신수가 훤히 트여 가지고, 말도 제법 의젓하여진 것 같은 것이며, 진소위 개천에서 용이 났다고 할 것인지.

옛날의 영화가 꿈이 되고, 일조*에 몰락하여 가뜩이나 초상집 개처럼 초라한 자기가 또 한 번 어깨가 옴츠러듦을 느끼지 아니치 못하였다. 그런데다 이 녀석이, 언제 적 저라고 무엄스럽게 굴어 심히 불쾌하였고, 그래서 엔간히 자리를 털고 일어설 생각이 몇 번이나 나지 아니한 것도 아니었다. 그러나 참았다.

보아하니 큰 세도*를 부리는 것이 분명하였다. 잘만 하면 그 힘을 빌려 분풀이와 빼앗긴 재물을 도로 찾을 여망*이 있을 듯싶었다. 분풀이를 하고, 더구나 재물을 도로 찾고 하는 것이라면야, 코 삐뚤이 삼복이는 말고, 그보다 더한 놈한테라도 머리 숙이는 것쯤 상관할 바 아니었다.

"그러니, 여보게 미씨다 방……."

있는 말 없는 말 보태 가며, 일장 경과 설명을 한 후에, 백 주사는 끝을 맺기를,

"어쨌든지 그놈들을 말이네. 그놈들을 한 놈 냉기지 말구섬 죄다 붙잡다가 말이네. 괴수 놈들일랑 목을 썰어 죽이구, 다른 놈들일랑 뼉다구가 부러지두룩 두들겨 주구. 꿇어앉히구 항복 받구. 그리구 빼앗긴 것 일일이 도루 다 찾구. 집허구 세간 쳐부신 것 말끔 다 물리구……. 그렇게만 해 준다면, 내, 내, 재산 절반 노나 주문세, 절반. 응, 여보게 미씨

어휘정리

일조 하루아침.
세도 정치상의 권세. 또는 그 권세를 마구 휘두르는 일.
여망 어떤 개인이나 사회에 대한 많은 사람의 기대를 받음. 또는 그 기대.

다 방.”

“염려 마슈.”

미스터 방은 선뜻 쾌한 대답이었다.

“진정인가?”

“머, 지끔 당장이래두, 내 입 한 번만 떨어진다 치면, 기관총 들멘 엠피가 백 명이구 천 명이구 들끓어 내려가서, 들이 쑥밭을 만들어 놉니다, 쑥밭을.”

“고마우이!”

백 주사는 복수하여지는 광경을 선히 연상하면서, 미스터 방의 손목을 덥석 잡는다.

“백골난망이겠네.”

“놈들을 깡그리 죽여 놀 테니, 보슈.”

“자네라면야 어련하겠나.”

“흰 말이 아니라 참 이승만 박사두 내 말 한마디면, 고만 다 제바리유.”

미스터 방은 그러고는 냉수 그릇을 집어 한 모금 물고 꿀쩍꿀쩍 양치를 한다. 웬 버릇인지, 하여간 그는 미스터 방이 된 뒤로, 술을 먹으면서 양치하는 버릇이 생겼다.

양치한 물을 처치하려고 휘휘 둘러보다, 일어서서 노대로 성큼성큼 나간다. 노대는 현관 정통 위였다.

미스터 방이 그 걸쭉한 양칫물을 노대 아래로 아낌없이 좍 뱉는 바로 그 순간이었다. 그 순간이 공교롭게도, 마침 그를 찾으러 온 에스 소위가 현관으로 일단 들어서려다 말고 (미스터 방이 노대로 나오는 기척이 들렸기 때문에) 뒤

로 서너 걸음 도로 물러나

"헬로."

부르면서 웃는 얼굴을 쳐드는 순간과 그만 일치가 되었다.

"에구머니!"

놀라 질겁을 하였으나 이미 뱉어 양칫물은 퀴퀴한 냄새와 더불어 백절 폭포로 내리쏟아져, 웃으면서 쳐드는 에스 소위의 얼굴 정통에 가 좌르르.

"유 데빌!"

이 기급할 자식이라고, 에스 소위는 주먹질을 하면서 고함을 질렀고. 그 주먹이 쳐든 채 그대로 있다가, 일변 허둥지둥 버선발로 뛰쳐나와 손바닥을 싹싹 비비는 미스터 방의 턱을

"상놈의 자식!"

하면서 철컥 어퍼컷으로 한 대 갈겼더라고.

중요한 내용 쏙! 쏙! 쏙!

작품의 형식적 특징

- 해방 후 어수선했던 혼란기를 사실적으로 묘사함
- 등장인물의 행동과 대화를 우스꽝스럽게 표현함으로써 독자에게 웃음을 주며, 동시에 비판적인 시각을 갖게 함
- 편집자적 논평을 사용하여 풍자의 효과를 줌

작품의 구성과 주요내용

발단	전개	위기	절정	결말
백 주사는 우연히 거리에서 방삼복을 만나 동행하게 됨	미천한 신분의 방삼복이 하루아침에 부와 자유를 얻게 된 내력 소개	백 주사가 방삼복에게 해방으로 빼앗겼던 친일로 쌓은 재산을 되찾도록 도와달라고 청탁을 함	청탁을 들어주며 양칫물을 뱉었는데 공교롭게도 S소위의 얼굴에 떨어짐	화가 난 S소위가 방삼복의 턱을 때림

서술자의 서술상의 태도

- 작품에 개입하여 서슴없이 주인공이나 시대 상황을 평가함
- 등장인물의 대화와 행동을 통해 인물의 성격을 드러내는 서술 방식을 취함
- 작품 속에 직접 등장하지 않고 사건을 바라보며 인물의 생각이나 심리를 모두 아는 상태로 서술함
- 편집자적 논평을 사용하여 풍자의 효과를 줌

인물의 풍자

미스터 방 (방삼복)

- 머슴살이에 신기료 장사를 하던 인물로 해방 직후 미군이 들어오자 짧은 영어 실력으로 통역을 함
- 미군을 등에 업고 세도를 부리며 출세하려는 기회주의자

백 주사

- 일제 강점기에 일본 순사 아들 덕에 호사를 누리며 친일행위를 함
- 해방 직후 모든 것을 빼앗기자 복수를 꿈꾸는 인물

1 이 글에서 '미스터 방'을 통해 비판하고자 하는 인물 유형을 파악해 봅시다.

2 미스터 방과 술자리를 갖게 된 백 주사가 미스터 방의 말투가 괘씸하면서도 그의 비위를 맞추기 위해 아첨했던 이유를 생각해봅시다.

상상더하기 – 뒷이야기 상상하기

마지막에 미스터 방이 에스 소위에게 턱을 얻어맞는 장면은 통쾌하지요. 그 뒤로 미스터 방과 백 주사는 어떻게 됐을까요? 백 주사는 미스터 방의 도움을 얻어 원하는 것을 손에 넣었을까요? 뒷이야기를 상상해서 적어 봅시다.

확인하기 정답

1. '미스터 방'은 혼란기에 미군들에게 통역을 해주며, 돈과 권세를 얻게 됩니다. 이러한 '미스터 방'을 통해 혼탁한 시대를 이용하여 수단과 방법을 가리지 않고 출세하려는 기회주의자를 비판하고자 했습니다.
2. 백 주사는 친일파로 해방된 후 습격을 받아 재물을 다 빼앗겼습니다. 그는 미스터 방의 권세를 이용해 빼앗긴 재물도 찾고 복수도 하려는 계획이 있어 미스터 방에게 아첨을 한 것입니다.

작가의 다른 작품 보기

소망 'ㄴ나' 는 3년 동안 남편 없는 시댁에서 삽니다. 남편이 동경에 있는 대학에 다니고 있었기 때문입니다. 그 후, 공부를 마치고 신문사에 취직을 한 남편과 함께 살지만, 남편은 곧장 신문 기자 노릇이 어렵다며 사직을 하고 맙니다. 그리곤, 건넌방에 누워서 온종일 신문과 잡지 읽기에만 전념합니다. '나' 가 말을 걸면 웅변조로 몰아세우기만 하면서 말이죠. 심지어 생활고에 시달리다 못해 친정에 가자고 졸랐지만, '나' 가 하등 동물이어서 서울을 떠날 수 없는 이유를 말하여도 이해하지 못할 것이라 말하며 시골 행을 거부합니다. 그러면서 '나' 에게 늘 속물이라고 욕하며 속물들과 돼지처럼 지낼 수 없다고 말합니다. 이런 남편에 대해 '나' 는 언니에게 시시콜콜 쉼 없이 수다를 떱니다. 그러던 어느 더운 날, 급기야 겨울 양복과 모자를 쓰고 다니기까지 하지요. 결국 '나' 는 의사인 형부와 남편의 정신병 치료에 대해 의논하려고 합니다.

남편은 정말 정신병에 걸린 걸까요? 소망이라는 말은 젊은 나이에 미친 남편을 뜻합니다. 그러나 1930년대의 절박한 시대현실과 관련해서 보았을 때 어쩌면 남편은 누구보다 정신이 건강한 사람은 아니었을까요? 평범한 사람들보다 뛰어난 인식 능력과 높은 도덕성을 지녔던 남편이 부조리한 현실에 저항했던 하나의 방법으로 해석 될 수도 있답니다.

태평천하 윤직원 영감은 구한말 혼란기를 살아가는 인물로 아들 윤종학과 손자 윤종수가 있고, 아직은 가문의 실세입니다. 고리대금과 소작료 징수로 많은 재산을 모은 그는 일제강점기를 항상 '태평천하' 라고 말하는 사람이지요. 그에게 진정한 역사관 따위는 중요하지 않았답니다. 그래서 그가 가장 두려워하는 것이 자신의 재산을 위협하는 사회주의운동이었지요. 윤직원 영감이 집착하는 것이 재산만은 아니었답니다. 그가 또 간절히 원하는 것이 있었으니, 바로 신분 상승과 권력입니다. 그래서 손자들을 각각 군수와 경찰서장으로 만들기 위해 모든 수단을 총동원했답니다. 하지만, 영감이 가장 아끼던 손자 윤종학이 자신이 가장 두려워하던 사회주의 운동으로 체포되고 맙니다. 윤직원 집안의 운명은 이제 어떻게 되는 걸까요?

일제강점기에 아무런 시대의식 없이 친일로 호위호식하며 살아가는 주인공을 풍자한 작품이랍니다.

치숙

수록교과서 : 신사고

채만식 소설가. 극작가. 1902년 전라북도에서 태어나 일본 와세다 대학에서 공부했다. 신문사에서 기자와 편집가로 활동하다 1924년 문단에 등단한 뒤 활발히 작품 활동을 하였으나 1950년 폐결핵으로 세상을 떠났다. 대표작으로는 「태평천하」 「레디메이드 인생」 「탁류」 등이 있다.

감상 길잡이

만약 여러분이 일제 강점기를 살고 있다면 어떤 모습일까요? 글 속의 '나'는 일제 식민통치에 순응하며 착실히 살아가는 청년입니다. 그런 '나'가 보기에 사회주의 운동을 하는 아저씨는 이해할 수 없는 사람이며, 무능력한 사람이지요. 글 속에서 '나'는 아저씨를 비판하고 있지만, 재미있게도 작가는 그런 '나'를 비판적인 시각으로 풍자하고 있답니다. 작가의 이런 태도를 주의 깊게 살피며 작품을 감상해 봅시다.

핵심정리

갈래	단편소설, 풍자소설
시점	1인칭 관찰자 시점
배경	일제강점기, 서울

성격	풍자적, 비판적
제재	아저씨와 나와의 갈등
주제	일제 식민통치에 순응하는 나와 사회주의 운동을 하는 아저씨와의 갈등

등장인물

나
일제 치하의
현실에 잘 순응함

아저씨
사회운동을 하는 지식인.
일제에 순응하는 '나'를
딱하게 여김

아주머니
전통적인 여인상으로
순종적이고 헌신적으로
남편을 뒷바라지함

줄거리

나는 일본인 상점에서 점원으로 일하고 있는데 주인의 눈에 들어 일본인 여자와 결혼하여 잘 먹고 잘사는 것이 꿈입니다. 그런 나에게 오촌 고모부가 한 분 계십니다. 고모부는 일본에서 대학까지 나왔지만, 내가 보기에는 철이 들지 않았습니다. 젊었을 때는 서울과 동경에서 공부한다고 아주머니를 멀리하고, 신교육을 받은 여학생과 살림을 차리기도 했습니다. 또, 사회주의 운동을 하다가 감옥에 갇혀 5년 만에 폐병환자가 되어 돌아왔습니다. 그런 아저씨를 아주머니는 식모살이로 모은 돈으로 병구완을 했습니다. 이제 병이 나아가고 있는데 병이 다 나으면 또 사회주의 운동을 한다는 아저씨가 나는 너무 한심해 보입니다. 그런데 오히려 아저씨는 나를 딱하게 여기고, 그런 아저씨가 나는 이해가 되지 않습니다.

치숙

우리 아저씨 말이지요, 아따 저 거시키, 한참 당년*에 무엇이냐 그놈의 것, 사회주의라더냐, 막걸리라더냐 그걸 하다, 징역 살고 나와서 폐병으로 시방 앓고 누웠는 우리 오촌 고모부 그 양반……

머, 말두 마시오. 대체 사람이 어쩌면 글쎄…… 내 원!

신세 간 데 없지요.

자, 십 년 적공, 대학교까지 공부한 것 풀어먹지도 못했지요, 좋은 청춘 어영부영 다 보냈지요, 신분에는 전과자라는 붉은 도장 찍혔지요, 몸에는 몹쓸 병까지 들었지요, 이 신세를 해가지굴랑은 굴속 같은 오두막집 단간 셋방 구석에서 사시장철 밤이나 낮이나 눈 따악감고 드러누웠군요.

재산이 어디 집 터전인들 있을 턱이 있나요. 서발 막대 내저어야 짚검불 하나 걸리는 것 없는 철빈鐵貧*인데.

우리 아주머니가, 그래도 그 아주머니가, 어질고 얌전해서 그 알뜰한 남편양반 받드느라 삯바느질*이야, 남의 집 품빨래야, 화장품 장사야, 그 칙살스런* 벌이를 해다가 겨우겨우 목구멍에 풀칠을 하지요.

어디루 대나 그 양반은 죽는 게 두루 좋은 일인데 죽지도 아니해요.

우리 아주머니가 불쌍해요. 아, 진작 한 나이라도 젊어서 팔자를 고치는 게 아니라, 무슨 놈의 우난 후분*을 바라고 있다가 고생을 하는지.

어휘정리

당년 일이 있는 바로 그 해.
철빈(鐵貧) 더할 수 없이 가난함.
삯바느질 삯을 받고 하여 주는 바느질.
칙살스럽다 하는 짓이나 말 따위가 잘고 더러운 데가 있다.
우난 후분 유별히 잘난 성공이나 성과

근 이십 년 소박*을 당했지요.

이십 년을 설운 청춘 한숨으로 보내고서 다아 늦게야 송장 여대치게 생긴 그 양반을 그래도 남편이라고 모셔다가는 병 수종들으랴*, 먹고 살랴, 애가 진하고 다니는 걸 보면 참말 가엾어요.

그게 무슨 죄다짐*이람? 팔자, 팔자 하지만 왜 팔자를 고치지를 못하고서 그래요. 죄선朝鮮 구식 부인네들은 다아 문명을 못하고 깨지를 못해서 그러지.

그 양반이 한시바삐 죽기나 했으면 우리 아주머니는 차라리 신세 편하리다.

심덕* 좋겠다, 솜씨 얌전하겠다 하니 어디 가선들 제가 일신 몸 가누고 편안히 못 지내요?

가만있자, 열 여섯 살에 아저씨네 집으로 시집을 갔다니깐 그게 내가 세 살 적이니 꼬박 열 여덟 해로군. 열 여덟 해면 이십 년 아니요.

그때 우리 아저씨 양반은 나이 어리기도 했지만 공부를 한답시고 서울로, 동경으로 십여 년이나 돌아다녔고 조끔 자라서 색시 재미를 알 만하니까는 누가 예쁘달까봐 이혼하자고 아주머니를 친정으로 쫓고는 통히 불고*를 하고……

공부를 다 마치고 오더니만 그담에는 그놈의 짓에 디립다 발광해 다니면서 명색 학생 출신이라는 딴 여편네를 얻어 살았지요. 그 여편네는 나도 몇 번 보았지만 쌍판대기라고 별반 출 수도 없이 생겼습디다. 그 인물로 남의 첩이야? 일색* 소박은 있어

어휘정리

소박 처나 첩을 박대함.
수종들다 시중들다.
죄다짐 죄에 대한 갚음.
심덕 마음을 쓰는 데서 나타나는 덕.
불고 돌보지 아니함.
일색 뛰어난 미인.

도 박색* 소박은 없다더니, 사실 소박맞은 우리 아주머니가 그 여편네께다 대면 월등 예뻤다우.

그래 그 뒤에, 그 양반은 필경 붙들려 가서 오 년이나 전중이*를 살았지요. 그 동안에 아주머니는 시집이고 친정이고 모두 폭 망해서 의지가지없이* 됐지요.

그러니 어떻게 해요? 자칫하면 굶어 죽을 판인데.

할 수 없이 얻어먹고 살기도 해야 하려니와 또 아저씨 나오는 것도 기다려야 한다고 나를 반연 삼아 서울로 올라왔더군요. 그게 그러니까 아저씨가 나오던 전해로군.

그때 내가 나이는 어려도 두루 날뛴 보람이 있어서 이내 구라다상네 식모로 들어갔지요.

그 무렵에 참 내가 아주머니더러 여러 번 권면*을 했지요. 그러지 말고 개가改嫁를 가라고. 글쎄 어린 소견에도 보기에 퍽 딱하고 민망합디다.

계제에 마침 또 좋은 자리가 있었고요. 미네상이라고 미쓰꼬시 앞에서 바나나 다다끼우리投賣를 하는 인데 사람이 퍽 좋아요.

우리집 다이쇼主人도 잘 알고 허는데, 그이가 늘 날더러 죄선 오깜상하구 살았으면 좋겠다고, 중매서 달라고 그래쌌어요.

돈은 모아 둔 게 없어도 다아 벌어먹고 살 만하니까 그런 사람 만나서 살면 아주머니도 신세 편할 게 아니냐구요.

그런 걸 글쎄 몇 번 말해도 숭헌* 소리 말라고

어휘정리

박색 아주 못생긴 얼굴. 또는 그런 사람.
전중이 징역살이하는 사람을 속되게 이르는 말.
의지가지없다 의지할 만한 대상이 없다. 또는 다른 방도가 없다.
권면 알아듣도록 권하고 격려하여 힘쓰게 함.
숭하다 흉하다의 강원도 사투리.

듣덜 않는 걸 어떡허나요.

아뭏든 그런 것 말고라도 참, 흰말*이 아니라 이날 이때까지 내가 그 아주머니 뒤도 많이 보아주었다우. 또 나도 그럴 만한 은공이 없잖아 있구요.

내가 일곱 살에 부모를 잃었지요. 그리고 나서 의탁할 곳이 없이 됐는데 그때 마침 소박을 맞고 친정살이를 하는 그 아주머니가 나를 데려다가 길러 주었지요.

그때만 해도 그 집이 그다지 군색하게* 지내든 안했으니깐요. 아주머니도 아주머니지만 종조할머니며 할아버지도 슬하*에 딴 자손이 없어서 나를 퍽 귀여워하셨지요.

열두 살까지 그 집에서 자랐군요.

사 년이나마 보통학교도 다녔고.

아마 모르면 몰라도 그 집안이 그렇게 치패致敗*하지만 안했으면 나도 그냥 붙어 있어서 시방쯤은 전문학교까지는 다녔으리다.

이런 은공이 있으니까 나도 그걸 저버리지 않고 그래서 내 깜냥에는 갚을 만치 갚느라고 갚은 셈이지요.

허기야 요새도 간혹 아주머니가 찾아와서 양식 없다는 사정을 더러 하군 하는데 실로 정말이지 좀 성가시기는 해요.

그러는 족족 그 수응을 하자면 내 일을 못하겠는 걸. 그래 대개 잘라떼기는 하지요.

그렇지만 그밖에 가령 양명절 때면 고깃근이라도 사보낸다든지, 또 오면가면 이애기낱이라도 한다든지 그런 걸 결단코 범연히 하든 않으니까요.

어휘정리

흰말 실속 없이 헛된 말.
군색하다 필요한 것이 없거나 모자라서 딱하고 옹색하다.
슬하 무릎의 아래라는 뜻으로, 어버이나 조부모의 보살핌 아래.
치패 살림이 아주 결딴남.

아뭏든 그래서, 아주머니는 꼬박 일년 동안 구라다상네 집 오마니로 있으면서 월급 오 원씩 받는 걸 그래도 고스란히 저금을 하고, 또 틈틈이 삯바느질을 맡아다가 조끔씩 벌어 보태고 또 나올 무렵에 구라다상네 양주가 퍽 기특하다고 돈 칠 원을 상급賞給*으로 주고 그런 게 이럭저럭 돈 백 원이나 존존히 됐지요.

그 돈으로 방 한 칸 얻고 살림 나부랭이도 조금 장만하고, 그래 놓고서 마침 그 알량꼴량한 서방님이 놓여 나오니까 그리루 모셔들였지요.

놓여 나오는 날 나도 가서 보았지만 가막소* 문 앞에 막 나서자 아주머니가 기다리고 있으니까 그래도 눈물이 핑! 돌던데요.

전에 그렇게도 죽을둥살둥 모르고 좋아하던 첩년은 꼴도 안 뵈구요. 남의 첩년이란 건 다아 그런 거지요 뭐.

우리 아저씨 양반은 혹시 그 여편네가 오지 않았나 하고 사방을 휘휘 둘러보던데요. 속이 그렇게 없다니까. 여편네는커녕 아주머니하구 나하구 그 외는 어리친 개새끼 한 마리 없드라.

그래 마악 자동차에 올라타려다가 피를 토했지요. 나중에 들었지만 가막소 안에서 달포 전부터 토혈*을 했다나봐요.

그래 다아 죽어 가는 반송장을 업어 오다시피 해다가 뉘어 놓고, 그날부터 아주머니는 불철주야*로 할 짓 못할 짓 다해 가면서 부시대고 날뛴 덕에 병도 차차로 차도가 있고 그러더니 인제는 완구히 살아는 났지요. 뭐 참 시방은 용꼴인걸요, 용꼴.

부인네 정성이 무서운 겝디다.

어휘정리

상급 상으로 줌. 또는 그런 돈이나 물건.
가막소 감옥의 사투리.
토혈 위나 식도 따위의 질환으로 피를 토함. 또는 그 피.
불철주야 어떤 일에 몰두하여 조금도 쉴 사이 없이 밤낮을 가리지 아니함.

꼬박 삼년이군. 나같으면 돌아가신 부모가 살아오신대도 그짓 못해요.

자, 그러니 말이지요. 우리 아저씨라는 양반이 작히나 양심이 있고 다아 그럴 양이면, 어 – 허 내가 어서 바삐 몸이 충실해져서 어서 바삐 돈을 벌어다가 저 아내를 편안히 거느리고 이 은공과 전날의 죄를 갚아야 하겠구나…… 이런 맘을 먹어야 할 게 아니냐고요?

아주머니의 은공을 갚자면 발에 흙이 묻을세라 업고 다녀도 참 못다 갚지요.

그러고 저러고 간에 자기도 인제는 속차려야지요. 허기야 속을 차려서 무얼 하재도 전과자니까 관리나 또 회사 같은 데는 들어가지 못하겠지만 그야 자기가 저지른 일인 걸 누구를 원망할 일도 아니고, 그러니 막 벗어붙이고 노동이라도 해야지요.

대학교 출신이 막벌이 노동이라께 꼴 가관이지만 그래도 할 수 없지, 머.

그런 걸 보고 가만히 나를 생각하면, 만약 우리 종조할아버지네 집안이 그렇게 치패를 안해서 나도 전문학교나 대학교를 졸업을 했으면 혹시 우리 아저씨 모양이 됐을지도 모를 테니 차라리 공부 많이 않고서 이 길로 들어선 게 다행이다…… 이런 생각이 들어요.

사실 우리 아저씨 양반은 대학교까지 졸업하고도 인제는 기껏 해먹을 게란 막벌이 노동밖에 없는데, 요 보통학교 사 년 겨우 다니고서도 시방 앞길이 환히 트인 내게다 대면 고쓰까이小使*만도 못하지요.

아, 그런데 글쎄 막벌이 노동을 하고 어쩌고 하기는커녕 조금 바시시 살아날만하니까 이 주책꾸러기 양반이 무슨 맘보를 먹는고 하니, 내 참 기가 막혀!

어휘정리

고쓰까이(小使) 사환

아-니, 그놈의 것하구는 무슨 대천지 원수가 졌단 말인지, 어쨌다고 그걸 끝끝내 하지 못해서 그 발광인고?

그러나마 그게 밥이 생기는 노릇이란 말인지? 명예를 얻는 노릇이란 말인지, 필경* 은 붙잡혀 가서 징역 사는 놀음?

아마 그놈의 것이 아편하구 꼭 같은가 봐요. 그렇길래 한번 맛을 들이면 끊지를 못하지요.

그렇지만 실상 알고 보면 그게 그다지 재미가 난다거나 맛이 있다거나 그런 것도 아니드군 그래요. 부랑당패* 든데요. 하릴없이 부랑당팹니다.

저어 서양 어디선가, 일하기 싫어하는 게름뱅이 몇 놈이 양지짝에 모여 앉아서 놀고 먹을 궁리를 했더라나요. 우리집 다이쇼가 다아 자상하게 이야기를 해줍디다.

게- 그 녀석들이 서루 구논을 하기를, 자, 이 세상에는 부자가 있고 가난한 사람이 있고 하니 그건 도무지 공평한 일이 아니다. 사람이란 건 이목구비하며 사지 육신* 을 꼭같이 타고났는데 누구는 부자로 잘살고 누구는 가난하다니 그게 될 말이냐. 그러니 부자가 가진 것을 우리 가난한 사람들하구 다같이 고르게 나눠먹어야 경우가 옳다.

야-그거 옳은 말이다. 야! 그 말 좋다. 자 나눠 먹자.

아, 이렇게 설도를 해가지고 우-하니 들고 일어났다는군요. 아-니, 그러니 그게 생날부랑당놈의 짓이 아니고 무어요?

사람이란 것은 제가끔 분지복* 이 있어서 기수氣數* 를 잘 타고나든지 부지런하면 부자가 되는 법이

어휘정리

필경 끝장에 가서는.
부랑당패 불한당의 패거리.
사지육신 구체적인 물체로서 사람의 몸.
분지복 타고난 복.
기수 저절로 오고 가고 한다는 길흉화복의 운수.

요, 복록*을 못 타고나든지 게으른 놈은 가난하게 사는 법이요. 다아 이렇게 마련인데 그거야말루 공평한 천리인 것을, 됩다 불공평하다께 될 말이요? 그리구서 억지로 남의 것을 뺏아먹자고 들다니 그놈들이 부랑당이지 무어요.

짓이 부랑당 짓일 뿐만 아니라, 또 만약에 그러기로 들면 게으른 놈은 점점더 게으름만 부리고 쫓아다니면서 부자 사람네가 가진 것만 뺏아먹을 테니 이 세상은 통으로 도적놈의 판이 될 게 아니요? 그나마, 부자 사람네가 모아둔 걸 다아 뺏기고 더는 못 먹어 내는 날이면 그때는 이 세상 망하는 날이 아니요?

저마다 남이 농사 지어 놓으면 그걸 뺏아 먹으려고 일 않고 번둥번둥 놀 것이고 남이 옷감 짜놓으면 그걸 뺏아다가 입으려고 번둥번둥 놀 것이고 그럴 테니 대체 곡식이며 옷감이며 그런 것이 다아 어디서 나올 데가 있어야지요. 세상 망할밖에!

글쎄 그놈의 짓이 그렇게 세상 망쳐놀 장본인 줄은 모르고서 가난한 놈들- 그 중에도 일하기 싫은 게으름뱅이들이 위선 당장 부자집 사람네 것을 뺏아먹는다니까 거기 혹해가지굴랑 너두 나두 와-하니 참섭을 했다는구료.

바루 저 '아라사*'가 그랬대요.

그래서 아니나다를까 농군들이 곡식을 안 만들기 때문에 사람이 수만 명씩 굶어죽는다는구료. 빠안한 이치지 뭐.

위선 먹기는 곶감이 달다고 그 지랄들을 했다가

어휘정리

복록 타고난 복과 벼슬아치의 녹봉이라는 뜻으로, 복되고 영화로운 삶을 이르는 말.
아라사 러시아

잘코사니야!

아 그런데 그 못된 놈의 풍습이 삽시간에 동서양 각국 안 간 데 없이 퍼져가지굴랑 한동안 내지에도 마구 굉장히 드세게 돌아다녔고 내지가 그러니까 멋도 모르는 죄선 영감상들도 덩달아서 그 숭내를 냈다나요. 그렇지만 시방은 그새 나라에서 엄하게 밝히고 금하고 한 덕에 많이 머츰해졌고 그런 마음 먹는 사람은 별반 없다나봐요.

그럴 게지 글쎄. 아, 해서 좋을 양이면야 나라에선들 왜 금하며 무슨 원수가 졌다고 붙잡아다가 징역을 살리나요.

좋고 유익한 것이면 나라에서 도리어 장려하고 잘할라치면 상급도 주고 그러잖아요.

활동사진이며 스모며 만자이며 또 왓쇼왓쇼랄지 세이레이 낭아시랄지 라디오 체조랄지 이런 건 다아 유익한 것이니까 나라에서 설도도 하고 그리잖아요.

나라라는 게 무언데? 그런 걸 다아 잘 분간해서 이럴 건 이러고 저럴 건 저러라고 지시하고 그 덕에 백성들을 제가끔 제 분수대루 편안히 살두룩 애써주는 게 나라 아니요?

그놈의 것 사회주의만 하더라도 나라에서 금하들 않고 저희가 하는 대루 두어 두었어보아? 시방쯤 세상이 무엇이 됐을지……

다른 사람들도 낭패본 사람이 많았겠지만 위선 나만 하더라도 글쎄 어쩔 뻔했어! 아무 일도 다 틀리고 뒤죽박죽이지.

내 이상과 계획은 이렇거든요.

우리집 다이쇼가 나를 자별히 귀여워하고 신용을 하니깐 인제 한 십 년

만 더 있으면 한밑천 들여서 따루 장사를 시켜 줄 눈치거든요.

그러거들랑 그것을 언덕삼아 가지고 나는 삼십 년 동안 예순 살 환갑까지만 장사를 해서 꼭 십만 원을 모을 작정이지요. 십만 원이면 죄선 부자로 쳐도 천석군이니 머, 떵떵거리고 살 게 아니라구요.

그리고 우리 다이쇼도 한 말이 있고 하니까 나는 내지인 규수한테로 장가를 들래요. 다이쇼가 다아 알아서 얌전한 자리를 골라 중매까지 서 준다고 그랬어요. 내지 여자가 참 좋지요.

나는 죄선 여자는 거저 주어도 싫어요.

구식 여자는 얌전은 해도 무식해서 내지인하구 교제하는 데 안됐고, 신식 여자는 식자가 들었다는 게 건방져서 못쓰고 도무지 그래서 죄선 여자는 신식이고 구식이고 다아 제에발이야요.

내지 여자가 참 좋지 머. 인물이 개개 일짜로 예쁘겠다, 얌전하겠다, 상냥하겠다, 지식이 있어도 건방지지 않겠다, 조음이나 좋아!

그리고 내지 여자한테 장가만 드는 게 아니라 성명도 내지인 성명으로 갈고, 집도 내지인 집에서 살고, 옷도 내지 옷을 입고 밥도 내지 식으로 먹고, 아이들도 내지인 이름을 지어서 내지인 학교에 보내고……

내지인 학교래야지 죄선 학교는 너절해서 아이를 버려 놓기나 꼭 알맞지요.

그리고 나도 죄선말은 싹 걷어치우고 국어만 쓰고요.

이렇게 다아 생활법식부텀도 내지인처럼 해야만 돈도 내지인처럼 잘 모으게 되거든요.

내 이상이며 계획은 이래서 이십만 원짜리 큰 부자가 바루 내다뵈고 그리루 난 길이 환하게 트이고 해서 나는 시방 열심으로 길을 가고 있는데 글쎄 그 미쳐 살기 든 놈들이 세상 망쳐버릴 사회주의를 하려 드니 내가 소름이 끼칠 게 아니라구요? 말만 들어도 끔찍하지!

세상이 망해서 뒤집히면 그래 나는 어쩌란 말인구? 아무것도 다아 허사가 될테니 그런 억울할 데가 있드람?

머 참 우리집 다이쇼 말이 일일이 지당해요. 여느 절도나 강도나 사기나 그런 죄는 도적이면 도적을 해가는 그 당장, 그 돈만 축을 내니까 오히려 죄가 가볍지만, 그놈의 것 사회주의인지 지랄인지는 온 세상을 뒤죽박죽을 만들어 놓고 나라를 통째로 소란하게 하니까 도저히 용서할 수가 없대요.

용서라니! 나 같으면 그런 놈들은 모주리 쓸어다가 마구 그저 그냥……

그런 일을 생각하면 털어놓고 말이지 우리 아저씬가 그 양반도 여간 불측스리 뵈들 않아요. 사실 아주머니만 아니면 내가 무슨 천주학이라고, 나쁜 병까지 앓는 그 양반을 찾아다니나요. 죽는대도 코도 안 풀어 붙일걸.

그러나마 전자의 죄상을 다아 회개를 하고 못된 마음은 씻어바렸을제 말이지, 머 흰 개꼬리 삼년이라더냐, 종시 그모양인걸요.

그러니깐 그가 밉살머리스러워서, 더러 들렀다가 혹시 마주앉아도 위정 뼈끝 저린 소리나 내쏘아 주고 말을 따잡아 가지굴랑 꼼짝 못하게시리 몰아세주군 하지요.

저번에도 한번 혼을 단단히 내주었지요. 아, 그랬더니 아주머니더러 한다는 소리가, 그 녀석 사람 버렸더라고, 아무짝에고 못쓰게 길이 들었더라고 그러더라나요.

내 원, 그 소리 듣고 하두 어처구니가 없어서!

대체 사람도 유만부동이지 그 아저씨가 날더러 사람 버렸느니 아무짝에도 못쓰게 길이 들었느니 하더라니, 원 입이 몇 개나 되면 그런 소리가 나오는 구멍도 있누?

죄선 벙어리가 다아 말을 해도 나 같으면 할말 없겠더구먼서두, 하면 다아 말인 줄 아나봐?

이를테면 그게 명색 훈계 비슷한 거렸다? 내게다가 맞대놓고 그런 소리를 하다가는 되잡혀서 혼이 날 테니까 슬며시 아주머니더러 일르란 요량이던 게지?

기가 막혀서…… 하느님이 사람의 콧구멍 두개로 마련하기 참 다행이야.

글쎄 아무려면 내가 자기처럼 다아 공부는 못하고 남의 집 고조 노릇으로 반또番頭 노릇으로 이렇게 굴러먹을 갑시, 이래 보여도 표창을 두 번이나 받은 모범 점원이요, 남들이 똑똑하고 재주 있고 얌전하다고 칭찬이 놀랍고 앞길이 환히 트인 유망한 청년인데 그래 자기 눈에는 내가 버린 놈이고 아무짝에도 못쓰게 길이 든 놈으로 보였단 말이지?

하하, 오옳지! 거 참 그렇겠군. 자기는 자기 하는 짓이 옳으니까 나의 하는 짓은 다아 글렀단 말이렷다.

그러니까 나도 자기처럼 그놈의 것 사회주의인지 급살맞을* 것인지나 하다가 징역이나 살고 전과자나 되고 폐병이나 앓고 다아 그랬더라면 사람 버리지도 않고 아무짝에도 못쓰게 길든 놈도 아니고 그럴 뻔했군 그래!

흥! 참……

어휘정리

급살맞다 갑자기 죽다

제 밑 구린 줄 모르고서 남더러 어쩌구 저쩌구 한다는 게 꼭 우리 아저씨 그 양반을 두고 이른 말인가봐.

그날도 실상 이랬더라우. 혼을 내주었더니 아주머니더러 그런 소리를 하더란 그날 말이요.

그날이 마침 내가 쉬는 날이길래 아주머니더러 할 이야기도 있고 해서 아침결에 좀 들렀더니 아주머니는 남의 혼인집으로 바느질을 해주러 갔다고 없고, 아저씨 양반만 여전히 아랫목에 가서 드러누웠어요.

그런데 보니깐 어디서 모두 뒤져냈는지 머리맡에다가 헌 언문 잡지를 수북이 싸 놓고는 그걸 뒤져요.

그래 나도 심심삼아 한 권 집어들고 떠들어 보았더니 머 읽을 맛이 나야지요.

대체 죄선 사람들은 잡지 하나를 해도 어찌 모두 그 꼬락서니로 해 놓는지.

사진도 없지요, 망가漫畵* 도 없지요.

그리구는 맨판 까달스런 한문 글자로다가 처박아 놓으니 그걸 누구더러 보란 말인고?

더구나 우리 같은 놈은 언문도 그런대루 뜯어보기는 보아도 읽기에 여간만 폐롭지가 않아요.

그러니 어려운 언문하고 까다로운 한문하고를 섞어서 쓴 글을 뜻을 몰라 못 보지요. 언문으로만 쓴 것은 소설 나부랭인데 읽기가 힘이 들 뿐 아니라 또 죄선 사람이 쓴 소설이란 건 재미가 있어야죠. 나는 죄선 신문이나 죄선잡지하구는 담쌓고 남된 지 오랜걸요.

잡지야 머 '킹구' 나 '쇼넹구라부' 덮어 먹을 잡

어휘정리

망가(漫画) 만화.

지가 있나요. 참 좋아요.

한문 글자마다 가나를 달아 놓았으니 어떤 대문을 척 펴 들어도 술술 내리읽고 뜻을 횅하니 알 수가 있지요.

그리고 어떤 대문을 읽어도 유익한 교훈이나 재미나는 소설이지요.

소설 참 재미있어요. 그 중에도 기꾸지 깡菊池寬 소설…… 어쩌면 그렇게도 아기자기하고도 달콤하고도 재미가 있는지. 그리고 요시가와 에이지吉川英治, 그의 소설은 진찐바라바라하는 지다이모노時代物인데 마구 어깻바람이 나구요.

소설이 모두 그렇게 재미가 있지요, 망가가 많지요, 사진이 많지요, 그리구도 값은 조음 헐하나요. 십오전이면 바루 고 전달치를 사볼 수 있고 보고 나서는 오전에 도루 파는데요.

잡지도 기왕 할려거든 그렇게나 해야지 죄선 사람들은 제엔장 큰소리는 곧잘 하더구만서두 잡지 하나 반반한 거 못 맨들어내니!

그날도 글쎄 잡지가 그 꼴이라 애여 글을 볼 멋도 없고 해서 혹시 망가나 사진이라도 있을까 하고 책장을 후루루 넹기느라니깐 마침 아저씨 이름이 있겠다요! 하두 신통해서 쓰윽 펴 들고 보았더니 제목이 첫줄은 경제, 사회…… 무엇 어쩌구 잔 주를 달아 놨겠지요.

그것만 보아도 벌써 그럴듯해요. 경제는 아저씨가 대학교에서 경제를 배웠다니까 경제 속은 잘 알 것이고 또 사회는, 그것 역시 사회주의를 했으니까, 그 속도 잘 알 것이고, 그러니까 경제하고 사회주의하고 어떻게 서루 관계가 되는 것이며 어느 편이 옳다는 것이며 그런 소리를 썼을 게 분명해요.

머, 보나 안 보나 빠안하지요. 대학교까지 가설랑 경제를 배우고도 돈 모을 생각은 않고서 사회주의만 하고 다닌 양반이라 경제가 그르고 사회주의가 옳다고 우겨댔을 게니깐요.

아무렇든 아저씨가 쓴 글이라는 게 신기해서 좀 보아 볼 양으로 쓰윽 훑어봤지요. 그러나 웬걸 읽어 먹을 재주가 있나요.

글자는 아주 어려운 자만 아니면 대강 알기는 알겠는데 붙여 보아야 대체 무슨 뜻인지를 알 수가 있어야지요.

속이 상하길래 읽어보자던 건 작파*하고서 아저씨를 좀 따잡고 몰아셀 양으로 그 대목을 차악 펴놨지요.

"아저씨?"

"왜 그러니?"

"아저씨가 여기다가 경제 무어라구 쓰구 또, 사회 무어라구 썼는데, 그러면 그게 경제를 하란 뜻이요 사회주의를 하라는 뜻이요?"

"뭐?"

못 알아듣고 뚜렷뚜렷 해요. 자기가 쓰고도 오래 돼서 다아 잊어버렸거나 혹시 내가 말을 너무 까다롭게 내기 때문에 섬뻑 대답이 안나왔거나 그랬겠지요. 그래 다시 조곤조곤 따졌지요.

"아저씨! 경제란 것은 돈 모아서 부자되라는 거 아니요? 그런데 사회주의란 것은 모아둔 부자 사람의 돈을 뺏아 쓰는 거 아니요?"

"이 애가 시방!"

"아 – 니, 들어보세요."

"너, 그런 경제학, 그런 사회주의 어디서 배웠니?"

어휘정리

작파 어떤 계획이나 일을 중도에서 그만두어 버림.

"배우나마나, 경제란 건 돈 많이 벌어서 애껴 쓰구 나머지 모아 두는 게 경제 아니요?"

"그건 보통, 경제한다는 뜻으로 쓰는 경제고, 경제학이니 경제적이니 하는 건 또 다르다."

"다른 게 무어요? 경제는, 돈 모으는 것이고 그러니까 경제학이면 돈 모으는 학문이지요."

"아니란다. 혹시 이재학理財學이라면 돈 모으는 학문이라고 해도 근리近理할지* 모르지만 경제학 그런 게 아니란다."

"아 — 니 그렇다면 아저씨 대학교 잘못 다녔소. 경제 못하는 경제학 공부를 오 년이나 했으니 그거 무어란 말이요? 아저씨가 대학교까지 다니면서 경제 공부를 하구두 왜 돈을 못 모으나 했더니 인제보니깐 공부를 잘못해서 그랬군요!"

"공부를 잘못했다? 허허. 그랬을는지도 모르겠다. 옳다 네 말이 옳아!"

이거 봐요 글쎄. 담박 꼼짝 못하잖나. 암만 대학교를 다니고, 속에는 육조를 배포했어도 그렇다니깐 글쎄……

"아저씨?"

"왜 그러니?"

"그러면 아저씨는 대학교를 다니면서 돈 모아 부자되는 경제 공부를 한 게 아니라 모아 둔 부자사람네 돈 뺏아 쓰는 사회주의 공부를 했으니 말이지요……."

"너는 사회주의가 무얼루 알구서 그러냐?"

"내가 그까짓걸 몰라요?"

어휘정리

근리하다 이치에 거의 맞다.

한바탕 주욱 설명을 했지요.

내 얼굴만 물끄러미 올려다보고 누웠더니 피씩 한번 웃어요. 그리고는 그 양반이 하는 소리겠다요.

"그게 사회주의냐? 불한당이지."

"아—니, 그럼 아저씨두 사회주의가 불한당인 줄은 아시는구려?"

"내가 어째 사회주의가 불한당이랬니?"

"방금 그리잖았어요?"

"글쎄, 그건 사회주의가 아니라 불한당이란 그 말이다."

"거보시우! 사회주의란 것은 그렇게 날불한당이어요. 아저씨두 그렇다구 하면서 아니시래요?"

"이 애가 시방 입심 겨름을 하재나!"

이거 봐요. 또 꼼짝 못하지요? 다아 이래요 글쎄……

"아저씨?"

"왜 그러니?"

"아저씨두 맘 달리 잡수시요."

"건 어떻게 하는 말이야?"

"걱정 안되시우?"

"날 같은 사람이 걱정이 무슨 걱정이냐? 나는 네가 걱정이더라."

"나는 머 버젓하게 요량이 있는 걸요."

"어떻게?"

"이만저만 한가요!"

또 한바탕 주욱 설명을 했지요. 이 얘기를 다아 듣더니 그 양반 한다는 소리 좀 보아요.

"너두 딱한 사람이다!"

"왜요?"

"……"

"아—니, 어째서 딱하다구 그러시우?"

"……"

"네? 아저씨."

"……"

"아저씨?"

"왜 그래?"

"내가 딱하다구 그리셨지요?"

"아니다. 나 혼자 한 말이다."

"그래두……"

"이애!"

"네?"

"사람이란 것은 누구를 물론허구 말이다, 아첨하는 것같이 더러운 게 없느니라."

"아첨이요?"

"저……위로는 제왕, 밑으로는 걸인, 그 모든 사람이 위선 시방 이 제도의 이 세상에서 말이다, 제가끔 제 분수대루 살아가는 데 있어서 말이다, 제 개성을 속여가면서꺼정 생활에다가 아첨하는 것같이 더러운 것이 없고, 그런 사람같이 가련한 사람은 없느니라. 사람이라건 밥 두 그릇이 하필 밥 한 그릇보다 더 배가 부른 건 아니니까."

"그건 무슨 뜻인데요."

"네가 일본인 여자와 결혼을 해서 성명까지 갈고 모든 생활법도를 일본화하겠다는 것이 말이다."

"네, 그게 좋잖아요?"

"그것이 말이다. 진실로 깊은 교양이나 어진 지혜의 판단에서 우러나온 것이라면 그도 모를 노릇이겠지. 그렇지만 나는 보매 네가 그런다는 것은 다른 뜻으로 그러는 것 같다."

"다른 뜻이라니요?"

"네 주인의 비위를 맞추고 이웃의 비위를 맞추고 하자고……"

"그야 물론이지요! 다이쇼의 신용을 받아야 하고 이웃 내지인* 들하구두 좋게 지내야지요. 그래야 할 게 아니겠어요?"

"……"

"아저씨는 아직두 세상물정을 모르시요. 나이는 나보담 많구 대학교 공부까지 했어도 일찌감치 고생살이를 한 나만큼 세상 물정은 모릅니다. 시방이 어느 세상인데 그러시우?"

"이애!"

"네?"

"네가 방금 세상물정이랬지?"

"네."

"앞길이 환하니 틔었다구 그랬지?"

"네."

어휘정리

내지인 그 고장 사람, 여기서는 일본인.

"환갑까지 십만 원 모은다구 그랬지?"

"네."

"네가 말하려는 세상물정하구 내가 말하려는 세상물정하구 내용이 다르기도 하지만 세상물정이란 건 그야말로 그리 만만한 게 아니다."

"네?"

"사람이란 건 제아무리 날구 뛰어도 이 세상에 형적없이 그러나 세차게 주욱 흘러가는 힘- 그게 말하자면 세상물정이겠는데- 결국 그것의 지배하에서 그것을 따라가지, 별수가 없는 거다."

"네?"

"쉽게 말하면 계획이나 기회를 아무리 억지루 만들어 놓아도 결과가 뜻대루는 안된단 말이다."

"젠장, 아저씨두…… 요전 '킹구'라는 잡지에두 보니까, 나폴레옹이라는 서양 영웅이 그랬답디다. 기회는 제가 만든다구, 그리고 불가능이란 말은 바보의 사전에서나 찾을 글자라구요. 아 자꾸자꾸 계획하구 기회를 만들구 해서 분투노력해 나가면 이 세상 일 안되는 일이 어디 있나요? 한번 실패하거든 갑절 용기를 내 가지구 다시 일어서지요. 칠전팔기 모르시요?"

"나폴레옹도 세상물정에 순응할 때는 성공했어도 그것에 거슬리다가 실패를 했더란다. 너는 칠전팔기해서 성공한 몇 사람만 보았지, 여덟번 일어섰다가 아홉번째 가서 영영 쓰러지구는 다시 일지 못한 숱한 사람이 있는 건 모르는구나?"

"그래두 인제 두구보시우. 나는 천하없어두 성공하구 말 테니…… 아저씨는 그래서 더구나 못써요. 일해보기두 전에 안될 줄로 낙심* 먼저 하구…… ”

“하늘은 꼭 올라가 보구래야만 높은 줄 아니?”

원 마지막 가서는 할 소리가 없으니깐 동에도 닿지 않는 비유를 가져다 둘러대는 걸 보아요. 그게 어디 당한 말인구? 안 올라가보면 머 하늘 높은 줄 모를 천하 멍텅구리도 있을까?

그만해 두려다가 심심하길래 또 말을 시켰지요.

“아저씨?”

“왜 그래?”

“아저씨는 인제 몸 다아 충실해지면 어떡허실려우?”

“무얼?”

“장차……”

“장차?”

“어떡허실 작정이세요?”

“작정이 새삼스럽게 무슨 작정이냐?”

“그럼 아저씨는 아무 작정 없이 살아가시우?”

“없기는?”

“있어요?”

“있잖구.”

“무언데요?”

“그새 지내오던 대루……”

“그러면 저 거시키, 무엇이냐 도루 또 그

어휘정리

낙심 바라던 일이 이루어지지 아니하여 마음이 상함.

걸……?"

"그렇겠지."

"아저씨?"

"……"

"아저씨?"

"왜 그래?"

"인제 그만두시우."

"그만두라구?"

"네."

"누가 심심소일루 그리는 줄 아느냐?"

"그러잖구요?"

"……"

"아저씨?"

"……"

"아저씨?"

"왜 그래?"

"아저씨 올에 몇이지요?"

"서른 셋."

"그러니 인제는 그만큼 해두고 맘 잡아서 집안일 할 나이두 아니요?"

"집안 일을 해서 무얼 하나?"

"그러기루 들면 그 짓은 해서 또 무얼 하나요?"

"무얼 하려구 하는 게 아니란다."

"그럼, 아무 희망이나 목적이 없으면서 그래요?"

"목적? 희망?"

"네."

"개인의 목적이나 희망은 문제가 다르니까…… 문제가 안되니까……"

"원, 그런 법도 있나요?"

"법?"

"그럼요!"

"법이라!……"

"아저씨?"

"……"

"아저씨"

"왜 그래?"

"아주머니가 고맙잖습디까?"

"고맙지."

"불쌍하지요?"

"불쌍? 그렇지, 불쌍하다면 불쌍한 사람이지!"

"그런 줄은 아시누만?"

"알지."

"알면서 그러시우?"

"고생을 낙으로, 그 쓰라린 맛을 씹고 씹고 하면서 그것에서 단맛을 알아내는 사람도 있느니라. 사람도 있는 게 아니라 사람마다 무슨 일에고 진정과 정신을 꼬박 거기다가만 쓰면 그렇게 되는 법이니라. 그러니까 그쯤 되면 그때는 고생이 낙이지. 너희 아주머니만 두고보더라도 고생이 고생이면서도 고생이 아니고 고생하는 게 낙이란다."

"그렇다고 아저씨는 그걸 다행히만 여기시우?"

"아―니."

"그렇거들랑 아저씨두 아주머니한테 그 은공을 더러는 갚아야 옳을 게 아니요?"

"글쎄, 은공을 모르는 건 아니지만……"

"그러니 인제 병이나 확실히 다아 나신 뒤엘라컨……"

"바빠서 원……"

글쎄 이 한다는 소리 좀 보지요? 시치미 뚜욱 떼고 누워서 바쁘다는군요!

사람 속차릴 여망 없어요. 그저 어디루 대나 손톱만치도 쓸모는 없고 남한테 사폐만 끼치고 세상에 해독만 끼칠 사람이니, 머 하루바삐 죽어야 해요. 죽어야 하고 또 죽어서 마땅해요. 그런데 글쎄 죽지를 않고 꼼지락꼼지락 도루 살아나니 성화라구는, 내…….

중요한 내용 쏙! 쏙! 쏙!

제목인 '치숙'의 의미

- 어리석은 아저씨를 의미, 그러나 어리석은 존재로 비판을 받고 있는 것은 아저씨가 아니라 '나' 자신임
- 작가는 표면적으로는 아저씨를 비난하고 있으나 그 심층에는 아저씨를 두둔함

인물의 가치관 비교

나	아저씨
보통학교 4년, 중퇴	대학교 졸업(지식인)
아저씨가 아주머니에게 은혜를 갚아야 한다고 생각	아내(아주머니)를 홀대. 신여성과 교제
일본인인 주인의 눈에 잘 보이려고 노력	일제에 대항
일제에 동화되어 가겠다고 생각	일제에 맞서 싸우려함
일제의 우민화 정책에 순응	사회주의 운동을 함

작품의 서술방식

- 판소리 사설과 같은 독백체와 대화체
  - → 풍자의 성격
- 전반부에서 독백의 형식으로 자신의 가치관, 인생관 등을 보여줌
  - → 겉으로는 '나'를 긍정하면서도 실상은 '나'를 비판
- 후반부의 대화체는 설명이나 주관적인 해설 없이 대화로 이루어짐
  - → 인물에 대한 비판 의식을 드러냄
- 비속어를 사용하여 사실성을 높이고, 인물에 대한 독자의 이해를 돕고 있음

1 이 작품에서 서술자가 비판하는 인물을 찾아 이유와 함께 적어봅시다.

2 주인공 '나' 의 꿈을 찾아 정리해 봅시다.

상상더하기 - 비판적으로 생각하기

'나' 가 보기에 치숙은 무능하고, 부도덕한 사람입니다. 사회주의 운동을 한다며 가장으로서 책임을 다하지 않을 뿐만 아니라, 아주머니를 두고 다른 여자와 살림을 차렸으니까요. 그러면 '나' 는 어떤가요? '나' 에 대한 여러분들의 생각을 적어봅시다.

1. 작품에서 '나' 는 친일적인 인물로 일제 강점기 현실에 순응하며 일제에 동화되는 모습을 보입니다. 작가는 이런 '나' 의 삶의 태도를 비판하고 있습니다.
2. '나' 의 꿈은 일본인 여자와 결혼하여 일본식으로 살고 완전한 일본인이 되는 것입니다.

색동저고리

수록교과서 : 해냄

오정희 소설가. 1947년 서울에서 태어나 서라벌예대 문예창작과를 졸업했다. 1968년 《중앙일보》 신춘문예에 소설 「완구점 여인」이 당선되어 등단했다. 대표작으로는 「불의 강」 「중국인 거리」 「저녁의 게임」 「유년의 뜰」 등이 있다.

감상 길잡이

우리나라는 해외로 입양되는 아이들이 많답니다. 가끔 TV에서 연예인들이 국내 입양을 장려하는 캠페인을 벌이기도 하지요. 이 소설은 근주부부가 아이를 입양하면서 겪는 심리적 갈등과 어려움이 잘 나타나 있습니다. 작품 속의 말하는 이가 누구인지 파악하며 작품을 감상해봅시다. 또 색동저고리가 의미하는 바도 생각해보세요.

핵심정리

갈래	단편소설
시점	전지적 작가 시점
배경	현대, 근주 부부네 집

성격	사실적
제재	입양한 아이
주제	입양한 아이를 통한 진정한 사랑의 깨달음

등장인물

남편

아이를 입양하고 사랑으로 기를 결심을 함. 매일 밤 되풀이 되는 아이의 울음에 못마땅한 기색을 함. 인내력이 부족함

근주

아이를 입양함. 아이가 마음대로 되지 않자 초조하고 우울해 하기도 하지만, 아이에게 진정한 사랑의 감정을 느낌

줄거리

근주 부부는 아들이 세 돌이 되자 여자아이를 입양합니다. 낯선 집에서 얌전하기만 하던 아이가 밥상을 대하자 생기를 띄고, 그 모습을 지켜보던 부부는 아이를 곱게 기르자고 다짐합니다. 그런데 아이는 밤이 되자 맹렬히 울기 시작합니다. 아이의 까닭모를 울음은 매일 밤 되풀이 되었고, 사랑을 줘야 한다던 남편도 못마땅한 기색을 합니다. 근주는 아이가 생각대로 길들여지지 않자 당황하고, 두 달이 가까워질 무렵에는 실패감으로 초조하고 우울해졌습니다.

결국, 아이를 돌려보내기로 하고, 마침 세밑이라 아이를 위한 색동저고리와 고무신을 삽니다. 그런데 그날 밤, 매일 울던 아이가 울음 대신 부스럭거리며 색동저고리를 입으려고 애쓰자 비로소 근주는 아이에 대한 진정한 사랑의 감정을 느낍니다.

색동저고리

아들이 세 돌이 지나자 근주 부부는 애초 약속했던 대로 입양入養을 결행하기로 했다.

금빛 찬란한 새가 나래를 펴 하늘을 뒤덮으며 날아오르는 꿈을 꾸고 사내아이를 낳은 뒤 세상은 어찌 그리 빛과 슬픔으로 가득해 보였던지. 근주는 꿈속에서도 아하, 이게 바로 "장자莊子"의 '소요유逍遙遊' 편에 나오는 붕새* 로구나 생각했었다.

열 달 내내 온갖 불행한 가능성을 다 상상하고 각오하고 있던 만큼 연약하나 나무랄 데 없이 온전하고 건강한 아이를 낳았다는 것이 결코 종교를 가진 것이 아니면서도 신의 축복, 무상의* 선물인 듯 여겨졌다. 작은 버둥거림, 무심한 웃음에서도 아이의 인생을 느끼며 기쁨과 고통으로 마음은 한없이 고즈넉해졌다. 아이를 품에 안고 젖을 먹일 때마다 근주는 의무처럼 세상의 모든 아이들을 생각하고, 특히 엄마 품을 잃은 아이들, 젖을 못 먹는 아이들이 없게 해 달라고 기도했다. 아이가 소중히 생각될수록 세상의 아이들에 대해 염치없다는, 빚지고 있다는 생각이 들기 때문이다. 남편도 마찬가지 심정이었던 것 같다. 잠든 아이를 물끄러미 보며 문득 말했다.

"아이는 그만 낳고 대신 부모 없는 아이를 데려다 기릅시다."

결국 이것이 아이를 걸고 한 최초이며 유일한 약속이 되었던 것이다.

아이는 잘 자랐다. 건강하고 바르게만 자라거라 하고 뇌지만 어느 부모인들 자식에 대한 허황한 욕심이 없으랴.

어휘정리

붕새 하루에 구만 리(里)를 날아간다는, 매우 큰 상상의 새.
무상의 그 위에 더할 수 없는.

아이가 자라는 동안 그들은 아이가 뜻 없이 그은 한 가닥 연필 자국에서도 천재의 징표를 읽으려 들고 한마디 외침에서도 영웅의 기상을 엿보려 드는, 우리 아이는 남의 집 아이와는 무언가 좀 다르리라는 생각을 키우며 어느 결엔가 자신이 이루지 못한 꿈을 심고 있는 범속한* 부모로 되어 가고 있었다.

"댁의 아들이 그렇게 영민하다면서……. 괜찮으시겠어요? 여기 애들은 일반 가정집 애들보다 늦되답니다."

절차를 끝내고, 아이를 안고 나오는데 배웅하던 입양 담당 직원이 다짐을 하듯 말했다.

"다 기를 탓이지 않겠어요?"

이리 온, 조금은 어색하게 내민 팔에 낯가림도 없이 덥석 안겨 든 아이의 무게에 감격한 터라 근주는 자신 있게 대답했다.

"더러 입양에 실패하는 경우가 있어요. 가정집에 들어갔다가 되돌려 보내지는 경우지요. 이런 데서 자란 아이들은 굉장히 애정에 민감하답니다. 바짝 안기다가 좀 덜 받아들여진다고 느껴지면 마음을 아주 닫아 버리고 재빨리 포기하지요. 되돌아오게 되면 그 애 자신은 물론, 여기 있는 애들한테까지도 아주 나쁜 영향을 줍니다."

담당 직원은 아이를 안고 나오는 그들 부부에게 다시 한번 다짐했다.

낯선 집에서 절간에 온 색시처럼 얌전하기만 한 아이가 밥상을 대하자 별안간 놀랄 만큼 생기를 띠었다. 밥그릇을 말끔히 비우고 흘린 밥알을 한 알씩 알뜰히 집어 먹는 것을 보고 근주는 제 밥그릇에서 한 숟갈 듬뿍 덜어 주며 눈시울이 뜨거워졌다.

어휘정리

범속하다 평범하고 속된.

"여자아이니 티 없이 곱게 기릅시다."

그들 부부는 가벼운 흥분과 자긍심으로 밤늦도록 도란도란 의논이 많았다. 그들이 아이들 곁에 자리를 펴고 누우려고 할 즈음 아이가 벌떡 일어났다. 그리고 맹렬히 울어 대기 시작했다. 잠자리가 바뀐 탓일까, 몸이 아픈 걸까. 근주는 덩달아 일어나 황황히* 아이를 달래었다.

아이들의 기억은 얼마나 깊고 무서운 걸까. 까닭 모를 아이의 밤 울음은 매일 밤 되풀이되었다. 눈을 질끈 감고 굵은 눈물방울을 쉴 새 없이 떨어뜨리며 큰소리로 울어 대는 아이는 아무리 안아 주고 달래 주어도 그치질 않아 속수무책이었다. 그 울음은, 꼭 천지간에 나 혼자뿐이다 하듯 서럽고도 서러워 근주는, 엄마 여기 있다 하고 안으려던 손을 움츠리며 제풀에 수그러들 때까지 우두커니 지켜볼 수밖에 없었다.

끝내 근주의 손을 뿌리치고 다시 잠드는 아이를 보며 아이를 더 낳지 않고 대신 고아를 데려온 것을 어느 결에 일종의 희생이라고 생각해 왔음을 부인할 수 없으면서도, 속마음을 들킨 듯한 부끄러움과 함께, 한편으로 슬며시 배반감과 노여움이 고개 드는 것이었다.

나쁜 기억을 지우는 약은 사랑밖에 없다고 타이르던 남편이 하룻밤도 거르지 않는 밤 울음에 못마땅한 기색을 했다.

"왜 까닭 없이 울지? 못된 버릇이군."

"까닭이야 왜 없겠어요? 우리가 몰라 그렇지."

대답은 그렇듯 대범했지만, 단 일 분도 가만히 있지 않는 두 아이 치다꺼리*에 간신히 하루를 보내고 겨우 풋잠이 들 때부터 또 서너 차례 일어나 울음

어휘정리

황황히 갈팡질팡 어쩔 줄 모르게 급히.
치다꺼리 남의 자잘한 일을 보살펴서 도와주는 일.

시중을 들다 보면, 아, 귀찮아, 짜증기로 체머리가 흔들어졌다*. 밤 울음의 까닭을 알 수 없는 것처럼 근주는 아이의 몸이나 마음의 상태를 이해할 수 없었다. 생각대로 길들여지지 않는 아이에 근주는 당황했다. 분명 아이를 데려올 때 근주는 서둘지 않고 자연스럽게 정들여 가겠노라고 말했었다.

이해할 수 없다기보다 이해하려는 마음이 부족한 것은 아니었을까. 당연히 남편 쪽도, 자신 쪽도 전혀 닮지 않은 저 아이의 얼굴이 어쩐 일로 자꾸 낯설게 보이고, 처음에는 문제도 되지 않던, 코허리가 유난히 낮은 듯한 것도 뒤통수가 냄비처럼 납작한 것도 볼품없고 서운하게 여겨지는 것이었다. 게다가 아이는 천지 분별없이 한창 말썽을 피울 나이였다. 채 읽지 않은 신문을 찢고 남편이 애지중지하는 낚싯대를 부러뜨리고 밥상에선 국그릇을 뒤엎었다. 아들애도 물론 그 나이 때는 그랬건만 근주는 왕성한 생명력의 표현이라고 생각했을 뿐 말썽이라고 생각한 적은 없었다. 딸 셋을 키운 친구는 단호히 말했다.

"똑같은 잘못을 되풀이할 땐 매를 들어야 해. 사람은 훈련의 동물이야."

근주는 아이가 일을 저지를 때마다 매를 들었고, 마음속으로 아이에게 용서를 빌었다. 매질을 비는 것이 아니라 매질하는 마음에 사랑이 없음을 비는 것이다.

아이의 밤 울음이 한 달여를 계속하자, 근주 부부는 꼼짝없이 불면증이 되었다.

아침마다 남편은 부석부석한* 얼굴로 화를 내며 투덜대다가 끝내 잠자리를 서재로 옮겨 갔다.

아이를 데려오고 두 달 가까이 되었을 때까지 아

어휘정리

체머리를 흔들다 어떤 일에 질려서 머리가 흔들리도록 싫증이 나다는 뜻.
부석부석하다 살이 핏기가 없이 부어오른 데가 있다.

이의 울음을 다스릴 수 없었던 근주는 쌓이는 실패감으로 초조하고 우울해졌다. 게다가 다소 외곬*인 성격은 애정의 분배에도 자신이 없었고, 준비 없이 동생을 맞은 아들애의 투정과 시샘도 감당치 못해 마음은 균형을 잃고 갈팡질팡했다. 하루 종일 코 씻기고 기저귀 갈아 채우고 난장판으로 어질러진 방 가운데서 회초리를 들고 악을 써 대는 자신을 보며 근주는, 이제 이미 옛날처럼 멀어진, 기름칠한 기계처럼 질서 정연하게 3박자로 착착 돌아가던 세 식구만의 생활을 얼마나 그리워했던가.

"우리 애는 안 그랬는데 얘는 왜 이렇지?"

놀러 온 친구에게 속사정을 털어놓다가 무심결에 나온 소리에 친구의 눈가로 비난하듯, 의아한 듯 어쩌면 비웃음 같은 게 스치는 것을 보고, 근주는 자신의 인간됨에 깊은 절망을 느꼈다. 그날 밤 아이가 또 울기 시작하자 근주는 아이의 볼기를 철썩철썩 때리고는 자신의 머리칼을 뜯어 쥐며 울었다.

"난 이렇게 형편없는 여자예요. 우리 집이 얘한테 고아원보다 뭐 나을 게 있어요? 사랑할 자신도 없으면서 중뿔난* 짓을 하고 있어요. 다시 데려다 주겠어요. 더 이상 나를 나쁘게 만들고 싶지 않아요."

근주는 밤새 한잠도 이룰 수 없었다. 생각은 외곬으로만 치달았다. 더 이상 자신과 아이를 속이지 말고 돌려보내자. 그것이 일생의 형벌로 나를 괴롭히더라도.

마침 세밑*이었다. 한 해를 정리하고 새 출발을 할 계기가 있다는 것이 고마웠다.

근주는 아이의 한복을 한 벌 사고 고무신도 한 켤레 샀다. 아이가 돌아가는 길이 춥지 않도록 토끼

어휘정리

외곬 단 한 곳으로만 트인.
중뿔나다 하는 일이나 모양이 유별나거나 엉뚱한.
세밑 한 해가 끝날 무렵. 설을 앞둔 섣달그믐께.

털로 안을 댄 두루마기도 샀다.

여러 형제들 틈에서 가난하고 삭막하게 보냈던 어린 시절, 근주의 꿈은 색동저고리를 입어 보는 것이었다. 그러나 서른이 넘은 지금까지 색동저고리를 입어 본 적이 없었다. 설빔은 언제나 고무신과 양말 한 켤레가 고작이었다. 섣달그믐 날 밤 눈을 뜨면 머리맡엔 꽃고무신이 가지런히 놓여 있고, 근주는 혹시 잃어버리지나 않을까, 그것을 이불 속에 넣었다가 다시 꺼내 신고 살금살금 방 안을 걷다가 야단을 맞곤 했다.

떡국이나 든든히 먹여 보내야지. 아이를 보낼 결심에 착잡해진 심사로 뒤척이던 근주는 한밤중 습관적으로 눈을 떴다. 으레 들릴 울음소리는 들리지 않았다.

웬일일까. 아이가 일어나 앉아 윗목에서 부스럭거리고 있는 것이다. 불빛에 눈부신 색동저고리를 꿰어 입고 꽃고무신을 신는 중이었다.

근주를 보자 아이는 멈칫 신을 벗어 가슴에 끌어안으며 경계하듯 두려워하는 듯한 눈초리로 빤히 바라보았다.

제일 작은 치수로 골랐건만 색동저고리는 헐렁하고 어설펐다. 그것은 바로 한밤중 몰래 일어나 꽃고무신을 풀어 보고 신어 보던 어린 날 자신의 모습이었다. 근주는 순간 눈앞이 흐려졌다. 가슴의 둑이 무너지며 아이의 끝없는 허기를 채울 정情이 슬픔처럼 부드럽게 흐르는 것을 느꼈다.

"이리 온. 엄마가 입혀 줄게."

근주가 눈을 껌뻑이며 팔을 벌리자 아이가 덥석 와 안겼다. 옷을 입느라 얼마나 혼자 애를 쓴 걸까. 바알갛게 언 연약한 맨발에 꽃고무신이 무거웠다.

중요한 내용 쏙! 쏙! 쏙!

작품의 구성과 주요내용

발단	→	전개	→	위기	→	절정	→	결말
근주 부부가 첫 아이를 낳고 부모 없는 아이를 입양할 결심을 함	→	근주 부부가 여자 아이를 입양함	→	아이는 밤마다 울음을 터뜨리고 근주 부부는 갈등을 겪음	→	근주가 아이를 돌려보내기로 결심함	→	근주가 색동저고리를 입는 아이의 모습을 보고 정을 느낌

사건진행에 따른 인물의 심리상태

상황	심리상태
입양을 했을 때	낯가리지 않는 아이의 태도에 감격하며 입양에 자신 있어 함
아이가 밤마다 울자	처음에는 당황하다가 날이 갈수록 실패감으로 초조해하고 우울해함
입양을 포기하기로 결심	자신을 속이지 않겠다는 생각으로 입양을 포기하고 착잡해함
아이가 색동저고리를 입는 모습을 보며	자신의 어린 시절을 떠올리며 아이에게 진정으로 사랑을 느낌

색동저고리의 의미

- 근주가 한 번도 입어보지 못한 소망과도 같은 것
- 근주가 아이를 입양하고 겪은 여러 어려움을 해소해 주는 소재
- 입양한 아이를 향한 근주의 사랑을 의미

1 근주가 입양을 결심한 이유를 정리해 봅시다.

2 근주가 입양한 아이에게 진정으로 마음을 열고 사랑을 하게 되는 계기를 찾아봅시다.

상상더하기 - 상황 해결하기

근주 부부는 매일 밤 이유 없이 우는 아이를 보며 당황스러웠겠지요. 만약 여러분이 이런 상황에 처해있다면 어떻게 했을까요? 근주부부가 되어 상황을 해결해봅시다.

확인하기 정답

1. 근주는 자신의 아이에 대한 소중한 마음이 커질수록 부모의 품에서 보호받지 못하는 세상의 아이들에 대해 염치없다는 생각과 빚지고 있다는 생각이 들었기 때문에 입양을 결심합니다.
2. 아이를 다시 돌려보내려고 마음 먹었던 근주는 아이에게 주려고 두었던 색동저고리를 아이가 입으려고 애쓰는 모습 속에서 어린 날 자신의 모습을 발견합니다. 그리고 아이를 향한 진정한 사랑을 느끼게 됩니다.

작가의 다른 작품 보기

유년의 뜰 노랑눈이는 일곱 살 소녀입니다. 한창 재롱을 피울 나이지만, 노랑눈이 집에는 받아줄 사람이 없습니다. 아버지는 징집되었고 어머니는 읍내 장터에서 품을 팔러 다녀서 매일 늦게 돌아오십니다. 큰 오빠는 늘 폭력을 일삼고 언니는 밤만 되면 큰 오빠의 눈을 피해 저자 거리를 돌아다닙니다. 할머니는 '주인 없는 닭'이라고 말씀하시면서 바구니 속에 감춰온 닭을 끓여 주셨지만, 동네 사람들의 눈치를 보면서 털과 뼈를 태우고 묻어서 흔적을 없애버리는 것은 왜일까요? 노랑눈이는 주인집에서 넘어온 감나무 가지에서 딴 땡감을 화장실에 숨어서 먹기도 하고, 잠든 엄마의 지갑 속에서 꺼낸 돈으로 구멍가게에서 사탕을 사기도 합니다. 그런 노랑눈이가 바람을 피워 시댁에서 쫓겨났다는 주인 집 딸 부네가 갇혀 있는 소문의 방 앞으로 지날 때마다 상상의 나래를 펴곤 하지만, 부네는 죽어 버립니다.

일곱 살 노랑눈이가 겪는 결코 평범하지 않은 일상을 통해서 가난과 배고픔, 죽음과 삶, 생존과 소멸의 공존에 대하여 생각해 볼 수 있답니다.

새 우미와 우일이 남매는 부모님과 함께 농촌에서 꽃을 재배하며 단란하게 살아갑니다. 그런데 어느 날 일가족에게 홍수가 닥치고, 삶의 터전을 모두 잃고 맙니다. 가정불화로 엄마가 집을 나가자 아버지는 남매를 외할머니 집에 맡기고 먼 곳으로 일자리를 찾아 떠나시는데 외할머니가 중풍으로 쓰러지시자 남매는 어디서도 환영받지 못하는 천덕꾸러기가 되었답니다. 그러던 어느 날 불쑥 다시 찾아온 아버지! 남매는 낯선 여자와 함께 살아갑니다. 아버지가 일자리를 찾아 떠난 다음 그 여자마저 집을 나가고 남매는 단둘이 살아갑니다. 그러던 어느 날 우일이는 장 선생님이 키우는 개에게 발을 물리고, 충동적으로 그 개를 잡아먹게 됩니다. 그 일 이후 우일이는 학교도 가지 않고 만화방에 다니며 하루 종일 텔레비전만 봅니다. 심지어 담배를 피우고 문신까지 하면서 겁 없는 남자가 될 거라고 말하곤 합니다. 어느 날 아침 우일이는 일어나지도 못할 정도로 앓아 누워버렸습니다. 그런 우일이를 버려두고, 우미는 이씨 아저씨의 새장을 들고 집을 나가버립니다.

무관심 속에 방치된 아이들의 모습에서 사회와 가정의 안정이 얼마나 중요한지 생각해 볼 수 있답니다.

Part 4
인물과 사회

박완서 「시인의 꿈」 • 최일남 「노새 두 마리」
박태원 「영수증」 • 양귀자 「일용할 양식」

“

현대를 살아가고 있는 여러분에게 현대 사회는 어떤 모습인가요? 자신이 몸담고 있는 사회의 모습을 파악하기란 쉽지 않지만, 간혹 어른들에게 옛 사회의 모습에 대한 이야기를 듣다 보면 옛날과 많이 달라진 현대 사회의 모습을 발견하게 되지요. 현대 사회는 교통이 발달하고, 스마트폰과 컴퓨터가 실생활에서 필수품으로 이용됩니다. 또 옛날에 비해 음식과 의복 등 생활 용품이 풍족해지기도 했답니다. 그런가 하면, 환경오염이 심해지고, 인정이 메마르며 물질적인 가치가 중요시되어 가는 모습도 보입니다.

이런 모습들이 문학 작품 속에서도 나타나는데요. 박완서의 ‘옥상의 민들레꽃’에서 보면 이해 타산적이고 물질적인 욕심에 눈이 먼 현대인들의 모습이 잘 나타나 있답니다. 이처럼 문학 작품은 당대의 사회, 문화적 상황을 반영하고 있습니다. 따라서 문학 작품 속에 반영된 사회, 문화적 상황을 파악한다면 작품을 더 효과적으로 이해할 수 있겠지요.

이제 ‘시인의 꿈’, ‘노새 두 마리’, ‘영수증’, ‘일용할 양식’ 등을 읽으며 사회, 문화적 상황이 작품 속에 어떻게 반영되어 있는지 살펴봅시다.

”

시인의 꿈

수록교과서 : 지학사(이)

박완서 소설가. 1931년 경기도에서 태어나 1950년 서울대 국문과에 입학했으나 전쟁으로 중퇴하였다. 1970년 마흔이 되던 해에 《여성동아》 여류 장편소설 공모에 《나목》이 당선되어 등단하면서 작품 활동을 시작하였다. 대표작으로는 「휘청거리는 오후」 「도시의 흉년」 「그해 겨울은 따뜻했네」 등이 있다.

감상 길잡이

몸이 아닌 마음이 잘 사는 세상은 어떤 세상일까요? 작품 속에서 할아버지는 예전에는 많았지만, 현재는 사라진 것들로 인해 마음이 아닌 몸이 잘 사는 세상이 되었다고 합니다. 몸이 잘 사는 세상과 마음이 잘 사는 세상이 각각 어떤 모습일지 상상하며 작품을 읽어 봅시다.

핵심정리

갈래	단편소설
시점	전지적 작가 시점
배경	문명이 발달한 현대, 도시

성격	상징적, 은유적
제재	시인의 꿈
주제	살맛나는 세상을 만들기 위한 시인 할아버지의 꿈

등장인물

소년
호기심이 많고 순진함. 감성적임

할아버지
시인. 시를 통해 살맛나는 세상을 만들고자 노력함

줄거리

어느 날 한 소년이 정갈한 아파트 광장에서 수염이 하얀 할아버지가 살고 계시는 낡은 자동차 모양의 상자를 발견합니다. 어른들은 그 상자가 무허가 판잣집이라고 결론 내리고, 보기 싫은 그 집을 없애는 것은 노인이 죽는 날까지 미루기로 합니다.

어느 날 소년은 몰래 판잣집 안으로 들어가, 아름다운 곤충들로 가득 찬 그림책을 보게 됩니다. 어느 틈에 들어오신 할아버지는 문명으로 인해 더 이상 이런 아름다운 곤충을 볼 수 없다고 말해줍니다. 문명이 사람들에게 해로운 곤충을 닥치는 대로 죽여 곤충 세계의 조화가 깨졌고, 그로 인해 곤충이 멸종했다는 것입니다.

또 할아버지는 사람들이 몸을 잘 살게 하는 데 쓸모 있는 것만 중시하고 마음을 잘 살게 하는 데 쓸모 있는 것은 무시하면서 시와 시인이 없어졌다고 말합니다. 그렇지만, 시는 살맛나는 세상을 만들기 위해 꼭 필요하며 시인인 할아버지는 시를 쓰기 위해 말을 얻으러 다닌다고 했습니다. 소년은 할아버지의 말씀을 들으며 가슴이 울렁거리는 것을 느꼈고, 이 말을 들은 할아버지가 시인의 꿈은 가슴이 울렁거리는 사람과 만나는 것이라고 말해줍니다.

시인의 꿈

길이란 길은 모조리 포장되고 집이란 집은 모조리 아파트로 변한 아주 살기 좋은 도시가 있었습니다.

한 소년이 얼음판처럼 매끄럽고, 티끌 하나 없이 정갈한 아파트 광장에서 이상한 것을 발견했습니다. 그것은 낡은 자동차 모양을 하고 있었습니다만 바퀴는 없었습니다. 작은 유리창이 있었기 때문에 호기심 많은 소년은 안을 들여다보았습니다.

안에는 작은 침대와 몇 권의 책이 있고, 수염이 하얀 할아버지가 깡통에 든 더러운 음식을 먹고 있었습니다. 그러니까 그 속에서 사람이 살고 있었던 것입니다.

소년은 그런 곳에서 사람이 살 수 있다는 것을 직접 눈으로 보면서도 믿을 수가 없었습니다.

유리창을 통해 소년과 할아버지는 눈이 마주쳤습니다. 할아버지가 손짓하며 웃었습니다. 소년은 할아버지의 웃음이 매우 보기 좋다고 생각했지만 도망쳤습니다. 괜히 가슴이 두근거렸습니다.

소년은 집에 와서 어머니에게 자기가 본 것을 말했습니다. 어머니는 고층 아파트의 창으로 소년이 가리키는 곳을 내다보고 소년의 말이 아주 허황된 소리는 아니라고 생각한 듯합니다.

이웃집을 돌면서 그 사실을 알렸습니다. 그것은 아주 기괴한 소문이 되었습니다. 거기서 사람이 산다는 건 고사하고, 그 깨끗한 곳에 그런 게 갑자기 생겼다는 것만도 이상했습니다.

이 도시에선 사람은 모조리 아파트에 살기 때문에 개나 새 같은 애완동물을 기르지 않은 지가 오래됩니다. 그렇다고 이 도시에 동물이 아주 없는 것은 아닙니다. 모든 동물은 동물원에 수용되어 있습니다. 그렇기 때문에 낡은 차같이 생긴 것 속에 사람이건 짐승이건 목숨 있는 것이 살고 있다는 것은 기괴한 일일 수밖에 없습니다.

소문을 들은 몇 사람의 어른이 그곳에 가 보고 왔습니다. 소년이 헛것을 본 것이 아니란 게 증명되었습니다.

그중 가장 나이 지긋한 부인이 무릎을 치면서 말했습니다.

"이제야 생각납니다. 내가 아주 어렸을 적, 이 도시가 지금처럼 살기 좋은 도시가 되기 전의 일입니다. 저런 것이 이 도시 변두리에 널려 있었습니다. 그겁니다. 바로 그겁니다. 그것은 무허가 판잣집이라는 겁니다. 무허가 판잣집은 그 시절 이 도시의 가장 큰 골칫거리였습니다. 하느님 맙소사! 그것이 이 좋은 세상에 부활을 하다니."

사람들이 다시 모여 그것에 대해 와글와글 의논을 했습니다.

누군가가 그건 곧 저절로 없어질 거라고 말했습니다. 왜냐하면 그 속에서 살고 있는 사람이 노인네니까, 곧 죽게 될 것임에 틀림이 없다는 것이었습니다.

그러고 보니 문제는 판잣집이 아니라 거기 살고 있는 사람이었습니다. 사람만 없다면 그까짓 작은 집은 폐차장에 갖다 버리면 그만일 것입니다.

그래서 보기 싫은 판잣집을 없애는 일은 노인이 죽는 날까지 미루기로 여럿이 합의를 보았습니다. 사람들은 판잣집 때문에 놀라고 떠들었을 때와는 딴판으로 곧 그 일을 잊어버렸습니다.

그러나 소년만은 가끔 그 판잣집을 기웃거려 봤습니다. 대개는 비어 있었습니다. 비어 있을 적에도 열쇠가 채워져 있는 일은 없었습니다. 그 속엔 누가 도둑질해 가고 싶을 만한 물건이라곤 없었으니까요.

어느 날 소년은 몰래 그 판잣집 안으로 들어갔습니다. 몰래라는 것은 할아버지 몰래가 아니라, 아파트에 사는 사람들 몰래라는 소리입니다. 모든 사람이 하루빨리 없어져 주기를 바라는 집에 들어간다는 것은 나쁜 짓 같아, 될 수 있으면 누구의 눈에도 띄고 싶지 않았던 것입니다.

판잣집 속은 창으로 엿보던 것과 마찬가지로 구질구질했지만 이상하도록 아늑했습니다. 침대의 모포*는 털이 다 빠진 낡은 것이었지만 부드럽고 부숭부숭했고, 스프링이 망가져 내려앉은 침대는 할아버지 몸의 모양대로 움푹 들어가 있어 소년의 몸을 정답게 받아들였습니다. 소년은 요람*에 누워 가만가만 흔들리던 어릴 적처럼 편안했습니다.

손만 뻗으면 닿을 수 있는 머리맡에는 나무판자에 벽돌을 괴어 만든 선반이 있고, 선반에는 책과 그릇과 색종이로 접은 새와 짐승과 꽃들이 아무렇게나 섞여 있었습니다. 소년은 침대에 누워 이런 것들을 보며 이런 방에서 살아 보았으면 하고 생각했습니다. 소년은 넓고 잘 꾸며진 자기의 방을 가지고 있고, 또 엄마 아빠의 방과 응접실과 서재에 대해 알고 있습니다.

소년은 또 많은 친구가 있어 친구의 방에 대해서도 알고 있습니다. 소년은 또 가끔 엄마 아빠와 함께 친척 집을 방문하는 일도 있어 친척들의 방에 대해서도 알고 있습니다. 그러나 그 방들은 한결같이 비슷했기 때문에 소년

어휘정리

모포 털 따위로 짜서 깔거나 덮을 수 있도록 만든 요.
요람 젖먹이를 태우고 흔들어 놀게 하거나 잠재우는 물건.

은 방이란 다 그렇고 그런 거란 생각밖엔 해 본 적이 없습니다.

소년은 손을 뻗어 선반의 책을 한 권 꺼내 펼쳤습니다. 책은 그림책이었습니다. 공작새보다 더 아름다운 날개를 가진 곤충들로 가득 차 있었습니다. 소년은 학교에서 곤충에 대해 배운 적이 있습니다. 그러나 본 적은 없습니다. 사람 외에 살아 있는 짐승의 대부분은 동물원에 가면 볼 수 있었지만 곤충만은 왠지 동물원에도 없었습니다. 소년은 학교에서 곤충을 사람에게 이로운 곤충과 해로운 곤충 두 가지로 나누어 배웠기 때문에 많은 곤충의 이름을 외워 두었지만 곤충은 두 종류밖에 없는 줄 알았습니다.

그러나 할아버지의 책 속에는 수백 수천 가지의 곤충들이 있었고, 그것들은 각기 제 나름으로 아름다웠습니다. 황홀하게 빛깔 고운 날개를 가진 곤충도 있고, 오색이 찬란한 딱지를 가진 곤충도 있고, 엄마의 속치마 레이스보다도 훨씬 섬세한 날개를 가진 곤충, 생김새가 아기자기한 곤충, 징그러운 곤충, 용감해 보이는 곤충……. 소년은 그 많은 곤충이 하늘을 나는 광경을 그리며 가슴을 두근댔습니다.

그런데 어느 틈에 할아버지가 들어와 계셨습니다.

"할아버지, 이 아름다운 것들은 어디 가면 볼 수 있나요?"

"우리나라에선 이제 아무 데서도 그걸 볼 수 없을걸. 우리나라보다 못살고 우리나라보다 덜 문명화된 나라에나 남아 있으려나 몰라."

할아버지가 슬픈 듯 말했습니다.

"그러니까 할아버지, 이것들은 사람들이 잘 사는 것과 문명을 싫어하는군요. 그래서 피해 달아났군요?"

"아니지, 그것들은 아름답지만 지혜가 없기 때문에 태어날 때부터 저절로 알고 있는 것과 조금만 어긋난 일이 생기면 살아남질 못한단다. 피해 달아난 게 아니라 없어진 거지. 사람들이 잘 산다는 것 중에는 땅이란 땅을 시골의 농장만 남기고 모조리 시멘트로 포장을 하는 일도 포함되는데, 이 아름다운 것들은 대개 날개를 달기 전 애벌레 시절을 부드러운 흙 속에서 보낸단다. 목청이 좋은 매미라는 곤충은 17년 동안이나 애벌레로 땅속에서 보내는 수도 있단다. 생각해 봐라. 20년 가까이 깜깜한 땅속에서 살다가 마침내 날개가 돋아나, 몇 주일 동안이나마 이 세상에서 자유롭게 날고 노래 부르기 위해 기어 나오려는데, 땅엔 두껍디두꺼운 천장이 생겨 있을 때의 매미의 딱한 처지를. 또 문명이라는 것도 그렇단다. 문명은 이 세상의 살아 있는 것 중에서 가장 종류와 수효가 많은 곤충을 두 가지로 나누었지."

"그건 저도 알아요. 사람에게 이로운 곤충과 해로운 곤충이죠."

소년은 씩씩하게 대답했습니다.

"맞았다. 그러나 정작 문명이 한 일은 그 다음 일이란다. 문명은 사람에게 해로운 곤충을 닥치는 대로 죽였지. 그러다 보니 이로운 곤충까지 저절로 그 모습이 사라져 갔다. 사람은 사람 본위로 곤충을 두 패로 편을 갈랐는데, 저희끼리는 그게 아니어서 사람이 생각하는 것보다 훨씬 복잡하고 신비롭게 서로 해치며 도우며 잡아먹으며 잡아먹히며 어울려서 살았던 것이지. 사람이 사람에게 가장 해로운 곤충을 멸종시키려고 한 노릇이 결과적으론 가장 이로운 곤충의 먹이를 없애는 일이 되고, 그 일이 자꾸만 일어나면서 곤충 세계의 조화는 깨어지고 말았단다. 문명이 해친 것은 곤충이 아니라 곤충의 조화였고, 조화는 바로 곤충계의 목숨이었으니 곤충이 멸종될 수밖에……."

"할아버지, 그래도 우린 모두 이렇게 잘 살잖아요. 곤충의 도움 없이도 말예요."

"곤충이 없어지고 나서 바람이 꽃가루를 옮기는 식물만 살아남고, 벌과 나비가 꽃가루를 옮기는 식물은 차츰 자취를 감추었단다. 그러나 사람들은 조금도 근심하지 않고 그런 식물이 자라던 자리에 공장을 짓고 물건을 만들어, 그런 식물이 아직도 살아남은 나라에 팔아서 그런 식물의 열매를 사 먹기 시작했단다. 근심할 건 아무것도 없었지. 사람은 곤충보다 위대하니까. 돈으로 못 사는 건 아무것도 없었으니까. 그러나 아이들이 나비의 아름다움에 홀려 온종일 푸른 초원을 헤맨다든가, 우거진 녹음 아래서 매미 소리를 들으며 꿈을 꾼다든가, 벌이 윙윙대는 장미밭에서 한 마리 벌이 되어 본 적도 없이 어른이 되는 일을 근심하고 슬퍼하는 사람도 있었느니라. 그건 할아버지가 아주 젊었을 때의 일이고, 할아버지도 그걸 슬퍼한 사람 중의 하나였지."

"할아버지는 그때 무슨 일을 하셨는데요?"

"할아버지는 그때 시인이었단다. 아름다운 노래를 많이 지었더랬지."

"그럼, '솔직히 말해서 벙글콘은 아이스크림입니다. 솔직히 말해서 벙글콘은 맛있습니다.' 도 할아버지가 지었나요?"

"넌 그것 말고 아는 노래가 또 없냐?"

"왜 없어요. '샴푸는 비단결 샴푸, 엄마의 좋은 친구 비단결 샴푸, 비단결 샴푸, 노래하며 샴푸하자 비단결, 라라라라 비단결', '오늘도 만나 카레로 할까요? 달콤하기가 그럴 수 없어요. 매콤하기가 그럴 수 없어요. 만나 카레' 그리고……."

"아, 그만해라. 시가 없어졌구나. 하긴 시인이 없어졌으니까."

"시인은 왜 없어졌나요?"

"곤충을 이로운 곤충과 해로운 곤충의 두 패로 나누듯이 그때 사람들은 사람이 하는 일도 두 가지로 나누었단다. 사람을 잘살게 하는 데 쓸모 있는 일과 쓸모없는 일로……."

"그래서 쓸모없는 일을 하는 사람에겐 약을 뿌려 없앴나요?"

"예끼 놈, 아무리 장난스런 말이라도 그런 말이 어디 있어?"

할아버지의 얼굴이 정말로 무서워졌습니다. 소년의 입에서 저절로 '잘못했습니다.' 는 말이 나왔습니다.

"쓸모없는 일을 하는 것을 금지시켰단다. 그래서 대개의 시인들은 기술자가 됐지. 그래도 끝까지 시를 안 버리려고 한 시인에겐 쓸모 있는 시를 쓰란 명령이 내렸고, 그래서 '솔직히 말해서 벙글콘은 아이스크림입니다.' 라는 노래를 쓴 시인도 생겼고, '샴푸는 비단결 샴푸, 엄마의 좋은 친구 비단결' 이란 노래를 쓴 시인도 생겨났지. 가장 끝까지 시를 사랑하려고 한 시인일수록 가장 크게 시를 더럽혔다니!"

할아버지의 얼굴이 저녁 하늘처럼 슬퍼 보였습니다. 소년도 덩달아 형용할 수 없는 슬픔을 맛보았습니다. 그러나 소년이 할아버지의 말씀을 알아들은 것은 아닙니다.

"할아버지, 한 말씀만 더 여쭤 보겠어요. 그렇지만 아까처럼 화내시진 마셔요."

"알았다. 말해 보렴."

"시가 정말 쓸모없는 거라면 없어지는 게 당연하지 않을까요? 우리 엄마가 아이들한테 제일 많이 하는 잔소리도 '쓸모없는 건 제때제때 내버려라.' 인걸요."

"할아버진 젊은 시절의 능력과 정열을 오로지 시를 위해 바쳐 온 사람이다. 시가 쓸모없는 거라고 정해진 후에도 시를 버리고 딴 일을 가진 바 없고, 시를 안 버린답시고 시를 더럽히는 짓도 하지 않았다. 사람은 어느 누구도 아무짝에도 쓸모없는 것을 위해 자기를 다 바칠 수는 없느니라."

"그러니까 할아버진 시가 쓸모 있다는 말씀을 하시고 싶으시군요?"

"그럼, 그럼, 넌 참 똑똑한 애로구나."

할아버지의 얼굴에 처음으로 활짝 웃음꽃이 피었습니다. 소년은 할아버지의 얼굴이 참으로 보기 좋다고 생각했습니다.

"그런데 왜 시가 쓸모없는 것 취급을 받았을까요?"

"무엇에 쓸모 있느냐가 문제였지. 그 시절 사람들은 몸을 잘살게 하는 데 쓸모 있는 것만 중요하게 생각하고 마음을 잘 살게 하는 데 쓸모 있는 건 무시하려 들었으니까."

"그럼 몸이 잘 사는 것과 마음이 잘 사는 것은 서로 다른 건가요?"

"암, 다르고말고. 몸이 잘 산다는 건 편안한 것에 길들여지는 거고, 마음이 잘 산다는 건 편안한 것으로부터 놓여나 새로워지는 거고, 몸이 잘살게 된다는 건 누구나 비슷하게 사는 거지만, 마음이 잘 살게 된다는 건 제각기 제 나름으로 살게 되는 거니까."

"무슨 말씀인지 잘 모르겠어요, 할아버지. 시가 없어도 조금도 불편하지 않다는 것밖에는."

"시가 있었으면 지금보다 살기가 불편했을지도 모르지. 그렇지만 지금

보다는 살맛이 있었을 거야."

"살맛이 뭔데요? 그것은 초콜릿 맛하고 닮은 건가요? 바나나 맛하고 닮은 건가요?"

"그건 몸으로 본 맛이기 때문에 마음으로 보는 살맛하고는 비교할 수가 없지. 살맛이란, 나야말로 남과 바꿔치기할 수 없는 하나뿐인 나라는 것을 깨닫는 기쁨이고, 남들의 삶도 서로 바꿔치기할 수 없는 각기 제 나름의 삶이라는 것을 깨달아 아껴 주고 사랑하는 기쁨이란다."

"어렵군요. 할아버진 설마 지금부터 그 어려운 걸 하실 생각은 아니겠죠?"

"실상 나는 너무 늙었다. 그래도 해 볼 작정이다."

"할아버진 어디에서 오셨나요?"

"양로원에서 왔다."

"저도 양로원에 대해서 알고 있어요. 할머니 할아버지들이 가장 편안하게 지낼 수 있는 곳이죠. 저희 할머니도 거기 계시기 때문에 한 달에 한 번씩 방문하는데, 우리 아파트보다 더 좋은 곳이에요. 더군다나 이런 판잣집하고는 댈 것도 아니죠. 그런데 시는 이렇게 초라하고 불편한 곳에서만 쓸 수 있나요?"

"그렇진 않지만 시를 쓰는 마음이 가장 꺼리는 건 몸과 마음이 어떤 틀에 박히는 거지. 시를 쓰는 마음은 무한한 자유를 원하거든. 그래서 우선 양로원이라는 노인들의 틀을 벗어난 거란다."

"그럼 시를 쓰셨나요?"

"아니, 아직 못 썼다. 쓰려면 아직 아직 멀었다."

"그러실 거예요. 무엇을 쓰려면 책상 앞에 붙어 앉아 있어야 하는데, 할아버진 매일매일 돌아다니시니까요."

"괜히 돌아다니는 게 아니란다."

"알아요. 잡수실 것을 얻으러 다니시죠? 이제부터 책상에 앉아서 시만 쓰셔요. 잡수실 것은 제가 갖다 드릴게요."

"아니다, 먹을 걸 얻는 데 시간이 걸리진 않는다. 이 고장은 살기 좋은 고장인 데다가 거지는 나밖에 없으니까."

"그런데 왜 온종일 집을 비우고 돌아다니셔요?"

"말을 얻으러 다니지. 시는 말로 쓰지 않니?"

"말이 그렇게 귀한가요, 얻으러 다니게? 참 이 방엔 라디오도 텔레비전도 없군요. 게다가 할아버진 혼자 사시고……. 이제부터 제가 자주 와서 할아버지 말벗이 되어 드릴게요. 그리고 소리는 좋은데 모양이 구식이라 버리게 된 라디오도 한 대 갖다 드리죠."

"너는 참 착한 아이로구나. 그러나 할아버지가 얻으러 다니는 건 그런 말이 아니란다."

"그런 말하고 또 다른 말도 있나요?"

"암, 있고말고. 요새 떠다니는 말은 새로 생긴 물건의 이름하고, 그걸 갖고 싶다는 욕심을 위한 말이 전부지. 그러나 시를 위한 말은 그런 물건에 대한 욕심과는 상관없는 마음의 슬픔, 기쁨, 바람 등을 나타내는 말이란다. 얻으러 다녀 보니 그런 말이 어쩌면 그렇게 귀해졌는지, 이 근처엔 거의 없고 저 변두리 평민 아파트 근처에나 조금씩 남아 있는데, 거기도 온종일 헤매야 겨우 한두 마디 얻어 가질 정도로 드물어."

"그게 언제 모여 시가 되나요?"

"아직 아직 멀었지만, 언젠가는……."

"사람들이 그걸 읽을까요?"

"아직 아직 멀었지만, 언젠가는……."

"그걸 읽으면 사람들이 어떻게 달라질까요?"

"너는 지금 궁전 아파트에 살지?"

"네."

"궁전 아파트 현관의 신발장은 무슨 빛깔이더라?"

"모두 상앗빛*이에요. 손잡이는 금빛이고요."

"지금 궁전 아파트에 사는 사람은 아무도 상앗빛 신발장을 의심하지 않지? 그러나 시를 읽는 사람이 생기면 그걸 의심하는 사람도 생길 거야. 나는 상앗빛을 좋아하나? 아닌데 나는 노랑을 좋아하는데, 그러면서 어느 날 노랑색 페인트를 사다가 신발장을 칠해서 자기만의 신발장을 갖는 사람이 생겨난단 말이다. 물론 파랑 신발장, 빨강 신발장을 갖는 사람도 생겨나지. 그래서 궁전 아파트 신발장이 아닌 제 나름의 신발장을 갖게 되는 거야. 또 어린이 중에서도 어른이 가르쳐 준 놀이 말고 새로운 놀이를 만들어 내는 어린이가 생겨날 테지. 그 어린이는 판판한 아스팔트 밑에는 도대체 뭐가 있을까 하는 호기심을 참지 못해 그것을 파헤쳐 그 속에 숨은 흙을 보고 말 거야. 그래서 그곳에서 몇 년째 잠자던 강아지풀과 명아주와 조리풀과 토끼풀과 민들레의 씨앗을 눈뜨게 하고, 매미의 마지막 애벌레가 허물을 벗고 가로수를 향해 날아오르게 할 거야."

할아버지의 주름투성이 얼굴이 아이들의 얼굴처

어휘정리

상앗빛 코끼리 엄니의 빛깔과 같이 하얀빛을 띤 노란빛.

럼 더없이 맑아지고 눈은 꿈꾸는 것처럼 한없이 먼 곳을 보고 있습니다.

"할아버지, 이상해요. 할아버지 말씀을 듣고 있으려니까 괜히 가슴이 울렁거려요. 이런 느낌은 처음이에요."

"아이야, 고맙다. 할아버지가 이제부터 말을 얻어다 시를 써도 늦지는 않겠구나. 시인의 꿈은 가슴이 울렁거리는 사람과 만나는 거란다."

중요한 내용 쏙! 쏙! 쏙!

형식상의 특징

- 소년과 할아버지와의 문답식 대화를 통해 소년이 시의 세계에 동화되어 가는 모습을 보여 줌
- 늙은 시인을 통해 자연을 파괴하는 현대문명과 물질적인 것만을 좇는 현대인의 삶을 비판

제목 '시인의 꿈'의 의미

- 가슴이 울렁거리는 사람과 만나는 것
- 몸보다 마음이 잘 사는 세상을 만드는 것.

작품의 구성과 주요내용

발단	전개	위기	절정	결말
소년이 아파트 광장에서 낡은 자동차 모양의 건물을 발견	소년은 아름다운 곤충의 그림책을 보고 가슴이 두근댐	곤충이 살수 없게 된 이유를 설명하는 할아버지	할아버지를 통해 시의 아름다움을 알게 되고, 가슴이 울렁거림을 느낌	할아버지의 당부과 충고

비판받는 현대인의 사고 방식

- 곤충을 해로운 곤충과 이로운 곤충으로 나누고 해로운 곤충에게 약을 뿌림으로써 생태계를 파괴함
- 사람이 하는 일 역시 쓸모 없는 일과 쓸모 있는 일로 나누어 쓸모 없는 일을 하지 못하게 하여 인간성을 상실케 함

1 글 속에서 '시인의 꿈' 이 무엇인지 찾아보고 의미도 생각해 봅시다.

2 작품에서 작가가 말하고자 하는 것을 현대 사회에 비추어 설명해 봅시다.

상상더하기 - 중요 문맥 파악하기

여러분은 할아버지의 말씀에 공감하나요? 할아버지가 말씀하신 몸을 잘 살게 하는 것과 마음을 잘 살게 하는 것이 무엇인지 예를 들어봅시다.

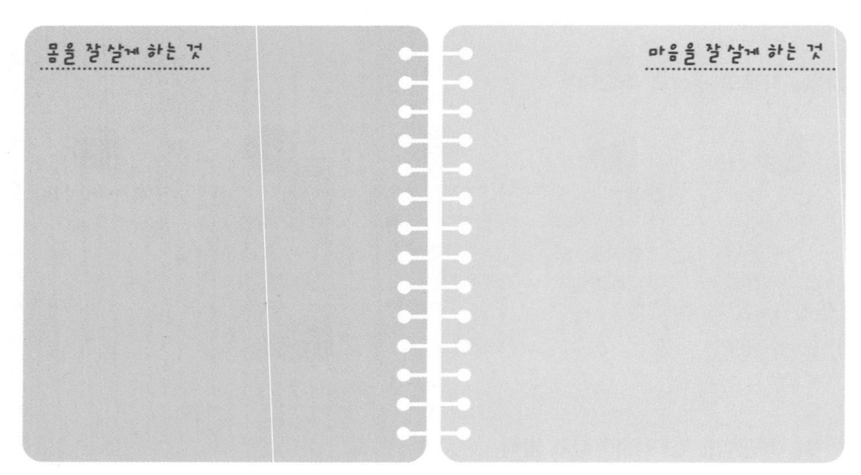

확인하기 정답

1. 시인의 꿈은 가슴이 울렁거리는 사람과 만나는 것이며, 가슴이 울렁거린다는 것은 감동을 받았을 때 나타나는 것으로 몸보다 마음이 잘 살아야 한다는 의미가 내포되어 있습니다.
2. 작가는 늙은 시인을 통해 자연을 파괴하며 물질적인 것만 추구하는 현대 사회를 비판하고, 조화와 회복이 필요함을 말하고 있습니다.

작가의 다른 작품 보기

그 여자네 집

만득이와 곱단이는 마을의 대표 연인입니다. 그들의 어여쁜 애정행각을 어르신들도 예쁘게 봐주실 정도였답니다. 모두 입을 모아 예쁜 가정을 만들거라고 말했지요. 그런데 만득이가 징용에 끌려가고, 곱단이는 정신대에 끌려갈 것이 두려워 그만, 신의주에 사는 남자와 결혼을 하고 맙니다. 뒤늦게 돌아온 만득이도 마을의 처녀와 결혼을 합니다. 곱단이와 만득이의 첫사랑을 알고 있는 아내의 오해로 만득이의 결혼 생활은 갈등의 연속이었답니다. 신의주가 38선 이북 땅이 되어버려 영영 만날 수 없는 사이가 되어버린 곱단이를 만득이가 평생 그리워하면서 산다고 아내는 늘 서운하기만 했답니다. 금강산 관광으로 북녘 땅을 밟게 된 날 저만치 신의주가 보이는 배 위에서 만득이는 그만 목 놓아 울어버리고 맙니다. 곱단이에 대한 애절한 그리움 때문이었을까요?

만득이는 곱단이와의 추억도, 자신의 젊은 시절도, 모두 빼앗아 가버린 역사 앞에서 목 놓아 울었을 것입니다. 민족의 비극이 만득이에게 미친 영향은 어쩌면 그 시대를 살았던 모두에게 똑같이 주어진 아픔이었을 것입니다.

이 세상에 태어나길 참 잘했다

엄마가 복동이를 낳다가 죽자 아버지는 아들을 만나지도 않고 미국으로 이민을 가버립니다. 다리를 저는 이모는 결혼도 하지 않고 복동이를 길러주지만, 자신이 버려졌다고 느낍니다. 하지만, 반항을 하거나 엇나가지는 않고 잘 자라 주었답니다. 미국으로 유학을 가게 된 복동이는 아버지와 새로운 식구들을 만나게 되었지만, 그는 항상 겉돌기만 합니다. 그러던 어느 날, 다락방에서 혼자 쓸쓸하게 한국 드라마를 보고 있는 아버지의 어깨를 주물러 드리면서 아버지에 대한 연민을 느낍니다. 복동이는 자신과 같은 입양아인 브라운 박사의 강연을 듣고 자신도 아주 큰 사랑으로 태어났다는 것을 깨닫게 됩니다. 아버지를 빼앗길까봐 늘 그를 경계하던 아버지의 새 아들 데니스도 '이 세상에 태어나길 참 잘했다' 고 생각할 거라고 믿으면서 이제는 식구들과 행복하게 지낼 수 있을지도 모른다고 생각합니다.

부모님의 큰 사랑으로 얻은 생명의 소중함과, 이 세상에 있는 것 중 의미가 없는 것은 아무것도 없다는 깨달음을 주는 이야기랍니다.

노새 두 마리

수록교과서 : 미래엔컬처(윤)

최일남 소설가. 1932년 전라북도에서 태어났으며 전주사범학교를 거쳐 서울대 국문과를 졸업했다. 1953년 《문예》에 「쑥 이야기」, 1956년 《현대문학》에 「파양」이 추천되어 문단에 등단하였다. 1975년 월탄문학상, 1981년 한국창작문학상, 1986년 제10회 이상문학상을 수상하였으며, 대표작으로는 「서울 사람들」「흔들리는 성」 등이 있다.

감상 길잡이

여러분은 노새가 끄는 마차를 본 적이 있나요? 간혹 동물원이나 놀이동산에서 본 적은 있을 거예요. 그런데 여기 생계 수단으로 노새를 부리는 아버지가 있습니다. 비행기와 자동차가 버젓이 다니는 길을 노새가 끄는 수레로 연탄을 나르며 가족을 부양하는 고달픈 아버지의 모습을 상상하며 작품을 읽어 봅시다. 또 문학 작품에 나오는 인물의 행동이 그 당시의 사회, 문화적 상황과 어떤 관련이 있을지도 생각해 보세요.

핵심정리

갈래	현대소설, 단편소설
시점	1인칭 주인공 시점
배경	1970년대 겨울, 서울 변두리 동네

성격	비극적, 현실 비판적
제재	노새 두 마리
주제	대도시의 급변하는 환경에 적응하지 못하는 도시 이주민의 불행한 삶

나
정이 많음.
아버지에게 연민을 느낌

아버지
책임감이 강함.
시대의 변화에 뒤처져 가난한 생활을 함

아버지는 노새가 끄는 마차로 연탄 배달을 합니다. 우리 동네는 가난한 사람들이 많아 연탄 배달 일거리가 많지 않았는데, 빈터에 문화 주택들이 들어서면서 일거리가 많아 졌습니다. 그러던 어느 날, 연탄 배달 중 가파른 골목길에서 노새와 마차가 아래쪽으로 굴러 떨어지는 사고가 일어나고, 노새는 달아나버립니다. 아버지와 나는 사방으로 찾으러 다니지만 결국 찾지 못하고 집으로 돌아옵니다. 그날 밤, 나는 노새가 자유롭게 거리와 시장 통을 뛰어다니는 꿈을 꿉니다.

다음 날, 나는 아버지와 노새를 찾으러 다니다가 동물원에 가게 되는데, 얼룩말을 보며 아버지가 말이나 노새와 닮았다는 생각합니다. 밤이 되어, 동물원을 나온 아버지는 나를 대폿집에 데려가고, 술을 연거푸 마신 후 이제부터는 자신이 노새가 되어야 한다고 말합니다. 그런데 집에 당도했을 때, 노새가 돌아다니며 일으킨 사고들로 순경이 찾아왔다는 말을 듣고 아버지는 아무 말 없이 문밖으로 걸어 나갑니다. 나는 그런 아버지를 보며, 비행기, 헬리콥터, 자동차, 자전거 등이 다니는 도시에서 우리 같은 노새가 발붙이기는 어려운 일이라고 생각합니다.

노새 두 마리

그 골목은 몹시도 가파랐다. 아버지는 그 골목에 들어서기만 하면 미리 저만치 앞에서부터 마차를 세게 몰아 가지고는 그 힘으로 하여 단숨에 올라가곤 했다. 그러나 이 작전이 매번 성공하는 것은 아니고, 더러는 마차가 언덕의 중간쯤에서 더 올라가지를 못하고 주춤거릴 때도 있었다. 그러면 아버지는 이마에 힘줄을 잔뜩 돋우며,

"이랴 이랴!"

하면서 노새의 잔등을 손에 휘감고 있는 긴 고삐 줄로 세 번 네 번 후려쳤다. 노새는 그럴 때마다 뒷다리를 바득바득* 바동거리며* 안간힘을 쓰는 듯했으나 그쯤 되면 마차가 슬슬 아래쪽으로 미끄러 내리기는 할망정 조금씩이라도 올라가는 일은 드물었다.

물론 마차에 연탄을 많이 실었을 때와 적게 실었을 때에도 차이는 있었다. 적게 실었을 때는 그깟 것 달랑달랑 단숨에 오르기도 했지만, 그런 때는 드물고 대개는 짐을 가득가득 싣고 다녔다. 가득 실으면 대충 오백 장에서 육백 장까지 실었는데 아버지는 그래야만 다소 신명*이 나지 이백 장이나 삼백 장 같은 것은 처음부터 성이 안 차는 눈치였으며, 백 장쯤은 누가 부탁도 안할 뿐더러 아버지도 아예 실으려고 하지도 않았다.

우리 동네는 변두리였으므로 얼마 전까지도 모두 그날그날 벌어먹고 사는 사람들이 많아 연탄 배

어휘정리

바득바득 악착스럽게 애쓰는 모양.
바동거리다 (비유적으로) 힘에 겨운 처지에서 벗어나려고 바득바득 애를 쓰다.
신명 흥겨운 신이나 멋.

달도 일거리가 그리 많지 않았다. 기껏해야 구멍가게에서 두서너 장을 사서는 새끼줄에 대롱대롱 매달고 가는 게 고작이었다. 그랬는데 이삼 년 전부터 아직도 많은 빈터에 집터가 다져지고, 하나 둘 문화 주택*이 들어서더니 이제는 제법 그럴듯한 동네 꼴이 잡혀 갔다. 원래부터 있던 허름한 집들과 새로 생긴 집들과는 골목 하나를 경계로 하여 금을 긋듯 나누어져 있었는데, 먼 데서 보면 제법 그럴싸한 동네로 보였다. 일단 들어와 보면 지저분한 헌 동네가 이웃에 널려 있지만, 그냥 먼발치로만 보면 2층 슬래브 집*들에 가려 닥지닥지 붙은 판잣집* 등속이 보이지 않았으므로 서울의 변두리에 흔한 여느 신흥 부락으로만 보였다.

동네가 이렇게 바뀌자 그것을 가장 좋아한 사람 중의 하나가 아버지였다. 아까 말한 대로 그전에는 동네 사람들이 연탄을 두서너 장, 많아야 이삼십 장씩만 사가는 터여서 아버지의 일거리가 적고, 따라서 이곳에서 이삼 킬로나 떨어진 딴 동네까지 배달을 가야 했는데 동네에 새 집이 많이 들어서면서부터는 그렇게 먼 걸음을 하지 않아도 되었기 때문이다. 그런 집에서 연탄을 한 번 들여놓았다 하면 몇 달씩 때니까 자주 주문을 하지 않아서 아버지의 일감이 이 동네에서 끝나는 것만은 아니고, 여전히 타 동네까지 노새 마차를 몰기는 했지만 그전보다는 자주 먼 곳까지 가지 않아도 된 것만은 사실이었다.

새 동네(우리는 우리가 그전부터 살던 동네를 구동네, 문화 주택들이 차지하고 들어선 동네를 새 동네라 불렀다.)가 생기면서 좋아한 것은 비단* 아버지만은 아니었

어휘정리

문화 주택 국가 정책에 따라 1950년대 후반부터 등장한 새로운 형식의 주택. 생활 문화를 향상시켰다고 하여 '문화 주택'이라 불림.
슬래브 집 슬래브(slab)로 만든집. 슬래브는 콘크리트 바닥이나 양옥의 지붕처럼 콘크리트를 부어서 한 장의 판처럼 만든 구조물을 말함.
판잣집 판자로 사방을 이어 둘러서 벽을 만들고 허술하게 지은 집.
비단 부정하는 말 앞에서 '다만', '오직'의 뜻으로 쓰이는 말.

다. 구 동네에 두 곳 있던 구멍가게 주인들도 은근히 무언가를 기대하는 눈치였다. 그전까지는 가게의 물건들이 뽀얗게 먼지를 쓰고 있었고, 두 홉짜리 소주병만 육실하게 많았는데 그 병들 사이에 차츰 환타니 미린다니 하는 음료수 병들이며 퍼머스트 아이스크림도 섞이고, 할머니의 주름살처럼 주름이 쫙쫙 가 말라비틀어진 사과 사이에 귤 상자도 끼이게 되었다. 그전에는 볼 수 없었던 우유 배달부가 아침마다 골목을 드나들고, 갖가지 신문 배달부가 조석으로 골목 안을 누비고 다녔다. 전에는 얼씬도 않던 슈사인 보이*가 새벽이면,

"구두 닦으……."

하면서 외치고 다녔다. 전에는 저 아래 큰 한길가 근처에 차를 대 놓고, 올 테면 오고 말 테면 말라는 식으로 버티던 청소부들이 골목 안까지 차를 들이대고 쓰레기를 퍼 갔다.

그러나 동네의 모습이 이처럼 달라지기는 했어도 구 동네와 새 동네 사람들이 서로 어울리는 일은 없었다. 너는 너, 나는 나 하는 식으로 새 동네 사람들은 문을 꼭꼭 걸어 잠그고 누가 다가오는 것을 거절하고 있었다. 다만 그들이 들어옴으로 해서 구 동네 사람들의 사는 모습이 조금 달라지기는 했는데 아무도 그걸 입에 올리지는 않았다. 아버지도 배달 일이 늘어나서 속으로는 새 동네가 생긴 것을 은근히 싫어하지는 않는 눈치였지만 식구들 앞에서조차 맞대 놓고 그런 내색을 하지는 않았다. 그런 가운데에서도 우리 노새는 온 동네 사람들의 눈길을 모으고 짤랑짤랑 이 골목 저 골목을 헤집고 다녔다. 아니 그것은 새 동네 쪽에서 더욱 그랬다. 원래의 우리 동네에서야 아무도 거들떠보지 않

어휘정리

슈사인 보이 '구두닦이'를 뜻하는 말.

았다. 자기들은 아이들의 싯누런 똥이 든 요강 따위를 예사롭게 수챗구멍 같은 데 버리면서도 어쩌다 우리 노새가 짐을 부리는 골목 한쪽에서 오줌을 찍 깔기면,

"왜 하필이면 여기서 싸, 어이구, 저 지린내, 말을 부리려면 오줌통이라도 갖고 다닐 일이지, 이게 뭐야. 동네가 뭐 공동변소가."

어쩌고 하면서 아낙네들은 코를 찡 풀어 노새 앞에다 팽개쳤다. 말과 노새의 구별도 잘 못하는 주제에, 아무 데서나 가래침을 퉤퉤 뱉는 주제에 우리 노새를 보고 눈을 찢어지게 흘겼다. 그러나 새 동네에서는 단연 달랐다. 여간해서 말을 잘 않는 아주머니들도 우리 노새를 보면 입가에 미소를 머금었다. 개중에는,

"아이, 귀여워, 오랜만에 보는 노샌데."

하기도 하고,

"어머, 지금도 노새가 있었네."

하기도 하고,

"아니, 이게 노새 아니에요? 아주 이쁘게 생겼네."

하기도 하고,

"오머 오머, 이게 망아지는 아니고…… 네? 노새라구요? 아, 노새가 이렇게 생겼구나아."

하면서 모가지에 매달린 방울을 한번 만져 보려다가 노새가 고개를 젓는 바람에 찔끔 놀라기도 했다. 비단 연탄 배달을 간 집에서만이 아니라 이 근처의 길을 가던 사람들도, 우리 노새를 힐끗 쳐다본 순간 분명히 다소 놀라는 기색으로 다시 한번 거들떠보곤 했다. 대야를 옆에 끼고 볼이 빨갛게

익은 채 목욕 갔다 오던 아주머니도 부드러운 눈길로 노새를 바라보고, 다정하게 나들이를 가려고 막 대문을 나서던 내외분도 우리 노새가 짤랑짤랑 지나가면 '고것…….' 하는 표정으로 한동안 지켜보고, 파 한단 사가지고 잰걸음으로 쫄쫄거리고 가던 식모 아가씨도 잠시 발을 멈추고 노새를 바라보았다.

무엇보다도 우리 노새를 보고 좋아하는 것은 새 동네 아이들이었다. 노새만 지나가면 지금까지 하던 공차기나 배드민턴을 멈추고 한동안 노새를 따라왔다.

"야, 노새다."

한 아이가 외치면 다른 아이들도 덩달아 외쳤다.

"그래 그래, 노새다."

"야, 이게 노새구나."

"그래 인마, 넌 몰랐니?"

"듣기는 했는데 보기는 처음이야."

"야, 귀 한번 대빵* 크다."

"힘도 세니?"

"그럼, 저것 봐, 저렇게 연탄을 많이 싣고 가지 않니."

아이들이 이러면 나는 나의 시커먼 몰골*도 생각하지 않고 어깨가 으쓱해졌다. 아버지도 그런 심정일까. 이런 때는 그럴 만한 대목도 아닌데 괜히,

"이랴 이랴!"

하면서 고삐를 잡아끌었다. 나는 사실 새 동네 아이들을 그리 좋아하지 않았다. 걔네들은 집 안에

어휘정리

대빵 은어로, '크게 또는 할 수 있는 데까지 한껏'이라는 뜻을 나타내는 말.
몰골 볼품없는 모양새.

서 무얼 하는지 도무지 밖에 나오는 일도 드물었는데, 나온다 해도 저희네 끼리만 어울리지 우리 구 동네 아이들을 붙여 주지 않았다. 처음부터 우리가 걔네들더러 끼워 달라고 한 일은 없으니까 붙여 주고 안 붙여 주고 할 것은 없었는데, 보면 알지 돌아가는 꼴이 그런 처지가 못 되었다. 우리 구 동네 아이들이야 학교 가는 시간을 빼고는 내내 밖에서만 노는데, 놀아도 여간 시망스럽게* 놀지 않았다. 걸핏하면 싸움질이요, 걸핏하면 욕질이었다. 말썽은 어찌 그리도 잘 부리는지 아이들 싸움이 커진 어른 싸움도 끊일 날이 없었다. 그러자니 구 동네 아이들은 자연히 새 동네 골목에까지 진출했다. 같은 골목이라도 새 동네는 조금 널찍한데다가 사람들의 왕래도 그리 잦지 않아서 놀기에 좋았다. 그렇다고 새 동네 아이들이 텃세*를 부리지도 않았다. 그들은 저희끼리 놀다가도 우리들이 내려가면 하나둘씩 슬며시 자기네 집으로 들어갔다. 그런 아이들이었으므로 나는 평소에 데면데면*하게 대했는데, 이들이 우리 노새를 보고 놀라거나 칭찬할 때만은 어쩐지 그들이 좋았다. 거기 비해서 우리 동네 아이들은 노새만 보면 엉덩이를 툭 치거나, 꼬챙이 같은 걸로 귀찮게 건드리고 머리를 쓰다듬는 척하면서 콧잔등을 한 대씩 쥐어박고 하기가 일쑤였다. 평소에 말수가 적고 화내는 일이 드문 아버지도 이런 때는 눈에 불을 켜고 개구쟁이들을 내몰았다.

"이 때갈* 놈의 새끼들, 노새가 밥 달라든, 옷 달라든? 왜 지랄들이야!"

우리 집에 노새가 들어온 것은 이 년 전이었다. 그전까지는 말을 부렸는데 누군가가 노새와 바꾸지

어휘정리

시망스럽다 몹시 짓궂은 데가 있다.
텃세 먼저 자리를 잡은 사람이 뒤에 들어오는 사람에 대하여 가지는 특권 의식. 또는 뒷사람을 업신여기는 행동.
데면데면 사람을 대하는 태도가 친밀감이 없이 예사로운 모양.
때가다 (속되게) 죄지은 사람이 잡혀가다.

않겠느냐고 제의해 왔다. 싫으면 웃돈을 조금 얹어 주고라도 바꾸어 주겠다는 것이었다. 한 삼 년 가까이 그 말을 부려 온 아버지는 막상 놓기가 싫은 모양이었으나 그 말이 눈이 자주 짓무르고, 뒷다리 복사뼈 근처에 늘 상처가 가시지 않는 등 잔병치레*가 잦은 터라, 두 번째 말을 걸어왔을 때 그러자고 응낙해 버렸다. 할머니와 어머니, 그리고 큰형은 그래도 말이 낫지 그까짓 노새가 무슨 힘을 쓰겠느냐고, 바꾸지 말자고 했으나 노새를 한 번 보고 온 아버지는 어떻게 생각했는지 그 길로 노새와 말을 맞바꾸었다. 아닌 게 아니라 노새는 힘이 하나도 없어 보였다. 보기에도 비리비리*한 게 약하디 약하게만 보였다. 할머니나 어머니, 그리고 큰형은 그것 보라고, 이게 어떻게 그 무거운 연탄 짐을 나르겠느냐고 빈정댔는데 그래도 아버지는 가타부타* 말이 없이 노새를 우리로 끌고 가 우선 솔질부터 시작했다. 말이 우리이지 그것은 방과 바로 잇닿아 있는 처마를 조금 더 달아낸 곳에 있었다. 그래서 우리 집에는 항상 말 오줌 냄새가, 똥 냄새가 가실 날이 없었다. 그뿐 아니라 그 우리의 바로 옆방이 내가 할머니나 큰형과 함께 자는 방이었으므로 나는 잠결에도 노새가 앉았다 일어나는 소리, 히힝거리는 소리, 방귀 소리까지 들을 수 있었다. 어쨌거나 이 노새가 들어오면서 그 뒤치다꺼리*는 주로 내가 맡게 되었다. 큰형도 더러 돌봐 주기는 했으나 큰형마저 군에 들어가고 난 뒤부터는 나에게 전적으로 그 일이 맡겨졌다. 고등학교를 나온 작은형이 있기는 해도 그는 아버지나 어머니의 성화*에 아랑곳없이, 늘상 밖으로 싸다니기만 하고 집에 있을 때도 기타를 들고 골방에 처박히기가 일쑤였다. 가엾게도 노

어휘정리

잔병치레 잔병을 자주 앓음. 또는 그런 일.
비리비리 비틀어질 정도로 여위고 연약한 모양.
가타부타 어떤 일에 대하여 옳다느니 그르다느니 함.
뒤치다꺼리 뒤에서 일을 보살펴서 도와주는 일.
성화 몹시 귀찮게 구는 일.

새는 원래는 회색빛이었는데도 우리 집에 온 뒤로는 차츰 연탄 때가 묻어 검정빛으로 변해 갔다. 엉덩이께는 물론 갈기도 까맣게 연탄 가루가 앉아 있었다. 내가 깜냥*으로는 지성스럽게* 털어 주고 닦아 주고 하는데도, 연탄 때는 속살까지 틀어박히는지 닦아 줄 때만 조금 희끗하다가 한바탕 배달을 갔다 오면 도로 그 모양이었다. 하지만 노새도 내 그런 정성을 짐작은 하는지, 멍청히 서 있다가도 내가 가까이 가면 고개를 위아래로 흔들어 아는 체를 했다. 그랬는데 그 노새가 오늘은 우리 집에 없다.

노새가 갑자기 달아난 건 어저께 일이었다. 아버지는 연탄을 실은 뒤 노새의 고삐를 잡고 나는 그냥 뒤따르고 있었다. 내가 뒤따르는 것은 아버지에게 큰 도움이 못 되고 할 일 없이 따라다니기만 할 뿐이었다. 야트막한 언덕길을 오를 때 마차의 뒤를 밀기도 했으나 그것은 그대로 시늉일 뿐, 내 어린 힘으로 어떻게 된다든가 하는 일은 없었다. 아버지는 이따금 따라다니지 말고 집에 가서 공부나 하라고 했지만, 내가 공부 다 했어요, 하면 그 이상 더 말리지는 않았다. 그러나 탄을 싣거나 부릴 때 내가 거들려고 나서면 아버지는 한사코* 그걸 말렸다. 아버지가 그랬으므로 나는 그러면 더 좋지 하는 홀가분한 마음으로 망아지 모양 마차 뒤만 졸졸 따라다녔다. 바로 어저께도 그랬다. 새 동네의 두 집에서 이백 장씩 갖다 달라고 해서 아버지는 연탄 사백 장을 싣고 새 동네로 들어가는 그 가파른 골목길을 들어서고 있었다. 얘기의 앞뒤가 조금 뒤바뀌었지만, 우리 아버지는 연탄 가게의 주인이 아니고 큰길가에 있는 연탄 공장에서 배달 일만 맡고 있다. 그러므로 연탄 공장의 배달 주임이 어느 동네 어느 집에 몇 장을 배달

어휘정리

깜냥 스스로 일을 헤아림. 또는 헤아릴 수 있는 능력.
지성스럽다 보기에 지극히 정성스러운 데가 있다.
한사코 죽기로 기를 쓰고.

해 주라고 하면, 그만한 양의 탄을 실어다 주고 거기 따르는 구전*만 받으면 그만이었다. 그런데 한 가지 자랑스러운 일은 아버지는 아무리 찾기 힘든 집이라도 척척 알아낸다는 것이다. 연탄 공장 사람들의 설명이 미처 끝나기도 전에 알 만하오, 한마디면 그만이었다. 열이면 열 거의 틀리는 일이 없었다. 오죽하면 공장 사람들도,

"마차 영감은 집 찾는데 귀신이라니깐."

하면서 혀를 내두를까. 그들도 아버지에게 실려 보내면 마음이 놓인다는 것이었다. 어저께도 아버지는 이러이러한 댁에 갖다 주라는 말을 듣자, 두 번 다시 물어보지 않고 짐을 싣고 나선 것이다.

그 가파른 골목길 어귀에 이르자 아버지는 미리서 노새 고삐를 낚아 잡고 한달음에 올라갈 차비를 하였다. 그러나 어쩐 일인지 다른 때 같으면 사백 장 정도 싣고는 힘 안 들이고 올라설 수 있는 고개인데도 이날따라 오름길 중턱에서 턱 걸리고 말았다. 아버지는 어, 하는 눈치더니 고삐를 거머쥐고 힘껏 당겼다. 이마에 힘줄이 굵게 돋았다. 얼굴이 빨개졌다. 나는 얼른 달라붙어 죽어라고 밀었다. 그러나 길바닥에는 살얼음이 한 겹 살짝 깔려 있어서 마차를 미는 내 발도 줄줄 미끄러져 나가기만 했다. 노새는 앞뒷발을 딱딱 소리를 낼 만큼 힘껏 땅을 밀어냈으나 마차는 그때마다 살얼음 위에 노새의 발자국만 하얗게 긁힐 뿐 조금도 올라가지 않았다. 아직은 아래쪽으로 밀려 내리지 않고 제자리에 버티고 선 것만도 다행이었다. 사람들이 몇 명 지나갔으나 모두 쳐다보기만 할 뿐 아무도 달라붙지는 않았다. 그전에도 그랬다. 사람들은 얼핏 도와주고 싶은 생각이 났다가도, 상대가 연탄 마차

어휘정리

구전 어떤 일을 소개해 주거나 흥정을 붙여 주고 그 보수로 받는 돈.

인 것을 알고는 감히 손을 내밀지 못했다. 도대체 어디다 손을 댄단 말인가. 제대로 하자면 손만 아니라 배도 착 붙이고 밀어야 할 판인데 그랬다간 옷을 모두 망치지 않겠는가. 옷을 망치면서까지 친절을 베풀 사람은 이 세상엔 없다고 나는 믿어 오고 있다. 그건 그렇고, 그런 시간에도 마차는 자꾸 밀려 내려오고 있었다. 돌을 괴려고 주변을 살펴보았으나 그만한 돌이 얼른 눈에 띄지 않을 뿐더러, 그나마 나까지 손을 놓으면 와르르 밀려 내려올 것 같아서 손을 뗄 수가 없었다. 아버지는 평소의 그답지 않게 사정없이 노새에게 매질을 해댔다.

"이랴, 우라질 놈의 노새, 이랏!"

노새는 눈을 뒤집어 까다시피 하면서 바득바득 악을 써댔으나 판은 이미 그른 판이었다. 그때였다. 노새가 발에서 잠깐 힘을 빼는가 싶더니 마차가 아래쪽으로 와르르 흘러내렸다. 뒤미처* 노새가 고꾸라지고* 연탄 더미가 데구루루 무너졌다. 아버지는 밀려 내려가는 마차를 따라 몇 발짝 뒷걸음질을 치다가 홀랑 물구나무서는 꼴로 나자빠졌다. 나는 얼른 한옆으로 비켜섰기 때문에 아무 일도 없었다. 그러나 정작 일은 그다음에 벌어지고 말았다. 허우적거리며 마차에 질질 끌려가던 노새가 마차가 내박질러진*자리에서 벌떡 일어서더니 뒤도 안 돌아보고 냅다 뛰기 시작한 것이다. 정확히 말하면 벌떡 일어섰다가 순간적으로 아버지와 내가 있는 쪽을 힐끔 쳐다보고는 이내 뛰어 버린 것이다. 마차가 넘어지면서 무엇이 부러져 몸이 자유롭게 된 모양이었다.

"어 어, 내 노새."

아버지는 넘어진 채 그 경황에도 뛰어가는 노새

어휘정리

뒤미처 그 뒤에 곧 잇따라.
고꾸라지다 앞으로 고부라져 쓰러지다.
내박지르다 힘껏 집어 내던지다.

를 쳐다보더니 얼굴이 새하얘졌다. 그러나 그런 망설임도 그때뿐 아버지는 힘들게 일어서자 딴사람이 되어 빠른 걸음으로 노새를 뒤쫓았다.

"내 노새, 내 노새."

아버지는 크게 소리 지르는 것도 아니고 그렇다고 입안엣소리도 아닌, 엉거주춤한 소리로 연방 뇌면서* 노새가 달려간 곳으로 뛰어갔다. 나도 얼른 아버지의 뒤를 따랐다. 노새는 십 미터쯤 앞에 뛰어가고 있었다. 뒤미처 앞쪽에서는 악악 하는 비명 소리가 들려왔다. 어깨에 스케이트 주머니를 메고 오던 아이들 둘이 기겁을 해서 길옆으로 비켜서고, 뒤따라 오던 여학생 한 명이 엄마! 하면서 오던 길을 달려갔다. 손자를 업고 오던 할머니 한 분은 이런 이런! 하면서 어쩔 줄 몰라 하다가 그 자리에 폭삭 주저앉고 말았다. 막 옆 골목을 빠져나오던 택시가 찍 – 브레이크를 걸더니 덜렁 한바탕 춤을 추고 멎었다. 금세 이 집 저 집에서 사람들이 쏟아져 나와서 골목은 어느 사이 수많은 사람들이 모여 웅성대기 시작했다.

"왜 그래, 왜 그래."

"무슨 일이야, 무슨 일이야."

"말이 도망갔다나 봐, 말이 도망갔다나 봐."

"무슨 말이, 무슨 말이."

"저기 뛰어가지 않아."

"얼라 얼라, 그렇군. 말이 뛰어가는군."

"별꼴이야, 말 마차가 지금도 있었군."

이런 웅성거림 속을 아버지는 두 주먹을 불끈 쥐고 뜀박질 쳐 갔다.

어휘정리

뇌다 지나간 일이나 한 번 한 말을 여러 번 거듭 말하다.

"내 노새, 내 노새."

그때 나는 아버지보다 몇 발짝 앞서 있었다. 아버지의 헉헉 소리가 들려왔다. 하지만 노새는 우리보다 훨씬 빨랐다. 노새는 이미 큰길로 나가고 있었다. 드디어 아버지는 큰길을 나오자 털컥 그 자리에 주저앉고 말았다. 노새는 이제 보이지 않았지만 나는 노새보다도 아버지의 일이 더 큰일일 것 같아서, 뛰던 것을 멈추고 아버지의 손을 잡고 끌어 일으키려고 했다. 한데 아버지는 쉽게 일어나지를 못했다. 아버지의 눈은 더할 수 없는 실망과 깊은 낭패로 가득 차, 나는 제대로 쳐다보지도 못하고 슬며시 고개를 돌리다가 이내 축 처지고 말았다. 얼굴 근육이 실룩거리는* 것이 옆얼굴에도 보였다. 불현듯 슬픔이 복받쳐 내 눈도 씀벅거렸으나* 나는 그것을 억지로 참고 계속해서 아버지의 팔목을 이끌었다.

"아버지, 여기서 이렇게 앉아 있으면 어떻게 해요. 노새를 찾아야지요."

지나가는 사람들이 우리 부자의 이런 모습을 구경거리나 되는 듯이 잠깐잠깐 쳐다보았다.

"그래."

아버지는 힘없이 일어났으나 나는 어디를 어떻게 가야 할지 그저 막막하기만 했다. 아버지도 그런 눈치인 듯 나를 한 번 덤덤히 쳐다보다가 아무 말 없이 앞장을 서기 시작했다. 두 사람 중 아무도 내박질러진 마차며 연탄 이야기를 꺼내지 않았다. 그 뒤처리도 큰일일 테니 말이다. 터덜터덜 걸어서 네거리까지 온 우리는 정작 그때부터 막막함을 느꼈다. 동서남북 어느 쪽으로 가야 할 것인가.

어휘정리

실룩거리다 근육의 한 부분이 자꾸 실그러지게 움직이다. 또는 그렇게 되게 하다.
씀벅거리다 눈이나 살 속이 찌르듯이 자꾸 시근시근하다.

"아버지, 이렇게 하면 어때요. 둘이 같이 다닐 게 아니라 따로따로 헤어져서 찾아보도록 해요. 내가 이쪽 길로 갈 테니깐 아버지는 저쪽 길로 가세요, 네?"

아버지는 아무 말 없이 나와는 반대 방향으로 걸어갔다.

아버지와 헤어진 나는 사뭇* 뛰었다. 사람들은 거리에 가득 넘쳐 있었다. 크고 작은 자동차는 뻥뻥거리면서 씽씽 달려가고 달려오고 하였다. 5층 건물 3층 건물이 즐비한* 거리는 언제나처럼 분주했다. 아무도 나를 붙잡고 왜 뛰느냐고, 노새를 찾아 나선 길이냐고 묻지 않았다. 아무도 네가 찾는 노새가 방금 저쪽으로 뛰어갔다고 걱정 말라고 일러 주지 않았다. 나는 이 사람에게 툭 부딪치고, 저 사람에게 탁 부딪치면서 사뭇 뛰었다. 그러나 뛰면서도 둘레둘레 사방을 쳐다보는 것을 잊지 않았다. 벌써 거리는 조금씩 어두워지고 있었다. 이미 앞이마에 헤드라이트를 켠 자동차도 있었다. 나는 그런 자동차들이 막 뛰어다니는 노새로 보였다. 파랑 노새, 빨강 노새, 까만 노새들이 마구 뛰어다니는 것이 아닌가. 바람같이 달리는 놈, 슬슬 가는 놈, 엉금엉금 기는 놈, 갑자기 멈추는 놈, 막 가다가 홱 돌아서는 놈, 그것은 가지가지였다. 그런데도 그중에 우리 노새는 없었다. 두 귀가 쫑긋하고 눈이 멀뚱멀뚱 크고, 코가 예쁘고, 알맞게 살이 찐, 엉덩이에 까맣게 연탄재가 묻어 반질반질하고, 우리 사촌 이모 머리채처럼 꼬리를 길게 늘어뜨린 우리 노새는 안 보였다.

어디까지 왔는지도 몰랐다. 차츰 다리가 아프기 시작했다. 배도 고프기 시작했다. 그러고 보면 나는 오늘 점심도 설친 채였다. 아이들하고 한참 놀다가

어휘정리

사뭇 거리낌 없이 마구.
즐비하다 빗살처럼 줄지어 빽빽하게 늘어서 있다.

집에서 점심을 몇 술 뜨는 둥 마는 둥 하다가 아버지의 일이 궁금하여 연탄 공장에 갔었는데 그때 마침 아버지가 짐을 싣고 나오는 것이었었다. 그러나 나는 걸음을 멈출 수가 없었다. 노새를 찾아야 한다, 노새를 찾아야 한다는 마음이 내 걸음에 앞서, 몇 번 고꾸라지기도 하였다. 더러는 어떤 신사 아저씨의 옆구리에 넘어지듯 부닥치기도 하였는데, 그러면 그 아저씨는,

"이 녀석아……."

어쩌고 하면서 못마땅하게 쳐다보고, 더러는 어떤 아주머니의 치마꼬리를 밟기도 하였는데, 그러면 그 아주머니는,

"얘가 왜 이래, 눈을 어데 두고 다녀?"

하면서 호통을 치기도 하였다. 그럴 때마다 나는,

'미안해요, 우리 노새를 찾느라고 그래요.' 하고 뇌까렸으나* 그것이 입 밖으로 말이 되어 나오지는 않았다. 입안이 메말라서 도무지 말을 하고 싶지도 않았다. 언뜻 내가 왜 이렇게 쏘다니고 있을까, 노새가 어디로 간 지도 모르고 왜 이렇게 방황해야만 하는가 하는 생각이 없지도 않았으나 그런 마음에 앞서 내 눈은 부산하게* 거리의 구석구석을 살피고 있었다. 그러고 보면 나는 그동안 우리 노새와 깊이 정이 들어 있는지도 몰랐다. 자다가도 바로 옆 마구간에서 노새가 투레질*하는 소리, 발을 들었다 놓았다 하는 소리를 들으면 왠지 마음이 놓였고, 길에서 놀다가도 저만치서 아버지에게 끌려오는 노새가 보이면 후딱 달려가 그 시커먼 엉덩이를 한번 두들겨 주기도 했다. 그러면 저도 나를 알아보는지 그 큰 눈을 한번 크게 치떴다가 내리곤 했다. 아이들은 그런 나를 더욱 놀려 댔다.

어휘정리

뇌까리다 아무렇게나 되는대로 마구 지껄이다.
부산하다 급하게 서두르거나 시끄럽게 떠들어 어수선하다.
투레질 말이나 당나귀가 코로 숨을 급히 내쉬며 투루루 소리를 내는 일.

그리고 날더러는 '까마귀 새끼' 라고 말이다. 까마귀 새끼라는 것은 우리 아버지가 까맣게 연탄재를 뒤집어쓰고 다닌대서 그 아들인 나를 가리키는 말이다. 사실 아버지는 노상 시커먼 몰골을 하고 다녔다. 옷은 물론 국방색 신발도 어느새 깜장 구두가 되어 있었다. 손 얼굴 할 것 없이 온몸이 껌정투성이었다. 어쩌다가 헹 하고 코를 풀면 콧물조차도 까맸다. 그런 가운데에서도 눈 하나만은 퀭하니* 크게 빛났다. 아이들은 그런 아버지를 보고 까마귀라고 불러 댔으나 차마 대놓고 그러지는 못하고, 만만한 나만 보면 까마귀 새끼라고 놀려 댔다. 하지만 저희네들 아버지는 별것이었던가. 영길이네 아버지는 조그마한 기계와 연탄불을 피워 가지고 다니면서 뻥 소리와 함께 생쌀을 납작하게 눌러 튀겨 내는 장사를 하고 있었고, 종달이네 형님은 번데기 장수였다. 순철이네 아버지는 시장경비원이었고, 귀달네 아버지는 포장마차에서 장사를 하고 있었다. 그래서 우리는 영길이더러 '뻥', 종달이더러는 '뻔' 이라는 별명을 붙여 주었으며, 순철이 귀달이도 모두 하나씩 별명을 가지고 있었다. 그러니까 내가 까마귀 새끼라는 별명을 가지고 있다는 것은 어떻게 보면 당연한 것이고 별로 억울할 것도 없었다.

내가 집에 돌아온 것은 밤 열 시도 넘어서였으나 아버지는 그때까지 돌아오지 않고 있었다. 할머니와 어머니는 동네 사람들의 귀띔으로 미리 사건을 알고 있었던지, 내가 들어서자 얼른 뛰어나오며 허겁지겁 물었다.

"찾았니?"

"아버지는 어떻게 되셨어?"

내가 혼자 들어서는 걸 보면 찾지 못한 것을 번연히* 알면서도 어머니는 다그쳐 물어 댔다. 어머

어휘정리

퀭하다 눈이 쑥 들어가 크고 기운 없어 보이다.
번연히 어떤 일의 결과나 상태 따위가 훤하게 들여다보이듯이 분명하게.

니는 나에게 밥을 줄 생각도 하지 않고 한숨만 내리쉬고 올려 쉬곤 하였다.

아버지가 돌아온 것은 통행금지* 시간이 거의 되어서였다. 예상한 일이지만 아버지는 빈 몸이었고 형편없이 힘이 빠져 있었다. 그때까지 식구들은 아무도 잠들지 않았다. 작은형도 일이 일인지라 기타도 치지 않고 죽은 듯이 방 안에만 처박혀 있었다. 아버지를 보고도 아무도 말을 하지 않았다. 다만 할머니만이 말을 걸었다.

"이제 오니?"

"네."

그뿐, 아버지는 더는 말이 없었다. 그리고는 어머니가 보아 온 밥상을 한옆으로 밀어 놓고는 쓰러지듯 방 한가운데 드러눕고 말았다. 아버지는 지금 내일부터 당장 벌이를 나갈 수 없는 아픔보다도 길들여 키워 온 노새가 가여워서 저러는지도 모를 일이었다. 아버지는 원래가 마부였다. 서울에 올라오기 전 시골에서도 줄곧 말 마차를 끌었다. 어쩌다가 소달구지*를 끄는 적도 있기는 했으나 얼마 가지 않아서 도로 말 마차로 바꾸곤 했다. 그런 아버지였으므로 서울에 올라와서는 내내 말 마차 하나로 버텨 나왔었는데 어떻게 마음먹었는지 노새로 바꾸고 만 것이다. 노새나 말이나 요즘은 그놈의 삼륜차* 때문에 아버지의 일감이 자칫 줄어드는 듯하기도 했다. 웬만한 오르막길도 끄떡없이 오르고, 웬만한 골목 안 집까지도 드르륵 들이닥치니 아버지의 말 마차가 위협을 느낌직도 했고, 사실 일감을 빼앗기기도 했다. 그런데도 그때마다 아버지는 큰소리였다.

"휘발유 한 방울 안 나오는 나라에서 자동차만

어휘정리

통행금지 일정한 시간 동안 일반인이 거리를 지나다니거나 집 밖으로 활동하는 것을 못하게 하던 일.
소달구지 소가 끄는 수레.
삼륜차 바퀴가 세 개 달린 차. 바퀴가 앞에 한 개, 뒤에 두 개 달려 있으며 주로 짐을 실어 나름.

많으면 뭘 해."

마치 애국자처럼 말하는 것이었으나 나는 아버지의 그 말 뒤에 숨은 오기 같은 것을 느낄 수 있었다. 너무 고단해서였을까, 이날 밤 나는 앞뒤를 가릴 수 없을 만큼 깊이 잠에 빠졌던 것 같다.

골목에서 뛰쳐나온 노새는 큰길로 나오자 잠시 망설이다가 곧 길 복판으로 뛰어들어 갔다. 그러자 달려가고 달려오던 차들이 브레이크를 밟느라고 찍 – 찍 – 소리를 냈으나 노새는 그걸 본체만체하고 달렸다. 어디서 뛰어나왔는지 교통순경이 호루라기를 불며 달려오다가 노새가 가까이 오자 혼비백산*해서 도망갔다. 인도를 걸어가던 사람들이 일제히 발을 멈추고 노새의 가는 곳을 쳐다보곤 저마다 놀라고, 또는 재미있다는 표정을 지었다.

"허허, 저놈이 제 세상 만났군."

"고삐 풀린 말이라더니 저놈도 저렇게 한번 뛰어 보고 싶었을 거야."

"엄마, 저게 뭔데 저렇게 뛰어가? 말이지?"

"글쎄, 말보다는 작은데 노새 같다, 얘."

사람들이 그러거나 말거나 노새는 뛰고 또 뛰었다. 연탄 짐을 매지 않은 몸은 훨훨 날 것 같았다. 가파른 길도 없었고 채찍질도 없었고 앞길을 막는 사람도 없었다. 신호등에 파란불이 켜진 때도 있었고 노란불이 켜진 때도 있었으며 빨간불이 켜진 때도 있었으나, 막무가내로 그냥 뛰기만 했다. 노새는 이윽고 횡단보도에 이르렀다. 마침 파란불이 켜져서 우우 하고 길을 건너던 사람들이, 앗, 엇, 외마디 소리를 지르며 풍비박산*이 되었다. 보통이를

어휘정리

혼비백산 몹시 놀라 넋을 잃음을 이르는 말.
풍비박산 사방으로 날아 흩어짐.

이고 가던 아주머니가 오메 소리를 지르며 퍽 그 자리에 넘어지자 머리 위에 있던 보퉁이가 데구루루 굴렀다. 다정히 손잡고 가던 모녀가 어머멋 소리를 지르며 제자리에 우뚝 섰다. 재잘거리며 가던 두 아가씨가 엄마! 소리를 지르며 한꺼번에 엉켜 넘어졌다. 자전거에 맥주 상자를 싣고 기우뚱기우뚱 건너가던 인부가 앞사람이 갑자기 뒷걸음질 치는 바람에 자전거의 핸들을 놓쳐 중심을 잃은 술 상자가 우르르 넘어졌다. 밍크 목도리에 몸을 휘감고 가던 아주머니가 나 몰라! 하고 소리를 지르며 홱 돌아서다가 자기도 모르게 옆에 있는 낯모르는 아저씨 품에 안겼다. 땟국이 잘잘 흐르는 잠바 청년 하나가 이때 워! 워! 하면서 앞을 가로막았으나 노새가 앞다리를 번쩍 한 번 들자 어이쿠 소리를 지르면서 인도 쪽으로 도망갔다.

노새는 그대로 달렸다. 뒤미처 순경이 쫓아오는 소리가 나고 앵앵거리며 백차*가 따라오고 있었다. 노새는 그러나 아랑곳하지 않았다. 노새는 어느덧 번화가에 들어서고 있었다. 여기는 아까의 횡단길보다도 더욱 사람이 많았다. 노새는 자꾸 자동차가 걸리는 것이 귀찮았던지 성큼 인도 쪽으로 방향을 꺾었다. 그러자 이번에는 더욱 요란스런 혼란이 벌어졌다. 사람들은 달랑달랑하는 노새의 목에 달린 방울 소리가 들릴 때는 호기심으로 그 쪽을 쳐다보았다가도, 금세 인파*가 우, 우, 이리 몰리고 저리 몰리고 하면서 눈앞에 노새가 뛰어오자 어쩔 바를 모르고 왝, 왝, 소리를 지르며 달아나기에 바빴다. 분홍색 하이힐 짝이 나뒹굴고, 곱게 싼 상품 상자들이 이리저리 흩어졌다. 신사가 한옆으로 급히 비키다가 콘크리트 전봇대에 이마를 찧고, 군인이 앞사람의 뒤꿈치에 밟혀 기우뚱하다가 뒤에 오는 할아버지를 안

어휘정리

백차 차체에 흰 칠을 한, 경찰이나 헌병의 순찰차.
인파 사람의 물결이란 뜻으로, 수많은 사람을 이르는 말.

고 넘어졌다. 배지를 단 여대생이 황망히 길옆 제과점으로 도망치다가 안에서 나오던 청년과 마주쳐 나무토막 쓰러지듯 넘어지고, 아이스크림을 핥고 가던 꼬마들이 얼싸안고 넘어졌다.

번화가 옆은 큰 시장이었다. 노새가 이번에는 그 시장 속으로 뚫고 들어갔다. 머리에 수건을 동이고 좌판 앞에 앉아 있던 아낙네들이 아이구 이걸 어쩌지, 하면서 벌떡 일어서는 것을 신호로, 시장 안에 벌집 쑤신 듯한 소동이 사방으로 번져 갔다. 콩나물 통이 엎어지고, 시금치가 흩어지고, 도라지가 짓이겨지고, 사과알이 데굴데굴 굴렀다. 미꾸라지 통이 엎어지고, 시루떡이 흩어지고 테토론 옷감이 나풀거리고 제주 밀감이 사방으로 굴렀다. 갈치가 뛰고 동태가 날고, 낙지가 미끈둥미끈둥 길바닥을 메웠다. 연락을 받고 달려왔는지 시장 경비원 두세 명이 이놈의 노새, 이놈의 노새, 하면서 앞뒤를 막았으나 워낙 젖 먹던 힘까지 다 내서 길길이 뛰는 노새를 붙들지는 못하고, 저 노새 잡아라, 저 노새, 하고 외치며 이리 뛰고 저리 뛰고 할 뿐이었다.

골목을 뛰쳐나온 지 한 시간이 지났을까, 노새는 시장 안에서 한바탕 북새*를 떨고는 다시 한길로 나왔다. 이 무렵에는 경찰에 비상이 걸렸는지 곳곳에 모자 끈을 턱에까지 내린 경찰관들이 지키고 서 있었다. 서울 장안이 온통 야단이 난 모양이었다. 군데군데 무전차*가 동원되어 자기네끼리 노새의 방향에 대해서 연락을 취하고 있었다. 그러나 노새는 미리 그것을 알고라도 있는 듯 용케도 경비가 허술한 길만을 찾아 잘도 달려 갔다. 모가지는 물론, 갈기며 어깻죽지, 그리고 등허리에 땀이 비 오듯 해서 네 다리에 물이

어휘정리

북새 많은 사람이 야단스럽게 부산을 떨며 법석이는 일.
무전차 무전기가 설치되어 있는 자동차.

주르르 흐르고 있었다. 검은 물이. 노새는 벌써 한강 다리를 건너고 있었다. 노새는 얼핏 좌우로 한강 물을 훑어보더니 여전히 뛰어가면서도 길게 심호흡을 하였다. 다리를 건너고 얼마를 가자 길이 넓어지고 앞이 툭 트였다. 고속 도로였다. 노새는 돈도 안 내고 톨게이트*를 빠져나가더니 그때부터는 다소 속도를 늦추었다. 그러나 절대로 뛰는 일을 멈추지는 않았다.

여느 날보다 다소 늦게 일어난 나는 간밤의 꿈으로 하여 어쩐지 마음이 헛헛했다.* 꿈 그대로라면 우리는 다시는 그 노새를 찾지 못할 것이 아닌가. 꿈대로라면 우리 노새는 고속 도로를 따라 멀리멀리 달아나서 우리가 도저히 찾을 수 없는 곳, 상상도 할 수 없는 곳에 가서 있는 것이 아닐까. 우리를 버리고 간 노새, 그는 매일매일 그 무거운, 그 시커먼 연탄을 끄는 일이 지겹고 지겨워서 다시는 돌아오지 못할 자기의 보금자리를 찾아 영 떠나가 버렸는가. 아버지와 내가 집을 나선 것은 사람들이 아직 출근하기도 전인 이른 새벽이었다. 큰길로 나오자 두 사람은 막상 어느 쪽부터 뒤져야 할지 막연하기만 했다. 둘 중 아무도 말을 꺼내지는 않았으나 부자는 잠깐 주춤하다가 동네와는 딴 방향으로 걷기 시작했다. 새벽이라 그런지 사람은 그리 많지 않은데 날씨가 몹시도 찼다. 길은 단단히 얼어붙고 바람은 매웠다. 귀가 따갑게 아려* 오는 듯하자 아랫도리로 냉기가 찰싹찰싹 달라붙었다.

"아버지, 시장으로 가 봐요."

나는 언뜻 간밤의 꿈이 생각났다.

"시장은 왜?"

"혹시 알아요, 노새가 뛰어가다가 시장기*가 들어 시장 쪽으로 갔는지."

어휘정리

톨게이트(tollgate) 고속 도로나 유료 도로에서 통행료를 받는 곳.
헛헛하다 채워지지 아니한 허전한 느낌이 있다.
아리다 상처나 살갗 따위가 찌르는 듯이 아프다.
시장기 배가 고픈 느낌.

나는 말해 놓고도 좀 우스웠지만 아버지도 별 싱거운* 녀석 다 보겠다는 듯이 시큰둥한 태도였다. 아버지는 키가 컸다. 그래서 그런지 급히 서둘지도 않고 보통 걸음으로 걷는데도 나는 종종걸음을 쳐야 따라갈 수 있었다. 나는 할 수 없이 한 손을 내밀어 아버지의 손을 잡았다. 아버지의 손은 크고 투박하고 나무토막처럼 단단했다. 끌려가듯 따라가면서도 나는 좀 우스웠다. 이날까지는 이런 일을 생각할 수도 없었다. 아버지와 손을 잡고 길을 걷는다는 것은 꿈에도 상상할 수 없는 일이었다. 그렇게 지내 왔는데, 오늘 나는 아주 자연스럽게 아버지와 손을 맞잡고 길을 걷고 있다. 좀 우쭐한 생각이 들었다. 하지만 아무도 그런 우리를 부러운 눈초리로 쳐다보지는 않았다.

아버지와 나는 한도 끝도 없이 걸었다. 어느새 거리는 점심때쯤 되었고, 눈발이 비치기 시작했다. 어느 곳을 가나 거리는 사람으로 붐벼 있었고, 그 많은 사람들은 우리 부자더러 어디를 그리 바삐 가느냐고, 노새를 찾아다니느냐고 묻지 않았고, 아버지와 나는 아무에게 노새를 보지 못했느냐고 묻지 않았다. 다리는 쇠사슬을 단 것처럼 무겁고, 배가 고프고 쓰렸다. 나는 그런 우리가 옛날 얘기에 나오는 길 잃은 나그네 같다고 생각했다. 길은 멀고 해는 저물었는데 쉬어 갈 곳이라고는 없는 그런 처지 같았다. 아무리 가도 인가는 나타나지 않고, 멀리서 깜박깜박 비치는 불빛도 없었다. 보이느니 거친 산과 들뿐 사람이나 노새는 보이지 않았다.

아버지와 내가 동물원에 들어간 것은 거의 해가 질 무렵이었다. 어떻게 해서 동물원에 들어오게 되었는지 나는 잘 기억해 낼 수가 없다. 둘 중의 아무

어휘정리

싱겁다 사람의 말이나 행동이 상황에 어울리지 않고 다소 엉뚱한 느낌을 주다.

도 동물원에 들어가자고 말한 사람은 없었는데 어째서 발길이 이곳으로 돌려졌는지 모른다. 정처 없이 걷다가 마침 닿은 곳이 동물원이어서 그냥 대수롭지* 않게 들어왔는지도 모르겠다. 하여튼 나는 희한한 곳엘 다 왔다 싶었다. 내 경우 동물원에 와본 것은 지금까지 딱 한 번밖에 없었으니까. 그것도 어린이날 무료 공개한다는 바람에 동네 조무래기들과 함께 와본 것뿐이었다. 그때는 사람들에 치여 제대로 구경도 못 했는데 지금 나는 구경꾼도 별로 없는 동물원을 더구나 아버지와 함께 오게 되었으니, 참 가다가는 별일도 있는 것이구나 하였다. 남들 눈에는 한가하게 동물원 구경을 온 다정한 부자로 비칠 것이 아닌가. 동물원 안은 조용하고 을씨년스러웠다.* 동물들은 제집에 처박혀 있거나 가느다란 석양이 비치는 곳에 웅크리고 있거나 하였다. 막상 들어온 아버지는 그런 동물들을 별로 눈여겨보지 않았다. 동물들의 우리를 보다가 하늘을 보다가 할 뿐, 눈에 초점이 없었다. 칠면조도 사자도 호랑이도 원숭이도 사슴도 그런 눈으로 건성건성* 보고 지나갈 뿐이었다. 그러던 아버지가 잠시 발을 멈춘 곳은 얼룩말이 있는 우리 앞이었다. 얼룩말은 두 마리였다. 아버지는 그러나 그 앞에서도 멍하니 서 있기만 하지 이렇다 할 감정의 표시를 하지 않았다. 나는 그런 아버지를 한 번 쳐다보고, 얼룩말을 한 번 쳐다보고 하였다. 그러다가 아버지의 얼굴이 어쩌면 그렇게 말이나 노새와 닮았는지 모르겠다고 생각하였다. 그렇게 생각하고 보니 꼭 그랬다. 길게 째진, 감정이 없는 눈이며 노상* 벌름벌름한 코, 하마 같은 입, 그리고 덜렁하니 큰 귀가 그랬다. 아버지가 너무 오래 말이나 노새를

어휘정리

대수롭다 (부정문에 쓰여) 중요하게 여길 만하다.
을씨년스럽다 보기에 날씨나 분위기가 몹시 스산하고 쓸쓸한 데가 있다.
건성건성 정성을 들이지 않고 대강대강 일을 하는 모양.
노상 언제나 변함없이 한 모양으로 줄곧.

다뤄 와서 그런 건지, 애당초 말이나 노새 같은 사람이어서 그런 짐승과 평생을 같이해 온 것인지는 알 수 없으나, 막상 얼룩말 앞에 세워 놓은 아버지는 영락없는 말의 형상이었다.

동물원을 나왔을 때 이미 거리는 밤이었다. 이번엔 집 쪽으로 걸었다. 그럴 수밖에 우리는 더 갈 데가 없었던 것이다. 우리 동네가 저만치 보였을 때 아버지는 바로 눈앞에 있는 대폿집*에서 발을 멈추었다. 힐끗 나를 돌아보고 나서 다짜고짜 나를 술집으로 끌고 들어갔다. 이런 일도 전에는 없던 일이었다. 술집 안에는 사람들이 가득 차서 왁왁 떠들어 대고 있었다. 돼지고기를 굽는 냄새, 찌개 냄새, 김치 냄새가 집 안에 가득했다. 사람들은 우리를 의아스런 눈초리로 쳐다보았으나 이내 시선을 거두고 자기들의 얘기 속으로 다시 들어갔다. 나는 들어가자마자 그 냄새들을 힘껏 마셨다. 쓰러질 것 같았다. 아버지는 소주 한 병과 안주를 시키더니 안주는 내 쪽으로 밀어주고 술만 거푸 마셔 댔다. 아버지는 술이 약한 편이어서 저러다가 어쩌나 하고 걱정이 되었다.

"아버지, 고만 드세요. 몸에 해로워요."

"으응."

대답하면서도 아버지는 술잔을 놓지 않았다. 얼마나 지났을까. 안주를 계속 주워 먹었으므로 어느 정도 시장기를 면한 나는 비로소 아버지를 쳐다보았다.

"이제부터 내가 노새다. 이제부터 내가 노새가 되어야지 별수 있니? 그 놈이 도망쳤으니까. 이제 내가 노새가 되는 거지."

기분 좋게 취한 듯한 아버지는 놀라는 나를 보고

어휘정리

대폿집 큰 술잔으로 마시는 술을 파는 집.

히힝 한 번 웃었다. 나는 어쩐지 그런 아버지가 무섭지만은 않았다. 그러면 형들이나 나는 노새 새끼고, 어머니는 암노새고, 할머니는 어미 노새가 되는 것일까? 나도 아버지를 따라 히히힝 웃었다. 어른들은 이래서 술집에 오는 모양이었다. 나는 안주만 집어먹었는데도 술 취한 사람마냥 턱없이 즐거웠다. 노새 가족 - 노새 가족은 우리말고는 이 세상에 또 없을 것이었다.

그러나 이러한 생각은 아버지와 내가 집에 당도했을 때 무참히 깨어지고 말았다. 우리를 본 어머니가 허둥지둥 달려 나와 매달렸다.

"이걸 어쩌우, 글쎄 경찰서에서 당신을 오래요. 그놈의 노새가 사람을 다치고 가게 물건들을 박살을 냈대요. 이걸 어쩌지."

"노새는 찾았대?"

"찾거나 그러면 괜찮게요? 노새는 간데온데없고 사람들만 다치고 하니까, 누구네 노새가 그랬는지 수소문* 끝에 우리 집으로 순경이 찾아왔지 뭐유."

오늘 낮에 지서에서 나온 사람이 우리 노새가 튀는 바람에 여기저기서 많은 피해를 입었으니 도로 무슨 법이라나 하는 법으로 아버지를 잡아넣어야겠다고 이르고 갔다는 것이었다. 아버지는 술이 확 깨는 듯 그 자리에 선 채 한동안 눈만 뒤룩뒤룩* 굴리고 서 있더니 힝 하고 코를 풀었다. 그리고는 아무 말없이 스적스적* 문밖으로 걸어 나갔다. 나는 "아버지." 하고 뒤를 따랐으나 아버지는 돌아보지도 않고 어두운 골목길을 나가고 있었다.

나는 그 순간 또 한 마리의 노새가 집을 나가는 것 같은 착각을 일으켰다. 그리고는 무엇인가가 뒤

어휘정리

수소문 세상에 떠도는 소문을 두루 찾아 살핌.
뒤룩뒤룩 크고 둥그런 눈알이 힘 있게 자꾸 움직이는 모양.
스적스적 물건이 서로 맞닿아 자꾸 비벼지는 소리. 또는 그 모양.

통수를 때리는 것을 느꼈다. 아, 우리 같은 노새는 어차피 이렇게 비행기가 붕붕거리고, 헬리콥터가 앵앵거리고, 자동차가 빵빵거리고, 자전거가 쌩쌩거리는 대처*에서는 발붙이기 어려운 것인가 하는 생각이 들었다. 언젠가 남편이 택시 운전사인 칠수 어머니가 하던 말, "최소한도 자동차는 굴려야지 지금이 어느 땐데 노새를 부려." 했다는 말이 생각났다. 그러나 그것은 잠깐 동안이고 나는 금방 아버지를 쫓았다. 또 한 마리의 노새를 찾아 캄캄한 골목길을 마구 뛰었다.

어휘정리

대처 사람이 많이 살고 상공업이 발달한 번잡한 지역.

중요한 내용 쏙! 쏙! 쏙!

작품 속 공간에 담긴 의미

변두리
- 소설의 주요 무대가 성장과 개발에서 소외되었거나 뒤처진 지역임을 말해줌

골목
- 구 동네와 새 동네 사이의 경제적인 수준 차이와 소통의 단절감을 드러냄

구멍가게
- 구비된 품목의 변화를 통해 동네 사람들의 생활에 변화가 일어나고 있음을 암시함

공간속의 갈등

구 동네
- 닥지닥지 붙은 판잣집
- 그날그날 벌어 먹고 사는 사람들이 많아 연탄 배달이 많지 않음
- 가게의 물건들이 뽀얗게 먼지를 쓰고 있음(팔리지 않음)

⇔ 구 동네와 새 동네 사람들이 어울리는 일이 없음

새 동네
- 2층 슬래브 집
- 연탄 배달이 늘어남
- 가게에는 새 물건들이 진열됨
- 우유 배달부와 신문 배달부, 슈사인 보이가 나타남
- 청소부들이 골목 안의 쓰레기까지 치움

노새의 상징적 의미

무거운 짐을 지고 언덕을 가는 노새
- 급격한 산업화로 정신적 뿌리는 상실했지만 가장의 책임을 다하려는 아버지들의 모습
- 이 시대를 힘겹고 고단하게 살아가는 아버지들을 상징

1 제목 '노새 두 마리' 의 의미를 파악해 봅시다.

2 이 작품에 반영된 사회. 문화적 상황을 아버지의 처지와 관련지어 설명해 봅시다.

상상더하기 - 편지쓰기

지서에서 돌아오신 아버지의 어깨는 삶의 무게로 한층 더 축 처진 모습일 겁니다. 그런 아버지에게 '나' 는 어떤 위로의 말을 건넬 수 있을까요? '나' 가 되어 아버지에게 위로의 편지를 써봅시다.

1. 노새 두 마리는 시대에 적응하지 못하고 힘겨운 삶을 사는 아버지와, 아버지가 부리던 노새를 의미합니다.
2. 이 작품은 1970년대 산업화 도시화가 급격하게 이루어지던 시대를 배경으로 하고 있는데, 도시 이주민 중 아버지처럼 급변하는 사회 속에서 소외되어 불행한 삶을 사는 계층도 나타납니다.

작가의 다른 작품 보기

서울 사람들

나는 서울 생활에 현기증을 느낍니다. 그래서 국영기업 비서실장 김성달, 고교 교사 윤경수, TV가게를 운영하는 최진철과 함께 여행을 가기로 약속하고 시외버스 터미널에서 만나기로 한답니다. 각자의 집에는 목적지를 숨기고 말입니다. 강원도 터미널에서도 버스를 타고 백리나 더 들어가야 하는 깊은 산골에 도착한 그들은 이장 집에서 3박 4일을 머물겠다고 합니다. 과연 그들은 서울을 벗어난 여행이 행복했을까요? 김치와 우거지국뿐인 밥상을 시골의 맛이라고 흥겨워 하는 것도 잠시 커피가 먹고 싶은 김성달, 맥주가 마시고 싶은 최진철, TV가 보고 싶은 윤경수…… 그들은 벌써 모두 서울을 그리워하고 있었답니다. 결국 하루 일찍 서울로 돌아간 그들은 도착하자마자 커피숍에서 커피를 마시고 맥주도 한 잔 한 뒤 집으로 돌아갑니다.

누구나 가끔은 일상에서 벗어나고 싶어 합니다. 마음 속에 간직한 이상은 높은데 현실은 건조하기만 하지요. 그러한 현실에서 도피하고자 하는 인간의 욕망이 잘 드러난 작품이랍니다.

쑥 이야기

인순이는 만삭이 된 엄마와 둘이 쑥을 캐면서 살아갑니다. 아버지는 소식이 끊어진지 오래 되었습니다. 얼마나 가난한지, 먹을 것이 없어서 쑥 죽을 끓여 먹으면서 연명하던 어느 날 한밤중에 어머니가 아이를 낳습니다. 쑥만 먹어서 인지 기운을 차리지 못한 어머니가 어린 아이 위에 쓰러지고 동생은 결국 죽고 말았답니다. 앓아누운 어머니를 살리기 위해 혼자 쑥을 팔러 간 인순이는 흰 쌀을 훔치다가 잡혀서 모진 매를 맞습니다. 집에 업혀 올 만큼 맞은 인순이는 목이 잘린 쑥들이 자신을 못살게 하는 꿈에 시달립니다. 헛소리를 하는 인순이를 위로하려고 어머니는 아버지가 돌아오시면 고운 치마를 사주겠다고 말하지만, 그 치마 빛깔이 쑥처럼 퍼런 수박색이라는 것을 듣고 싫다고 합니다.

쑥은 인순이 모녀의 삶을 유지시켜 주는 유일한 수단이지만, 그것밖에 먹을 수 없다는 의미에서는 가난 그 자체를 상징합니다. 극도로 가난한 모녀의 삶의 고통이 생생하게 표현되어 있답니다.

영수증

수록교과서 : 미래엔컬처(이)

박태원 소설가. 별칭은 구보. 1909년 서울에서 태어났다. 1930년 신생에 단편 「수염」을 발표하며 문단에 등단했다. 구인회에 가입하여 활동하면서 반계몽, 반계급주의문학의 입장에서 세태풍속을 착실하게 묘사한 「소설가 구보씨의 1일」 「천변풍경」 등을 발표함으로써 작가로서의 위치를 굳혔다.

감상 길잡이

현대를 살아가는 중학생 여러분의 하루 일과는 어떤가요? 보통은 학교를 다니고, 친구와 어울리고, 집에 오면 부모님의 보살핌을 받지요. 그런데 열다섯 노마의 일상은 여러분과 좀 다르답니다. 아침부터 밤늦게까지 우동가게에서 일을 합니다. 또, 자신이 번 돈으로 친척 아이의 과자를 사다주는 의젓한 모습을 보이기도 하지요. 열다섯 아이가 감당하기에는 벅찬 노마의 삶을 한 번 들여다볼까요? 또, 1930년대를 배경으로 하고 있는 이 작품에 나타난 사회, 문화적 상황도 파악해 봅시다.

갈래	동화	성격	현실 비판적
시점	전지적 작가 시점	제재	노마의 고달픈 삶
배경	1930년대 겨울, 서울	주제	고달픈 삶 속에서도 순수와 맑은 마음씨를 잃지 않는 동심과 각박한 세상 인심

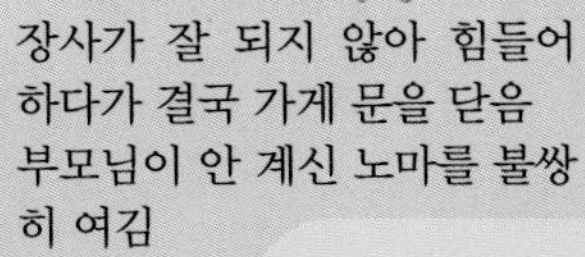

우동집 주인
장사가 잘 되지 않아 힘들어 하다가 결국 가게 문을 닫음
부모님이 안 계신 노마를 불쌍히 여김

노마
부모님이 안 계심.
착하고 순하며, 성실히 일함

오서방
우동집 단골 손님.
밀린 외상값을 끝까지 갚지 않음. 뻔뻔함

아저씨
노마의 친척 아저씨.
집안 형편이 어려워 노마를 거두지 못함

열다섯 살 노마는 우동집에서 심부름을 하는 아이입니다. 부모님은 안계시고, 아저씨가 한 분 계시지만 노마를 돌봐줄 형편이 못 되십니다. 노마는 성실히 일하지만, 건넛집에 우동 가게가 생기면서 장사가 되지 않아 월급을 두 달째 받지 못하고 있습니다.

어느 비 오는 일요일, 노마는 오랜만에 아저씨네 집에 갔다가 아저씨가 노마의 우산을 쓰고 나가는 바람에 저녁이 되어서야 가게로 돌아옵니다. 노마의 걱정과는 달리 손님 없는 가게를 혼자 쓸쓸히 지키고 있던 주인은 별로 나무라지 않습니다.

노마의 생일날, 주인은 장사를 그만 두게 되었다며, 노마에게 밀린 월급의 일부를 주고 나머지는 외상값을 받아쓰라고 합니다. 섣달 그믐이 가까운 날, 노마는 외상값 오십 전을 받기 위해 오 서방을 찾아가고, 오 서방은 외상값을 주지 않고, 핑계를 대며 미루다가 영수증을 써오라고 합니다. 어이가 없었지만, 공책을 뜯어 서툰 솜씨로 영수증을 써 다시 찾아가지만, 만나지 못하고 돌아오는 길에 영수증을 찢어 버립니다.

영수증

1

이제 이야기를 하나 하겠습니다. 이렇게 제가 말하면 여러분은 응당,

"옛날 어느 나라에 임금이 있었습니다."

하고 미리 앞질러 말씀하시겠지요.

그러나 제가 지금 하려는 이야기는 옛날이야기가 아닙니다. 또 임금의 이야기도 아닙니다.

"그러면 무슨 이야기?"

네, 자꾸 그렇게 묻지 마시고 조용히 앉아 들으십시오.

여러분은 우동집에 들어가셔서 우동을 잡수신 일이 있습니까?

"아니요, 그런 짓을 하면 선생님이 꾸지람을 하십니다."

네, 옳습니다. 이것은 제가 잘못하였습니다. 여러분은 그러한 곳에 다녀서는 안 됩니다. 그러나 여러분은 길거리에 혹은 골목 안에 우동을 파는 집이 있는 것을 보셨겠지요. 그리고 그런 우동집에는 으레 심부름하는 아이가 하나씩 있는 것도 여러분은 잘 알고 계시겠지요. 제가 이제 여러분께 들려드리려는 것은 이러한 우동집에서 심부름하는 아이의 이야기입니다.

그 아이의 이름은 '복동' 이냐고요? 아니올시다. '복동' 이가 아니라 '노마' 올시다.

노마는 올해 열다섯 살입니다. 키는…… 글쎄요. 열다섯 살 먹은 아이로서는 좀 작은 편이겠지요. 얼굴은 동그랗고 약간 주근깨가 있는 것이 고 눈

이며, 코며, 입이 매우 귀여운 아이입니다. 여러분이 한번이라도 노마하고 만나시는 일이 있다면 아마 틀림없이 여러분은 그 애하고 동무가 되고 싶어 하실 것입니다.

"그러나 마음이 어떤 아이인지 알아야지."

이렇게 여러분은 말씀하시겠지요. 그러나 그런 것은 조금도 염려 마십시오. 노마는 마음도 퍽이나 순하고 착한 아이랍니다.

잘 들으십시오. 노마에게는 아버지도 어머니도 안 계십니다. 물론 집도 없지요.

"그러나 아저씨는?"

네, 아저씨는 한 분 계십니다. 그렇지만 그 아저씨는 철공장에서 벌어 오는 돈으로 자기네 집안 살림도 하여 갈지 말지 한 딱한 처지니 어떻게 노마를 먹여 살리고 학교에 보내고 할 수가 있겠습니까. 그래 노마는 아저씨 집을 나와서 이렇게 우동집에서 심부름을 하지 않으면 안 되는 것이랍니다.

우동집에서 심부름하는 것은 물론 유쾌한 일이 아닙니다. 교실에서 선생님께 글 배우고 운동장에서 동무하고 같이 놀고 할 수 있는 여러분은 노마가 얼마나 고생살이를 하고 있는 것인지 아마 모르실 것입니다.

노마더러 제 이야기를 하라고 하여 보십시오. 노마는 이야기를 하기 전에 우선 "후유." 하고 한숨을 쉴 것이니까요. 열다섯이나 그것밖에 안 된 아이의 입에서 한숨이 나온다는 것은 웬만큼 딱한 일이 아닙니다. 그 증거로는 여러분이 이제까지 엉엉 소리를 내어 우신 일은 여러 번 있지마는 한번이라도 가만히 한숨 쉬신 일은 없지 않습니까.

2

설혹 여러분이 노마의 친한 동무라 하더라도 여러분은 노마하고 같이 노실 수는 없습니다. 원체가 우동집 심부름이란 늘 고되고 바쁘니까요.

"노마야, 새로 연 하나 샀다. 같이 놀리자."

하고 여러분이 노마보고 말씀하셨다 합시다.

그러면 노마는 쓸쓸한 웃음을 입가에 띠고 이렇게 대답할 것입니다.

"고맙다. 그렇지만 어디 놀러 나갈 수가 있니? 이제 싸전* 가게 골목에 우동 두 그릇 배달해야지. 오는 길에 수동 모퉁이 약국집에 가서 그릇 찾아 와야지. 또 서너 군데 외상값 받아 와야 하구."

그러나 그뿐입니까. 그렇게 말하는 중에도 안에서,

"애! 간장이 없다."

"노마야, 고춧가루 가져오너라."

하고 손님들이 소리를 지르지요.

"네!"

하고 들어가서 시중을 들려면 이번에는 또 돈을 바꾸어 오래서 길 건너편 잡화상으로 일 원짜리 지전*을 손에 쥐고 뛰어가지요. 담배 사 오라면 담배 사 와야지요. 참말 바쁩니다.

더구나 종일 심부름에 지쳐 참아도 참아도 자꾸만 졸린 것을 이를 악물고 견디어 가며 자정 넘어까지, 어떤 때는 새로 한 점, 두 점까지 깨 있노라면 공연한 일에도 짜증을 내고 싶고 엉엉 울고 싶고 하지요.

그야 여러분도 그렇게 늦도록 깨어 있으신 일이

어휘정리

싸전 쌀과 그 밖의 곡식을 파는 가게.
지전 지폐.

있기는 하겠지요. 가령 섣달 그믐날 같은 때 자면 눈썹이 센다*는 통에 온 밤을 새우기도 하였겠고, 제삿날 제사 참례*하느라고 또는 고사 지내는 구경하느라고 늦도록 잠 안 주무신 일이 더러 있겠지요.

그러나 노마는 매일입니다. 매일 그렇게 늦도록 깨어 있어야만 합니다. 더구나 그렇게 깨어 있다고 비빔밥이 생기는 것도 아니요, 시루 팥떡이 차례 오는 것도 아닙니다.

인제는 죽어도 더 참을 수 없게 졸릴 때 주인은,

"그만 문 닫아라."

하고 말합니다. 그러나 문 닫는다고 곧 잘 수 있는 것은 아닙니다. 설거지를 해야지요. 우동 그릇을 말짱하게 닦아서 선반에 올려놓고 개수통*과 물을 버리고 상을 훔치고 하여야지요.

참말 일이 고됩니다. 아무렴, 어른이라도 고되지요.

더구나 겨울에는 견딜 수 없는 노릇입니다. 배불리 먹지 못하고 뜨뜻하게 입지 못한 노마는 아무리 배에다 힘을 주고 으스러지라고 이를 악물고 하여도 쉴 사이 없이 온몸이 덜덜덜 떨립니다. 두어 군데 배달을 갔다만 와도 손발이 꽁꽁 얼지요. 그 뜨뜻한 우동 국물을 흠씬 좀 마셨으면 한결 나을 듯싶습니다만 누가 그걸 먹으라고 줍니까?

배달 한 가지만 하더라도 자전거가 있으면 얼마쯤 낫겠지요. 그러나 노마가 있는 우동집에는 자전거가 없습니다. 그래 겨울이면 노마는 꽁꽁 언 행길 위를 또는 눈 쌓인 거리 위를 모가지를 움츠리고 나다니지 않으면 안 됩니다. 손등이 겨우내* 터지는

어휘정리

눈썹이 세다 '눈썹이 하얗게 된다'는 의미로 정월 대보름날을 맞는 밤에 아이들을 일찍부터 자지 못하게 하느라고 어른들이 장난삼아 하던 말.
참례 예식, 제사, 전쟁 등에 참여함.
개수통 음식 그릇을 씻을 때 쓰는, 물을 담는 통
겨우내 한겨울 동안 계속해서.

것은 말할 것도 없고 발가락이 제일 이 빠지는 것같이 아픈 때는 노마는 남몰래 울기까지 합니다.

3

어느 일요일.

동짓달*이건만 궂은비가 아침부터 내리는 날이었습니다.

노마는 찢어진 지우산*을 받고 아저씨 집을 찾아갔습니다. 동소문*을 나서 '삼선평' 벌판을 지나 그래도 조금 더 가야 아저씨 집입니다.

일요일이라 아저씨는 집에 있었습니다. 노마가 들어오는 것을 보고 방에서 신문을 보고 있던 아저씨가,

"너 오래간만이로구나."

부엌에서 아침 설거지를 하고 있던 아주머니가,

"아이그, 비 오는데 어떻게 왔니?"

바지 괴춤*을 여미면서 뒷간에서 나오던 올해 일곱 살 되는 사촌 동생이

"언니, 무어 사 왔수?"

노마는 아저씨와 아주머니에게 차례로 인사를 하고 다음에 사촌 아우를 향하여 말하였습니다.

"오! 돌석이 잘 있었니? 저…… 이번에도 못 사 왔단다."

하고 노마는 얼굴에 호젓한 웃음을 띠었습니다.

"난 싫여, 난 싫여!"

하고 돌석이는 몸부림을 하면서

어휘정리

동짓달 음력으로 열한 번째 달.
지우산 대오리로 만든 살에 기름 먹인 종이를 발라 만든 우산. 종이우산.
동소문 조선 시대 사소문 중 하나. 동쪽에 있었던 문으로 '혜화문', '홍화문'이라고도 함.
괴춤 고의(여름 홑바지)춤의 준말.

"지난 번에두 안 사 오구. 이번엔 꼭 사 온다더니 이번에두 안 사 오구……난 싫여, 난 싫여……."

하고 연해 노마를 조르는 것을 아저씨가,

"저놈이 암만해두 매를 맞으려구 저러지."

아주머니가,

"언니 올 때마다 그렇게 조르면 인제 다시 언니가 안 온다."

그리고 노마를 향하여,

"어서 방으로 들어가거라. 추운데 한데* 섰지 말구."

노마가 방으로 들어가자,

"이리 와 앉아라."

하고 아저씨는 아랫목으로 노마를 끌어 앉히고,

"그래, 우동 장사는 잘되는 모양이냐?"

"아주 세월이 없어요."

"그래두 요즈막은 날씨가 추우니까 더 좀 팔리겠지."

"웬걸, 그렇지 못해요."

"웬일일까? 게가 우동 장사하기는 아까울 만치 자리가 좋은데……."

"그런 게 아니라 그 건넛집이 말이에요……."

"건넛집이라니 잡화상?"

"아니요. 두 집 걸러 왜 담배 가게 있죠?"

"그래, 그래."

"그 집에서 한 달 전부터 우동 장사를 시작했답니다."

어휘정리

한데 사방, 상하를 덮거나 가리지 않은 곳으로 집의 바깥을 이름.

"허허……."

"그 집은 주인집보다 돈두 많죠, 안두 넓죠, 게다가 자전거가 있죠. 그러니 경쟁이 되겠습니까?"

"허허…… 그거 안됐구나."

"그래두 더러야 손님이 있겠지."

"그야 더러두 없어서야 어떡허겠습니까?"

아저씨는 잠깐 고개를 끄덕이다가 생각난 듯이,

"그래두 네 월급이야 주겠지."

"월급이 뭡니까? 이달에 두 달치나 못 받았답니다."

"그래서야 어떡허니. 자꾸 채근*을 해라."

"그야 때때루 말해 봅니다만, '며칠만 참아라, 며칠만 참아라.' 하구 어디 주어야죠? 또 실상 돈두 없긴 하죠."

"그래두 안 된다. 그런 것 두 달, 석 달 밀리면 뜨기 쉽다. 너 얼마지? 사 원?"

"삼 원이요."

"그러면 두 달 치면 육 원이로구나."

아저씨는 몸을 잠깐 좌우로 흔들면서 수염도 아니 난 턱을 손으로 어루만지고 있다가

"오늘이래두 비가 좀 뜸하면 내 가서 주인보구 말하마."

이런 이야기를 하고 있을 때 문 밖에서,

"성칠이."

하고 아저씨 찾는 소리가 들립니다.

어휘정리

채근 남에게 받을 것을 달라고 독촉함.

4

아저씨를 찾아온 손님은 아저씨와 한 공장에 다니는 사람입니다.

"자! 나가세."

"어디로?"

"이 사람아, 넓은 장안* 천지에 갈 데 없겠나?"

"그래도 비가 오니……."

"비? 여기 우산 있네."

"글쎄 우산이야 어떻든."

"어서 잔말 말고 따라나서기만 하게."

"글쎄……."

손님과 아저씨는 이러한 말을 주고받고 한 뒤에 끝끝내 아저씨는 옷을 갈아입고 손님을 따라나섰습니다.

"내 잠깐 다녀 들어올 테니, 노마 가지 말고 있거라."

이렇게 말하고 아저씨가 나간 뒤에, 노마는 아주머니하고 이 얘기 저 얘기하느라고 시간 가는 줄 모르고 앉았다가 오정* '뛰' 부는 소리에 놀라,

"어이, 그만 가 봐야죠."

"왜 어느새 가려구 그러니? 점심이나 먹구 천천히 놀다 가지."

하고 아주머니는 버선 깁던 손을 멈추고 말하였습니다.

그야 아주머니가 그렇게 말하지 않더라도 노마는 할 수만 있으면 그렇게 하고 싶었습니다. 밖에 비가 오고 날이 춥고 한 만치 따뜻한 아랫목에다 두 시간이나 자리를 잡고 있었던 엉덩이는 아주 들기가 싫었고, 오랫동안 음

어휘정리

장안 수도라는 뜻으로, 서울을 가리킴.
오정 정오. 낮 12시.

식다운 음식을 먹어 보지 못한 노마는 다만 통김치 한 가지만으로라도 밥 한 주발* 다 먹고 싶었습니다.

그러나 우동집 주인에게,

"잠깐 다녀오겠습니다. 오정 안에는 오죠."

하고 말하고 나온 것을 생각하면 그만 일어나 가 봐야만 하였습니다.

"오늘은 그만 가 봐야 해요. 또 틈 있는 대로 오죠."

하고 노마는 마루로 나왔습니다.

그러나 그가 신발을 신고 섬돌*을 내려서 보니 가지고 온 우산이 없습니다.

"무얼 그렇게 찾니?"

하고 마루로 따라 나온 아주머니가 묻습니다.

"우산이요, 분명히 여기다 아까 세워 놓았었는데요."

"그럼 그게 어디 갈 리가 없는데 웬일일까?"

그러나 그것은 찾아보아야 아무 소용이 없었습니다. 노마 우산은 아저씨가 받고 나갔던 것입니다. 아저씨의 박쥐우산은 저번에 비가 오던 밤에 어디서 술이 취하여 살을 셋이나 부러뜨려 가지고 온 채 이때까지 고치지를 않았던 것입니다.

"네 우산을 받고 나가셨으니 곧 오시겠지. 점심이나 먹고 좀 더 앉았으렴."

아주머니는 퍽 미안해 하며 이렇게 말하였습니다.

"글쎄요."

어휘정리

주발 놋쇠로 만든 밥그릇.
섬돌 집채의 앞뒤에 오르내릴 수 있게 놓은 돌층계.

하고 마루 끝에 가 앉아서 노마는 어떻게 하여야 좋을지를 몰랐습니다.

언제 돌아올지 알 수도 없는 아저씨를 멀거니 앉아서 기다리고 있을 수도 없는 일이요, 그렇다고 해서 우산 없이 갈 마음도 생기지 않습니다. 그것이 노마 우산이면야 무슨 상관있겠습니까만, 성미 까다로운 주인의 우산이라 만약 아저씨가 잘못하여 심하게 부는 바람에 뒤집혀나 놓는다든지 하면 그를 어쩌나 하고 염려가 무척 됩니다.

5

노마가 그런 걱정을 하고 있거나 말거나 상관하는 일 없이 아저씨는 다 저녁때나 되어서야 돌아왔습니다.

어디서 또 술을 먹었는지 얼굴이 시뻘건 것이 보기에 무섭고 허청허청* 걷는 걸음걸이가 퍽이나 위태하였습니다만, 그래도 무어 술주정을 하여 남을 못살게 군다거나 그러는 사람은 아닙니다. 다만 술을 먹은 뒤에 잔소리가 심한 것이 병통이라면 병통입니다만…….

아저씨는 방으로 들어와서 방바닥에 가 털썩 주저앉더니,

"후유."

하고 술김을 뿜은 뒤에 옆에 노마와 돌석이가 있는 것도 모르는 듯이 한참은 고개를 쭈욱 숙이고 있다가 생각난 듯이 주머니를 뒤져 담뱃갑을 꺼냈습니다. 그리고 성냥을 찾는 모양이더니 그제야 노마가 한 구석에 가 풀이 죽어서 앉아 있는 것을 보고 눈을 휘둥그렇게 떴습니다.

"너 노마 아니냐?"

어휘정리

허청허청 다리에 힘이 없어 잘 걷지 못하고 자꾸 비틀거리는 모양.

"네!"

하고 노마는 역시 풀이 죽어 대답하였습니다.

"우동집 주인이 찾을 텐데, 왜 어서 가 보지 않구 그러구 앉았니? 응."

아저씨는 술 먹어 시뻘게진 눈을 홉뜨고 꾸짖는 듯이 말하였습니다.

"……."

노마는 대답을 안 했습니다.

"얘, 노마야."

"……."

"얘, 왜 어른이 부르는데 대답을 안 하니, 응?"

"……."

"노마야."

하고 아저씨는 소리를 질렀습니다. 노마는 풀이 죽은데다 거의 울가망* 되어

"네……."

하고 간신히 대답하였습니다.

"남의 집에서 일 보는 아이가 밖에 나왔으면 잠깐 다녀 들어갈 것이지 왜 입때 이러고 있니?"

하고 아저씨는 자기가 노마 우산을 가지고 나가서 이제야 들어오기 때문이라는 것은 전연 생각 않고 한번 노마를 나무랐습니다. 그러자 노마가 채 그 말에 대답할 수 있기 전에 부엌에서 저녁 준비를 하고 있던 아주머니가 말하였습니다.

"노마가 어디 있구 싶어서 있었수? 임자가 그 애

어휘정리

울가망 근심스럽거나 답답하여 기분이 나지 않음.

우산을 가지구 나가서 이제야 들어오니 그렇게 됐지. 임자가 일을 그렇게 만들어 놓고 공연한 아이 탓은……."

아저씨는 깜짝 놀란 눈을 하여 가지고 그 말을 듣고 있다가 무릎을 탁 치고,

"옳아 옳아, 일이 그렇게 됐군."

하고 노마 편을 향하여,

"참, 내가 네 쥔을 만나 보구 왔다."

"언제요?"

"언제는 지금이지, 지금 바로지."

"……."

노마는 못 미더운 듯이 아저씨의 얼굴을 쳐다보았습니다.

아저씨는 그런 것 알은체하지 않고,

"내가 쥔보구 막 야단쳤다. 아이를 죽도록 부려 먹구 두 달씩 돈 안 주는 법이 어디 있냐구 막 야단쳤다. …… 아무렴 막 야단쳤지. 파출소로 가자구 막 야단쳤지. 그랬더니 그놈이 아주 겁이 나서 빌더라. 또 누구 하나 우동 먹으러 왔던 작자두 용서해 주라구 빌구…… 그래 용서해 줬지. 그러구 게서 그 작자하구 또 한잔했지. 하구…… 외상으로 먹는 것 보니까 단골인가 보더라. 놈이 누구하고 쌈을 했는지 온통 머리에다 붕대루 모자를 해 썼더라."

노마는,

'그러면 그것이 오 서방이로구나.'

하고 생각하면서 그러나 그런 것보다도 정말 아저씨가 주인에게 가서 그

렇게 막 으르딱딱거리고* 왔다면 걱정인데 하고 적지 않이 걱정이 됩니다.

6

노마는 풀이 죽어서 아저씨 집을 나섰습니다.

"이왕 늦었으니 아주 저녁을 먹구 가렴."

하고 아주머니가 말하고 또 아저씨도,

"그놈 내가 그렇게 말해 놨으니 관계없다. 천천히 놀다가 가렴."

하고 호기 있게 늘어놓았건만 노마는 그냥 나와 버렸습니다. 사실은 아주머니 말대로 저녁이라도 아주 먹고 갈까 생각 안 해 본 것이 아닙니다만 아저씨가 그렇게 호기 있는 말을 하는 것을 들었을 때 노마는 그곳에 가 그렇게 태평으로 앉아 있을 수가 없었던 것입니다.

아저씨는 정신을 잃도록 술에 취한 것은 아니었습니다. 그러니까 그가 한 말은 터무니없는 거짓말이 아닐 것입니다. 아저씨가 자기 친구와 술을 먹으러 나갔다가 노마 있는 우동집에 들른 것은 아마 사실일 것입니다. 단골로 와서 외상을 먹고는 월말에 계산하는 오 서방과 만난 것이 그 증거일 것입니다.

노마는 동소문을 지나오며 아저씨가 하던 말을 되생각하여 보았습니다.

"내가 쥔보구 막 야단쳤다. 아이를 죽도록 부려 먹구 두 달씩 돈 안 주는 법이 어디 있냐구 막 야단쳤다. …… 아무렴 막 야단쳤지."

하고 신이 나게 이야기하던 것을 생각하면 노마는 제 풀에 찔끔하지 아니할 수 없었습니다. 더구나,

어휘정리

으르딱딱거리고 무서운 말로 위협하며 자꾸 을러대고.

"파출소로 가자구 막 야단쳤지."

하던 것을 보면 엔간히나 법석을 했는지도 모를 일입니다.

만약 주인이 아저씨한테 정말 그렇게 야단을 만난 것이라면 인제 그 앙갚음이 노마에게 돌아올 것이 아니겠습니까?

"공연히 아저씨는 술이 취해 가지구."

하고 노마는 은근히 아저씨를 원망하였습니다. 사실 말이지 아저씨가 그렇게 야단을 쳤다구,

"그러면 자 옛수."

하고 얼른 두 달치 월급을 갖다 바칠 것도 아닐 것입니다. 더구나 주인은 이후 열흘에 한 번이라도 다시 아저씨에게 야단을 만날 것은 아닐 테요, 밤낮 얼굴을 맞대는 것이 만만한 노마니까 이제 노마는 죽도록 부려 먹히게 될 것입니다. 아니, 오늘 당장으로 어떠한 앙갚음을 받을지 모르는 일입니다.

"차 타구 가거라."

하고 아저씨가 준 십 전짜리 백동전이 주머니에 있었습니다만 노마는 버스를 탈 생각도 않고, 비 오는 거리를 터덜터덜 걸어가며 되풀이 되풀이 그 생각만을 하였습니다.

자기가 내어 디디는 한 걸음 한 걸음이 자기의 '주인'이 기다리고 있는 '우동집'과 가까워지는 것이라는 것을 생각할 때 노마는 다리에 기운이 없었습니다. 노마의 눈앞에 쉴 사이 없이 주인의 성난 얼굴이 떠올랐습니다.

'어쩌면 좋아, 어쩌면 좋아.'

하고 노마는 쌀쌀하게 부는 바람에 몇 번인가 부르르 몸을 떨면서 애를

태웠습니다.

그러나 무슨 좋은 도리라고는 하나도 없는 듯싶었습니다.

저도 모를 사이에 어느 틈엔가 우동집 앞에까지 와 있는 제 자신을 깨달았을 때 노마는 질겁*을 하다시피 한 걸음 뒤로 물러났습니다. 그리고 또 잠깐 동안 망설거리다가,

'경을 칠* 듯하거든 아저씨한테로 도망가지.'

하고 마음을 정하고 조심조심 안으로 들어갔습니다.

7

안에는 주인 한 사람만이 가마 앞에 가 멀거니 앉아 있었습니다. 후루룩 후루룩 소리를 내어 가며 우동을 먹고 있는 손님은 한 사람도 없었습니다.

노마가 들어오는 것을 보고도 주인은 모른 체하고 있습니다. 노마는 흘깃흘깃 주인의 기색을 살피면서,

"지금 오는 길이에요."

하고 인사를 하였습니다.

주인은 아무 대답도 안 했습니다. 그러나 그렇게 보아서 그런지 좀 더 이맛살을 찌푸린 것같이 생각되었습니다.

노마는 지우산을 한옆으로 놓고 행주를 들어 탁자를 훔쳤습니다. 주인이 자기를 노려보는 모양이 곁눈에 느껴졌습니다.

"바쁜데 온종일 나가 있으면 어떡헌단 말이냐?"

하고 주인은 마침내 입을 열었습니다.

노마는,

어휘정리

질겁 뜻밖의 일에 자지러질 정도로 깜짝 놀람.
경을 칠 호된 꾸지람이나 나무람을 듣거나 벌을 받을.

'인제 시작이로구나. 인제 벼락이 내리려나 보다.'

하고 찔끔하였습니다. 그러면서도 손님 한 사람 없이 쓸쓸하기가 그야말로 '대신집 문전' 같은데 바쁘니 무어니 하는 주인의 말이 퍽이나 우습다고 노마는 생각하였습니다.

그러나 그 즉시 이렇게 손님이 없어 궁상만 하고 있는 데다가 술이 잔뜩 취한 노마 아저씨에게 난데없이 그러한 야단을 만났으니 그 처지가 딱하다고 주인의 마음속을 동정하기조차 하였습니다.

"고려 모자점하고 약국집에 갔다 오너라."

하고 주인은 노마를 더 나무라지 않고 심부름을 시킵니다.

"배달입니까?"

하고 노마는 속으로,

'그래도 한두 그릇은 팔리는군.'

하고 생각하려니까,

"아니, 외상값을 받어 오너라."

하고 주인은 제 풀에 볼멘소리*를 합니다.

노마가 모자 가게에서 십 전하고, 약국집에서 오 전하고 도합 십오 전을 받아오니까 주인은 그중에서 오 전을 도로 노마를 주며 '마코*'를 한 갑 사오라고 합니다. 노마는 담배도 먹지 못하고 초연하게* 앉아서 자기가 돌아오면 외상값이나 받아 오랄 작정으로 있었을 주인의 정경을 생각하니 제 월급을 두 달치나 안 준 주인이건만 역시 가엾은 생각을 금할 수 없었습니다.

어휘정리

볼멘소리 서운하거나 성이 나서 퉁명스럽게 하는 말투.
마코 1930년대의 비교적 싼 담배.
초연하게 현실에서 벗어나, 현실에 아랑곳하지 않고 의젓하게.

이 집과 반대로 한길 건너 과자 가게에서 하는 우동 장사는 아주 번창할 대로 번창하였습니다. 아이 하나 자전거 한 대로는 이루 당해 내지 못하도록 주문이 들어오고 그러니까 물론 안으로 들어와서 먹는 사람도 많았습니다. 원래가 밑천이 있이 하는 장사라 그와 경쟁을 하려면 이편에도 웬만큼 돈이 있어야 하는 것을 이렇게 그날 당장 못 팔면 '마코' 한 갑 사 먹는 데도 쩔쩔매게 되는 형편이라 승부는 뻔한 일이었습니다.

8

선달* 초아흐렛날은 노마의 생일입니다. 부모 없고 집 없는 노마에게 생일이라고 별일이야 있겠습니까마는 그래도 동소문 밖 아저씨가 아침을 먹으러 오라고 전날 기별*을 하였습니다.

아침에 노마는 몇 번인가 주저한 끝에 주인을 보고 말하였습니다.

"잠깐만 저…… 아저씨 집엘 다녀와야겠는데요."

주인은 무표정한 얼굴로 고개를 끄덕였습니다. 노마가 낡은 목실모를 집어 쓰고 밖으로 나가려 할 때 주인은 생각난 듯이,

"노마야."

하고 불렀습니다.

"오늘이 참 네 생일이라지……."

그리고 잠깐 있다가 주머니에서 오십 전 은화를 한 푼 꺼내서 노마의 손에 쥐여 주며,

"무어 먹고 싶은 거라도 사 먹어라."

노마는 어제 종일 수입이 육십오 전밖에 안 되는

어휘정리

선달 한 해의 마지막 달.
기별 다른 곳에 있는 사람에게 소식을 전함.

것을 잘 알고 있습니다. 그것을 알고 있는 노마였던 까닭에 제 월급을 석 달째 못 받고 있음에도 불구하고 그 은전을 말없이 주인에게서 받기가 어려웠습니다. 그래 노마는 주인을 보고 말하려 하였습니다.

그러나 주인은 미리 손을 내저으며,

"어서 가 봐라."

하고 외면을 합니다.

노마는 또 잠깐 그곳에서 있다가 마침내,

"그럼 다녀오겠습니다."

하고 인사한 뒤 밖으로 나왔습니다.

밖은 몹시 춥고 또 살을 에는 바람이 진저리 치게 불고 있었습니다. 노마는 돌석이 갖다 줄 왜떡*을 십 전어치 사 들고 전차를 타고 동소문으로 갔습니다.

"오느라고 퍽 추웠겠구나. 어서 방으로 들어가자."

하고 아주머니가 물 묻은 손을 행주치마에 씻으며 부엌에서 나왔습니다.

"언니!"

하고 돌석이가 방에서 소리쳤습니다. 아저씨는 공장에 나가고 없었습니다.

"돌석아, 너 좋아하는 것 사 왔다. 자! 먹어라."

노마는 과자 봉지를 내놓았습니다.

"돈 귀한데 무얼 또 사 왔니?"

아주머니는 절반 노마를 책망하듯이 말하고,

"참, 네 월급이나 좀 받았니?"

어휘정리

왜떡 밀가루나 쌀가루를 반죽하여 얇게 늘여서 구운 과자.

"받긴 무얼 받아요. 그대루죠. 사실 돈 몇 환이라도 주인 주머니 속에 있는 눈치를 보아야 말이라두 해 보죠."

"그렇게 흥정이 없니?"

"어제 종일 판 게 육십오 전이랍니다."

"저런……."

"그저께는 칠십 전이구요. 근래 와서 일 원 넘어 팔아 본 일이란 몇 번 못 되니까요."

"그래서야 어디 집세나마 치러 가겠니?"

"집세가 다 무엇입니까? 오늘 제가 나올 때 맥없이 앉았다가 무어 먹고 싶은 거라도 사 먹으라고 오십 전 한 푼을 꺼내 줄 땐 퍽이나 가여운 생각까지 들어요."

이날 오정이 넘어 노마가 우동집으로 돌아왔을 때 밖에 빈지*가 닫혀 있었습니다. 대낮에 장사도 안 하고 이게 웬일일까 하고 노마는 뒤로 돌아갔습니다. 그러나 뒷문 역시 닫혀 있었습니다. 노마는 잠깐 망설거리다가 그래도 그 안에서 무슨 소리가 나는 듯싶었으므로 가만히 문을 잡아 흔들었습니다. 아무 대답도 들리지 않았습니다. 노마는 또 잠깐 있다가 다시 문을 흔들었습니다.

"누, 누구요?"

주인의 혀 꼬부라진 목소리가 갑자기 들립니다.

"저예요, 노마예요."

하고 노마는 말하였습니다.

"가만있거라. 문 열어 줄게."

어휘정리

빈지 한 짝씩 끼웠다 떼었다 할 수 있게 만든 문. 흔히 가게에서 문 대신 씀.

안에서 이렇게 말하는 소리가 들립니다.

9

주인은 대낮에 그렇게 가게 빈지를 닫아 놓고 혼자 들어앉아 술을 먹고 있었던 것입니다.

그는 도저히 밑천 없이 이 장사를 더 계속하여 가지 못할 것을 깨달았던 것 입니다. 자기가 한길 건너 과자 가게와 경쟁을 하여 갈 수 없다는 것을 속 깊이 느꼈던 것입니다. 서울 바닥에서 비싼 집세를 물어 가며 하루에 육칠십 전 수입으로 무슨 장사를 하여 가겠습니까. 하루라도 더 장사를 계속한다면 하루라도 더 밑지고 말 것이 아니겠습니까.

주인은 노마가 들어온 뒤에 뒷문을 다시 걸어 놓고 노마를 보고 가마에 불을 지피라고 말하였습니다.

노마는

"왜요?"

하고 물어보려 하였습니다마는 그렇게 말하는 주인의 말소리에 어딘지 모르게 비통한* 느낌이 있었으므로 말없이 가마에 불을 지폈습니다.

주인은 노마가 가마 앞에 가 붙어 있는 사이에도 짠지* 쪽을 안주 삼아 혼자서 연거푸 술잔을 기울이고 있었습니다. 그러다가 생각난 듯이 노마를 돌아보고,

"얘, 가서 고기 십 전어치만 사 오너라. 오는 길에 담배 한 갑하고……."

노마는 그 심부름을 하였습니다.

어휘정리

비통한 몹시 슬퍼서 마음이 아픈.
짠지 무를 통째로 소금에 짜게 절여서 묵혀 두고 먹는 김치.

주인은 자리에서 일어나 가마 앞으로 왔습니다. 그리고 자기 재주껏 맛나게 우동 두 그릇을 만들었습니다.

"애! 노마야, 이리 와 앉어라."

하고 주인은 노마를 맞은편에다 앉히고,

"자! 우리 같이 우동을 먹자."

노마는 말없이 자리에 앉아 젓가락을 들었습니다.

주인의 이러한 행동이 무엇을 의미하는 것인지 어린 노마는 확실히 알아내지를 못하였습니다마는 그래도 어쩐지 언짢고 슬픈 생각을 금할 수가 없었습니다. 두 사람은 서로 말없이 한동안을 후루룩후루룩 소리를 내어 가며 우동만 먹었습니다.

그러자 노마는 후루룩 소리 말고 다른 소리를 들은 듯이 생각하였습니다. 그는 이때까지 숙이고 있던 고개를 들어 맞은편에 앉아 있는 주인을 보았습니다. 주인은 반도 채 못 먹은 우동 그릇을 앞에다 놓고 흑흑 느껴 울고 있었습니다.

"왜 그러세요? 왜 우세요?"

하고 노마는 황급하게 물었습니다마는 주인은 대답 없이 소리조차 내어서 울기만 합니다.

주인은 이제 이 장사를 그만두려는 것이었습니다. 그래 손님이 와서 사 먹지도 않는 술을 홧김에 자기 혼자 실컷 들이켠 것입니다. 노마를 보자 노마 월급을 이제까지 주지 못한 것이며 추운데 손등이 온통 터진 것이며…… 그러한 것이 생각되어 노마가 퍽이나 가여웠으므로 마지막으로 그렇게 우동을 만들어 먹인 것입니다.

그 말을 듣고 노마도 슬퍼져서 저도 모르게 엉엉 주인을 따라 울었습니다. 얼마 있다 주인은 울음을 그치고,

"노마야."

하고 불렀습니다. 그리고 어디서 어떻게 변통을 하였는지 돈 사 원을 꺼내 노마 앞에 놓았습니다.

"내가 장사를 그만둘 때 그만두더라도 부모두 없는 어린 네 월급이야 어떻게든 해 주려 하였건만 그것두 마음처럼 안 되는구나. 석 달치 구 원에서 사 원밖에는 못하겠다. 외상값 못 받은 것을 모두 쳐 보니 이러저러 십팔 원 된다마는 몇 달 전에 못 받고 못 받고 한 것들이니 한 반이라도 걷어 받기는 힘이 들 게다. 내 모두 네게 맡기는 것이니 받을 수 있는 건 받아서 너나 써라……."

주인은 말을 하고 나서 "후유." 하고 한숨을 내쉬었습니다.

밖에는 어느 틈엔가 싸락눈이 내리기 시작합니다.

10

섣달 그믐*이 가까운 날이었습니다. 노마는 고려 모자점으로 오 서방을 찾아갔습니다. 노마는 오 서방이 우동집에 지고 있는 외상값 '오십오 전'을 받으려는 것입니다.

물론 이번이 처음 찾아가는 것이 아닙니다. 처음이 무어에요. 쳐 보면 주인이 우동집을 그만둔 뒤로 꼭 일곱 번째입니다.

첫 번 네 번은 일껏 모자점으로 찾아가서도 만나지를 못하였습니다. 오 서방이란 사람은 그 모자점

어휘정리

그믐 음력으로 그달의 마지막 날.

에 있는 사람이 아니라 거기 놀러 다니는 사람인 까닭이에요. 직업은 어느 회사 외교원이라 하지만 물론 자세한 것을 노마는 알 수 없었습니다.

다섯 번째 가서 겨우 만났는데 당장 가진 돈이 없다는 구실*로 사흘 뒤에 오라고 기한을 줍니다. 노마는 사흘 뒤에 다시 가 보았지요. 그랬더니 더 핑계 댈 것도 없던지 오 서방이란 사람은 생각 생각 끝에,

"영수증을 써 오너라."

하고 불쑥 그런 말을 합니다그려.

노마는 잠깐 동안 어이없이 오 서방의 얼굴만 쳐다보았습니다.

사실 그럴 밖에 더 있겠습니까? 그래 어떤 우동집에서 아는 손님한테 외상을 주어 놓고 나중에 받을 때 영수증'을 쓰지 않으면 안 되는 데가 있겠습니까?

노마는 한참이나 오 서방 얼굴을 쳐다보면서 이런 사람에게 단돈 일 원도 못 되는 것을 받으러 동소문 밖 아저씨 집에서부터 몇 번씩이나 이렇게 찾아오고 찾아오고 한 것을 생각하니 슬며시 눈물조차 나려 합니다. 우동집 같은 데서 심부름하던 아이라고, 아무도 돌보아 주지 않는 아이라고 그렇게 사람을 업신여기고 놀리고 시달리고 하여도 좋습니까?

그런 것을 생각하니 견디지 못하게 분하고 슬퍼 거의 울가망이 되어 노마는 소리쳤던 것입니다.

"영수증을 써 오라구요? 그러면 언제 당신은 우동 먹을 때 다만 얼마라도 계약금 내고 자셨어요?"

이것이 바로 어제 저녁때 일입니다. 노마는 약이 나서 오늘 일곱 번째 오 서방을 찾아간 것입니다.

어휘정리

구실 핑계를 삼을 만한 재료. '핑계'로 순화.

그의 주머니 속에 공책에서 뜯어낸 종이 한 장이 들어 있습니다. 그곳에는 서투른 솜씨로,

영수증
일금 오십전

이러한 글씨가 씌어 있었습니다.

그러나 모자점에 오 서방은 없었습니다. 전후 사정을 다 알고 있는 모자점의 젊은 점원은 노마를 가엾게 생각하였던지 난로 옆으로 와 앉으라고 자리를 주고 그리고 어쩌면 조금 있으면 오 서방이 돌아올 듯도 싶으니 기다리라고 일러 줍니다.

노마는 그곳에 가 세 시간이나 있었습니다. 저녁 전에 온 것이라 밥때도 놓치어 배도 엔간히나 고팠습니다마는 그래도 그는 오 서방 오기를 기다리고 있었습니다. 그러는 동안에 포근한 난로 옆에서 어느 틈엔가 노마는 잠이 들었던가 봅니다.

"얘, 어디서 자니? 깨라, 깨라."

후끈후끈한 통에 저도 잠깐 졸고 있었던 젊은 점원이 노마를 흔들어 깨웠습니다. 쳐다보니 기둥에 걸린 시계는 벌써 열 점 반을 가리키고 있습니다.

'이제 얼마 안 있어 오 서방이 오겠지. 오 서방을 만날 때까지는 밤이 새도록 예서 기다리리라.'

이렇게 잠깐 생각한 노마였습니다마는 어인 까닭일까요, 저 모르게 눈물이 두 줄 뺨을 흘러내립니다. 노마는 젊은 점원에게 보이지 않으려고 눈물 흐르는 얼굴을 잔뜩 수그리고 있었습니다마는 갑자기 참지 못하고 걸상에서 몸을 일으켜 밖으로 나갔습니다. 그리고 앞뒤 생각 없이 겨울 밤중의 쓸쓸한 거리를 달음질쳐 갔습니다. 전등 달린 전신주 밑에까지 와서 노마는 걸음을 멈추었습니다. 그리고 생각난 듯이 주머니에서 그 영수증을 꺼내 들었습니다. 노마는 잠깐 그것을 들여다보고 있다가 부욱 두 쪽으로 찢었습니다. 그리고 또 잠깐 있다가 기운 없이 그것을 한길 위에 내어 버리고 노마는 '엉엉' 소리조차 내어 울면서 어둔 길을 걸어갔습니다.

중요한 내용 쏙! 쏙! 쏙!

작품의 형식상 특징

- 인물 간 자세한 대화를 통해 섬세한 심리묘사를 함
- 평범한 사람들의 일상적 모습을 묘사함

작품의 구성과 주요내용

발단	전개	절정	결말
노마의 외양과 점원생활 소개	새 우동집이 생기면서 노마의 우동집은 장사가 안 됨	노마의 생일날 결국 우동집은 문을 닫게 되고, 주인은 외상값으로 월급을 대신함	단골 외상 손님인 오서방에게 외상값을 받으려 하지만 받지 못하고 울음을 터트림

이야기 서술자와 서술방식

- 서술자가 독자와 직접 대화를 나누는 듯한 독특한 서술 방식
- 서술자가 완전히 노출되어 있는 것이 특징
  예)"이제 이야기를 하나 하겠습니다.", "잘 들으십시오."

작품의 배경인 1930년대

- 일제강점기 일본의 말살정책으로 조선의 상황은 더욱더 궁핍해지고 각박해져 감
- 일본의 대륙침략으로 인해 전쟁이 이용하기 위한 물자와 인적 자원의 수탈이 더욱 심해짐
- 수탈로 인해 농촌에서 살수 없었던 농민들이 다수 도시로 이동하거나 도망을 침

확인하기

1 해설자는 첫 부분에서 노마 또래의 아이들에게 우동집을 다녀서는 안된다고 이야기 합니다. 그렇게 말한 의도를 생각해 봅시다.

2 이 글에서 작가가 말하고자 하는 것을 정리해 봅시다.

상상더하기 - 노래가사 짓기

노마의 삶이 고달프게 느껴지지요. 결국 외상값을 받지 못하고 돌아오는 노마의 마음을 위로해 줄 방법은 없을까요? 다음은 '새야 새야 파랑새야.' 라는 노래입니다. 이 노래를 모방하여 노마를 위로하는 노래를 지어봅시다.

새야 새야 파랑새야
녹두밭에 앉지 마라
녹두 꽃이 떨어지면
청포 장수 울고 간다.

1. 우동집은 소년들이 다녀서는 안 되는 곳인데, 비슷한 또래의 노마는 그 곳에서 일을 합니다. 작가는 이 말을 통해 노마가 자신의 나이에 맞지 않는 곳에서 일을 하고 있음을 강조하고 있습니다.
2. 작가는 노마를 통해 어렵고 힘든 현실에서도 순수함을 잃지 않는 소년의 모습을 그렸고, 또 소년을 힘들게 하는 오서방과 우동집 주인을 비롯한 어른들의 횡포를 통해 각박한 세상의 인심을 보여주고 있습니다.

작가의 다른 작품 보기

천변 풍경 청계천변에는 민 주사, 한약국집 식구들, 재봉이, 창수, 금순이, 만돌이 가족, 이쁜이 가족, 점룡이 모자 등 모두 가난한 사람들이 살고 있습니다. 동네 아낙들은 빨래터에 모여 수다를 떨고 재봉이는 이발소에서 바깥 풍경을 바라보면서 지루하지 않게 하루를 보냅니다. 민 주사는 이발소 거울에 비친 늙어버린 자신의 얼굴을 보면서 한숨을 짓기도 하지만, 벌어둔 돈 생각에 그저 흐뭇하기만 합니다. 점룡이는 이쁜이를 짝사랑 하지만, 다른 남자와 결혼하는 것을 그저 지켜봐야만 했답니다. 그런데 이쁜이는 모진 시집살이를 하고 친정으로 돌아오게 된다는 군요.

1년 동안 청계천변에 사는 약 70여명의 인물들이 벌이는 일상의 에피소드들이 1930년대 서울의 세태를 잘 보여준답니다.

피로 '나' 는 소설가입니다. 어느 날 다방 안에서 글을 쓰고 있다가 청년들이 조선 문단의 침체를 비판하는 것을 듣고 거리로 나와 버립니다. M신문사 앞에서 '나' 는 누구를 만날까 망설이다가 면회인 명부에 여러 가지를 기록해야 한다는 생각에 그냥 돌아서나와 D신문사로 향합니다. 편집국장에게 전화를 걸지만 부재중이라는 말밖에 들을 수가 없습니다. 도대체 편집장은 어디에 있는 것일까를 생각하며 다시 거리로 나와 할 일 없이 배회합니다. 그러다가 볼일도 없는 노량진행 버스를 탑니다. '나' 는 버스 안의 사람들과, 거리의 낯선 사람들을 보면서 암담한 현실과 인생의 피로함을 느낍니다. 한강의 삭막한 풍경이 '나' 의 우울함을 더욱 심하게만 합니다. '나' 는 다시 다방으로 돌아와 음악을 들으면서 완성하지 못한 원고 고민을 합니다.

주인공 '나' 는 식민지를 살아가는 지식인입니다. 암울한 시대를 살면서 느끼는 여러 사람들의 피로가 주인공의 하루 간의 여정을 통해 잘 드러난답니다.

일용할 양식

수록교과서 : 디딤돌

양귀자 소설가. 1955년 전주에서 태어났으며 원광대 국문과를 졸업했다. 1978년 「다시 시작하는 아침」으로 《문학사상》 신인상을 수상하며 등단했다. 단편을 모은 작품집 「원미동 사람들」로 소설가로서 주목받았다. 그 밖의 대표작으로는 「바빌론 강가에서」 「삶의 묘약」 등이 있다.

감상 길잡이

'이웃사촌' 이라는 말이 있습니다. 이웃에 살면서 정이 들어 사촌이나 다를 바 없이 가까운 사이를 뜻하는 말인데요. 요즈음은 이런 이웃사촌의 모습을 찾아보기 어렵지요. 이 소설은 연작 단편 소설인 〈원미동 사람들〉에 실려 있는 이야기로 이웃 간에 벌어지는 갈등과 화해의 모습이 담겨 있답니다. 서민들의 일상적이고 다양한 모습이 어떻게 그려지고 있는지 살펴봅시다.

핵심정리

갈래	단편소설, 세태소설	성격	사실적, 고발적
시점	전지적 작가 시점	제재	원미동 사람들의 삶
배경	1980년대, 부천시 원미동 23통 5반	주제	소시민적 삶의 일상과 꿈

등장인물

경호네
부지런하고 싹싹하지만 현실적이고 이기적인 모습도 보임

김반장
원미동 23통 5반의 총각 반장. 싹싹하지만 사나운 면도 있음

고흥댁
눈치가 없고 노골적임. 이해타산적임

시내 엄마
인정이 많고 여리지만 개인적인 성향도 보임

줄거리

원미동에 '김포 쌀 상회' 가 '김포 슈퍼' 로 확장하면서 부식과 채소를 팔기 시작합니다. '형제 슈퍼' 의 김 반장도 역시 쌀과 연탄을 팔면서 '김포 슈퍼' 와 경쟁을 하게 되었습니다. 두 가게는 가격 인하로 손해가 나면서 까지 경쟁을 벌이고, 물건을 싸게 사게 된 주민들만 즐거워합니다. 그런데, 경쟁으로 점점 지쳐가던 중 두 가게 사이에 '싱싱 청과물' 이 개업을 하면서 새로운 경쟁자가 또 등장합니다. 두 슈퍼는 동맹을 맺고 '싱싱 청과물' 을 폐업시키고, 그 일로 김 반장은 동네 사람들에게 비난을 받게 됩니다. 봄이 오던 어느 날, '싱싱 청과물' 이 폐업한 자리에 새로운 전파상이 개업을 준비하고, 이 소식을 들은 '써니 전자' 의 시내 엄마는 울상이 됩니다.

일용할 양식

원미동 사람들은 아니 더 정확히 말하면 원미동 23통 5반 사람들은 이 겨울 들어 아주 난처한 일이 하나 더 생겼다. 생각하기에 따라서는 무에 그리 대단한 일이겠느냐고 제법 요령 있게 넘어갈 수 있는 방법이 있지 않겠느냐고 하겠지만 어쨌든 딱한 일임에는 분명했다.

일의 시작은 지난 연말부터였다. 여름의 원미동 거리는 가게에 딸린 단칸방의 무더위를 피하기 위한 동네 사람들로 자정 무렵까지 북적이게 마련이었으나 추위가 닥치면 그렇지가 않았다. 너나할것 없이 아랫목으로 파고들어서 텔레비전이나 쳐다보는 것으로 족하게 여기고 찬바람이 씽씽 몰아치고 있을 밤거리야 상관할 바가 아니었다. 낮 동안 햇살이 발갛게 비치어 기온이 다소 올라가도 사정은 크게 달라지지 않았다. 요즘 집집마다 유행처럼 번지기 시작한 유선 방송이라는 게 시도 때도 없이 영화를 보내 주고 있기 때문에 사람들은 변소 갈 시간도 아끼면서, 법석을 떨어 대는 아이들이나 바깥을 내몰아 놓고서 이내 텔레비전 앞에 붙어 있는 것이다. 옥상마다 다닥다닥 붙어 있는 안테나 사정 탓인지 따로이 선을 잇지 않아도 유선 방송이 잘 잡히더라는 집도 더러 있었다. 날씨는 춥고, 아랫목은 따뜻하고, 눈요기할 만한 필름은 텔레비전이 담당하였다. 그럭저럭 겨울이 깊어 가던 연말에 동네 사람들은 행복 사진관 엄씨가 일으킨 연애 사건으로 한동안 모이기만 하면 쑤군쑤군 입을 맞추었으나 인삼찻집이 문을 닫아 버리고 나서는 찻집 여자와 엄씨의 관계에 초점을 모으던 화제도 시들해져 있었다.

그 때를 맞추기나 한 듯이 일이 시작된 것이다. 처음에는 어떤 일이나 그렇듯 대수롭지 않았다. '김포 쌀 상회'의 상호가 '김포 슈퍼'로 바뀌었을 뿐인 것이다. 원래는 쌀과 연탄만을 취급하면서 23통 일대의 쌀과 연탄을 도맡아 배달해 주던 김포 쌀 상회의 경호 아버지가 어지간히 돈을 모은 모양이었다. 비어 있는 옆 칸을 헐어 가게를 확장한 것이다. 김포 쌀 상회가 김포 슈퍼로 도약하였을 때는 응당 상호에 걸맞게스리 온갖 생활 필수품들이 진열대를 메우는 것은 당연한 노릇이었다. 한쪽에는 싸전*을, 또 한쪽에는 미니 슈퍼를, 그리고 가게 앞 공터에다가는 연탄을 쟁여 놓고 있는 폼이 제법 거창하기까지 했다. 충청도 산골 마을에서 야망을 품고 상경*한 이들 내외는 품팔이로 번 돈을 모아 사 년 전, 원미동에 어엿하게 김포 쌀 상회를 내었다. 처음엔 고향 동네의 쌀을 받아다 파는 정도에 불과했지만 다음 해에는 연탄 배달까지 일을 벌일 만큼 내외간이 모두 억척스럽고 성실한 일꾼이었다. 성품 또한 모난* 데 없이 두루뭉술하여 어른 알아 볼 줄 알고 노상 웃는 얼굴이어서 원미동 사람들에게 고루 인정을 받고 있었다. 그래서 김포 슈퍼의 개업일에는 많은 사람들이 부러 찾아가서 과자 한 봉지, 두부 한 모라도 사 주면서 부지런한 내외의 앞날을 격려해 주었다. 김포 슈퍼가 개업 기념으로 돌린 수수팥떡이 두 시루*도 넘었다는 말을 입증하기나 하려는 듯 그 날은 아이들마다 모두 입가에 팥고물을 묻혀 놓고 있었다. 큰길가의 번듯한 슈퍼마켓은 아니지만 그래도 옹색한 꼴은 면한 가게를 꾸며 놓고서 내외간이 어찌나 벙싯벙싯* 웃어대는지 보기만 해도 배가 부르더라고, 이웃의 세

어휘정리

싸전 쌀과 그 밖의 곡식을 파는 가게.
상경 지방에서 서울로 올라옴.
모나다 말이나 짓 따위가 둥글지 못하고 까다롭다.
시루 떡이나 쌀 따위를 찌는 데 쓰는 둥근 질그릇.
벙싯벙싯 입을 조금 크게 벌리며 소리 없이 거볍고 부드럽게 슬쩍슬쩍 잇따라 웃는 모양.

탁소 여자가 사람들마다에 귀띔을 해 주기도 하였다.

인제 그들은 그 큰 가게를 꾸려 나가면서 더욱 착실히 돈을 모을 것이라고 강남 부동산의 고흥댁 같은 이는 경호네의 성공을 여간 부러워하지 않았다. 원미동 거리에서는 하기야 모처럼 보게 되는 사업 확장인 셈이었다. 겨울철 추운 날씨가 제아무리 기승을 떤다 해도 손님만 북적거리게 되면 누군들 유선 방송의 흘러간 중국 영화에나 매달려 있을까. 봄가을 잠시 반짝 일손을 재촉하고 나면 그뿐인 원미 지물포나, 필름 현상이 고작인 행복 사진관이나, 건전지나 형광등 몇 개 파는 정도인 써니 전자 주인들이 썰렁한 가게를 놓아 두고 방구석에만 처박혀 있는 것도 다 까닭이 있어서였다. 우리 정육점이야 어쩌네저쩌네 해도 돼지고기 반 근짜리 손님이나마 해거름에는 심심찮게 모여드니 돈이 아쉽지는 않겠지만, 겨울엔 퍼머 머리가 잘 안 나온다고 서울 미용실마저 드라이 손님 몇에 매달려 난로의 연탄만 축내고 있는 형편이었다. 요새야 원미동 거리 어느 가게나 다 그렇지만 특히 강남 부동산은 아주 죽을 지경이었다. 벌써 몇 년째, 그 좋던 벌이는 다 옛말이고 말 그대로 파리만 날리고 있는 형편이 언제 나아질지 그것조차 까마득했다.

"복덕방 벌이가 시방처럼 가겟세도 못 당헐 것 같으면 누구라고 문 열어 놓을랍디여. 인자부터 애들도 여우고 돈 쓸 일이 널린 판인디 돈줄이 이러코롬 꽉 막혀 부렀으니 사람 환장하제이. 이런 판에 경호네 집은 참말 어쩐 일인가 몰라. 인자 막 돈줄이 붙는 갑소. 운이 닿으니 저렇제. 안 그려봐. 암만 머리 싸매고 덤벼도 어림없지."

고흥댁 말대로 김포 슈퍼의 경호네 앞날은 가히 풍년의 조짐이 보이기도 하였다. 싹싹한 경호 엄마는 백 원짜리 꼬마 손님한테도 일일이 뻥튀기

한 장씩을 선물로 주었다. 입에다가는 언제나 '어서 오세요, 안녕히 가세요, 감사합니다.'를 매달아 놓았고, 까다로운 사람이 와도 활짝 웃는 낯에 고분고분 응대하여 곧잘 비위를 맞추어 냈다. 경호 아버지는 겨울철이라 밀려드는 연탄 주문으로 신새벽부터 해거름까지 눈코 뜰 사이 없었다. 연탄 배달 틈틈이 쌀 배달도 지체없이 해치우고 야채를 받아오기 위해 신나게 자전거 페달을 밟고 큰 시장으로 내달리는 모습은 일견 대견하게까지 보였다. 생필품 외에도 채소며 과일을 종류대로 팔고 있는 터라 가게는 그럭저럭 매상이 오르는 눈치였다. 시장이 먼 탓에 어지간한 찬거리는 가게에서 구입하는 원미동 여자들 사이에 김포 슈퍼 부식 값이 시장 상인들보다 오히려 싼 편이며 채소나 과일들도 모두 싱싱하고 질이 좋더라는 소문이 핑 돌기 시작한 것은 개업 후의 며칠만의 일이었다.

바로 그 무렵, 원미동 여자들은 형제 슈퍼의 김 반장이 가게 앞 공터에 수백 장씩 연탄을 부리는 현장을 목격하였다. 또, 형제 슈퍼의 간이 창고 구실을 하던 입구의 천막 속에 쌀과 잡곡들이 제각기 망태기*에 담겨져 있고, 그 옆에 돌 고르는 석발기까지 덜덜거리며 돌아가는 모습도 목격하였다. 물론 형제 슈퍼는 쌀과 연탄을 취급하던 가게가 아니었다. 과일이나 야채, 생선을 비롯하여 생활 필수품들을 파는 구멍가게에 불과한 규모이긴 해도 이름만은 곧잘 '슈퍼'로 불리던 그런 가게였다. 형제 슈퍼가 느닷없이 쌀과 연탄을 벌여 놓고 빨간 페인트로 '쌀, 연탄'이라고 쓴 어엿한 입간판까지 내다 놓은 것은 누가 뭐래도 김포 슈퍼의 개업과 발을 맞춘 것임이 분명하였다.

"우리도 연탄 배달합니다. 거기다 또 대리점

어휘정리

망태기 물건을 담아 들거나 어깨에 메고 다닐 수 있도록 만든 그릇.

대우*라서 한 장에 이 원씩 싸게 드립니다요. 쌀이라면 우리 고향 쌀, 아시지라우? 계화미, 호남 평야의 일등품만 취급하니까 한번 잡숴만 보세요, 틀림없당게요."

김 반장이 만나는 동네 사람들마다에게 쏟아 놓는 대사였다. 아니, 부러 가게 앞에 나와 서서 짐짓 쾌활한 얼굴과 목소리로 자신만만하게 단골들을 설득하였는데, 사람들은 그제서야 형제 슈퍼와 김포 슈퍼의 간격이 일백 미터도 채 못 된다는 사실을 깨달았다. 그리고 김포에서 쌀과 연탄만을 취급하였을 때는 모두 형제 슈퍼에서 물건을 샀다는 사실을 깨달았다. 모두들 경호네의 눈부신 발전에만 정신이 팔려서 깜박 김 반장을 잊고 있었던 것이다.

김 반장은 이제 스물여덟의 역시 싹싹한 총각이었으며 23통 5반을 손바닥 안에 꿰뚫고 있는 반장 직책을 가지고 있었다. 때문에 동네의 잡다한 사건에 그가 끼이지 않는 법이 없었다. 그의 형제 슈퍼에는 네 명의 어린 동생과 다리 골절로 직장을 잃은 아버지와 잔소리가 많은 어머니, 또한 팔순의 할머니가 매달려 있었다. 식구가 복잡한 만큼 가게도 복잡하여 누구 말대로 없는 것 빼고는 다 있는 만물상임은 틀림없지만 기득권을 가진 가게답게 적잖이 무질서하고 부식의 신선미도 떨어지는 편이어서 사람들은 알게 모르게 깔끔하게 정돈되어 있는 김포 슈퍼 쪽으로 발길을 돌렸던 것이다. 뭐든 새 것이 역시 새 맛으로 좋은 법이었다. 그렇다고 해도 김 반장이 그처럼 재빠르게 쌀과 연탄을 팔겠다고 나설 줄은 몰랐었다. 아는 사람은 다 아는 일이지만 지난 가을 김 반장은 작은 짐차를 하나 샀다

어휘정리

대우 어떤 사회적 관계나 태도로 대하는 일.

가 한 달도 못 되어 사고를 저질러 그 뒷수습에 바짝 쪼들리고 있는 중이었다. 물건도 실어나르고 채소나 과일을 산지에서 밭떼기를 할 작정으로 모아놓은 장가 밑천을 다 털어서 치렀던 것인데 그만 사람을 다치게 한 것이었다. 합의를 보고, 피해자 보상도 해 주고 이것저것 뒷갈망을 하는 데 차는 물론이요 빚도 수월찮게 얻었다는 내막을 동네 사람들은 알고 있었다. 그런 처지에 빚을 얻어 싸전을 벌이고 연탄까지 팔겠다고 나서다니, 지물포 주씨 말대로 제 죽을 구멍 파는 미련한 짓이라고 욕을 먹을 만도 하였다. 경호 아버지가 쌀과 연탄을 도맡아 대고 있는 줄을 번연히 알면서 말이다.

"김포 슈퍼요? 아, 난 상관 없어요. 우리도 연탄 배달, 쌀 배달 다 하는데요. 무작정이 아니라구요. 관에다 허가받고 시작한 장사인데 나라고 왜 못 해요?"

말은 요만큼 하여도 그 동안 김 반장이 얼마나 끙끙 앓았는지 짐작할 만하였다. 비어 있는 점포에 구멍가게가 들어설까 봐 가게 계약 건수만 있으면 강남 부동산을 번질나게 드나들곤 하던 김 반장이었다. 김포 쌀 상회가 김포 슈퍼로 도약하여 자신의 목을 조를 줄은 생각지도 못하였을 것이다. 어디거나 동네의 조그마한 구멍가게가 대상으로 하는 지역은 암암리에 지정되어 있는 터, 같은 업종의 가게가 새로 문을 열 때는 일정 거리 이상을 유지하는 게 상호간의 예의라는 형제 슈퍼의 김 반장 이론은 분명히 옳았다. 우리 가게 하나도 소화시키지 못하는 조그마한 구역에 똑같은 구멍가게가 마주보고 어쩌자는 것이냐고, 다 같이 죽자는 모양인데 나는 못 죽어 주겠다. 옛정을 봐서 우리 연탄이나 쌀도 팔아 줘야 할 게 아니냐. 가격도 싸고 품질도 월등 좋은데…….

김 반장은 원미동 거리에서 입이 닳도록 외웠다. 김 반장의 어머니도, 김 반장의 허리 꼬부라진 할머니도 동네 여자들을 향해

"우리 연탄도 좀 때요. 이번 참엔 우리 것 좀 들여놓아. 꼭!"

하며 우겨대었다.

팔순을 넘긴 김 반장 할머니는 꼬부라진 허리를 아랑곳 않고 추위를 피해 종종걸음 치는 아낙네들 뒤를 따라가면서까지 외워댔다.

"우리 것도 팔아 주랑게……."

참말로 딱하게 된 것은 원미동 여자들이었다. 이제까지 대 놓고 쓰던 경호네를 나 몰라라 하고 김 반장한테 돌아설 수가 없는 것이, 김포 슈퍼 개업일 때 무심코 던진 말들을 기억하고 있는 탓이었다.

"모쪼록 잊지 말고 들러 주십시오. 성의껏 모시겠습니다."

허리 굽혀 인사하면서 은박지 쟁반에 담긴 팥떡을 나누어 주던 경호네한테 누구라 할 것 없이 덕담처럼 던진 말이

"다른 건 몰라도 쌀 안 먹고 연탄 안 때고 살 수는 없으니까 경호네를 잊고 살 수는 없지."

딱히 그것뿐이라면 또 모른다. 듣기 좋은 말만 뜯어먹고 살 수 있는 세상은 아니므로 그깟 덕담쯤이야 인사치레로 돌릴 수도 있었다. 하지만 김포 슈퍼에 들를 때마다 은근히 얹어 주던 덤이며, 찾아 줘서 고맙다고 손에 쥐어 주던 빨랫비누 한 장씩을 누구라도 한 번씩은 받게 마련이었으므로 입싹 씻고 돌아서기가 여간 난처한 게 아니었다.

일이 이쯤에 이르자 김 반장이 쌀과 연탄을 벌인 게 잘못이라는 사람들도 있고, 애초에 가게를 확장한 경호네가 잘못이라는 사람들도 생겨났다.

그렇지만 어느 쪽도 딱 부러지게 죽을 죄를 지은 것은 아니었다. 모두 다 살기 위하여, 어쨌거나 한번 살아 보기 위하여 저러는 것이었으므로 애꿎은 동네 사람들만 가게 가기가 심란스러워진 셈이었다.

"김 반장 말도 맞아. 어쩔까. 이번에는 형제 슈퍼에서 연탄 백 장을 들여놓아야 할까 봐."

우리 정육점 안주인이 처음으로 김 반장에게서 연탄을 샀다. 형제 슈퍼 코앞에 우리 정육점이 있었다. 서로서로 가게를 열고 있는 처지라서 딱해 죽겠다던 이였다.

"할 수 없잖아. 김포 몰래 우리도 이십 킬로그램짜리 쌀 팔았어*. 괜히 경호 아버지 눈치가 보이고, 참말 내 돈 내고 쌀 팔면서 무슨 죄짓는 것처럼 이게 뭐야."

써니 전자의 시내 엄마도 이마를 찌푸렸다.

"이번에는 김포, 다음에는 형제, 그렇게 하면 되잖아요."

64번지 새댁이 공평한 결론을 내리는가 했더니 고흥댁이

"그럼 계란이니 두부니 라면도 일일이 나눠 가지고 사러 다닐꺼여? 아이구, 난 이제 늙어서 기억력도 모자르는디 헷갈려서 그짓 못혀."

하며 고개를 설레설레 흔들었다. 딴은 그러했다. 김포에서 대어 먹던 쌀이나 연탄을 가끔씩이나마 김 반장에게로 거래를 옮긴다면 형제 슈퍼에서 사 오던 부식이나 잡다한 일용품들도 이쪽 저쪽 공평하게 사러 다녀야 할 판이었다. 어느 쪽으로 가나 한 쪽의 뒤통수에 달라붙어 있기는 마찬가지겠지만 섣불리 굴었다간 괜히 이웃간에 정만 날 것이라고 하여간 난처한 일이다.

어휘정리

쌀팔다 쌀을 돈 주고 사다.

일은 그게 다가 아니었다. 김포 슈퍼에서는 또 가만 앉아 당할 수가 없으니 내외는 머리를 짜내어 모든 물건의 가격을 일 이십 원 꼴로 낮추어 팔기 시작하였다. 형제 슈퍼에서 180원 하는 과자는 170원으로, 300원짜리는 280원으로 내려 받으면서 저울 눈금으로 파는 채소까지 후하게 달아 주었다. 뿐이랴. 계란 두 줄을 사면, 하나를 덤으로 주고, 형제에서 천 원에 스무 개씩 귤을 팔면 스물세 개를 담아 주었다.

500원에 세 개들이 비누를 형제 슈퍼에서 산 누구는 김포에서 450원에 판다는 귓속말을 듣자마자 비누를 물리기도 하였다. 뒤통수에 달라붙은 눈총이야 모른 척하면 그만이지만 당장 잔돈푼이 지갑 속으로 떨어져 들어오는 데야 김포 슈퍼로 치달리는 걸음에 의혹이 있을 수가 없었다.

김 반장은 그럼 두 손을 늘어뜨리고 구경만 할 것인가. 제까닥 김포 슈퍼보다 십 원씩 가격을 더 내리고 저울 눈금도 마냥 후하게 달았다. 스무 개짜리 귤은 아예 스물다섯 개씩 팔아넘기니 한 박스 팔아도 본전 건지면 천만다행인 장사가 시작된 셈이었다. 새해 들면서 김포와 형제의 공방전이 여기에 이르자 오히려 살판난 것은 동네 여자들이었다. 구입할 게 많다 싶으면 세 정거장쯤 떨어져 있는 시장으로 가던 여자들이 시장 발걸음을 끊은 것도 새해 들어서의 버릇이었다. 굳이 시장에 갈 일이 없었다. 어지간한 것은 모두 형제나 김포에 있었고 이만저만 파격 세일이 아닌 까닭이었다.

"워메, 그게 콩나물 이백 원어치여? 시상에 난 김포가 더 싼 줄 알았더니 김 반장네가 훨씬 많구만 그려."

어느 날 고흥댁이 소라 엄마의 손에 들린 콩나물의 부피에 입을 쩍 벌린 것도 무리는 아니었다. 시장에 가더라도 오백 원어치 꼴은 실히 될 만한 양

이었기 때문이었다.

"아네요. 연탄은 김포가 더 싸요. 난 어제 백 장 들였는데 오백 원이나 깎아 주고 플라스틱 바구니까지 얹어 주던 걸요."

소라 엄마가 소곤소곤 정보를 알려 주고 가자 이번에는 원미 지물포 안주인이 아이들한테 초콜릿을 물리고 오면서 또 소곤거린다.

"어쩌려고 저러는지. 이백 원짜리 초콜릿을 김 반장은 백 원에 팔드라니깐요. 떼 온 값도 안 되게 막 팔아넘긴대요. 이판사판이래요."

그러면 고흥댁은 정말 헷갈리기 시작하는 것이었다. 아까까지만 해도 김포에서 적어도 삼십 원은 싸게 샀다고 자부한 판인데 잠깐 사이에 형제에서는 오십 원이나 싸게 팔고 있다니 어느 쪽으로 가야 이익일는지 계산하기가 썩 어렵잖은가 말이다. 그렇잖아도 지난번에 형제 슈퍼에서 산 비누를 물리고 그 즉시로 김포 슈퍼에서 싼값으로 비누를 샀다고 해서 동네 여자들 구설수에 올라 있는 고흥댁이었다. 한 마디로 너무 노골적이라는 비난이었는데 그깟 몇십 원 때문에 당장 산 물건을 되물리는 법이 있느냐는 거였다. 이쪽저쪽을 다니더라도 좀 눈치껏 하지 않고 너무 표나게 굴었던 까닭이었다. 싸게 주는 쪽으로 가는 것이야 말리지 않지만 요령껏, 어느 쪽이 더 싼지 눈치를 살핀 후에 행동에 옮기라는 말일 것이다. 말귀는 알아들었다 해도 번번이 한 수 뒤쳐지는 것이 고흥댁은 여간 억울하지 않았다. 아까 콩나물만 해도 그랬다. 김포 콩나물이 엄청 양이 많더라고 오전에 이미 소문을 들었던 터라 경호네한테 가서 이백 원어치를 한 봉투 받아 왔었다. 흡족할 만큼 많이 뽑아 준 터라 내심 기분이 좋았는데 잠시 후에 보니 소라 엄마는 김 반장네서 훨씬 많은 콩나물 봉투를 들고 오는 게 아닌가. 그래서 괜히 자기만 손해 보았다고 지물포 여자한테 하소연을 좀 했더니 담박에 머퉁이*만 돌아오고 말았다.

"아이구 아줌마도. 손해는 무슨 손해요? 김포에서 받은 것도 이백 원어치 곱절은 됐을 텐데, 안 그래요?"

말을 듣고 보니 맞는 소리였다. 눈치를 잘 보아서 김 반장한테로 갔으면 더 이익을 봤을망정 손해는 아니었으니까.

"그나저나 고래 싸움에 새우등 터진다는 옛말은 다 틀린 말여. 고래들이 싸우는 통에 우리 같은 새우들이 먹잘 게 좀 많은가 말여."

그러나 고흥댁의 그럴싸한 옛말 풀이는 1월이 거지반* 지날 무렵부터 서서히 모양새가 바뀌어 가기 시작했다. 유난히도 날씨가 맵지 않아 집집마다 김장 김치들이 부글부글 괴어오르던* 정월이었다. 서울 미용실 옆으로 비어 잇는 점포가 서너 개 있었다. 원래가 이 동네는 허울 좋은 상가 주택만 즐비한 터여서 가게는 비워 놓고 방만 세들어 있는 수도 많았다. 집을 지었다 하면 약속이나 한 듯이 아래로는 가게를 두 칸 내고 이층에 살림집을 올리는 식이었다. 게다가 기왕의 주택이나 연립 주택들마저 아래층은 개조를 해서까지 점포를 만들었다. 요즘에 와서야 수요가 없는 점포는 단칸방 월세보다 시세가 없다는 사실을 깨닫긴 한 모양이지만 지난 사오 년 사이의 원미동 23통 거리는 상가 주택이 대 유행이었다. 시청을 끼고 있어서 몇 년 지나지 않아 한몫 하려니 했던 기대는 완전 물거품이 된 셈이었다. 시청 정문 앞이라면 몰라도 이만큼 한 행보 멀어져 있고서는 어느 세월에 상가가 조성될지 아득하기만 하였다.

어휘정리

머퉁이 꾸지람을 일컷는 말로서 전북에서 쓰이는 사투리.
거지반 거의 절반.
괴어오르다 술, 간장, 초 따위가 발효하여 거품이 부걱부걱 솟아오르다.

다른 데는 어쨌거나 영세한 꼴이나마 점포들이 문을 열었어도 서울 미용실 옆의 상가 주택들이 비어 있는 까닭은 앞이나 옆이나 서울 미용실까지는 그러저럭 큰 길에서 내다보이는 이점이 있지만 그 다음부턴 도무지 무엇을 벌여도 밑천 잘라먹기가 예사인 점포들이었다. 그래서 이것저것 퍽도 많은 종류의 가게들이 철새 날아오듯 문을 열었다 닫았다 하였는데, 그 중의 한 가게에서 별안간 '싱싱 청과물' 이란 간판을 내건 것이었다.

새로 생긴 싱싱 청과물의 위치를 설명하자면 이렇다. 형제 슈퍼 맞은편에 서울 미용실이 있고, 소방 도로를 끼고 구부러지면서 '종합 화장품 할일 코너' 란 이름의 화장품 가게가 들어 있는데, 서울 미용실의 경자가 새해 벽두에 친구와 동업 형식으로 문을 열어서 동네 여자들을 상대로 화장품을 할인하여 팔고 있었다. 이 자리가 바로 인삼찻집이 있던 그 가게였다. 행복 사진관 엄씨와 꽤 진한 연애를 했던 탓에 어쩔 수 없이 이 동네를 떠나야 했던 찻집 여자의 뒷소식은 아무도 몰랐지만, 사람들은 화장품 코너에 들어설 때마다 영락없이 사진관 엄씨의 바람난 이야기를 입에 올리곤 하였다. 화장품 할인 코너 옆은 가게를 비워 둔 채 살림만 사는 명옥이네 집이고, 명옥이네 집과 붙은 또 하나의 점포 역시 그간은 진만이네가 싸구려 화장지를 도매로 떼어다 쌓아 놓는 창고 구실만 하고 있었다. 진만이 아버지는 끝내 리어카 행상이 되어 화장지를 팔러 다니더니, 지난 연말에 시골로 내려가고 말았다. 진만이네가 살던 점포는 이내 가내 수공업 형태의 바지 공장이 들어섰다. 아마 집주인이 직접 일꾼 서넛을 데리고 일을 하는 모양이었다. 유리문 안으로 미싱 돌리는 청년들의 머리가 보이고, 방에 가득 원단이 있는 것도 눈에 띄었다.

바지 공장 다음이 싱싱 청과물이었다. 싱싱 청과물 옆으로 다시 두 칸의 빈 점포가 있고 이어 서너 필지*의 공터와 공터 맞은 편에 김포 슈퍼가 자리잡고 있었다. 싱싱 청과물 자리 역시 원래는 살림만 하던 빈 점포였는데, 언제 이사를 가고 새로 들어왔는지 눈치채지 못할 만큼 갑작스런 개업이었다. 아마 강남 부동산을 거치지 않고 위쪽의 다른 복덕방이 성사시킨 물건이기가 십상이었다. 강남 부동산을 거쳤다면 김 반장이 모르고 있었을 리가 없었다.

싱싱 청과물 주인 사내는 이제 막 이사와서 동네 형편은 전혀 모르는 듯했다. 무작정 과일전만 벌였으면 혹시 괜찮았을 것을 눈치도 없이 '부식 일절 가게 안에 있음' 이란 종이 쪽지를 붙여 놓고 파, 콩나물, 두부, 상추, 양파 따위 부식 '일절' 이 아닌 '일체' 를 팔기 시작하였다. 참 답답한 노릇이었다. 김포 슈퍼와 형제 슈퍼의 딱 가운데 지점에서, 그것도 결사적인 고객 확보로 바늘 끝처럼 날카로운 두 가게 앞에 버젓이 '부식 일절' 운운한 쪽지를 매달아 놓았으니 무사할 리가 없었다. 김포의 경호네나 형제의 김 반장이나 밑천 잘라먹기식의 장사를 한 탓에 서로들 적잖이 지쳐 있는 때였다. 웃음 많고 상냥하던 경호 엄마의 얼굴에도 시름이 덕지덕지 끼었고, 세탁소집 여자 말을 들으면 밤중에 곧잘 부부 싸움도 벌어지고 있는 모양이었다.

김 반장은 꺼칠한 얼굴에 술만 늘어서 소주 네 홉이 하루 기본이라고 외치는 판이었다. 김 반장의 경우는 좀 지나치다 할 만큼 술주정까지 덧붙여진 탓에 동네 사람들의 이맛살을 찌푸리게 하는 수도 많았다. 한번 술에 취하면 장사고 뭐고 때려치우겠다고 날뛰지를 않나, 기분이 상한다고 턱도 없는 값에 물건을 팔아넘기

어휘정리

필지 구획된 논이나 밭, 임야, 대지 따위를 세는 단위.

질 않나, 팔리지도 않는 쌀과 연탄은 무슨 고집으로 외상을 내서라도 쌓아 놓지를 않나, 참말로 속이 터져 죽을 노릇이라고 김 반장의 어머니와 할머니는 매일 징징대었다. 특히 그 허리 굽은 할머니는

"이 날 입때껏 장가도 못 들고 지 부모 대신 동생들 가르치느라고 마음 고생만 시킨 내 큰 손주 다 버리겠어."

라고 눈물까지 글썽거렸다.

"사람 폴짝 뛰다 죽겄네, 얼라! 과일만 팔아도 속이 뒤집힐 판에 부식 일절? 참 골고루들 애먹이는구먼"

김 반장의 눈빛이 곱지 못하듯, 김포 슈퍼 내외도 안색이 곱지 못하였다.

"정말 죽어라 죽어라 하네요. 김 반장 등쌀에도 피가 마르는데 인제는 싱싱 청과물까지 끼어들어 훼방을 놓으니……"

웃음 많던 경호 엄마가 한숨을 푹 쉬었다. 그런 걸 아는지 모르는지 싱싱 청과물의 유리창에는 또 하나의 쪽지가 나붙었다.

'완도 김 대량 입하'

며칠 후 경호네와 형제 슈퍼의 김 반장이 휴전 협정을 맺었다는 소문이 동네 안에 좌악 퍼졌다. 아닌게아니라, 두 집의 물건 값이 같아졌고 저울 눈금도 서로 확실히 하고 있어서, 이제는 어느 집으로 가든 같은 가격으로 물건을 살 수밖에 없었다. 말로 표현하지는 않았지만 동네 여자들은 내심 김이 빠졌다. 그래도 고흥댁은 나이가 많으니 솔직해도 흉이 되지 않는다.

"진작 이렇게 되었어야 혔지만, 그래도 어째 좀 아쉬운디……"

그러나 얼마 지나지 않아서 여자들은 새로운 사실을 알게 되었다. 경호네와 김 반장이 단순한 휴전 조약만을 맺은 게 아니라, 당분간 동맹 관계를 유

지하기로 약조를 했다는 것이다. 물론, 이 동맹자들이 쳐부숴야 할 적군은 싱싱 청과물이었다. 믿을 만한 소식통에 의하면, 먼저 동맹을 제안한 쪽은 김 반장이라고 했다. 김 반장이 늦은 밤, 경호 아버지와 함께 공단 쪽 돼지갈비 집에서 술을 마시는 걸 보았다는 사람도 있었다. 제안은 김 반장이 했지만 이것저것 묘책은 경호 아버지한테서 나온 것이란 말도 있었고, 서로 형님, 아우 해 가면서 신세 한탄도 할 만큼 사이가 좋아졌다는 소문도 있었다.

남은 일은 싱싱 청과물이 어떻게 당하는지 구경하는 것뿐이었다. 고흥댁 말대로 고래가 세 마리로 불어났으니 먹을 게 더 많아지리라는 기대도 조금 있었다. 아닌게아니라, 주된 전략은 바로 가격 인하였다. 싱싱 청과물에서 취급하는 품목에 한해서만 두 가게가 모두 대폭적으로 가격을 내리기로 하였다는 것이다. 그 외의 상품들은 동맹 이후 두 가게가 같이 정상 가격으로 환원하였다. 완도 김을 대량 입하했던 싱싱 청과물에 맞서 김 반장은 위도 김을 들여와 집집마다 산지 가격으로 나누어 주었다. 부지런한 경호 아버지가 서울의 청과물 도매 시장에서 들여온 사과와 귤이 김 반장네 가게에도 진열되어 싼값으로 팔려 나가기 시작했다.

원미동 여자들이야 굳이 싱싱 청과물을 들러야 할 이유가 없었다. 과일이나 부식은 경호네나 김 반장 쪽이 훨씬 값이 헐했으므로*, 또한 한 동네 이웃으로 낯이 익은 그들의 가게에서 싱싱 청과물 쪽을 지켜보고 있을 게 뻔한데 원성을 사 가면서까지 찾아갈 까닭이 무언가?

이렇게 되자, 싱싱 청과물 주인 남자는 슬그머니 '부식 일절' 운운한 쪽지를 거두어들였다. '완도 김 대량 입하' 라는 쪽지도 떼었다. 과일만 취급할 것임을 공표하기나 하는

어휘정리

헐하다 값이 싸다.

듯, 대신 '과일 도산매' 란 종이 쪽지가 나붙었다. "콩나물이나 파 따위 팔아 봤자 큰돈 남는 것도 아니고, 그래 너희들 소원대로 딴눈 안 팔고 과일이나 팔아 보겠다." 이러면서 땅바닥에 침을 탁 뱉는 것을 보았노라고 서울 미용실 경자가, 드나드는 여자들한테 말을 전하곤 하였다. 그만큼 해 두었으니 동맹을 맺은 보람이 있은 셈이었다. 이제는 김 반장이나 경호 아버지의 동맹 관계가 지속될 이유가 없어진 게 아니냐고, 앞으로는 어떻게 일이 되어 갈 것인지 동네 사람들은 성급히 앞일을 궁금해하였다. 그러나 싱싱 청과물을 향한 일제 공격이 끝난 게 아닌 모양이었다. 경호 엄마 말에 의하면, 그들 내외도 사실상 동맹 관계가 끝난 것으로 해석하고 있었다. 그런데 김 반장이 펄쩍 뛰며 야단이더라고 전했다.

"우리는 과일 안 팔아? 그놈이 문 닫는 꼴을 보기 전에는 절대로 그만두지 않을 거요."

김 반장이 기어이 싱싱 청과물 망하는 꼴을 보아야겠다고 이를 악물더라는 말을 들은 동네 여자들의 반응은 가지가지였다.

"지독하네. 경호네는 김 반장이 그런다고 따라해? 어린 사람이 악심을 품으면 경호 아버지가 달래야 사람의 도리지."

"그런 소리 말아요. 어떻게 김 반장 말을 거역해요? 동맹을 맺었을 때는 끝까지 의리를 지켜야죠."

"의리 좋아하네. 모르긴 몰라도 경호네 역시 싱싱 청과물 망하는 꼴 보려고 같이 작당했을 걸."

"만약에 진짜 그렇다면 경호네가 잘못 생각한 거야. 사실로 말해서 김 반장이 진짜로 망하는 꼴 보고 싶은 마음으로 치자면야 경호네 김포 슈퍼지 어디 그깟 싱싱 청과물 가지고 성차겠수?"

"김 반장 그 사람, 너무 악착스러워. 젊은 사람이 어찌 그리 인정머리가 없을꼬?"

"그래 말야. 지 엄마한테는 왜 그리 툴툴거리는지. 남들한테는 곧잘 싹싹하면서 지 부모한테는 얼굴 펴는 걸 못 보겠더라구."

"그게 다 무능한 부모들이 받아야 할 대접인 게지. 우리도 이 꼴로 나가다간 자식들한테 그런 대접을 받기 십상이지."

과일 도산매만 하겠다면 설마 어쩌랴 싶었던지, 싱싱 청과물에서는 구정* 대목이 다가오자 울긋불긋한 꽃종이로 포장한 사과상자, 귤, 배, 진영 단감, 딸기 들을 가게 안팎으로 가득 벌여 놓기 시작하였다. 신정 연휴가 사흘이나 된다 하여도 음력 설만큼 돈이 풀리려면 어림도 없다. 우리 정육점도 연일 비린내를 풍기며 고깃근을 쟁여 놓고 대목 장사를 준비하던 무렵이었다. 김포 슈퍼와 형제 슈퍼에도 울긋불긋 과일전이 흐드러졌다. 김 반장이 차를 빌려 서울까지 원정 나가서 도매로 들여온 물건이었다. 가격은 싱싱 청과물을 기준으로 하여 정해졌다. 싱싱 쪽에서 사과 상품 한 상자를 15,000원에 판다면 그들은 14,000원에 금을 매겼다. 깎으려고 드는 손님들도 그냥 돌려보내지 않고 한껏 금을 내려 주었다. 구정 선물용으로 대개 상자째 팔려나가는 때였다. 그것뿐이 아니었다. 싱싱에서 물건을 흥정하는 손님이 있으면 김 반장은 어디서 구해 왔는지 빽빽거리는 핸드마이크를 쳐들고 훼방을 놓았다.

"과일 바겐세일입니다. 조생 귤이 있습니다. 산지에서 금방 올라온 맛좋은 부사 사과를 파격적인

어휘정리

구정 '음력설'을 신정(新正)에 상대하여 이르는 말.

가격으로 판매합니다. 자, 과일 바겐세일!"

어떤 때에는 김포 슈퍼를 선전해 주기도 하였다.

"과일 세일합니다. 사과, 배, 귤, 모두 세일합니다. 저 쪽 김포 슈퍼로 가시든가 여기로 오시든가 마음 대로 하세요. 몽땅 세일합니다요."

싱싱 청과물 사내가 김 반장을 쫓아간 것은 당연한 일이었다. 하지만, 싸움은 초반부터 싱싱 청과물 사내가 불리한 쪽에 있었다. 생각 없이 대뜸 내뱉은 첫말이 당장 김 반장의 공격망에 걸려 버린 것이다. 나이가 어리다 하여 만만히 여기고 다자고짜 말을 놓은 게 실수였다. 싱싱 청과물 사내가 말꼬리를 붙잡혀서 정작 장사를 훼방한 것에 대해서는 따질 기회도 얻지 못한 채 전전긍긍하고 있을 때, 경호 아버지가 싸움에 끼어들었다. 이 때다 싶었던지, 몰리고 있던 싱싱 청과물 사내가 버럭 소리를 질렀다.

"당신들 말야, 왜 어깃장을 놓아? 가격이야 뻔한데 본전치기로 넘기면서 남의 장사 망쳐 놓는 속셈이 대관절 무엇이야? 엉! 왜 못살게들 굴어?"

경호 아버지도 어름하게 물러서지는 않았다.

"싸게 사서 싸게 파는 것도 죄요? 원 별소릴 다 듣겠네."

얼굴이 벌개진 싱싱 사내는 공연스레 목청만 돋운다.

"어 이사람들, 이제 보니 심보가 새까맣군 그래. 싸게 사서 싸게 파는 것도 죄냐구? 말해! 나하고 무슨 원수가 졌냐? 날 죽여보겠다는 심보는 대체 뭐야?"

그러면 김 반장이 또 씩씩거리며 대들었다.

"이게 좁쌀밥만 먹고 살았나? 말마다 영 기분 나쁘게시리 반말로만 내뱉는군. 단단히 정신을 차릴 필요가 있는 작자라니까."

마침내 싱싱 청과물 사내가 죽기살기로 김 반장의 멱살을 잡고 바둥거리기 시작했다. 몸피가 유난히 왜소하여 애초 김 반장의 상대가 되지도 못하면서 기를 쓰고 덤벼드는 그를 김 반장은 여유있게 메다꽂았다. 이 못된 놈이 사람 친다고 악을 쓰면서 덤벼드는 그를 향해 김 반장은 알게 모르게 주먹 솜씨를 발휘하였다.

"어디서 굴러먹던 뼈다귀인지 생전에 보지도 못한 놈이 남의 장사를 망치려고 덤벼든 것을 생각하면 내 속이 터진다구."

김 반장의 목소리는 칼날처럼 서늘했다.

"와 이라노? 이게 무슨 짓들이가? 한 동네 삼시로 서로 웬 주먹질이란 말이가? 보소. 아저씨가 참으소. 맞는 사람만 손해라 카이. 아이구마, 김 반장아. 니가 깡패로 나섰노? 이러는기 아니다. 아무리 억울헌 일이 있다 캐도 이러는 기 아니다. 이 손 치아라! 내 말 안 들을라면 인자부터 니랑 내랑 아는 체도 말자고마. 이 손 치아라!"

원미 지물포 주씨가 적극적으로 두 사람을 뜯어말렸다. 지물포 주인 주씨가 뜯어말리는 그 사이에도 김 반장은 연신 싱싱 청과물 사내의 옆구리를 향해 헛발길질을 해대고 있었다.

싸움 구경에 나섰던 사람들은 그 날의 사건을 두고두고 입에 올렸다. 다음다음 날, 싱싱 청과물 사내가 입술을 깨물며 리어카 행상으로 과일 처분에 나선 것을 보고는 모두들 김 반장의 잔인함에 몸을 떨었다. 구정 대목을 보려고 무리하면서까지 들여놓은 과일을 소화하기 위해서는 그 수밖에 없기는 하였다.

"지독해. 김 반장네 가게에선 앞으로 두부 한 모도 사지 않을거야."

시내 엄마는 질렸다는 듯이 고개를 절래절래 흔들었다. 이제 네 살짜리 하나를 두고 있는 그녀는 얼핏 보기엔 64번지 새색시보다 훨씬 앳되어 보였다. 써니 전자를 꾸려 나가는 그들 부부의 사는 모습도 지극히 낭만적이어서 깊은 밤 문 닫힌 그들 가게에서 흘러나오는 애수어린 음악 소리만 들어도 그것을 능히 짐작할 수 있을 터였다.

"경호 아버지도 다시 봐야겠어. 어쩌면 그렇게 몸을 사릴까? 약아빠졌어. 난 김 반장보다 경호 아버지가 더 얄밉더라."

64번지 새댁이 분개하였지만, 여자들은 김 반장 쪽이 아무래도 나빴다는 쪽으로 의견들을 모았다. 그렇게까지 독한 줄은 몰랐었는데, 정말이지 사람이란 두고두고 겪어 보아야만 속을 안다고 입을 삐쭉였다.

원래가 목이 좋지 않아 어느 장사든 길게 가 본 적이 없는 싱싱 청과물은 문을 연 지 한 달 만에 셔터를 내리고야 말았다. 만두집, 돼지갈비 전문, 오락실 따위의 장사를 벌였던 이전의 주인들도 두세 달을 채우지 못했으니까 그다지 이상할 것도 없는 일이었다. 다만 몇 푼이라도 가게 치장에 돈이 든 것이 아니고, 미처 팔지 못한 과일이나 부식은 식구들이 먹어치우면 될 것이니 다른 사람에 비해 큰 손해는 없을 것이라고 여자들은 수군거렸다. 동맹자들이 결국은 목적을 달성한 사실에 대해 한편으로는 놀라기도 하면서 혹은 언짢게 생각하면서도…….

특히 시내 엄마가 싱싱 청과물의 폐업을 가장 가슴아파했다.

"오죽하면 여기까지 와서 장사를 벌였을라구. 이 동네가 어디 장사해서 돈 벌 곳이 되나? 그깟것 같이 좀 먹고 살면 어때서, 너무 잔인해."

"문 닫는 걸 보니 안되긴 좀 안됐어. 그래도 어쩌겠나? 다들 먹고 살아

보려고 아옹다옹하는 것이니……."

원래 대범한 편인 지물포 여자가 다소나마 그들을 감싸 주었다.

2월로 접어들면서 영상 10도 이상의 따뜻한 날씨가 며칠 계속되는 중이었다. 언제 꽃샘추위가 밀어닥쳐 꽁꽁 얼어붙게 할 지 그것은 알 수 없지만, 하여간 요사이라면 봄이 왔다고 해도 틀린 말은 아니었다. 원미동 거리는 모처럼 시끌벅적하였다. 아이들도 모조리 쏟아져 나와서 세발자전거를 타기도 하고, 무작정 달음박질을 쳐 보기도 하였다. 아이들을 거느린 채 써니전자 앞의 양지에 한 무리 모여 서 있던 여자들 중의 하나가 낮은 목소리로 킥킥 웃었다.

"저것 봐. 봄이 오긴 왔어. 겨우내 뜸하더니만 으악새 울음 소릴랑 이제 실컷 듣게 생겼군."

아닌게아니라, 겨울 동안 기척도 없던 으악새 할아버지가 무궁화 연립의 계단 앞에 나와 있었다. 벌써 한바탕 으악새 울음을 쏟아 놓고 온 길인지 팔굽을 탁 치고 으악, 손뼉을 탁 치고 으악 하는 일련의 동작들이 무르익을 대로 무르익었다. 으악새 할아버지는 그렇게 얼마 동안 미진한 울음을 다 뱉어내고 나서는 머리를 쓰다듬으며 계단을 밟아 현관 안으로 사라져 버렸다.

"참말로 저것이 무슨 병인지 몰라. 보는 사람도 이렇게 심장이 지랄 같은데. 으악, 으악 치밀어 올라오는 그 할아버지야 오죽할까?"

"그러게 말예요. 내 생전에 저렇게 요상스런 병은 처음이에요. 예전에 누군가는 자꾸만 웃음이 나오는 병이 있다고 그러긴 합디다만……."

"그래 말야, 차라리 웃음이 나오는 병이면 듣기라도 좋게? 저건 꼭 가래 끓는 소리 같기도 하고, 등에 칼침 맞는 소리 같기도 하고……"

"에이구, 징그런 소리도 한다. 저 양반이 그래도 어찌나 정갈한지 혼자 사는 노인네 빨래가 안집 것보다 많대. 가끔씩 으악새 소리만 안 내면 나무랄 데가 없는 노인인데……."

한참 동안 으악새 할아버지를 입에 올렸던 원미동 여자들은 고흥댁의 출현으로 다시 화제가 옮겨졌다. 원미동 여자들이 환담하는 자리에는 꼭 끼여 있던 고흥댁이 어째 보이지 않는가 했더니 강남 부동산 문이 벌컥 열리면서 그녀가 나타난 것이다.

"뭐 좋은 일이 있어요?"

날씨 탓도 있겠지만 고흥댁 얼굴이 썩 밝아 보이는 것을 두고 묻는 우리 정육점 여자의 물음이었다.

"좋은 일이 머시당가? 요새 복덕방 좋은 일 있등가?"

"그런 말씀 마세요. 봄도 오고 슬슬 집들이 뜰 텐데……. 그나저나 한 건 했나 보죠? 뭐예요. 전세?"

"아따 족집게네. 싱싱 청과물 가게가 나갔어. 인자 막 계약혔네."

"벌써요? 하긴 빨리 뜨는 게 그 사람한테는 좋을 거야."

시내 엄마는 새삼 김 반장의 형제 슈퍼를 흘겨본다.

"그란디 이번엔 시내네가 쬐까 괴롭겠어야……."

고흥댁의 의미심장한 말에 여자들은 모두 시내 엄마의 얼굴을 쳐다보았다.

"아니, 왜요? 왜 우리가 괴로워요?"

시내 엄마가 눈을 동그렇게 떴다.

"글씨 말여. 그 사람들도 딱 작정한 것은 아니라고 허드만, 워낙 배운 기술이 그것뿐이당게 딴 장사를 할 리가 없제, 잉.”

“네에? 그럼 전파상이 온단 말예요?”

“아직 딱 부러지게 정헌 것은 아니래여, 이것저것 알아본 담에 헌다니께…….”

이웃 간에 미리 일러 주지 않고 구전부터 챙긴 죄가 있어서 고흥댁은 자연 말꼬리를 흐렸다.

“오죽하면 이 동네까지 와서 전파상을 벌일라구. 같이 먹고 살아야지. 안 그래?”

시내 엄마가 한 말을 흉내내는 우리 정육점 안주인 때문에 여자들은 모두 깔깔 웃어 댔다. 시내 엄마는 샐쭉한 얼굴로 웃는 둥 마는 둥 하는 중이었다. 64번지 새댁은 그러나 이제부터의 일이 더 궁금해서 못 견디겠는 모양이었다.

“앞으로는 어떻게 되지요? 또 싸울까요? 그 때 보니 경호네도 보통 아니던데요?”

동맹을 맺어, 틈 사이로 기어드는 싱싱 청과물을 제거하는 데 성공했으므로, 남은 일은 김포와 형제가 어떤 방침으로 돌아서느냐 하는 것뿐이었다. 말하자면, 휴전 협정의 효력은 다한 셈이니 이제는 어떤 일이 벌어지겠느냐 하는 이야기였다.

“아이구, 새삼스레 뭘 또 싸우리라구. 이왕지사 그리 된 것, 서로 타협해서 좋도록 해야지.”

이것은 고흥댁의 타협안인데, 아무래도 시내 엄마를 염두에 둔 말인 듯싶었다.

"어머나 김 반장이 가만 있겠어요? 그리고 이 바닥에서 똑같은 장사를 벌여 놓았다가는 결국 두 집 다 망하고 말걸요."

시내 엄마의 발언 내용이 잠깐 사이에 극과 극으로 달라진 것을 모를 리 없는 여자들은 모두 입을 조심하였다. 섣불리 잘못 말하였다간 이웃 사이에 금만 갈 뿐이다.

"우리야 뭐 굿이나 보고 떡이나 먹어야지."

소라 엄마의 심드렁한 말에,

"고래 싸움에 새우들 배 부르는 재미 말이제?"

하고 고흥댁이 예의 그 옛말풀이를 들고 나왔다.

"김 반장도 끝을 보는 성격인데 심상찮아."

많은 식구를 거느리고 살다 보니 자연 악만 남았다는 김 반장의 처지를 가장 잘 이해하는 이웃인 지물포 여자의 근심어린 걱정도 나왔다.

"왜들 이렇게 장삿길로만 빠지는지 몰라."

우리 정육점 여자의 우문*이었다.

"먹고 살기가 힘드니까 그렇지요."

새댁이 즉각 현명한 답을 내놓았다.

그러고는 잠시 말이 끊겼다. 매일매일을 살아 내야 한다는 점에서 원미동 여자들 모두는 각자 심란한 표정이었다. 그 중에서도 시내 엄마가 가장 울상이었다. 아이들 속에서 끼여 놀던 지물포집 막둥이가 넘어졌는지 입을 크게 벌리고 앙앙 울어 대는 것을 신호로 여자들은 제각각 흩어져 버렸다. 그리고 빈 자리에는 이른 봄볕만 엄청 푸졌다*.

어휘정리

우문 어리석은 질문
푸지다 매우 많아서 넉넉하다.

중요한 내용 쏙! 쏙! 쏙!

형식상의 특징

- 사건을 계절과 시간에 따라 순차적으로 전개
- 1980년대 도시 변두리 원미동의 모습을 사실적으로 그려 냄
- 원미동 사람들의 삶의 모습을 그려놓은 11편으로 이어진 연작소설 중 9번째 단편임
- 사투리를 사용하여 생동감을 줌

작품의 구성과 주요내용

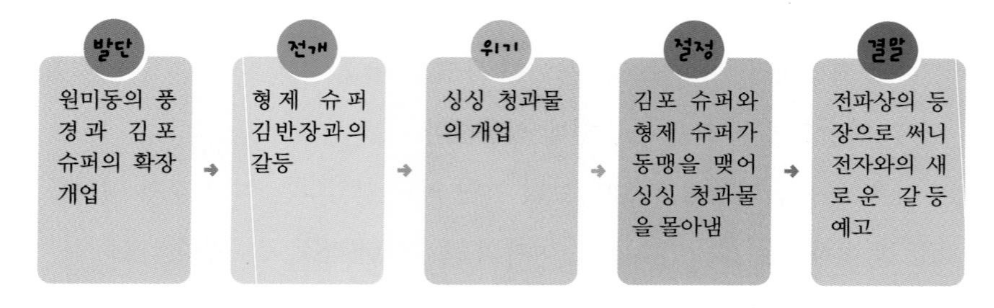

시대를 짐작하게 하는 소재

유선방송, 안테나, 쌀 상회, 연탄, 복덕방, 180원하는 과자, 전파상, 지물포

작품의 주요 갈등

동네여자들의 내적 갈등

김포 슈퍼와 형제 슈퍼 중, 어느 쪽에서 물건을 사야할지 난처해 함

김포 슈퍼와 형제 슈퍼의 외적갈등

(김포 슈퍼)		(형제 슈퍼)
쌀과 연탄취급 → 생필품까지 취급	⇔	생필품 취급 → 쌀과 연탄까지 취급

1 작품 속에서 '김포 슈퍼'와 '형제 슈퍼'의 갈등이 해소되는 계기를 찾아봅시다.

2 이 글을 통해 작가가 말하고자 하는 것을 정리해 봅시다.

상상더하기 - 등장인물 상상하기

여러분의 주변에는 어떤 이웃이 있나요? 만약 여러분이 이웃을 배경으로 소설을 쓴다면 이웃 중에 어떤 인물을 등장 시킬 것인지 상상해 봅시다. 개성 있는 성격의 이웃이라면 더 재미있겠지요.

확인하기 정답

1. 두 슈퍼의 경쟁적 갈등은 '싱싱 청과물'이 개업하자, 동맹을 맺어 '싱싱 청과물'의 문을 닫게 하면서 해소됩니다.
2. 작가는 가난한 동네에서 이웃 간에 벌어지는 갈등과 이해를 통해 더불어 살아가는 사회에서 지켜야 할 이해와 공존의 원리를 말하고자 했습니다.

한계령 작가인 나는 어느 날 옛 친구 박은자의 전화를 받습니다. 나이트클럽에서 가수로 활동한다는 그녀는 자신을 기억하는지 물으며 꼭 한번 찾아와 달라고 말합니다. 다음 날도 계속되는 은자의 재촉에도 나는 자꾸만 망설이게 된답니다. 이번 주 까지만 밤무대에서 노래를 부른다며 그 전에 꼭 찾아와 달라고 간곡하게 말하지만, 나는 일요일이 다 되도록 끝내 망설이기만 합니다. 마침내, 나이트클럽으로 찾아간 나는 그곳에서 한계령이라는 노래를 듣고 감동합니다. 그러면서 그 노래를 부른 여가수가 분명 은자일 것이라고 확신을 하지요. 하지만 그녀를 만나지 않은 채 그냥 돌아왔답니다. 며칠 후 다시 은자의 전화를 받습니다. 그녀는 나의 무심함을 탓하지만, 새로 개업할 카페에 꼭 들를 것을 다시 당부합니다. 나는 은자가 지은 '좋은 나라' 라는 카페 이름에 감탄을 합니다.

실제 지명을 사용해서 더 현실감이 느껴집니다. 나가 한계령을 들으면서 감동을 느끼는 것은 그 노래가 과거의 기억을 떠올리게 한 때문은 아닐까요? 과거의 기억으로부터 위안을 받는 나의 모습이 왠지 모르게 쓸쓸해 보인답니다.

누리야 누리야 찔레마을 9살 누리는 아빠가 돌아가시고 엄마와 함께 살았습니다. 어느 날 갑자기 기억을 상실한 엄마가 집을 나가고 누리는 엄마를 찾아 서울로 떠납니다. 강자 언니를 만나 냉면 집에 취직을 하지만, 도둑으로 몰린 누리는 냉면집을 나와 곡예단에 들어가 또다시 힘든 하루하루를 보내게 되었답니다. 다시 취직한 공장에서도 사기를 당하는 등 누리의 고통은 끝날 줄을 모릅니다. 그러던 어느 날 바로 옆집에 살고 있는 엄마를 만나게 됩니다. 엄마의 기억을 되돌리려고 그동안의 이야기를 해주면서 열심히 노력하지만, 엄마의 새로운 아이들 인훈이와 슬이를 위해서 엄마를 그냥 놓아주기로 합니다. 그런데 조금씩 기억이 돌아온 엄마는 오히려 누리에게 짐이 될까봐 부랴부랴 이사를 가버립니다. 누리는 결국 누고 할아버지의 도움으로 어엿한 대학생으로 성장합니다.

힘든 상황에서도 포기하지 않고 최선을 다하는 누리의 모습이 참 대견합니다. 이 이야기가 실화라는 사실에 더 놀라게 된답니다. 우리 주변에는 이렇게 힘들게 살아가는 사람들이 아직 많답니다.